Letzte Tage

Joyce Carol Oates

Letzte Tage

Erzählungen

Deutsch von
Eva Bornemann

Deutsche Verlags-Anstalt
Stuttgart

*Die amerikanische Originalausgabe erschien 1984
unter dem Titel »Last Days«
bei E. P. Dutton, Inc., New York*

©1984 Joyce Carol Oates

CIP-Kurztitelaufnahme der Deutschen Bibliothek

Oates, Joyce Carol:
Letzte Tage: Erzählungen / Joyce Carol Oates.
Dt. von Eva Bornemann.–
Stuttgart: Deutsche Verlagsanstalt, 1986.
Einheitssacht.: Last days ⟨dt.⟩
ISBN 3-421-06215-3

© der deutschen Ausgabe 1986
Deutsche Verlags-Anstalt GmbH, Stuttgart
Verantwortliche Lektorin: Ursula Locke-Groß
Typographische Gestaltung: Marion Winter
Gesamtverarbeitung: Hieronymus Mühlberger GmbH, Augsburg
Printed in Germany

Inhalt

Letzte Tage

Die Zeugin

Mein Vater liegt auf der Bettdecke, gegen einen Berg zusammen-
geknüllter Kissen gelehnt, den Muschelaschenbecher auf der
Brust, rauchend, die Bibel durchblätternd, lächelnd aus dem Fenster starrend. »Der Heilige Geist ist von mir gewichen«, sagt er
manchmal. Ich laufe leicht wie Luft über die Dächer von Main
Street. Suche mir einen Weg durch aufgehängte Wäsche und um
Fernsehantennen herum. Eine der Nachbarinnen ruft mir zu. Sei
vorsichtig, du kannst stolpern und hinfallen, du kannst dir *weh
tun*, aber ich bin schon eine Meile, fünf Meilen weit weg, ich
laufe so leicht, daß ich nur auf die Erde zu kommen brauche, um
wieder hochzuspringen, federnd, meine Zehen sind wie Affenze-
hen, mein Haar fliegt.
Du weißt nicht, wovon du redest, sagt meine Mutter. Ihre Augen
sind vom Weinen geschwollen. Ihre Lippen sehen aufgesprungen
aus – der ganze Lippenstift ist weg. Du träumst mit offenen
Augen: Du lügst.

Ich lief von zu Hause weg, aber nicht das erstemal. Ich hatte die
$ 3.87 aus dem Versteck meiner Mutter in der Strumpf- und
Wäscheschublade der Kommode genommen. Unter dem Bogen
von altem Weihnachtspapier. Ich lief, flog, galoppierte. Niemand
konnte mich einfangen. Niemand sah mich. Mrs. Howard hing
ihre Wäsche auf, der alte Mr. Ledbetter mit dem säuerlichen
Atem im ersten Stock, brrr, Pferdchen! Wohin so eilig? Wohnst
du hier?
Warum reden sie immer mit so lauten, komischen Stimmen.

Und greifen nach meinem Haar wegen der Locken. Aber ich habe gelernt, mich zu ducken und laufe weiter . . .
Du erzählst solche Lügen, sagt meine Schwester Irene. Aber natürlich ist sie eifersüchtig.

Es ist viele Jahre her, zu viele, um sie zu zählen. Unterhalb des Waterman Parks, dort, wo man nicht alleine spazieren geht, spricht der Mann, das Jackett lose über die Schultern gehängt, leise und zornig auf die Frau in der Trachtenbluse ein, aber ich kann es nicht verstehen, ich halte mir mit den Händen die Ohren zu. Ich habe keine Schuld, ich bin erst elf Jahre alt.
Es ist der letzte Sommer, in dem wir über Harders Schuhgeschäft auf der Main Street wohnen werden, Main Street Ecke Mohigan, ein paar Wochen vor dem Feuer, bevor alles anders wird. »Was soll geschehen?« fragte die Schwester meiner Mutter aus Trenton. »Er ist doch nicht gefährlich, oder? – ich meine, dir oder den Mädchen wird doch –« Zuerst hatte meine Mutter nicht geantwortet. Vielleicht ahnte sie, daß ich hinter der Tür gelauscht hatte. Dann aber gab sie einen Laut von sich, den ich nicht deuten konnte, ein Lachen, eine Art schwaches, müdes, prustendes Lachen. »Bestimmt nicht für die Mädchen, er liebt sie abgöttisch.«
Ich laufe weg, weg von der Wohnung in der Main Street. Irene und ich schlafen im gleichen Bett, Mama auf der Couch im Wohnzimmer, mein Vater im »großen« Schlafzimmer. War er gefährlich? Nein. Oder vielleicht doch. Natürlich nicht. Manchmal sahen wir die Liebe zu uns übergroß in seinen Augen. Manchmal mußte er sich, beschämt, mit der Hand über die Augen fahren.
Ich laufe weg zum Waterman Park. Mein Vater mischt die Karten für eine Partie Rommé, überlegt es sich anders und läßt die Karten in einer Kaskade, wie Wasser und beinahe geräuschlos, auf den Boden fallen. Er ist nicht betrunken, aber er ist augenblicklich auch nicht sehr freundlich. Seine Füße sind bloß und bläulichweiß, und der große Zehennagel an dem verletzten Fuß ist merkwürdig pflaumenfarben und ganz verhornt, fast einen halben Zentimeter dick.
Er greift nach der Bibel, er greift nach einer frischen Packung Zigaretten.

Er sagt: »Raus mit euch. Macht die Tür zu. Ihr wollt mir nur nachspionieren – ihr alle.« Seine Stimme ist leise und murmelnd, es klingt nicht, als ob er böse sei. Das tut es niemals.

Es ist ein Nachmittag Ende August. Warme schwüle unbewegte Luft. Ich renne die schwach beleuchteten Treppen zum Dach hinauf, die drei Scheine und das Kleingeld in meiner Tasche, niemand wird wissen, wohin ich gelaufen bin. Meine Mutter ist zur Arbeit gegangen, meine Schwester ist zu Besuch bei einer Freundin, mein Vater liegt auf der Bettdecke, lächelt, lächelt nicht, starrt aus dem Fenster. Die Bettdecke hat hier und dort Brandlöcher von seinen Zigaretten.

Ich stoße die Tür zum Dach auf, lasse sie gegen die betonierte Seitenwand fallen, nehme mir nicht die Zeit, sie zu schließen. Das geteerte Dach flimmert in der Hitze. Es ist unser letzter Sommer. Die Vierzimmerwohnung über dem Schuhgeschäft. Das Sandsteinhaus. Main Street Ecke Mohigan. Mama arbeitete tagsüber im Krankenhaus draußen in der East End Avenue, Irene war vierzehn und in der zehnten Klasse der Oberschule. Manchmal ging mein Vater abends aus. Dann kam er immer erst gegen zwei, drei Uhr früh oder auch noch später zurück, um acht, aber wir begegneten ihm nie, er ging dann immer gleich ins Badezimmer und riegelte ab. Aber die meiste Zeit über ging er nicht aus. Einmal zankten sie sich und ich hörte, wie meine Mutter sagte, Warum gehst du denn nicht fort, geh doch zurück zur Isle Royale und bleib dort allein für den Rest deines Lebens – geh nach Alaska, um Gottes Willen, und mein Vater sagte, ohne die Stimme zu heben: Wohin? Wohin kann ich gehen? Ich bin hier. Ich stecke in meiner Haut. Hier. Das ist es.

Er liegt auf die zusammengeballten Kissen gestützt, auf seinen Zehen wachsen schwarze Haarbüschel, die Luft im Schlafzimmer ist verbraucht, es riecht nach Tabakqualm, Whisky, Schweiß, ungewaschenen Kleidern. Als es das letztemal regnete, hat mein Vater das Fenster offengelassen, deshalb wurde die Matratze naß und die Tapete fleckig, aber die Luft war frisch. Was bedeutet das, fragte die dämliche Irene, – der Heilige Geist »ist von mir gewichen«? Was bedeutet es? Ist es so etwas wie Gott oder Jesus Christus –? Wird uns nichts passieren?

13

Ich laufe über das Dach unseres Gebäudes. Laufe, fliege, mit ausgebreiteten Armen. Niemand kann mich einfangen. Niemand kann mich sehen. In der Hitze hängt eine Frau Wäsche zum Trocknen auf, Wäscheklammern und Nylonleine und ein Korb voller feuchter Sachen, sie ruft etwas hinter mir her, aber ich höre nichts, ich bin schon jenseits der Schornsteine, springe mit einem Satz hinüber zum nächsten Gebäude, niemand weiß wie ich heiße. Ein Gebäude, dann noch eins und noch eins, die Luft flimmert vor Hitze. Frisch geteerte Streifen, Sperrholzplanken darüber. Lose Ziegel, Stapel von Asphaltverkleidungen, Bierdosen, vergilbte Zeitungen. Im vergangenen Frühjahr hielt mich ein Junge über den Rand des Daches, er wollte, daß ich weine, aber ich tat es nicht, er wollte, daß ich ihn anflehe, aber ich tat es nicht, und hinterher, als sie mich losließen und ich weglief, hörte ich, wie er sagte: Sie rennt wie ein Reh – darauf bin ich stolz. Ein Reh oder ein leichtfüßiges Pferd oder ein Gepard. Rennt und springt hoch in die Luft. Mein Haar fliegt, meine Arme sind ausgebreitet. Du träumst mit offenen Augen, sagt meine Mutter. Aber ich schlafe nicht. Ich bin nicht im Bett. Es ist Tag, und ich laufe hoch oben über die Dächer. Main Street, mit einem Satz springe ich zwei Meter weit, dreieinhalb, vier Meter, hoch hinauf in die Luft, und wenn ich herunterkomme, tut es meinen Füßen nicht weh, ich spüre überhaupt nichts, ich spüre nicht mehr als ein Reh oder ein Pferd oder ein Gepard spüren würde, ich blicke weder nach links noch nach rechts.

Einmal sind ein paar von uns Kindern die Feuertreppe hinunter und durch ein offenes Fenster in einen Korridor geklettert, aber wir wußten nicht, wo wir waren. Eine alte dicke Frau in einem Bademantel hat uns wieder hinausgejagt. Also ihr seid das, hat sie gesagt, ich hole die Polizei, aber wir kletterten schnell hinaus und rannten lachend über das Dach. Gestohlen hatten wir nichts. Aber trotzdem wurden wir beschuldigt. Irene hat es meiner Mutter erzählt. Irgendwelche Kinder hatten jemandem die Post geklaut und einen Scheck mitgehen lassen, deshalb gab man uns die Schuld, aber wir hatten nichts damit zu tun, ich wußte nicht einmal, wer es getan hatte. Wir sollten das Gebäude in Brand stecken, sagte ich. Die ganze verdammte Häuserzeile. Mal sehen, wie ihnen das gefällt. Ich bin elf Jahre alt, ich habe aufgehört zu wachsen, die Schulpflege-

rin meint, ich bekomme leicht blaue Flecke. Was sind denn das
für Striemen auf deinen Waden? Und ich schämte mich so, als die
Schulpflegerin uns alle die Schuhe und Socken ausziehen ließ
und meine Füße nicht sauber waren. Wein nicht, sagte eines der
Mädchen. Aber ich weinte nicht.
Wäschestangen und Fernsehantennen und Tauben, und überall
Taubenmist. Deshalb kann man dort oben nicht barfuß laufen.
Das, und der heiße Teer. Heißer Asphalt. Wenn ich mich über
den Rand des Daches lehne, wird mir schwindlig, sagen die Mäd-
chen immer, aber es sind nur fünf Stockwerke, die Häuser in der
Main Street sind nicht sehr hoch, nicht zu vergleichen mit dem
Wolcott Building, wo wir in den Aufzügen spielten: Fünfzehn
Stockwerke, das Untergeschoß nicht mitgezählt. Ruft jemand
nach mir? Ist es Mama, die meinen Namen schreit? Ich renne
jetzt hinunter, im Dunkeln. Ich weiß, welches Haus es ist, am
entferntesten Ende des Häuserblocks. Ich werde zwischen La Mode Women's Fashions und Dutch Boy Paint & Paper auf die
Straße kommen.
Brrr! Kleines Pferdchen! sagt der alte Mr. Ledbetter. Fassen Sie
mich ja nicht an, flüstere ich. Und ducke mich unter seinen Arm
hinweg.

Warum ging ich den ganzen Weg bis zum Waterman Park, werden sie mich später fragen. War ich verrückt, unbegleitet die drei
Meilen im Bus zu fahren, um *dort* alleine spazieren zu gehen . . .
Die Frau, die im Gras stolperte, in dem hohen Gras dort am
Kanalufer, kannte ich nicht. Ich habe auch nicht hingesehen. Ich
machte die Augen zu, hielt mir die Hände über die Ohren. Sie
war etwa so alt wie Mama. Ihr Haar war wie das Haar von Tante
June – dunkelbraun mit kastanienbraunen Tönen, als hätte sie es
in dunkelrote Tinte getaucht. Der rote Schal, den sie um den Hals
trug, war einer jener dünnen Chiffonschals, wie sie Irene sich bei
Woolworth's kaufte. Man knotete sie sich um den Hals, weil sie
hübsch aussahen oder band sie sich übers Haar, wenn man Lok-
kenwickler trug.
Einmal, als sie sich stritten und Irene mit ihrem Freund auf der
Rollschuhbahn war, bin ich weggerannt, zu meinem Onkel und

meiner Tante, zu deren Haus am anderen Ende der Stadt – das war lange her, im Sommer davor. Meine Tante versteckte mich im Badezimmer, wo meine kleinen Cousins mich nicht zu sehen bekamen. Sie wusch mir das Gesicht und bürstete mir die Haare, außer wo sie verheddert waren, drückte mich an sich und bat mich, nicht zu weinen. Dann fragte sie mich aus wegen meines Vaters. Ging er nicht mehr zum Arzt, kümmerte sich überhaupt kein Arzt mehr um ihn? Dann erkundigte sie sich nach meiner Mutter – »Weshalb ruft sie mich überhaupt nicht mehr an? Sie fehlt mir«, aber darauf wußte ich keine Antwort. Ich sagte, ich wolle bei ihr wohnen, in ihrem Haus. Daß ich nicht mehr nach Hause gehen wolle. Sie mußte mir versprechen, meine Mutter nicht anzurufen und ihr zu erzählen, daß ich hier sei.

Sie erlaubte mir, Popcorn für meine kleinen Cousins und mich zu machen. Ich ließ die Butter in einem Meßbecher aus Blech auf dem Kochherd schmelzen. Aber ich streute zu viel Salz auf das Popcorn – ich war nicht an ihren Salzstreuer gewöhnt.

Sie hatte mir zwar versprochen, meine Mutter nicht anzurufen, aber sie muß es doch getan haben, denn meine Mutter und mein Vater kamen, um mich wieder nach Hause zu holen; sie kamen in einem Auto, das sie sich von unseren Nachbarn ausgeliehen hatten. Ich lief weg und versteckte mich unter der Treppe. Ich weinte nicht, aber ich hatte Angst. Als sie mich hervorzerrten, sagte ich Tante June, daß ich sie hasse und daß ich wünschte, sie wäre tot. Deshalb gab mir Mama eine Ohrfeige. Ich wußte, sie würde mich ohrfeigen. Es war mir gleichgültig, ich weinte nicht. Ich wünsche mir, ich könnte die Augen schließen und Tante Junes Gesicht sehen, aber ich kann es nicht. Ich meine, so wie sie damals aussah. Vor so vielen Jahren. Das Haus auf der Ingleside Avenue, die Außenverkleidung aus imitierten roten Ziegeln, mein jüngster Cousin noch in den Windeln. Sie war nicht so hübsch wie meine Mutter. Aber sie war trotzdem hübsch. Sie war einfach eine junge Frau, oder? – vielleicht sechsundzwanzig oder siebenundzwanzig Jahre alt. Ein Leberfleck auf der Wange, das dunkelbraun glänzende Haar in einer Ponyfrisur, hochroter Lippenstift, Augenbrauen nachgezogen wie die von Elizabeth Taylor – zu breit und dunkel für ihr schmales Gesicht. Jetzt kann

ich sie nicht sehen. Es gibt keine junge Frau hier. Ich öffne die
Augen und sehe eine zornige alte Frau, die durch mich hindurch-
starrt. Ihre Kopfhaut schimmert durch ihr schütteres graues Haar,
und ihre Augen sind blutunterlaufen. Sie kann nicht sprechen, weil
sie Kehlkopfkrebs hatte – wegen der Operation. Sie ist böse auf
mich, weil ich noch lebe. Weil ich ihr damals sagte, daß ich sie
hasse und wünschte, sie sei tot. Aber ich habe das nie so gemeint.
Gott wird es mir verzeihen. Es sei denn, auch Gott ist böse.

Ich laufe innerhalb der Schaufenster der Läden, in einem hinter
dem anderen. Und in den Fenstern der am Straßenrand abgestell-
ten Wagen. Die Damen, die einkaufen wollen, ärgern sich über
mich, aber ich nehme keine Notiz davon, ich sehe sie nicht einmal an, niemand weiß wie ich heiße. Das Schaufenster des Juwe-
liers und das Schaufenster der Discount-Drogerie und die langen,
breiten Fenster von Woolworth's, ein Schattenmädchen, das
läuft, gewichtlos, flink wie ein Reh. Mein Vater meint, es sei
zwecklos, zur Isle Royale zurückzugehen, um dort für den Na-
turschutzpark zu arbeiten, es sei zwecklos, zu den Großeltern
zurückzugehen, um sie im nördlichen Teil der Halbinsel zu besuchen oder sich um eine Stellung zu bemühen oder wieder für die
Kirche tätig zu werden (nach seiner Entlassung aus dem Krankenhaus war er ein paar Monate mit der Bibel von Haus zu Haus
gezogen, ich weiß nicht, was dann passiert ist – Mama will es uns
nicht sagen): Es sei zwecklos, irgendwohin zu gehen, weil jeder
Ort im Sinne Gottes mit jedem anderen identisch sei – und er
durchaus zufrieden ist wo er ist. Aber ich wollte den Bus zum
Waterman Park nehmen, weil es mir dort so gut gefiel. Weil ich
jedesmal so glücklich war, wenn wir dort hingingen.
Außer einmal. Aber das habe ich keinem erzählt.
Damals fand dort das Picknick der Juniorensektion der Handels-
kammer statt, und Mama und Tante June hatten uns alle mitgenommen. Ich gewann den Ersten Preis im Wettrennen der Zehn-
bis Zwölfjährigen und bekam einen Silberdollar, und ein Junge
namens Pat, den ich von der Schule her kannte und der in die
siebte Klasse ging, bat mich, ihn ihm zu zeigen. Er sagte, er habe
noch nie einen echten Silberdollar gesehen. Ich zeigte ihn ihm.

Darf ich ihn in der Hand halten? fragte er. Aber ich wollte das nicht, ich sagte, Warum? – du kannst ihn dir doch ansehen. Nein, sagte er und kam näher, ich möchte ihn nur einen Augenblick in der Hand halten. Ich hatte ihn in meiner Hand. Nun mach schon, sagte er, zeig ihn her, aber ich wollte es nicht, sondern hielt ihn hoch, und er riß ihn mir aus den Fingern und rannte weg und versteckte sich hinter dem Imbiß- und Toilettenhäuschen mit dem kleinen Turm drauf.

Ich weinte, aber ich erzählte es niemandem, auch nicht Irene. Ihr sagte ich, ich hätte den Silberdollar verloren. »Dann ist das doppeltes Pech«, hat sie gesagt.

Mein Vater sagt, er sei stolz auf sein kleines Mädchen. Stolz auf seine beiden kleinen,Mädchen. Aber er will nicht sprechen, denn das mache ihm Kopfweh und auch, weil es nichts gebe, was er nicht bereits gesagt habe. Und außerdem tut das Licht seinen Augen weh. Und meine Stimme seinen Ohren. »Wenn es mir gegeben wäre, irgendjemanden zu lieben, dann wärst du es«, sagte er und streift die Zigarettenasche in dem Aschenbecher ab, »aber du weißt ja, daß der Heilige Geist es vorgezogen hat, von mir zu weichen und diese leere Hülse, dieses übertünchte Grab zurückzulassen, und ich kann nicht einmal den Finger dagegen erheben. ›Der Geist bläst wo er will.‹ Weißt du, was das bedeutet? *Es bedeutet alles.*«

Meine Mutter fängt an zu weinen. Abgehackte, häßliche Schluchzer wie ein Schluckauf. Mein Vater wendet sich ab, als widere ihn der Anblick an. Aber er sagt nichts. Er ist nicht böse. Er wird nicht mehr böse.

»Ich will kein Blut mehr riechen«, sagt er, »niemals mehr.«

Der schwarze Busfahrer scheint nichts dabei zu finden, daß ich ganz alleine in den Bus gestiegen bin, zwei Nickel in seine Fahrgeldbüchse geworfen und mich auf einen Fensterplatz hinten im Bus gesetzt habe. Mein Herz hämmert wie verrückt. Tief im Magen habe ich ein seltsames Gefühl. Ganz allein mit dem Bus fahren! Allein hinaus zum Park! Aber ich habe meinen Badeanzug nicht dabei. Ich werde nicht ins Schwimmbad gehen können.

Am Sonntag vor zwei Wochen sind Irene und ich mit einem Auto voller anderer Kinder und der Mutter von einer von Irenes Schulfreundinnen, die uns gefahren hatte, in den Park gegangen, den ganzen Nachmittag sind wir geschwommen, und ehe es heimging, haben wir noch ein Picknickessen gemacht. Aber jetzt bin ich allein. Jetzt werde ich allein sein für den Rest meines Lebens.

Der Aschenbecher aus Muscheln ist ein Reiseandenken aus Tampa in Florida. In der Mitte ist eine winzige Seejungfrau aus blaßrosa Muscheln eingelegt, ihr gekringelter Fischschwanz glitzert hübsch, die blauen Augen sind ausdruckslos und starr. Seegrashaare verhüllen ihren Busen. Sie hat eine sehr gute Figur. Aber niemand bewundert sie mehr, Tabak hat sie verfärbt, Asche, Schmutz von den Fingern meines Vaters. Niemand betrachtet sie nun. Der Aschenbecher ruht auf der Brust meines Vaters oder auf seinem Bauch, er hebt und senkt sich sanft. Allmählich füllt er sich mit Asche, dann wird die Asche in einen Papierkorb geleert. Ich sehe, wie das krause Brusthaar meines Vaters durch sein Unterhemd schaut, lockig-rot und grau meliert. Und in seinen Achselhöhlen wächst. Ich kann mich erinnern, wie sein Haar ihm dicht in die Schläfen wuchs; bei warmem Wetter kräuselte es sich feucht auf seiner Stirn. Aber nun wird er kahl. Seine Augen sind wie merkwürdige blasse Kiesel, weder blau noch grau, aber heller als seine Haut. Weshalb ist seine Stirn so runzlig? – und auch die Backen. Weil er immerzu denkt. Er legt die Stirn in Falten, schneidet Grimassen, fährt mit seinem nikotinbraunen Zeigefinger fest über seine Vorderzähne. »Ich traue mir einfach nicht mehr dort draußen«, hatte er gesagt. Er meint draußen jenseits des Fensters, auf der Straße. Irgendwo draußen. »Ich will niemals mehr Blut riechen.«
Er raucht Camels. Auf dem Bett und dem Boden sind überall Zellophanhüllen und kleine rote Abreißstreifen verstreut. Die Whiskymarke wechselt, warum kann ich mir die Namen auf den Etiketten der Flaschen nicht merken, warum sind sie so viel weniger deutlich als die Zigaretten . . .?
Manchmal spielen wir Rommé um Pennys, aber wer immer ge-

winnt, muß das Geld in die Kasse zurückgeben – in eine Zigar-renkiste. Manchmal spielen wir auch Dame, Puff oder irgendei-nes der Würfelspiele, die Irene so gern hat. Wir drei schüttelten die Würfel in dem kleinen schwarzen Pappbecher, der in unseren Händen weich und feucht wurde, wir johlten vor Vergnügen, wir kreischten, während der Regen gegen das dicht am Bett gelegene Fenster trommelte und die Luft im Zimmer stickig und abgestan-den und gemütlich und geheimnisvoll war. Nur wir drei. Meine Mutter spielte nie, auch wenn sie nicht zur Arbeit ging.

Mein Vater bezog eine Invalidenrente, aber irgendetwas war nicht richtig gelaufen oder war nicht abbezahlt – jedenfalls ka-men die Überweisungen nie. Mein Vater und meine Mutter zankten sich deswegen, aber mein Vater erklärte Irene und mir, es sei besser, darauf zu verzichten als zu kriechen. »Sie wollen, daß man vor ihnen kriecht«, sagte er, »aber der Geist des Herrn ist dazu zu stolz.« Also liegt er auf der Bettdecke, raucht seine Zigaretten, trinkt seinen Whisky und ist mit sich selbst zufrie-den. Manchmal blättert er in der Zeitung oder liest flüchtig ein Buch, das ich aus der Schule mitbringe. Meistens aber studiert er die Bibel. Er liest einen Vers oder eine Seite, schlägt dann eine andere Stelle auf und liest diese, seine Lippen bewegen sich, auf der Stirn tiefe Falten. Was immer er in der Bibel entdeckt ist wichtig. Aber genauso wichtig ist es, das Buch zuzuklappen und es dann an einer anderen Stelle wieder aufzuschlagen und den Vers, auf den sein Blick gerade fällt, zu lesen. Es ist die wichtigste Sache im Leben. Es *ist* das Leben. Aber alle Verse sind gleich wichtig.

Was wird geschehen? fragte Mamas ältere Schwester aus Tren-ton.

Ich weiß nicht, sagte Mama.

Ich meine – ist er denn nicht gefährlich? Als man ihn verhaftete, als er diesen Kerl – wer immer es war – umbringen wollte –

Das wird nicht noch einmal passieren, sagte Mama.

Woher willst du wissen, daß es nicht noch einmal passiert?

Weil es nicht passieren wird.

Woher um Himmelswillen willst du das wissen?

Ich weiß nicht, sagte Mama. Frag ihn doch selber.

Er könnte dir oder den Mädchen etwas antun –

Nicht den Mädchen, sagte Mama bestimmt. Er liebt sie über alles.

Ein halbes Dutzend Brandlöcher sind auf der Bettdecke, ein langer, dünner, angesengter Fleck auf dem Kissenbezug. Mein Vater schlief nicht, aber irgendwie ist ihm die Zigarette aus den Fingern geglitten. Er schlief nicht, das Licht brannte, er hatte in der Bibel gelesen. Einmal mußte er um vier Uhr früh einen Schwelbrand mit den Händen ersticken, und dabei hat er sich so verbrannt, daß ihm vor Schmerz die Tränen das Gesicht hinuntergelaufen sind, und meine Mutter hat ihn angeschrien und gebrüllt und am Bettzeug gezerrt und die Laken weggerissen und die Kissen auf den Boden geworfen. Irene war zu verängstigt, um nachzusehen, was passiert war, aber ich lief im Nachthemd aus dem Zimmer, und meine Mutter stand da und schluchzte, und mein Vater hatte die Hände auf eine merkwürdige Art hohl gemacht, die Finger wie Krallen gekrümmt und wollte *sie* trösten. »Es war doch nichts«, hat er gesagt. »Es war ein Mißgeschick. Beruhige dich doch, beruhige dich. Gott wollte mich nur warnen.«

Im Waterman Park ist manchmal ein verkrüppelter Mann, kein Bettler, ein Mann mit einer merkwürdig fleckigen Haut, er hat nur Stummel als Schenkel und stößt sich auf einer hölzernen, auf Rollschuhräder montierten Plattform ab. Dazu trägt der Handschuhe, sie beschützen seine Hände. Ich werfe ihm einen schnellen Blick zu und sehe dann über seinen Kopf hinweg. Mama sagt, es gehöre sich nicht, einen Krüppel anzustarren, aber das ist nicht der Grund, weshalb ich wegsehe.

Heute nachmittag ist er da – und rollt sich auf seinem kleinen hölzernen Brett um das Becken, in dem die kleinen Kinder waten und planschen und Schwimmversuche machen. Seine Schulter- und Armmuskeln sind knotig, sein Hals ist so stämmig wie der meines Vaters, trotz der Hitze hat er eine Filzkappe auf. Er stößt sich langsam den Gehweg entlang, mit präzisen, rhythmischen, entspannten Bewegungen. Blickst du ihm aus Versehen ins Gesicht, merkst du, daß eines seiner Augen milchig ist und ins Leere starrt. Aber das andere Auge ist auf dich geheftet.

Warum bist du allein in den Waterman Park gegangen, werden sie fragen. Den ganzen Weg allein. Du ungezogene Göre. Du Lügnerin.

Wolltest du Gottes Liebe prüfen, wird mein Vater fragen. Aber du solltest besser Bescheid wissen. Du solltest wissen, daß er dich auf jeden Fall liebt. Du kannst Seine Liebe nicht verletzen. Du kannst sie auch nicht vertiefen. Du kannst sie nicht einmal prüfen.

Ich laufe durch das schwappende, gechlorte Wasser am flachen Ende des Schwimmbades und bahne mir einen Weg um die anderen Kinder. Ich laufe barfuß und bis zu den Knien im Wasser herum und kichere so, als ob mich jemand verfolgen würde. Mein Rocksaum ist naß, mein Schlüpfer bespritzt. Ich will lachen und rufen und schreien und strampeln, ich trommele mit den Fäusten auf meine Arme, mache Windmühlenflügel aus ihnen. Ich renne in ein kleines, sechs- oder siebenjähriges Mädchen hinein, ihr Kopf gerät unter Wasser, es ist aber nicht meine Schuld, ich renne weiter. Jemand ruft hinter mir her, aber ich renne weiter, wedele mit den Armen, kreische, als ob mich jemand verfolgt.

Ich sitze auf einer der Schaukeln, stoße mich immer höher ab, höher. Der Himmel ist leer und sehr blau. Ich strecke die Beine so gerade wie möglich aus. Niemand stößt mich ab. Niemand ruft mir zu, daß ich zu hoch fliege, daß ich leichtsinnig bin. Wenn ich nun abspringe? – und die Schaukel rückwärts sausen lasse? – und der Junge, der auf der anderen Schaukel sitzt, getroffen wird? Einmal ist das passiert, als ich noch ein kleines Mädchen war. Damals hat mich mein Großvater abgestoßen und mich hinterher ausgezankt. Aber nun paßt keiner auf, niemand weiß, wo ich bin. Ich kann von der Schaukel abspringen und sie zurückschwingen lassen, ich kann tun, was ich will.

In meinem Kopf dröhnt es, meine Kehle ist trocken. Ich kraxele die Rutschbahn hinauf, klettere hinauf wie ein Affe, kaspere herum. Oben angelangt werde ich einfach hinunterspringen. Ich hab es schon einmal gemacht, es ist nichts passiert, nur meine Fußsohlen werden brennen. Ich will das Gleichgewicht nicht verlieren und unversehens herunterfallen. Plötzlich ist mir schwindlig. Deshalb lasse ich mich die Bahn, wie es sich gehört, hinuntergleitten, das heiße Metall klebt mir an der Haut, ich höre mich vor Schmerz laut wimmern, ich darf nicht hier sein, etwas wird passieren, ich werde bestraft werden . . . Dann bin ich wieder unten angelangt und springe auf den Fersen hoch. Ich bin nicht verbrannt. Es ist mir egal, was passiert.

»Du bewegst die Hand, sieh: Das ist Gott«, sagt mein Vater und hebt die Hand langsam vor sein Gesicht. »Aber dann –« und nun dreht er den Kopf blitzschnell herum und tut so, als spioniere er seiner anderen Hand nach, die er halbwegs hinter seinem Rücken hält, »– auch hier ist Gott. Überall. An jedem Fleck. Weißt du, was das bedeutet?« Er hält inne und sieht mich an. Sein Lächeln ist sanft. »*Das bedeutet alles.*«

Das Eis schmilzt, Schokoladeneis läuft mir den Unterarm bis zum Ellbogen entlang. Es ist sehr süß, schmeckt aber nach gar nichts. All der Staub tut mir im Hals weh. Auf einmal bin ich wütend – auf einmal wird mir übel. Ich lasse das Eis ins Gras fallen. Irgendetwas stimmt nicht, aber ich weiß nicht, was es sein kann. Ich habe keinen Namen dafür.

Ich bin sehr aufgeregt, aber ich weiß nicht, wohin ich rennen soll. Ich kann rennen, rennen, rennen. Niemals werde ich müde oder hungrig, ich kann ewig rennen. Ich hüpfe in die Luft, ich springe, lande auf den Zehen und hüpfe wieder hoch, wer will mich daran hindern? – wer weiß, wo ich bin? Mama wischte sich mit den Handknöcheln die Augen aus und drückte sich an mir vorbei, ihr war es egal, ob ich zugesehen hatte, sie hat mich nicht ausgezankt. Hinter ihr sagte mein Vater immer wieder: »Aber ich liebe dich, das weißt du doch. Ich liebe dich zuerst, zuletzt, immer.« Er sprach ganz ruhig, er spricht niemals laut.

Kann man mit offenen Augen einschlafen? Das frage ich mich. Ich stehe still und beobachte genau, wie ein paar Tauben im Abfall herumpicken. Fünf, sechs, sieben Tauben. Schöne Flügel, schöne Schwanzfedern. Kieselsteinfarbene Augen. Die Schnäbel picken, treffen ihr Ziel, irren sich nie. Kommt aber eine Taube zu dicht an eine andere, wird sie fortgejagt. Die Tauben sind eigentlich sehr böse – in deine ausgestreckte Hand sollten sie lieber nicht hacken. Und in die Augen auch nicht.

Kannst du Dinge sehen, wenn du wach bist? Das frage ich mich.

Wie Träume. Wie Fetzen und Stückchen von Träumen. Aber mit offenen Augen.

Es gibt ein Foto von meinem Vater in verwischten grellen Farben mit einem Rotfuchs, es wurde auf der Isle Royale am See gemacht, als er dort acht Monate für die Regierung arbeitete. Mein Vater trägt eine Windjacke aus blauem Nylon und eine Wollmütze, er hat sich hingehockt, grinst in die Kamera, und der Fuchs ist nur ein paar Meter entfernt, seine schlanke Schnauze dreiviertel meinem Vater zugewendet. So sieht es aus, als ob der Fuchs auch grinst. Mein Vater sieht sehr gut aus, aber der Schirm seiner Mütze wirft einen dunklen Schatten über seine Augen. Wer immer damals das Bild gemacht hat, sah allzu direkt in die Sonne, es ist überbelichtet, viel zu grell. »Dein Vater muß eine Zeitlang weggehen, aber das bedeutet nicht, daß er aufgehört hat, uns zu lieben«, erklärte Mama damals. Sie erklärte es allen, denen sie begegnete.

Das Programm, für das mein Vater zu jener Zeit eingestellt wurde, hatte etwas mit der Auswertung der Verhaltensmuster von Wölfen zu tun. Ob ihr Vorkommen beständig oder fluktuierend war. Ob ihre Beutetiere – Rotwild, Elche, Kaninchen – beständig waren. Anfangs liebte er seine Arbeit wegen der wochenlangen Einsamkeit, der Stille. Dann aber machte ihn die Arbeit krank: Er mußte angefressene Tierkadaver untersuchen, mußte Fotos machen, alles registrieren. Er hinkte immer noch als Folge des Unfalls in der Gießerei, und das kalte Klima – manchmal war es fast 30 Grad unter Null, von dem eisigen Wind ganz zu schweigen – machte es noch schlimmer. Jedenfalls kam er nach Hause zurück. »Ich habe niemals aufgehört, euch zu lieben«, sagte er. »Und ihr, habt ihr aufgehört, mich zu lieben?«

Ich höre den verkrüppelten Mann grunzen, während er sich auf seiner hölzernen Plattform vorwärtsschiebt. Aber ich blicke nicht auf. Wenn ich ihn nicht sehe, kann er mich nicht sehen. Die Tauben picken noch immer im Abfall herum und zanken sich um eine weggeworfene Hot-Dog-Semmel. Sie rennen mit ausgebreiteten Schwingen aufeinander los. Ist es immer noch dieselbe Zeit, hat sich nichts geändert? – die Sonne wird sich nie mehr im Himmel bewegen.

Lieber Gott ich habe ja solche Angst vor dem, was passieren wird.

Lieber Gott verzeih mir meine Sünden. Hilf mir, ein braves Mädchen zu sein.

Mama sagt immer wieder: »Von jetzt an wird alles besser, das Schlimmste haben wir hinter uns.«

Mama sagt immer, und schenkt sich am Telefon einen Whisky ein: »Er braucht mich. Er liebt mich. Ich liebe *ihn*. So, wie du glaubst, ist es nicht.«

Ein etwa siebzehnjähriger Junge hat sich im Rosengarten hingekauert und fotografiert eine Braut und ihren frischgebackenen Ehemann, alle lächeln, lachen, rufen einander zu, kann sein, sie sind ein wenig angeheitert. Wenn ich mich hinter das Brautpaar stellen würde, könnte ich auch auf das Bild kommen, aber ich bin auf der falschen Seite, hinter dem Fotografen, und blicke heimlich durch ein Spalier. Unter den Hochzeitsgästen befinden sich fünf Frauen mittleren Alters, sie haben sich feingemacht, mit Ansteckblumen an der Schulter und Hüten mit hübschen Strohkrempen, aber nur drei Männer. Niemand beachtet mich. Die Braut trägt ein langes, weißes, schönes Kleid, ihr Spitzenschleier hängt ihr über den Rücken, sie lächelt in meine Richtung, sieht mich aber nicht. Ich kann die Augen verdrehen und meine Zunge herausstrecken und so tun, als ersticke ich, es würde keinen Unterschied machen.

Ich bin ein wieherndes Pferd, ein Elch mit gesenktem Kopf, den Pfad entlang galoppierend, Schotter aufwirbelnd. Zum Teufel mit ihnen, sollen sie nur glotzen – das ist mir gleichgültig. Der Nordpol liegt in einer Richtung, der Äquator in einer anderen, aber man kann nirgendwo hin, wo Gott nicht ist.

Jetzt renne ich am Rande des Parks entlang, ein zorniges kleines Herz pocht mitten auf meiner Stirn. Du darfst nicht hinunterklettern, die Schilder sagen Verboten, Kiesel und Gestein und Brocken aus getrocknetem Schlamm werden losgetreten, du kannst dir weh tun, du kannst hinfallen, meine Hand ist zerschrammt und blutet ein wenig, aber es tut nicht sehr weh, ein irgendwie betäubtes Gefühl, der Staub wird das Blut gerinnen und aufhören lassen. Ich singe so laut ich nur kann. Singe und lache. Ich werde niemals mehr nach Hause zurückgehen: Ich werde immer im Park wohnen.

Hast du aufgehört, mich zu lieben? flüstert jemand . . . mich zu lieben, mich zu lieben?

Ich bestehe nur aus Hufen und Flügeln und blitzenden Geweihen. Aus schuppigen, wogenden Flanken.

Plötzlich sehe ich sie: Einen Mann und eine Frau unten am Kanal; ich habe die beiden schon einmal gesehen, am Ufer im hohen Gras, und es gibt nichts, was ich tun kann, um es zu verhindern.

Der Mann zerrt sie mit sich, seine Finger schließen sich um ihren nackten Oberarm. Sie weint bereits. Das sollte sie nicht tun, denn es macht ihn nur wütender, sie mögen keine Tränen. Ich weiß, er wird sie umbringen, aber ich kann nichts tun, um es zu verhindern.

Sein blaues Jackett hat er über die rechte Schulter geworfen, die Hosen sind staubverschmiert. Er trägt eine Krawatte aus einem silbrigen, glänzenden Stoff. Sein Haar hat überhaupt keine Farbe, ist ganz kurz geschnitten und steht um seinen Kopf herum wie steife Borsten. Er hat einen Mund wie eine Schweineschnauze, sein Gesicht ist rot und fleckig. Er redet nicht laut, aber man spürt, daß er sehr wütend ist.

Die Frau ist nicht hübsch. Dazu sind ihre Lippen zu wulstig und verheult. Sie hat ein Doppelkinn, das wabbelt, während er sie entlangzerrt. Ich kann es nicht ertragen, sie anzusehen mit ihrem kastanienbraun gefärbten Haar, das wie Stroh um ihren Kopf toupiert ist. Der durchsichtige rote Schal um den Hals, die hohen Absätze, auf denen sie durch das Gras stolpert. Sie trägt eine dieser schulterfreien rustikalen Blusen mit Gummizug, bei Sear's sind sie im Schaufenster, mexikanisch oder spanisch sollen sie sein, und dazu einen roten Baumwollrock mit einem schwarzen, die Taille so eng einschnürenden elastischen Gürtel, daß ihre dicken Hüften und die dicken Brüste hervorquellen. Als das Schlimmste anfängt, kauere ich mich hin und verstecke mich, die Augen fest zugekniffen, die Hände über den Ohren. Ich höre sie nicht schreien. Ich höre kein dumpfes Aufprallen, keine Schläge. Ich höre überhaupt nichts.

Ich hatte nicht geschlafen. Aber als ich die Augen wieder aufmachte, war ich wieder im Park, im Rosengarten, hockte hinter dem Spalier. Es war noch immer hell, vielleicht war überhaupt keine Zeit vergangen. Die Kinder spielten noch immer im Schwimmbad, mein Kopf fühlte sich sehr merkwürdig an, aber ich blutete nirgendwo, es war also alles in Ordnung. Die Rosen waren sehr schön, das war mir zuerst gar nicht aufgefallen. Die Hochzeitsgesellschaft war nicht mehr da.

Ich wußte, daß Zeit vergangen war, weil ich so hungrig war. Und die Sonne war weitergewandert.

Ich fing an zu weinen und konnte nicht aufhören.

Eine Frau in gelben Shorts kam, dann noch eine, dann ein Polizist, eine kleine, glotzende Menschenansammlung. Meine Knie hatten versagt, ich saß im Gras. Ich hatte Angst, mich naßzumachen und meinen Schlüpfer zu beschmutzen, aber ich konnte nicht aufhören zu weinen. Die Frau lag auf dem Rücken, ihr Rock war hochgeschoben, ihr dickes, speckiges, blasses Fleisch entblößt. Einer der hochhackigen Schuhe war abgedreht und hing nur noch an dem Knöchelriemen. Ich hatte kein Blut gesehen. Ich hatte nichts gehört. Als der Mann wegrannte, flatterte die Krawatte über seine Schulter, aber ich hatte es nicht wirklich sehen können, ich hatte nicht zugeschaut. Ich hockte hinter einem Steinhaufen versteckt, mit zugehaltenen Ohren. Mein Herz hämmerte so laut in meiner Brust, daß ich wußte, es würde zerspringen.

Sie fragten mich, was denn los sei, aber ich konnte nicht darauf antworten. War mir schlecht? Hatte ich mir weh getan? Hatte mir jemand weh getan? Ich rang so nach Atem, ich konnte nicht antworten. War ich von der Rutschbahn gefallen? Eine Frau berichtete dem Polizisten, sie habe mich vorher auf dem Spielplatz beobachtet, ich habe mich »merkwürdig« aufgeführt. Sie meinte, ich habe mich verlaufen. Mehr Leute kamen vorbei. Kinder starrten mich an. Hatte ich mich verlaufen? Wo waren meine Eltern? Wie hieß ich?

Ich zitterte so sehr, daß der Polizist sich von einer der Frauen ein Badetuch geben ließ und mich darin einwickelte. Er meinte, es sei doch nun alles in Ordnung, nichts Schlimmes würde passieren.

Aber meine Zähne schnatterten immer noch, und ich bekam keine Luft. Das Kind ist hysterisch, sagte der Polizist, das kommt sehr oft vor. Er trug eine Sonnenbrille mit sehr dunklen grünen Gläsern. Seine Stimme war freundlich, er schimpfte nicht mit mir.

In dem Rettungswagen, der mich ins Krankenhaus brachte, habe ich dann doch in die Hosen gemacht. Aber niemand hat später etwas gesagt.

Nach dem Unfall in der Gießerei, als zwei Männer von der Schicht meines Vaters ums Leben kamen und mein Vater im Krankenhaus liegen mußte, kam »das große Schweigen« immer häufiger über ihn.

Dann lag er einfach nur im Bett. Oder ging am Stock durch die Korridore. Oder neckte die Schwestern. Oder starrte aus dem Fenster über den Parkplatz. (»Manchmal war es die Art und Weise, wie ein Sonnenstrahl von einer Windschutzscheibe zurückgeworfen wurde, so einfach war das«, sagt er.) Dann kam ein Druck in seinen Ohren, ein betäubender Lärm, und dann war es still. Einfach nur – still.

Er konnte nichts hören. Er konnte nicht schlucken oder zwinkern. Zwar hatte sich um ihn herum nichts verändert, aber alles war weit weggerückt, weil er in Gottes Geist eingegangen war. Er konnte hören, was Gott dachte, es waren seine eigenen Gedanken. »Da gibt es meine erste Lebenshälfte«, sagte er, »und dann die zweite. Jetzt befinde ich mich in der zweiten. Die ganze Zeit war ich in ihr, aber ich wußte es nicht. Gott war die ganze Zeit über bei mir, aber ich wußte es nicht. Man wähnt sich allein – das macht einen glücklich, wenn man ein Kind ist – ich meine, dann kann man sich alles erlauben, alles tun, stimmt's? Aber Gott ist die ganze Zeit über bei dir. Du bist nicht frei. Selbst der Gedanke daran, frei zu sein, ist Gottes Gedanke in deinem Kopf. Was immer du denkst oder tust, Gott ist zuerst da gewesen. Deshalb kannst du auch keine Fehler machen. Selbst die Warnungen, die Er dir schickt, sind keine Fehler.«

Manchmal, wenn es schneit – wenn es tagelang, ohne Aufhören geschneit hat wie in diesem Winter –, stehe ich am Fenster und lausche, wie es um mich herum still ist. Ich weiß, die Stille wird mich eines Tages genauso verschlingen, wie sie meinen Vater verschlungen hat.

Aber selbst dieser Gedanke – ist er nicht Gottes Gedanke? Natürlich ist er es.

Im Krankenhaus fing ich an, ihnen von der Frau am Kanalufer zu erzählen, was der Mann ihr angetan hatte, aber meine Worte überschlugen sich, und ich bekam keine Luft. Wenn ich die Augen zumachte, konnte ich sie sehen, wenn ich sie aber wieder öffnete, konnte ich mich nicht an das erinnern, was ich gesagt hatte. Auf ihrem Unterkinn war Blut. Es war Blut, ein immer größer werdender Blutfleck auf ihrer Bluse.

Er hatte sie umgebracht. Dann war er weggelaufen. Aber nicht leichtfüßig, nicht springend oder tänzelnd. Er hatte weder Hufe noch Flügel. Das Blut war auf sein Hemd gespritzt. Ich haßte sie beide – sie waren so häßlich.

»Du hast überhaupt nichts gesehen«, sagt meine Mutter, sie flüstert es und beugt sich über mein Bett und schüttelt mich verstohlen. »Kümmere dich gefälligst um deine eigenen Angelegenheiten!«

Jemand hat dann das Kanalufer abgesucht, aber natürlich fanden sie keine Leiche, auch gab es keine Spuren von Blut oder von einem Kampf. Ein einzelner, hochhackiger Schuh wurde im Gras gefunden.

»Sie bildet sich das ein«, sagt meine Mutter und sieht mich nicht an.

Später, als eine Frau als vermißt gemeldet wurde, suchten sie den Kanal ab, aber sie fanden keine Leiche. Inzwischen war ich wieder zu Hause (man hatte mich nur eine Nacht in der Kinderabteilung des Krankenhauses behalten), und die Schule hatte wieder angefangen.

»Du erzählst ihnen einfach, daß du dich nicht erinnern kannst«, sagt meine Mutter. »Sag ihnen, du weißt von nichts. Jedenfalls hast du es dir alles eingebildet, nicht wahr?« Die Tür zu meinem Vater ist mir lange Zeit versperrt geblieben. Wenn ich mein Ohr daranhalte, kann ich ihn hören, wie er vor sich hinsingt und

29

summt. Manchmal sind Irene und eine ihrer Freundinnnen bei ihm, sie spielen Rommé, würfeln und klappern mit dem alten Pappbecher. Dann lachen die drei, ich glaube sie wollen, daß ich es höre. »Jedenfalls hast du es dir eingebildet«, sagt meine Mutter und steckt sich eine Zigarette an, »stimmt's?«

Zu den $ 3.87 aus ihrer Kommodenschublade hat sie niemals etwas gesagt. Das bedeutet, ich habe sie ihr nicht weggenommen – was wiederum bedeutet, daß nichts passiert ist. Aber die Tür meines Vaters ist mir elf Tage lang versperrt. Mit einer Sicherheitsnadel ritze ich dünne Einkerbungen in den Wandverputz neben meinem Bett – eine für jeden Tag.

Letzte Tage

. . . die Geißel G-ttes. Aber vielleicht ist er zu spät geboren? Ein Messias zu jeder Stunde. Eine Zeitlang liest er nur »Holocaust«-Literatur. Dann nur Wittgenstein, von dem er besessen ist (»Worüber wir nicht reden können, darüber müssen wir schweigen« – oder so ähnlich: Saul ist zu erregt, um die Worte hundertprozentig richtig zu zitieren), für ein paar unglückliche Wochen in seinem letzten Studienjahr ist es Kants Kategorischer Imperativ: »Ist es euch klar«, sagt Saul hitzig zu seinen Freunden und allen, die ihm zuhören wollen, ja sogar zu seinem gekränkten Vater im Laufe eines Ferngesprächs, »– daß alles, was wir tun oder *denken*, ein moralisches Gesetz für *die ganze Menschheit* sein sollte? Unsere geringfügigste Laune oder Handlung – ein transzendentales Gesetz für *alle Zeiten*?« Das Semester seines ersten (offiziellen, verzeichneten, historischen) Zusammenbruchs. Sechs frenetische, Pseudo-Schaum-vor-dem-Mund-Stunden im Krankenrevier.

Saul Morgenstern, der Zorn G-ttes. Der Augapfel G-ttes. Er zerreißt den Brief von der Rhodes-Stiftung in kleine Stücke, wirft sie wie Konfetti in die Luft. Dann verläßt er das Gelände des »Mindestsicherheits«-Nervenkrankenhauses in Fort Spear im Staate Michigan. Kaum fünf Wochen später steigt er in einen schwerfälligen, abgasverpesteten, einen breitschultrigen, breitarschigen Bus (Sauls eigene, »surreale« Ausdrucksweise, denn er hat während seiner letzten Tage wie im Fieber Gedichte geschrieben) nach Toledo, um in der Liberty-Pfandleihe einen $ 15-Revolver für $ 78.24 von einem Angestellten zu erstehen, dessen goldgefaßte unschuldig runde Brillengläser den seinen ähneln und dessen dunkelhäutiges gutes Aussehen (bildet Saul sich ein) das seine auf *fast* semitische Art und Weise widerspiegelt.

Die Gesetze im Staate Ohio bezüglich des Erwerbs von Gewehren, Handfeuerwaffen und Munition sind weitaus laxer als die der benachbarten Staaten. Ist man vorbestraft oder war man zu irgendeiner Zeit in psychiatrischer Behandlung gewesen, ist man sichtbar erregt und wartet sozusagen nur in den Kulissen auf das aufregendste Ereignis seines Lebens (so hat Saul voller Schadenfreude seine Freunde wochenlang gewarnt), wird man auch nicht abgewiesen. »Glauben Sie mir«, sagt der junge, rundschultrige Herr mit der goldgefaßten Brille, Sauls süffisant lächelnder Zwilling – »heutzutage ist ein Revolver ihr bester Freund. Natürlich nur für den Notfall, versteht sich. Haben Sie sich jemals in einer kritischen Notfallsituation befunden?« Saul drehte die Waffe wiederholt in seinen eisigen Fingern. Er hatte nicht damit gerechnet, daß das Ding ein derartiges Gewicht, eine solche Schwere haben könnte. (»Hier haben wir Physikalität in all ihrer überraschenden Abruptheit«, sagt er sich. Eine kurze Zeitlang spielten die Anhänger Wittgensteins mit dem Gedanken, dessen Philosophie »Physikalismus« oder so ähnlich zu nennen und sie vielleicht Stalin zu verkaufen: Aber der war nicht beeindruckt gewesen, hatte vielleicht andere Dinge im Kopf.) Er hatte nicht mit so viel Realität gerechnet, obwohl er der stolze Verfasser zweier altkluger Artikel über das Thema gegenwärtiger »akademischer Schlagworte« war, die in der *New Republic* abgedruckt wurden, und einer einhundertundfünfundsechzig Seiten umfassenden Seminarstudie über Buber, Existentialismus, Strukturalismus, Poststrukturalismus und dem Holocaust als Textvorgabe, eine Arbeit, die von seinem eigenen Kreis allgemein als brillant empfunden, jedoch von jenem Professor W - - - als »inakzeptabel, sowohl als Werk der Wissenschaft als auch als Dichtung« rundweg und arrogant abgelehnt worden war, von jenem Professor W - - -, der besser nicht beim Namen genannt werden soll, weil Saul mit dem Gedanken einer anschaulichen Rache spielt. Sauls Finger zittern. Er beachtet es nicht. Noch beachtet es der Angestellte in der Pfandleihe. Es ist ein Arbeitstag wie jeder andere, vielleicht ein Dienstag. Es ist das Alltagsleben, »scheibchenweise« auf ganz alltägliche Weise. Saul könnte sich das vollgestopfte Innere der Liberty Pfandleihe auf der Seventh Street im Zentrum von Toledo, oder ist es Dayton? mit fotografischer Genauigkeit merken – den beflissenen Angestellten, lächelnd über die arg zerschrammte Glasplatte des Ladentisches gebeugt, er besitzt ein unfehlbares eidetisches Gedächtnis (»was für eine großartige Hilfe beim Mogeln« hatte sein neidischer Zimmergenosse, das Erstsemester, der kleine Sammy Frankel gesagt, Sammy, der wie ein mechanisches Spielzeug aufgezogen und für das Studium der Medizin und eine Millionärspraxis bestimmt worden ist: verachtenswertes Judenjüngelchen, nannte ihn Sam) – aber weshalb soll er sich mit all dem belasten, was schließlich doch nur *statistische* Realität ist? (Im Polizeibericht wird stehen, es handele sich um einen Colt – neues Polizeimodell .32 Kaliber-Revolver, dessen ursprünglicher, fünf Zoll langer Lauf bis auf zwei Zoll abgesägt ist, damit man ihn leichter in die Tasche stecken kann; die landesübliche Waffe mit sechs Schüssen im Magazin. Ein Modell, das vor fünfundzwanzig Jahren hergestellt wurde. Allgemein über [und unter] dem Ladentisch verkauft. Und so ölungsbedürftig, »erstaunlich, daß es überhaupt funktionierte«, wird einer der Polizisten sagen.) Saul hat für ein paar peinliche Augenblicke den erstaunlichen Gegenstand in seinen Händen angestarrt, und seine Augen, obwohl in der Regel »dunkel, durchdringend oder grüblerisch«, sind so ausdruckslos und rund und leer wie seine Brille. Der Angestellte atmet warm auf Sauls Hände. Kumpelhaft sieht er zu ihm auf. »Dieses Material hier ist Chrom, falls es Sie interessiert«, sagt er, »und das hier ist Zink. Eine gute Waffe. Für den Notfall bestens geeignet. Und falls Sie in Ihren Mantel oder in Ihr Jackett eine Geheimtasche einnähen lassen, ich meine nichts Auffälliges, oder haben Sie bereits eine? –, dann würde sie absolut sicher sein. Und der Preis stimmt auch.« Saul starrt den Revolver an, und sein linker Mundwinkel beginnt zu zucken. Weil er diesen Revolver schon einmal gesehen hat, er hat die zerschrammte Glasplatte des Ladentisches schon einmal gesehen, seine eigenen, von der Winterkälte aufgesprungenen, geröteten Hände mit den abgebissenen Nägeln, das freundliche, gespenstische Spiegelbild des Angestellten, das ihn jenseits der Glasplatte beobachtet. Der verbotene Gedanke steigt in ihm auf: Der Messias ist gekommen und wieder gegangen. Saul Morgenstern ist zu spät gekommen. Aber nein. »Geht in Ordnung«, sagt Saul mit tiefer Baßstimme, der männlichsten aller Stimmen, um jeglichen Verdacht des Angestellten zu zerstreuen. Es ist in der Tat ein ganz gewöhnlicher, ganz *routine*mäßiger Vormittag. Rabbi Reuben Engelman predigt Saul immer, daß es die *Routine* unseres Lebens sei, die »glückliche Täglichkeit«, in der Glaube und Praxis »vermählt« werden, welche die wahre Herausforderung ausmache. Saul widerlegt den heuchlerischen alten Schwätzer mit einem einzigen lauten Schlag auf den Pultdeckel. Und danach spielt er die Szene noch einmal für seinen Nichtgraduierten-Stammtisch in der Mensa. (»Ich bin die Zen-Hand, die eine Zen-Hand, die meine Feinde zu Staub zermalmt, zermalmt, zermalmt!« schreit er. Saul Morgenstern, die Geißel G-ttes. Saul Morgenstern, der ein Rhodes-Stipendium ausschlug. So überzeugend im rauchgeschwängerten Mensasaal, so biblisch, mit seiner tiefen Stimme und seinen blitzenden Augen und den glänzenden schwarzen, drahtigen Kraushaaren, die sich aus seinen Kleidern hervorlocken . . . kein Wunder, daß die kleinen weißen angelsächsischen Protestantinnen ihm Augen machen.) Nun dreht er den Revolver zwischen den Fingern. Murmelt »geht in Ordnung« und versucht gleichzeitig, sich zu erinnern, warum er hier ist. Murmelt »Aber kann ich nicht um ein paar Dollar mit Ihnen feilschen, ich glaube nämlich nicht, daß dieses Ding tatsächlich $ 85 wert ist . . .«. Darauf einige Minuten angeregter Unterhaltung. Saul lacht und sagt, er habe nicht die Absicht, seinen Vater umzulegen: Ernest Morgenstern verdiene es nicht, umgelegt zu werden: Diese Art von schlampigem *persönlichem* Verhalten (»ausagieren« nennen es die Seelenklempner) habe keinen Stil. Der Angestellte in der Pfandleihe stimmt zu. Oder hat nicht genau hingehört. Saul dreht die leere Trommel, zielt durch die Luft, fährt mit der Zunge über die empfindungslosen Lippen, will von dem Angestellten wissen, ob dieser irgendwelche Familienangehörige im Holocaust verloren habe, macht eine beiläufig geäußerte Bemerkung (wobei er milde, ja fast traurig lächelt), daß

die Familie eine zum Aussterben veruteilte amerikanische Spezies sei. »Genau«, bestätigt der Angestellte freundlich. Saul
starrt ihn zwinkernd an und stellt fest, daß er keineswegs ein
Zwilling ist, sondern ein verdrießlicher häßlicher Mann Ende
Dreißig, mit schütterem Haar und einem merkwürdig herunter-
hängenden Augenlid. Wahrscheinlich ein Spitzel. Die Pfandleihe
wird abgehört. ». . . ein Ziel wie Kissinger«, sagt Saul, ». . . vom
Standpunkt der jüdischen Gemeinde aus. Aber natürlich ist es zu
spät. Um Jahre zu spät. Damals war ich auf der Oberschule,
wußte von gar nichts. Außerdem war ich schon immer ein Pazi-
fist, selbst als mein Vater mir ins Gesicht schlug und mir das
Nasenbein brach, habe ich nicht zurückgeschlagen.« »Genau«,
wiederholt der Angestellte. Dabei vollführt er eine unbewußt
»wringende« Geste mit den Händen. Pontius Pilatus. Natürlich
will sich »David Gridlock« (der Name auf dem Kassenbeleg) die
Metapher für künftige Verwendung merken. Neuerdings interessiert er sich wie ein Besessener für Dichtung, hat die Vorstellung, sein wahres Talent liege in dieser Richtung und nicht in
düsterer, akribischer, freudloser Gelehrsamkeit . . . Auch hat er
den Ablauf der Ereignisse, die sich am kommenden Sabbat in der
Synagoge abspielen sollen, zeitlich noch nicht genau festgelegt:
Ob er, nachdem er den Mord begangen hat, Selbstmord begehen
wird, indem er sich ganz ruhig eine einzige Kugel ins Genick jagt,
oder aber ob er sich von seinen Feinden überwältigen und abfüh-
ren lassen soll. Im Augenblick neigt er zum ersten. Sollte er
jedoch überleben, würde er sich ganz in die Dichtung vertiefen.
Und gewisse Vorstellungen sind so »eindringlich«, so »bedräng-
end« . . . Das Geschäft ist abgewickelt, der Preis stimmt, Saul
zahlt in bar, will sagen »David Gridlock« zahlt ohne zu zögern
bar auf den Tisch. Nichtsdestoweniger überlegt er, ob man ihn
nicht doch übers Ohr gehauen hat – so lebensfremd, so offensichtlich nicht wie ein Mann von Welt wirkt er. Auch ist der Preis
der Patronen verdächtig hoch. Aber was kann er tun? – auf Nummer sicher gehen und gleich drei Dutzend kaufen.
Freddy C---, Dale S--- und Sol M--- diskutieren das Problem
Morgenstern immer wieder. »Also ehrlich, mir macht er Angst«,
sagt Freddy. »Und er erschöpft mich. Ich wünschte, er würde sich

bald umbringen.« Aber ernst gemeint ist das nicht, es ist Besorgnis, Verzweiflung, Feigheit. Vera R--- (rein zufällig eine Nichte von Mrs. Morgensterns ältester Schwägerin) regt sich jedesmal auf, wird manchmal richtig böse, wenn die anderen derartige Dinge behaupten. »... wie glaubt ihr würden wir allesamt dastehen, wenn ...«, sagt sie mit leiser, bebender Stimme. Natürlich geben sie es zu. Ganz und gar zu. Und die Tatsache, daß Saul überall verbreitet hat, seine ehemaligen Hausgenossen hätten ihn »um ein halbes Jahr Miete« betrogen und ihm »unersetzliche, seltene Bücher« gestohlen, ist nicht dazu angetan, ihr ungutes Gefühl zu zerstreuen. Denise E--- hatte versucht, sich mit Sauls ehemaligen Psychiatern in Verbindung zu setzen (Dr. Ritchie im Krankenhaus und Dr. Mermelstein in dessen Privatpraxis), aber weil sie sich fürchtet, den betreffenden Herren zu erklären, wer sie sei, und auch nicht imstande gewesen ist, einen fünfzehn Seiten umfassenden Brief, in dem sie Sauls Verhalten während der vergangenen Monate festgehalten hatte, abzutippen, sind ihre Bemühungen erfolglos geblieben. (Später wird Denise mindestens einem Reporter gegenüber erklären, daß Dr. Ritchie am Telefon »schnoddrig« und »hastig« geklungen und ihr versichert habe, daß, »falls Saul seine Aggressivität ausagierte, diese höchstwahrscheinlich gegen sich selbst gerichtet sein würde«. Dr. Ritchie leugnete jedoch, diese Behauptung gemacht zu haben.) Dale meint, man solle die Polizei benachrichtigen und daß, falls Saul sich wieder im Hause blicken lassen würde, er, Dale, es selber tun würde. Sol meint, die Eltern sollten benachrichtigt werden (»aber sie sind doch im Bilde über alles, oder?«), die Krankenhausverwaltung sollte benachrichtigt werden (»aber die scheren sich doch einen feuchten Kehricht darum«), Sauls ehemalige Lehrer an der Universität, Sauls ehemalige Freunde ... Aber vielleicht ist es am klügsten, sich da herauszuhalten. Sich offiziell herauszuhalten. Denn Saul hat bereits gedroht, jeden zu verklagen, vom Gouverneur des Staates bis hinunter zu seinen ehemaligen Hausgenossen im Apartment 18332 auf der Twenty-Third Street, falls irgendeine Äußerung, die sich auf seinen »Geisteszustand« beziehe, an die Öffentlichkeit gelange. Rose P--- hat er erzählt (sie selber ist nicht gerade als stabil zu bezeichnen), daß gewisse Verräter seines Vertrauens sehr bald »den Tag verfluchen werden, an dem sie geboren wurden«, wie die Einwohner der Städte Hiroshima, Berlin und Pompeji den Tag ihrer Geburt verflucht hätten. Rose P--- glaubt, Saul sei wahrscheinlich ein Heiliger. Wenn er doch nur irgendwie wieder auf die Erde zurückgebracht werden, in ihr verwurzelt und in Berührung mit seinem sinnlichen, primitiven, fundamentalen Selbst gebracht werden könne . . . »Ideen und Gedanken und Angelesenes – das hat ihn krank gemacht«, versichert sie mit leidenschaftlicher, durchdringender Stimme, die wiederum Dale nervös ausbrechen läßt, »Lieber Gott, Saul denkt doch zur Zeit überhaupt nicht mehr, im Laufe der letzten sechs Monate hat er das Denken aufgegeben, er kann nicht einmal stillsitzen und *lesen*, es sei denn, er nimmt Medikamente«, und Vera sagt immer wieder: ». . . wenn er nun wirklich gefährlich ist und etwas tut, und . . . wie glaubt ihr denn, daß wir dann dastehen . . .?« Indessen aber leben wir in einem freien Land. Selbst wenn Saul an irgendeiner Art von »infektiösem Unbehagen« leide, wie Rose glaubt, »an einem psychischen Virus«, das er sich aus der Luft Amerikas geholt habe. Selbst wenn er ohne Führerschein einen Wagen fährt. (Sein Führerschein ist ihm für die Dauer von neunzig Tagen entzogen worden.) Selbst wenn das Gerücht geht, er habe sich einen Revolver besorgt. Und wahrscheinlich *ist* er tatsächlich ein Heiliger, sagt Rose, hat die jüdische Religion Heilige . . .? Rose geht allen auf die Nerven, sie lungert dauernd im College herum, kommt zu allen möglichen Zeiten des Nachts im Haus auf der Twenty-Third Street vorbei und macht plumpe Andeutungen, sie und Saul seien ein »inniges Liebespaar«. Die anderen bestreiten dies lebhaft und behaupten, Saul habe sich niemals mit einem Mädchen abgegeben, im Grunde verachte er Mädchen, aber die kleine Rose, Rose mit dem Gesicht wie ein Frettchen, wird ihren schmuddeligen Anspruch von nun an bis in alle Ewigkeit aufrecht erhalten. Schließlich begleitet sie Saul häufig auf seinen nächtlichen Streifzügen durch die Stadt und in die Eastlands Hill-Fußgängerzone, wo er laut singt und wo seine klangvoll vibrierende Stimme (ein Bariton?) widerhallt. Er singt furchtlos, aus voller Kehle, in den Bibliotheksmagazinen, selbst in der Chippewa Taverne, wo sich die jungen Arbeiter aus der Chrysler-Fabrik treffen, selbst in den labyrinthisch gewundenen Wegen, die durch das hügelige Gelände der Abbey Farms führen, jener »Luxus-Eigenheim-Siedlung«, wo sich die Morgensterns ein Haus kauften, ehe der Vater sich von der Mutter scheiden ließ – und für das man heute auf dem inflationären Immobilienmarkt ohne weiteres anderthalb Millionen Dollar bekommen würde: Er ist nicht schüchtern. Er singt Leporello, er singt Don Giovanni, er singt schmelzende deutsche Schubertlieder, dann aber wechselt sein Repertoire und er intoniert mit heiserer Stimme die abgegriffensten Janis-Joplin-Nummern, während seine bekiffte Freundin hinter ihm hertrottet und klatscht, bis ihr die Handflächen brennen. Sie liebt ihn, sie ist verrückt nach ihm, warum genügt ihre grenzenlose Liebe nicht, ihn zu retten, warum (wenn Schicksal und Karma ihn in diese Richtung zogen) schlug er nicht vor, daß sie gemeinsam sterben sollten, eng aneinander geschmiegt in einem Volkswagen angesichts des Sees, während sachte der Schnee fällt und sie zudeckt . . .? Rose P---, die zum Judentum übertreten möchte, »dem orthodoxesten, das es gibt«. Rose P---, die, abgesehen von Sauls Mutter als einzige bemerkt hat, daß sein rechtes Auge um eine winzige Nuance dunkler ist – ein dunkleres Grünlichbraun – als sein linkes. Rose P---, an deren wogendem Busen Saul einmal einen Zeigefinger aufgerichtet und abgefeuert und dabei in der Gegenwart von einem halben Dutzend peinlich berührter Freunde gekichert hatte. Rose P---, die Saul erfolgreich »am Boden zerstört« hatte, indem er ihr erschütternde Passagen aus Holocaustberichten wie *Überlebende von Auschwitz, Stimmen aus dem Todeslager, In den Gettos von Warschau und Lodz* und *Nach der Apokalypse* vorlas. Rose P---, der er am Vorabend des Mordes-cum-Selbstmordes gestand: »Das Wahre ist, ich meine Gottes Fluch, der auf mir lastet, *Ich bin zu spät geboren. Alles Leiden ist ausgelitten, alle Erinnerungen geschrieben worden. Jeder Atemzug, den Saul tut, ist vorher von jemand anderem getan worden.*«

In seinem letzten Semester ist Saul Redakteur der Collegezeitschrift und arbeitet durchschnittlich fünfzig Stunden die Woche. Er ist bekannt für seine Großzügigkeit. Er ist bekannt für seinen

»beißenden« Sarkasmus. Er ist eine lokale Berühmtheit, weil er Artikel in *The New Republic* veröffentlicht hat, in denen er die Universität, deren akademischen Grad er anstrebt, furchtlos kritisiert. Ein Artikel über Universitätsangehörige, die sich für Stipendiengelder »prostituiert« hätten, erschien auf der Leserbriefseite der *New York Times* und beeindruckte sogar Mr. Morgenstern (der damals mit seiner zweiten und sehr jungen oder besser: jugendlichen Frau und seinem elfjährigen Sohn in der Sixty-Seventh Street wohnte). Er macht die Entdeckung, daß er keinen Schlaf braucht wie andere Menschen. In trockenen stillen Winternächten läuft er meilenweit (bei Temperaturen weit unter Null, mit dampfendem Atem und einem Herzen wie eine sich immer wieder öffnende und schließende wunderbare Faust, absolut triumphierend – weshalb um Himmelswillen hat er sich jemals über seine Gesundheit Gedanken gemacht, weshalb hatte er befürchtet, Rektalkrebs zu haben, wenn es doch nur blutende Hämorrhoiden waren) – er macht Klimmzüge an Gittern, beeindruckt diese leichtgläubigen weißen angelsächsischen Protestantinnen, indem er über Mauern klettert und sich nicht um die Eisenspeere und Glasscherben, mit denen sie bestückt sind, schert, an bestimmten Tagen ist er tatsächlich unverwundbar und obendrein noch stark wie ein Bär. Er stopft sich voll mit nichtkoscherem Essen, und es ist ihm dabei kein bißchen übel. Er sitzt in der letzten Bankreihe der Adath-Israel-Synagoge, jener »die Augen beleidigenden Geschmacklosigkeit«, die sich Rabbi Reuben Engelman in seinen schamlos materialistischen Träumen hatte einfallen lassen, und die vor (und nach) dem Mord/Selbstmord in den überregionalen Zeitschriften ausführlich abgebildet wurde – Saul sitzt so ergeben da wie irgendein gehirngewaschenes Judenbübchen, das Scheitelkäppchen auf dem Kopf und in sein Loseblattheft Notizen machend über Einrichtungen, Pelzmäntel, »Masken der Schläue und Täuschung«, die er überall zu sehen glaubt. Er macht sich sogar Notizen in einer von ihm erfundenen Kurzschrift, wenn Rabbi Engelman eine seiner mitreißenden und patriotischen »seid-stolz-auf-Amerika-und-blickt-nicht-rückwärts«-Predigten hält. Niemand scheint es zu bemerken.

Kein Psychiater kann ihm helfen, denn er ist zu gewitzt – er kennt sich zu genau aus in dem Freudschen Mist, in dem Psychojargon. Sein Intelligenzquotient ist 168. Mag sein auch 186. Niemand im Krankenhaus hat den Mut, sich ihm *auf seiner Ebene* zu nähern, denn seine Probleme sind nicht trivial oder persönlich: Sie drehen sich um Leben und Tod, um G-tt und den Menschen, um die besondere Bestimmung der Juden, um die Kontrapunktik der Gefäße der Gnade und der des Zornes. (»Zweiundzwanzig Jahre lang war ich ein Gefäß der Gnade«, sagt Saul und verzieht den Mund zu einem schiefen Grinsen, »– und dann dämmerte es mir, daß dies die falsche Kategorie war.«) Dr. Ritchie ist ein Idiot, Dr. Mermelstein ein homosexueller Sadist, Professor W---, der Sauls Seminararbeit mit roter Tinte verziert zurückgab, ist ein Hochstapler, ein Gauner. »David Gridlock« wurde an einem regnerischen Dezembernachmittag geboren, als Saul atemlos durch den Krankenhauspark rannte, in papageigrüner Segeltuchjacke mit offenem Reißverschluß und heraushängender Zunge, von Wellen des Hochgefühls getragen, so mächtig, so exquisit, daß er wußte, sie kamen von G-tt: Außer, daß er natürlich nicht an solch abergläubischen Mist glaubte. In der Tat niemals geglaubt hatte. Selbst bei der eigenen Bar Mitzwa glaubte er es nicht, während er seine Gebete vorlas und seine Melodien mit solcher Inbrunst sang, als hätte er es sein ganzes junges Leben lang getan. (»Wenn ich G-tt wäre«, erklärte er seinen verängstigten Hausgenossen Freddy und Dale, »würde ich euch allen meinen Segen erteilen und den Sauerstoff wegsaugen und das wäre erledigt – ehe ihr Gelegenheit gehabt hättet, aufzuwachen und alles zunichte zu machen. Natürlich meine ich ›ihr‹ als Gattungsbegriff«, erläutert er.)

Psychiater, Psychologen, Therapeuten, selbsternannte Wohltäter und bestimmte, sich dauernd einmischende Mitglieder der Morgenstern-Familie . . . niemand ist befugt, *ihm* Ratschläge zu erteilen. Er verblüfft Mermelstein mit einem Zitat von Kafka, das er ihn bittet, zu identifizieren (»Wenn wir vom Teufel besessen sind, kann es nicht nur einer sein, denn dann könnten wir ruhig leben, wie mit Gott, in Eintracht, ohne Widerspruch . . . und immer im Vertrauen darauf, daß hinter uns jemand steht«), er

schockiert seinen ehemaligen Philosophieprofessor in Ann Arbor, indem er ihn spät abends aufsucht, um mit ihm zusammen das Diktum Wittgensteins »auszuarbeiten« (»Ist es wahr, daß ›was überhaupt gesagt werden kann, klar ausgedrückt werden soll und daß wir über das, was sich nicht in Worte fassen läßt, schweigen müssen‹? – und wie dieses sich mit der zwanghaften homosexuellen Promiskuität des Philosophen vereinbaren lasse?« – und dies mit laut schallender triumphierender Stimme), er stürzt seinen Vater durch einen unangekündigten Besuch in New York während der Semesterferien in Verwirrung (»Van Gogh trennte sich mit dem Rasiermesser das Ohr ab, um zu büßen«, erzählt er seinem verärgerten, schockierten Vater, »– wenn ich mich nun kastrierte, würde das dir und der neuen Mrs. Morgenstern gefallen?«), er arbeitet lange, fiebrig-halluzinatorische Freizeitstunden an einem Prosapoem, das den vorläufigen Titel »Letzte Tage« trägt . . . (»Im Alter von dreiundzwanzig sehe ich nun, daß alles sich richtig einfügt, und daß es die ganze Zeit über auch kein Geheimnis gab, außer, daß Saul Morgenstern es ›wie in einem Spiegel‹ sah.«) Er wacht beunruhigt auf, manchmal schweißbedeckt vor Wut, in der Überzeugung, er werde, *ja er komme nicht umhin*, der verspätete Messias zu sein. Wir sind am Ende des zwanzigsten Jahrhunderts. Das Opfer ist bereits gebracht. Jede Silbe seiner Ansprache ist auf Band festgehalten, auch die Revolverschüsse, auch das schwachsinnige Geschrei der Synagogengemeinde: Und (zweifellos) von den Lokalsendern gestohlen.
»Ich bin hungrig! Ich sterbe vor Hunger!« wirft er seiner Mutter vor, als er plötzlich in der Sussex Drive auftaucht. »Ich ersticke!« wirft er seinen Hausgenossen vor, welche die Luft mit ihren Zigaretten verpesten, mit ihren feierlich-humorlosen Klischees, der ungewaschenen Hitze ihrer Körper. Dale S--- wird sich an ein »unheimlich klares« Gespräch über den Holocaust und seine Bedeutung für die gesamte vergangene und zukünftige Menschheitsgeschichte erinnern. Das Gesicht des absolut Bösen, die Anonymität der Sünde, Hitler als der Anti-Messias, die »Endlösung« als Verpestung jeden Kubikmeters Sauerstoff – daher auch Sauls Erstickungs- und Hustenanfälle. (Die von gewissen seiner Bekannten, mit der Zeit weniger tolerant geworden, als billige

41

Effekthascherei empfunden wurden. »Er hat sich verstellt. Er hat sich immer verstellt«, sagen sie. »Außer natürlich am Schluß. Aber nur ganz am Schluß.«)

Er besteht seine Prüfung mit Auszeichnung, er ist der einzige in jenem Jahr im State Michigan auserwählte Rhodes-Stipendiat, er wird Geschichte, Politologie und Theologie in Oxford studieren: Aber die Krankheit kommt dazwischen. Jetzt macht er Schieß-übungen, indem er seinen Colt (Neues Polizeimodell) in einen Stoß alte Zeitungen und Zeitschriften im Keller des Luxus-Eigenheims seiner Mutter (nicht mehr seiner Eltern) in der Sussex Drive feuert. Glücklicherweise ist seine Mutter an diesem Nachmittag ausgegangen. In den Club. Ins Krankenhaus, wo sie eine ältere, kränkelnde weibliche Verwandte besucht. »Ich begreife dich nicht, Saul«, hat Mrs. Morgenstern immer wieder gesagt. Manchmal stehen ihr die Tränen in den Augen, manchmal steht sie nur düster und stoisch da und will sich nicht »am Boden zerstören« lassen (so sagt Saul es selber) durch die unbestreitbare Gegenwart ihres Sohnes. Sie heißt Barbara, sie ist ganz und gar Amerikanerin und assimiliert. Sie hat wenig Ähnlichkeit mit ihrem ehrwürdigen Sohn außer in der Augenfarbe – ein merk-würdig trübes Grün –, das manchmal durch Gedanken erhellt wird und manchmal eben nur trüb ist. Saul liebt sie, das gibt er ohne weiteres zu, aber er kann sie nicht ertragen: Weder ihre Stimme, die so peinlich *mitfühlend* ist, noch ihre Berührung, die brennt, noch den leisesten Hauch ihres teuren und tödlichen Parfums. All das erklärt er geduldig Rabbi Engelman in der statt-lichen getäfelten Bibliothek in dessen Heim. All das erklärt er Freddy, Sol, Vera, Dr. Ritchie und dem verachtenswerten Mer-melstein und den Mitreisenden auf dem Greyhound Bus auf der Rückfahrt von Toledo, er erklärt es allen, die bereit sind, zuzuhö-ren: Denn schließlich, so folgert Saul, ist es ja doch nichts weiter als die Geschichte unserer aller (kollektiven) Leben. Erstaunlich in ihrer Transparenz, unwiderlegbar wie eine mathematische Gleichung, wie kann man ihr widerstehen –? Indem Saul ab-drückt und von dem simplen lauten *Knall* erschreckt und zu-gleich befriedigt wird, weiß er zum erstenmal, daß, obwohl ihn jeder anlügt, jeder beschlossen hat, wenigstens nach außen hin

»seinen Launen nachzugeben«, es *für ihn* nicht mehr von Bedeutung ist, was andere über ihn denken. Nichtsdestoweniger führt er während dieser letzten Tage viele Telefongespräche. Für diese Anrufe wird er eines Tages berühmt werden. Er liegt schlaflos auf seinem zerwühlten Bett im dritten Stock (nach hinten hinaus) der »Pension« Nummer 3831 Railroad Avenue, nur etwa eine halbe Meile entfernt von den verwahrlosten, sich südlich des Universitäts-Campus erstreckenden Straßen – etwa elf Meilen südöstlich der Adath-Israel-Synagoge auf der Schnellstraße nach Hamilton . . . dort liegt er und schläft weder tags noch nachts, »David Gridlock« plant seine Rache, welche die Form einer simplen Buße annehmen wird. Es ist nicht der krankmachende Terror der Schlaflosigkeit, der von ihm Besitz ergriffen hat. An Schlaflosigkeit hat er sich seit langem gewöhnt. Nein, es ist das zerwühlte und nach fremden, erhitzten Gedanken riechende Bettzeug, nach fremden, turbulenten Nächten, *ehe Saul sich hineingelegt hat.* Es sind die verschmutzten Bettlaken, es ist der Abdruck eines fremden Kopfes auf dem Kissen, die verirrten Haare, gelockt und dunkel, aber nicht seine eigenen. Die ungespülte Toilette auf dem Gang. Abfall, verrottet und ekelerregend und *nicht sein eigener.* Er fürchtet sich vor allem davor, als unoriginell zu gelten, des Plagiats bezichtigt, bloßgestellt, lächerlich gemacht und als ganz gewöhnlich abgetan zu werden.

»Was ist denn so besonders an *dir*«, schreit Mr. Morgenstern, »das dir das Recht gibt, *mich* zu verfolgen?« Als Redakteur der Collegezeitung *gibt er sich wer weiß wieviel* Mühe, schreibt schludrige, schlecht organisierte Texte um, dabei brummt sein Kopf nur so von Kaffee, Zigaretten, Amphetaminen. Häufig hört er jene halb vorwurfsvollen, halb bewundernden Worte: »Saul, gib dir doch nicht so viel Mühe!« und wieder: »Saul, lohnt sich die Mühe? – Dafür gibt's nicht einmal eine akademische Anerkennung.« Er betrachtet es als seine Aufgabe, wöchentlich drei bis vier Leitartikel zu schreiben. Herausfordernde, »kontroverse« Beiträge. Über den undemokratischen Charakter von Studentenverbindungen sowohl für Männer als auch für Frauen, über die Diskriminierung sogar seitens selbsternannter »Liberaler«, über eine de facto-Rassentrennung . . . und anderes mehr. Einer seiner Leitartikel ist ein leidenschaftlicher Angriff auf das Vorurteil. Während er ihn in die Maschine tippt, läßt er sich mitreißen, er ist bewegt, aufgebracht, den Tränen nahe. Denn der Grundgedanke ist: *Läßt* sich am Ende die menschliche Natur ändern; was ist, in der Tat, die »menschliche Natur«, die sich »ändern« läßt? Und welche Hoffnung besteht dafür nach so vielen Jahrhunderten . . .? Ein mutiger Leitartikel, denkt Saul. Ein Angriff. Und dann kommt so ein läppischer sarkastischer Brief von irgendeinem Jungakademiker, einem Studenten der Ingenieurwissenschaften, ausgerechnet der *Ingenieurwissenschaften*, ignoriert Sauls beflügelten Leitartikel und bezichtigt ihn des Plagiats! – und bezieht sich dabei auf einen (berühmten) Essay von Sartre über den Antisemitismus, den Saul niemals gelesen hat oder an den er sich nicht erinnern kann, ihn jemals gelesen zu haben, so wahr ihm G-tt helfe. Ein Glück, daß Saul den Brief verschwinden lassen kann, ehe ihn jemand liest . . . Dann wieder, es ist nicht lange her, warf man ihm in seinem »Fragen der zeitgenössischen Gedankenwelt«-Seminar, für das er eine fünfzig Seiten umfassende und mit ausgeklügelten Fußnoten versehene Seminararbeit vorlegte, vor, sein Quellenmaterial »nicht zulänglich aufgedeckt zu haben«: Ganze Abschnitte, hieß es, seien in der Sprache von Camus verfaßt und gewisse Einsichten entstammten Camus' Essay »Der glückliche Tod« (»Die Todesstrafe ist die ganze Geschichte hindurch eine religiöse Strafe gewesen . . . Das wahre Urteil wird nicht in dieser, sondern in der nächsten Welt gesprochen . . . Religiöse Werte sind die einzigen, auf denen die Todesstrafe basieren kann . . .«), es fänden sich darin von Buber und Tillich formulierte Redewendungen: *Saul hat Buber und Tillich nie gelesen oder kann sich nicht erinnern, sie je gelesen zu haben.* Wie demütigend, sich vor dem Professor rechtfertigen zu müssen. Wie demütigend, die Wahrheit mit einer so unsicheren, ja kindlichen Stimme sagen zu müssen, daß sie zur Lüge wird. Ich bin unschuldig, sagt Saul, wie kann ich meine Unschuld beweisen, bin ich zu spät geboren, sind alle Worte schon gesagt, ist aller Sauerstoff schon geatmet worden . . .? Sein Herz hämmert vor Scham, vor Unterdrückung, vor nicht zu ertragender Demütigung. Lieber sterben, belehrt Saul Saul, als wie ein Hund in eines Fremden Bettzeug zu kriechen, als hilflos in der Toilette auf fremde Scheiße zu starren.

Aber im Ganzen gesehen ist er glücklich, ja, fast euphorisch. Er schüttelt Fremden die Hand, führt Penner über breite, zugige Straßen, hilft, einen im Schnee steckengebliebenen Wagen wieder flott zu machen. Er übertreibt nie, weil es nicht notwendig ist. »Um mich herum«, prahlt er, »übertreibt ja die Welt selber.« Auf jeden Fall weiß er, wie wichtig es ist, in seinem Blutstrom einen bestimmten Energielevel zu bewahren, eine bestimmte, rein gefühlsmäßige Stärke. Er mag vielleicht weltfremd erscheinen, aber er ist kein Narr. Er hat zwar die Schmach einer Elektroschockbehandlung über sich ergehen lassen müssen, aber er hat sich nie unterkriegen lassen. In sein Loseblatt-Tagebuch schreibt er so luzide wie möglich, damit er nach seinem Tode nicht ebenso mißverstanden wird wie zu seinen Lebzeiten. *Um den Held herum wird alles zur Tragödie, um den Halbgott zu einem Satyrspiel, um Morgenstern herum – zur Klamotte.* Diese frische Erkenntnis und die leidenschaftliche Sprache faszinieren ihn. Der Tod verspricht, überhaupt nicht schmerzlich zu sein.

In dem übelriechenden kleinen Zimmer auf der Railroad Avenue denkt er auf einmal an Fort Spear und die langen, benommenen, neonröhrenbeleuchteten Korridore, an die eingezäunten Waldstücke, durch die er rannte, um sein Herz zerspringen zu lassen; aber als er in der Nervenklinik lag, dachte er an das Haus in der Sussex Drive und an die Abbey-Farms-Luxus-Eigenheimsiedlung, wo Rabbi Engelman und dessen Frau Tillie im Wohnzimmer sitzen und wo Mrs. Morgenstern ihnen weinend Kaffee serviert. An einem Ort denkt er an einen anderen. In einer Zeitzone sehnt er sich nach einer anderen. Deshalb auch diese verzweifelten Briefe und Telefongespräche. Mit seinem Vater in Manhattan, mit Moses Goldhand an der Universität von Chicago, mit Professor Fox an der Universität von Michigan, der seinetwegen solche »große Hoffnungen« als zukünftiger Rhodes-Stipendiat hegte, mit Vera R---, die ihn »vielleicht ohne es zu wollen« verriet, mit Dr. Ritchie, dem homosexuellen Scharlatan, mit Dr. Mermelstein, den er bald entlarven wird. Es ist eine groteske, ja fast nicht in Worte zu fassende Tatsache, daß seine beiden Eltern, vereint nach Jahren bitterster Auseinandersetzungen, sich verschworen hatten, die Fakten gegenüber einem Gericht derart zu mißrepräsentieren, daß Saul in ein staatliches Krankenhaus »überstellt« wurde. Dieser Wahrheit muß man sich stellen, sie muß furchtlos und wie ein rares giftiges Insekt in die Finger genommen und gedreht werden, ein grellfarbenes, funkelndes Juwel von Insekt, *vor dieser Wahrheit kann der Sohn sich nicht drücken.*»Rabbi«, sagt Saul mit einer abrupten Knabenstimme, »ich glaube, ich brauche Hilfe. Es ist nicht etwa, weil ich mich krank fühle oder schwach oder so ähnlich... nein, ich fühle mich zu stark.«

Sauls Kleider passen ihm eigentlich nicht, obwohl er sich mit großer Sorgfalt anzieht: das Jackett aus englischem Tweed mit den Lederflecken auf den Ellbogen und den lederbezogenen Knöpfen; seine gut aussehende Seidenkrawatte in dezentem Weinrot; seine schwarzen Woll- und Seidegemischsocken, beste Qualität. »Er legte sehr viel Wert auf seine Erscheinung«, sagt Rose P---, »und warum auch nicht? --- Manchmal war er so schön, da schien seine Seele aus seinen Augen.« Vera R--- sagt: »Na ja, er war wohl ein wenig eitel, als ich ihm zuerst begegnete. Einmal hat er etwas sehr Merkwürdiges gesagt: Daß, wäre es ihm vergönnt gewesen zu singen, er zur Bühne gegangen wäre und ein friedliches, der Schönheit gewidmetes Leben gehabt hätte.« Die Mädchen beten ihn an, seine Jünger in der College-Cafeteria klatschen Beifall, Morgenstern, die Geißel G-ttes mit seinem drahtigen schwarzen Haar, seiner semitischen Nase und seinen semitischen Augen, seiner goldgefaßten Brille, die ihm einen so forschenden und gelehrten und lehrerhaften Zug verleiht – einer dieser mageren Anarchisten mit buschigen Brauen aus dem alten Rußland, ein Student, wie ihn Dostojewski beschrieb, bereit, sein Leben im Aufstand gegen die Tyrannei zu opfern. Aber neuerdings schlottern seine Anzüge derart, daß er sich manchmal fragt, ob sie ihm überhaupt gehören. Wäre es nicht möglich, daß sich seine Hausgenossen einen üblen Scherz erlaubt haben, heimlich in sein neues Zimmer gekommen waren und seine Kleider vertauscht haben? Auf einmal erscheint ihm dies sehr glaubhaft. Der schlimmste Feind, den ein Jude haben kann, ist ein anderer Jude, stimmt's? Die auf das Freud-Poster (Freud mit Zigarre) gekritzelten Hakenkreuze (an die Tür seiner Arbeitsnische in der Bibliothek geheftet) waren zweifellos das Werk anderer Juden, die Saul seinen Erfolg an der Universität und nicht zuletzt bei den Mädchen weißer, angelsächsischer, protestantischer Herkunft mißgönnten. Sol M--- zum Beispiel. Und der Frank-Junge, wie heißt er doch, sein Arztpapa ist befreundet mit den Rockefellers . . .

»Rabbi«, sagt Saul, »ich glaube, ich brauche Hilfe. Die Leute beleidigen mich hinter meinem Rücken. Seit Fort Spear ist das so, seit meine Eltern mich dort einwiesen, damals haben sie mir die höchste Medikamentendosis verabreicht, ich meine, die maximale rechtlich gestattete, und wer weiß wie viele Elektroschocks, was, glaube ich, gegen das Gesetz in diesem Staat ist – heut vormittag habe ich nämlich einen Termin bei einem Anwalt – ich lasse das nicht auf sich beruhen – aber von Ihnen brauche ich Hilfe, sie haben angefangen, mich den ›schlimmsten Typ von Juden‹ zu nennen, *würden Sie ihnen bitte befehlen, damit aufzuhören?*«

Er bezahlt $ 78 bar im voraus für zwei Wochen in der Pension (eigentlich ist es eine billige Absteige, eine Penne) auf der verwahrlosten Railroad Avenue, obwohl er weiß, daß er nicht so lange dort bleiben wird. Nirgendwo wird er so lange bleiben. Sorgfältig ordnet er eine Auswahl seiner liebsten Bücher, bestimmte Zeitungs- und Zeitschriftenausschnitte, ein etwas zerknittertes aber immer noch dramatisches Poster von Ché Guevara (»Ché Guevara!« wird Freddy C--- ausrufen, »seit wann – ich meine, Saul Morgenstern und Ché Guevara?«) und das getippte und mit ausführlichen Anmerkungen versehene Manuskript von »Letzte Tage«. Aber der saubere, weiße, aus dem Billigladen stammende Briefumschlag mit seiner Anklagerede steckt in der linken Tasche seines Tweedjacketts. In der rechten der Revolver. Sein kompaktes Gewicht ist im Laufe der letzten Tage zum integralen Teil seines eigenen geworden: Nur noch manchmal muß er an ihn denken.

Seine Freunde, seine ehemaligen Freunde, die verängstigten Hausgenossen, gewisse Leute an der Universität und Klatschmäuler – sie alle erwähnen die Existenz einer Waffe, die jedoch keiner jemals gesehen hat. Manche von ihnen sind sicher, daß Saul so etwas besitzt (»Er preßt immer so auffällig den Ellbogen gegen seine Tasche, da muß doch etwas Gefährliches drin sein«), andere wiederum sind genauso überzeugt, daß das alles nur Getue ist (»Er will doch nur, daß wir über ihn reden – immer über *ihn* reden«), wenige glauben, daß sein sorgfältig inszeniertes »verrücktes Verhalten« echt ist und daß man ihn für gefährlich halten müsse (»Kann sein, daß er anfangs nur so tat, aber jetzt hat er keine Kontrolle mehr über sich – man kann es direkt riechen«). Eine nicht identifizierte junge Frau berichtet einem der Sicherheitspolizisten auf dem Campus, daß ein Unglück geschehen würde, es sei denn, ein »gewisser Student der Geschichte« würde in Gewahrsam genommen, aber sie behauptet, seinen Namen nicht zu kennen und weigert sich, weitere Auskünfte zu geben. Mrs. Morgenstern ruft ihren ehemaligen Ehemann an und hinterläßt eine Nachricht bei dessen Haushälterin, die aber nicht weitergegeben wird. Vielleicht, weil (so Mrs. Morgenstern, die bekannt dafür ist, immer gute Miene zum bösen Spiel zu machen) diese mit einem sehr starken puertoricanischen Akzent sprach und wahrscheinlich die Nachricht nicht begriffen hatte.

Saul alias »David Gridlock« joggt eines frostigen Sonntag morgens durch die Abbey-Farms-Siedlung, weil er sie mit unverdorbenen, d. h. mit Anthropologenaugen sehen möchte. Essex Drive, Queens Lane, Drakes Center, Pemberton Circle, Shropshire Way, Sussex Drive ... eine mustergültige jüdische Gegend, denkt Saul, keuchend, und lacht leise, eine richtige Jid-Vision, all diese englischen Namen, diese sich schlängelnden Alleen, Wege, Pfade, Einfahrten, Auffahrten ... so etwas wie eine Straße kommt nicht vor, kein Hauch von städtischen Ursprüngen. Er rennt, schwingt die Arme, vergißt, nicht mit offenem Mund zu atmen, die stechende Sonne ergießt sich über ihn und füllt ihn mit Energie, ja, sein bloßes Gehirn schwillt an, und auf einmal erkennt er, daß er unsterblich ist: Eine Kugel aus seiner eigenen Waffe könnte ihn nicht aufhalten. Drakes Center und Shropshire und schon ist Sussex Nr. 18 da ... ein maßgefertigtes Haus wie alle anderen ... vom gleichen Bau-Unternehmer, der gleichen

Grundstücks- und Erschließungsgesellschaft gebaut . . . vom gleichen Architekt ersonnen. Zum erstenmal seit die Morgensterns vor elf Jahren das Haus gekauft haben, »sieht« Saul, daß Nr. 18 eine umgestaltete Scheune ist: Daß alle Häuser der Abbey-Farms-Gesellschaft umgestaltete Scheunen sind, aus Holz, das so behandelt wurde, daß es »verwittert« aussieht, ja, sogar ein wenig »verfallen«, mit schmalen, vertikal eingesetzten Fenstern, die einem die Illusion vermitteln sollen, sie seien aus verhärteten Scheunenwänden »herausgeschnitten« worden. Noch im Laufen lacht er laut, kann sein, er bekommt einen Lachkrampf, er ringt nach Luft, bekommt einen asthmatischen Erstikkungsanfall, er kann sich nicht bremsen, es ist ja so wahnsinnig komisch, er muß es in einer Fußnote zu »Letzte Tage« festhalten, ein versteckter Seitenhieb auf Abbey Farms, »das exklusive Wohnbauprojekt« nur ein paar Meilen entfernt von Adath Israel, die private und häusliche Ausdrucksform jenes jüdischen Wesens, dessen (er ringt um die muskulöseste aber auch spöttischste Syntax) öffentliche und kulturelle Ausdrucksform eben jene Adath-Israel-Synagoge ist. Englische Alleen und Plätze und Wege, kahle, grauverwitterte Andrew-Wyeth-Scheunen, sechs- und achteckige »klassische« Formen, roh gezimmerte, ungestrichene Zäune, ja, selbst aus Baumstämmen gefertigte Einfriedungen, selbst Pseudosilos mit orangeroten Aluminiumdächern an Garagen angrenzend . . . Disneyland! Phantasieland! Judenhimmel! Saul joggt die menschenleeren, winterkahlen Alleen entlang, sein Atem dampft, die Zunge wird gefühllos, die Lippen erstarren. »Ich werde weitermachen, bis man mich anhält«, denkt er voller Hochgefühl, »aber man wird mich nie anhalten können. G-tt sei gelobt.«

Letzter Wille & Testament des Saul Morgenstern: . . . *weil ich weder mit dieser abscheulichen Heuchelei fortfahren will noch kann, werde ich euch ein vorbehaltloses Geschenk meines Lebens machen, um eure Blutgier zu stillen. Was meine irdischen Güter betrifft . . . sollte es sich herausstellen, daß die mir angelasteten Schulden zu Unrecht bestehen und ich in der Tat irgendwelche Vermögenswerte besitze, verfüge ich hiermit, daß diese den Lubowitscher Chassidim gestiftet werden und daß nicht ein Penny an solche geht, die mich verraten haben. Meine Bücher, Notizen, persönliche Habe usw. sollen zusammen mit meinem Körper verbrannt und die Asche verstreut werden.*

Unterwegs zur Adath-Israel-Synagoge hat er eine Autopanne, aber er hat gelernt, umgänglich (d. h. fatalistisch) genug zu sein, er vergeudet keine kostbaren Minuten damit, die Fäuste drohend gegen den Himmel zu heben, weshalb sollte er auch verzweifeln, wenn es nur ein paar Minuten nach elf und er in seinem Tweedjackett, roter Krawatte und glitzernder, goldgefaßter Brille ein ausgezeichneter Kandidat ist, um von einem vorbeifahrenden Autofahrer mitgenommen zu werden . . . ? Jedenfalls steht er nur noch etwa vier Meilen südlich von der Synagoge auf der Hamilton-Schnellstraße. Und ein Gefühl der Gewichtlosigkeit pulsiert durch ihn. *Er kann nicht scheitern, er ist in die Geschichte eingegangen.* Ein gewisser Richter Marvin McL - - - erhält einen Brief von Dr. Arnold A - - -, dem Leiter des Fort-Spear-Krankenhauses, indem erklärt wird, daß dem Patienten Mr. Saul Morgenstern, der inzwischen das Krankenhausgelände »unautorisiert« verlassen habe, nun der Status des »Konvaleszenten« verliehen sei, da dieser sich in eine auf »privater Basis beruhende Therapie« außerhalb des Krankenhauses bei einem gewissen Dr. Aaron Mermelstein begeben habe und daß in diesem Zusammenhang auch »eine durchaus angemessene Anpassung« zu verzeichnen war. Dies als bitterer Triumph der Macht der Gerechtigkeit nach endlosem Feilschen, geflüstertem Flehen und der trotzigen Zurückhaltung des Benachteiligten, die Umstände seiner Erniedrigung in alle Welt hinauszuschreien. Mrs. Morgenstern ist besonders bestürzt darüber, daß er so mager geworden ist – innerhalb von vierzehn Tagen hat er fast acht Kilo Gewicht verloren – bedeutet dies etwa, daß ihr Junge *ihr persönlich ausweichen wolle?* Vera R - - - ist ebenfalls »bestürzt« und »schockiert«, als sie Saul zufällig in der Universitätsbibliothek begegnet, er sieht so »gealtert« aus, so gar nicht wie »er selbst« . . . Ohne sich anscheinend viel dabei zu denken, aber durchaus luzide, liest er ihr in der Cafeteria ausgewählte Passagen aus »Letzte Tage« vor und erklärt die Prinzipien der Entweihung (ENT-(Umkehrung) + (WEIHUNG): Diese Prinzipien seien notwendig, damit G-tt wieder in die Gemeinschaft zurückgerufen werde. Zuerst kommt die Entweihung oder Schändung des SABBAT, des heiligsten Tages der Woche; dann folgt die Entweihung oder Schändung der SYNAGOGE, des heiligsten aller Orte, sodann, wenn möglich, die Entweihung oder Schändung der BEMA, jenes erhöhten Teiles der Synagoge, von dem aus aus der Schrift vorgelesen wird, des sakralsten Ortes innerhalb der Synagoge; dann die Entweihung oder Schändung der HEILIGKEIT DES RABBI; die Entweihung oder Schändung des ÖFFENTLICHEN RITUALS . . . (»Mit dem ich ausdrücke, daß ein ›Gegenritual‹ nicht nur angesichts der versammelten Gemeinde zelebriert wird und durch Extrapolation aller Juden dieser Welt, *sondern der ganzen Welt von Nicht- und Antijuden*«, sagt Saul.) Vera R--- gesteht, ihr Instinkt habe es befohlen, ihrem alten (ehemaligen) (verlorenen) (deprimierenden) Freund zu entfliehen. »Möglich«, daß sie ein paar Bekannten von diesem Gespräch erzählt hat. In Wahrheit hätte sie es nicht allzu ernst genommen, weil Saul ja seit vielen Monaten so geredet und sie nicht gewußt habe, ob er Selbstmord buchstäblich oder metaphorisch meinte (zum Beispiel sprach er gerne von einem »selbstmörderischen Trend unserer Generation . . .«), man wußte nie, ob eine elaborate Exegese der Prinzipien der Entweihung etwas von ihm selber Ersonnenes war oder ob er es sich bei seinen Vorbildern, sagen wir Buber oder Eliade, angelesen hatte. Jedenfalls, sagt Vera R---, redete er mit einer so ruhigen und gedämpften, ja fast *erschöpften* Stimme, daß sie den Eindruck hatte, ihr würde nichts wirklich Dringendes mitgeteilt. Auch sagte er beim Abschied, daß er sie wahrscheinlich nicht wiedersehen würde – man habe ihn als Stipendiat im Jung-Institut in Zürich akzeptiert und er würde am ersten März das Land verlassen.

Saul trabt fast neun Meilen durch den treibenden Schnee, im schneidend eisigen Wind. Ein »lebendiger Schneemann«: Ohne Hut, ohne Handschuhe, nur mit Schuhen und dünnen Socken bekleidet. Ist ihm kalt? Klappern ihm die Zähne? Seine Haut ist so heiß, daß der Schnee auf seinen Backen schmilzt und wie Tränen Rinnsale hinterläßt. So kommt er schließlich fast gegen seine Absicht zum Hause seiner verheirateten Schwester in Bay

Ridge: ». . . ohne irgendeine Erklärung, er ist nur ins Haus gekommen und hat verkündet, er sei ausgehungert, habe den ganzen Tag nichts gegessen und werde zusammenbrechen, wenn ich ihm nicht etwas zu essen bereite. Della und ich waren total verschreckt, er kam herein, ohne anzuklopfen oder draußen zu läuten, anfangs hielten wir ihn für einen Verrückten . . .« Er geht zur Universitätsbibliothek, wo er als Resultat einer »Verordnung« des Verwaltungsbeamten Hausverbot hat: Er wollte nur die Effizienz der Sicherheitskräfte auf die Probe stellen. (Die Türen sind unbewacht. Die Bibliotheksbeamten erkennen ihn nicht. In der Tat »sieht« ihn niemand.) Danach begibt er sich zu Flanagans auf der Fifteenth Street, wo er sich zu einer Gruppe (ehemaliger) Freunde und Bekannte setzt, an einen langen, lärmenden Tisch, dessen Belegschaft sich im Laufe der Stunden verändert (von etwa neun Uhr abends bis halb zwei nachts) und der so gegen elf Uhr abends am gemütlichsten und vollsten ist. Im schwachen Licht besteht er darauf, einzelne Stellen aus einem »obszönen« und »empörenden« Machwerk vorzulesen, das *Die Auschwitz-Lüge* heißt: Untertitel »Starben wirklich Millionen« – »ein Buch, von dessen Verfasser noch keiner je gehört hatte, Saul behauptete, es aus der Buchhandlung gestohlen zu haben, die Grundthese war, daß es niemals einen Holocaust gegeben habe, es sei nur ein Propagandatrick der Juden gewesen . . . Es stimmt, das Buch war ziemlich empörend, und als ich Saul fragte, weshalb er es nicht einfach weggeworfen habe, wen interessiert denn schon, was so ein Verrückter verzapft, hat er mir offensichtlich überhaupt nicht zugehört, hat einfach durch mich hindurchgesehen, hat wieder nach dem Buch gegriffen, es durchgeblättert . . . Er sagte, jemand habe ihm geraten, seine geistige Potenz nicht durch kranke Menschen verderben zu lassen, vielleicht war es ein Professor oder ein Rabbi oder sein Vater, das hat Saul niemals ganz eindeutig erklärt, nur eben, daß er widersprach, ›aber gerade den *Kranken* sollten wir beistehen‹.« Er strahlt vor Sicherheit, seine Hände zittern nicht mehr. Er sagt: »Einige der Überlebenden des Holocaust behaupten, daß die bloße Tatsache des Überlebthabens schon genügend Widerstand gewesen sei, aber was bedeutet dies für uns . . . ? Bloßes Überleben ist heutzutage Niederlage. Es bedeutet, sich dem Feind zu beugen.« Niemand widerspricht, niemand stellt es in Frage. Vielleicht hat ihm niemand zugehört.

Saul kommt in der Synagoge in dem Augenblick an, als Rabbi Engelman die Schlußworte seiner Predigt spricht. Er hat, als »David Gridlock«, achtundvierzig Stunden wie betäubt geschlafen. Ehrfürchtig setzt er sich ein Käppchen auf, unauffällig betritt er das Heiligtum von hinten (links), geht hinüber zur äußersten rechten Seite, ganz langsam, damit er wenig oder gar keine Aufmerksamkeit erregt und nimmt auf der Bank Platz, auf der in der Regel seine Mutter und deren Familie sitzen, sieht aber sie und ihre Schwester zuerst nicht. Er kennt den Text der Predigt auswendig, er braucht ihn sich nicht noch einmal anzuhören. Alle Worte sind schon einmal gesagt worden, *alle* Worte. Und Saul drückt diese schreckliche Wahrheit an seine Brust, an seinen Bauch, eine kratzende Bestie, sie krallt sich fest und reißt und zerrt an seinen Eingeweiden, und sitzt ein wenig nach vorn gebeugt. Er atmet flach durch den Mund. Der Revolver griffbereit in der Tasche mit einem halben Dutzend Smith & Wesson-Patronen. Die Ansprache im Briefumschlag ist sorgfältig formuliert, getippt und korrigiert. *Ich mache dieser Gemeinde mein Leben zum Geschenk ehe ihr es mir wegnehmen könnt.*

Der Angestellte in der Pfandleihe von Toledo wird sich seiner nicht erinnern.

Nach dem ersten Nervenzusammenbruch in Ann Arbor sagte sein Vater: Dich haben die Bücher vergiftet. (Saul hatte gerade eine Passage aus Kafkas Werken mit lauter, schriller Stimme vorgelesen und das Buch dann auf den Tisch geknallt.) Wie Freunde erzählen, denen Sauls Anekdote noch gewärtig ist, habe er triumphierend dem (wütenden? erschreckten?) Mann ins Gesicht geschleudert: Womit hätte ich mich sonst vergiften sollen – mit *dir?*

Der Raum verschwimmt und ist vage oval. Es gibt keine Fenster. In den Wänden sind sonderbare und irgendwie beängstigende Vertiefungen eingelassen... Als Saul sich der Wand nähert, weicht sie zurück. Er weiß, er muß fliehen, weil sich der Sauerstoffvorrat verringert, aber es gibt keine Fenster, keine Türen, keine wirklichen Wände . . . Plötzlich sieht er seinen eigenen Körper vor der Synagoge liegen. Arme und Beine von sich gestreckt, Blut erbrechend. Ist er »bei Bewußtsein« oder »bewußtlos«, hat er »schreckliche Schmerzen« oder ist er »jenseits jeden Schmerzes«? Der Aufruhr lenkt ab, es ist wie im Irrenhaus, Schreie, Weherufe, in den Gängen drängt sich alles, wo ist seine Mutter . . .? Die Gemeinde trauert um den sterbenden Rabbi, aber Saul kann nicht erkennen, wohin dieser gefallen ist. Ein Schuß seitlich in den Hals, der zweite in den linken Oberarm, der dritte ins linke Auge und ins Gehirn . . . Unvermittelt löst sich das Bild auf, und Saul befindet sich wieder in einer unvertrauten Dunkelheit, die jedoch nicht dunkel genug ist. Die geisterhaften Umrisse des einzigen Fensters stören seinen Schlaf, ein gesprenkelter Lichtfleck fällt schräg von der Straße auf die Zimmerdecke . . .

Einmal hat Saul seinem engsten Freund Freddy C--- (der ihn später verriet) anvertraut, er »habe Angst«. »Angst wovor?« fragte Freddy. »Ich habe einfach Angst«, hatte Saul geantwortet. Nach einer langen, bedeutungsschwangeren Pause hatte Freddy dann mit zwinkernden Augen und auf die Füße gesenktem Blick gesagt: »Eigentlich habe ich auch Angst.« Aber nun hat Saul gar keine Angst mehr, weil die Sabbatgottesdienste immer auf Band aufgezeichnet werden und alles, was er sagt, festgehalten wird. Seine gelungene Anklagerede kann weder verzerrt noch verstümmelt noch falsch zitiert werden. Und er weiß Bescheid, weiß, daß sich der wesentliche Bereich des Gehirns an der Schädelbasis befindet, er wird bestimmt gezielt hineinschießen, sein ganzes Leben lang ist er so etwas wie ein Feigling gewesen, aber dies liegt im Bereich abstrakter Logik. In »Letzte Tage« macht er sich Gedanken über das Faktum, daß wir im Leben, *wie es tatsächlich gelebt wird*, sehr wenig echte Emotionen empfinden: Erst nach dem Geschehen, vielleicht erst nach vielen Jahren, wenn wir uns »erinnern«, stellen wir uns vor, auch zu »fühlen«. *Deshalb kann eine Episode, wie sie momentan erlebt (aufgeführt) wird, frei von jeglicher Emotion sein.*

Der ältere der beiden Vorsänger hat auf dem Pult ein Gebetbuch aufgeschlagen, Rabbi Engelman ist wieder auf seinen Platz zurückgekehrt. Saul glaubt, sein Augenblick sei gekommen. Immer noch gebückt, aber geschmeidig und ohne zu zögern, erhebt er sich und geht, Revolver im Anschlag, nach vorn. Die Sorge, seine Stimme könne nicht durchdringend genug sein oder sich gar auf dem Höhepunkt überschlagen, war umsonst – sie vibriert und klingt männlich jenseits seiner kühnsten Träume.

Alle, die ihr an diesem Vormittag hier versammelt seid ... ein Frevel und eine Schandtat ... ein Verrat an dem geheiligten Vermächtnis von ... Täuschung, Götzendienst, Verlogenheit, Heuchelei ... Ich allein erhebe meine Stimme und protestiere ... ich allein spreche den verbotenen Gedanken aus ... Hat das europäische Judentum selber daran schuld, daß ihm die grausame Gerechtigkeit des Holocaust zuteil wurde ... Ist das Judentum der »Neuen Welt« schuld daran, daß ...

Er läuft durch den schneidenden, treibenden Schnee zur Haltestelle des Greyhound-Busses, als dieser gerade wegfahren will. Er läuft durch die Wälder bei Sonnenaufgang, in seiner grünen Windjacke, und beachtet die Zweige und Büsche nicht, die ihm das Gesicht zerkratzen. (»Sei doch nicht so zimperlich, die Zeit wird knapp«, sagt er, als er eine seiner zahlreichen Freundinnen in einem Café auf der State Street trifft und sie vorgibt, über seine zerschrammte Stirn und sein blutverkrustetes Gesicht entsetzt zu sein. »Weißt du denn nicht, daß wir uns in den *letzten Tagen* dieser Epoche befinden?«) Er ist erschöpft, er möchte das Gesicht an die Brüste seiner Mutter drücken und sich tief, tief hineinwühlen. Er ist in Hochstimmung, er trabt durch das hintere Gelände des Fort-Spear-Krankenhauses bis zum I-95, unerlaubte $15 sicher in der Tasche. Wer kann ihn aufhalten? Wie lautet das Zauberwort, das ihn anhalten kann?

Der entsetzten Gemeinde muß es erscheinen, als wolle Rabbi Engelman ihn auf der Bema willkommen heißen. Als sei die Vorstellung geprobt worden. »Ich kenne diesen jungen Mann«, sagt der Rabbi mit strenger, hoher Stimme. »Ich kenne ihn und ich vertraue ihm«, sagt er und erhebt dabei die Stimme, damit sie über dem Gemurmel, über den vereinzelt schreienden, den betäubten, leisen und ungläubigen Stimmen gehört werden kann. Saul springt die Stufen zur Bema, zum geheiligten Ort hinauf, den Revolver wie ein Szepter erhoben. Gelassen lächelt er in undeutliches Licht, in ein pulsierendes Strahlen, in dem die einzelnen Gesichter nicht zu erkennen sind. Weshalb hat er jemals Angst empfunden, weshalb hatte er jemals mit einem Scheitern gerechnet? Nun ist er ein Teil der Geschichte geworden. Jede Silbe auf Band aufgenommen und bewahrt. »Ich kenne diesen jungen Mann und ich vertraue ihm«, sagt der Rabbi eindringlich. »Ich fürchte ihn nicht. Bitte tun Sie alle, wie er befiehlt. Bitte machen Sie ihn nicht wütend. Natürlich sind wir bereit, ihn anzuhören, natürlich kann er vom Pult aus ins Mikrophon sprechen und unsere ungeteilte Aufmerksamkeit haben . . .«

Eine Generation kapituliert vor der nächsten, denkt Saul. Der alte zerzauste Wolf, einst Anführer des Rudels, bietet seine Kehle den Fängen des nächsten Anführers dar. »Vielen Dank, Rabbi Engelman«, sagt er mit starker, förmlicher Stimme.

Dann holt er seine Anklagerede aus der Tasche und beginnt, sie vorzutragen.

Dale S---, der zwar an diesem Vormittag nicht in der Adath-Israel-Synagoge anwesend war, wird später einen Artikel mit dem Titel verfassen: »Das Rätsel von Saul Morgenstern, Opfer und Mörder.« Dieser wird Ende Mai in der Sonntagsbeilage der größeren der beiden Tageszeitungen erscheinen: Ein umstrittener Beitrag, der so viel Aufmerksamkeit erregt, daß Dale dazu verleitet wird (es war, wie es sich später herausstellt, ein Irrtum), von einer journalistischen Karriere, vielleicht als Star-Reporter, zu träumen. Freddy C--- wird seine Doktordissertation über »Amerikanische Mörder« dahingehend revidieren, daß er Saul Morgenstern eine längere Fußnote widmet – eine recht positiv aufgenommene akademische Studie, die von der Oxford University Press veröffentlicht wurde. Sol M--- bemüht sich monatelang, mit seinen Gedanken über Saul Morgenstern ins klare zu kommen (hatte er Morgenstern von Anfang an verachtet, war er eifersüchtig auf seinen forschen, verrückten Stil, glaubte er, Morgenstern habe »im Grunde« Recht gehabt, war er überzeugt davon, daß Morgenstern tatsächlich wahnsinnig war?) und muß es schließlich aufgeben: *Es gibt zu viel Unausgesprochenes.* Denise E--- gehörte zwar nur zur Peripherie von Sauls »Kreis«, aber sie verfaßt einen überlangen impressionistischen Beitrag für das Studentenblatt: »Die Tragödie einer verlorenen Seele.« Rose P--- wird hartnäckig und immer wieder an einer Kurzgeschichte basteln, jahrelang, um sie in den verschiedensten holprigen Fassungen bei Workshops in von der Universität veranstalteten Schreibkursen für Akademiker und Nichtakademiker zu präsentieren und jegliche Kritik mit dem zornigen Ausruf zurückzuweisen: »Aber es ist geschehen! *Genauso ist es geschehen!*« Saul Morgenstern ermordete Rabbi Engelman von der Adath-Israel-Gemeinde angesichts von achthundert Gläubigen, indem er dreimal und aus kürzester Entfernung auf ihn schoß. Der tödliche Schuß drang durch das linke Auge in einem ein wenig nach oben zeigenden Winkel. Ohne zu zögern richtete er die Waffe gegen sich selbst, preßte den Lauf an die Stelle hinter seinem rechten Ohr und drückte ab. Die Wucht des Aufpralls ließ ihn rückwärts taumeln. Die Beine drehten sich unter ihm, seine nassen Schuhe rutschten, er sank zusammen und stand nicht mehr auf. Ein Zeuge, den Rose in ihrer Geschichte erwähnte, behauptete, Saul Morgenstern »stand auf Zehenspitzen«, als er abdrückte. Auf seinem Gesicht war ein »strahlender« Ausdruck. Etwa drei Meter entfernt von dem sterbenden Rabbi fiel er zu Boden, sein Kopf berührte fast den Sockel der Bundeslade. Ein blutgefärbter Schaum, gemischt mit weißen Fetzen, trat langsam aus der Wunde in seinem Kopf, und sterbend begann er hilflos sich zu erbrechen. Anfangs nur Galle und Blut und dann nur Blut, ein Schwall von Blut, ein mächtiger Sturz . . . Noch im Tode erbrach er sich. (Aber Rose P--- war nicht anwesend gewesen. Sie ist nicht jüdisch, sie hat niemals mit Saul geschlafen, sie muß über den Mord-Selbstmord in der Zeitung gelesen haben, wie jeder andere.)

Saul Morgenstern, die Geißel G-ttes. Sein Stil ist Zorn, aber mit einem Hauch von Ironie, von Humor. »Schwarzer Humor« vielleicht, aber nichtsdestoweniger Humor. Er ist ein begnadeter Raconteur, ein nimmermüder Anekdotenerzähler, Märchen- und Moritatenspinner. Mit beneidenswerter Behendigkeit erklimmt er die Stufen zum »Heiligtum« vor versammelter Gemeinde. Mit einem Ausbruch erstaunlicher Energie schwingt er sich über eine zwei Meter hohe Mauer (die mit Glasscherben bestückt ist, wird hinterher behauptet), während seine Freunde mit offenen Mäulern glotzen. Er riskiert den Tod, trotzt ihm, weil er weiß, daß er unsterblich ist. Die ganze Vorstellung wird auf Band aufgenommen. Keine Silbe, kein Zusammenzucken geht verloren. Mit seiner sorgfältigen Handschrift hat er letzte Bleistiftkorrekturen gemacht, das Manuskript wartet auf sein Publikum, er kann bereits die neidischen Bemerkungen seiner Freunde und Bekannten und Professoren hören. Bin ich der Messias, fragt er, weil so viele Blicke auf mich gerichtet sind? – und steht aufrecht am Pult, Revolver in der einen und Mikrophon in der anderen Hand.

Funland

Eugene Ehrhart und seine achtjährige Tochter Wendy waren im Auto unterwegs nach Juniper Springs am Hudson. Es war Anfang Dezember und strahlend klares kaltes Wetter. Das Krankenhaus lag nicht im Zentrum des Örtchens Juniper Springs, sondern ein paar Meilen nördlich davon, nahe Lake Mohawk. Seit Mitte April war Wendys Mutter dort als Patientin, und irgendwie vergingen acht schreckliche Monate, in denen Wendy sie nicht gesehen hatte. Es gab Komplikationen, Mißverständnisse, unvorhergesehene Verzögerungen. Nichtsdestoweniger hatte, als Ehrhart das Thema eines Besuches der Tochter gegenüber zur Sprache brachte, diese seltsam und seiner Ansicht nach recht gefühllos reagiert. Ohne den Gesichtsausdruck merklich zu wechseln hatte sie ihre grauen, zweifelnden Augen zu ihm erhoben und ihre Brille mit einer von ihm übernommenen Geste, indem sie den Steg mit einer brüsken Zeigefingerbewegung hinaufschob, zurechtgerückt und gesagt: »Wird Mami zum Auto herauskommen oder werde ich hinein müssen? – Ich mag Krankenhäuser nicht!«

Das Kind sprach mit leiser, heiserer Stimme, aber jedes Wort war deutlich zu vernehmen. Ihrem Vater schenkte sie nicht einmal den leisesten Anflug von Enthusiasmus, nicht einmal das widerwilligste aller Lächeln, und manchmal ärgerte er sich darüber, daß er, der einzige Erwachsene männlichen Geschlechts in diesem Haushalt, für alle lächeln mußte. Es fraß an seiner Seele. Aber er lächelte sonnig und meinte, sie sollten einfach improvisieren – was immer am besten sei. In jenem Herbst hatte er sich angewöhnt, vage zu erklären: »Was immer für uns alle am besten ist . . .« und hatte dann leise vor sich hingesummt. Er war von Natur kein furchtsamer Mensch, niemand in seiner Familie war es, aber die im April stattgefundene Tragödie und die darauffolgenden Komplikationen in seinem häuslichen Leben hatten ihn verunsichert.

Im Juni und teilweise auch zur Feier von Wendys achtem Geburtstag hatte er sich einen Besuch in Juniper Springs vorgenommen, aber dieser wurde in letzter Minute, und aus Gründen, die man einem Kind nicht erklären kann, abgesagt. Dann wurde der Septemberbeginn in Aussicht genommen, und Wendy hatte ihrer Mutter sogar ein rührendes kleines Geschenk von ihrem Taschengeld gekauft – bei Woolworth's – drei winzige, haarige, kugelige Kaktuspflanzen in einem leuchtend grünen Plastikblumentopf –, aber wieder wurde der Besuch verschoben. Ehrhart wollte seiner Tochter die Einzelheiten nicht erklären, es wäre ein Akt sinnloser Grausamkeit seiner Frau gegenüber gewesen, deshalb sagte er nur, der Arzt habe »es angeordnet«. Es war nicht die Schuld von Wendys Mutter und auch nicht ihre. Wendy hatte ein wenig geweint – in ihrem Zimmer, auf ihrem Bett, hinter »verriegelter« Tür (natürlich war sie nicht richtig »verriegelt«, sondern nur mit Bindfäden, Gummiringen und Klebestreifen versperrt), und Ehrhart hatte sie nicht bedrängt. Soll sie ruhig weinen, dachte er, soll sie ruhig Buße tun und sich läutern. Obwohl er schon seit langem den zuversichtlichen lutherischen Glauben seiner Familie nicht mehr teilte, bewahrte er sich einen gewissen Optimismus bezüglich der natürlichen Fähigkeit der Seele, sich mittels eigener Anstrengung zu läutern.

Was wußte Wendy über Krankenhäuser? fragte er sich. Hatte sie etwas Beunruhigendes im Fernsehen mitbekommen, als er nicht zu Hause war? Hatte eines der Kinder in der Schule ihr einen Schreck eingejagt? Er wußte, es war unklug, weiter zu bohren, weil sie das verstören konnte, und im übrigen sagte sie auch nicht immer die Wahrheit. »Wenn Mami sich kräftig genug fühlt, wird sie vielleicht in die frische Luft hinauskommen wollen«, war seine vernünftige Antwort, »und wenn sie es nicht will, kannst du es dir immer noch anders überlegen und hineingehen. Also warum warten wir nicht ab, wie es sich entwickelt? Wäre das nicht das Vernünftigste? Vierundzwanzig Stunden im voraus Entscheidungen zu treffen – das sollten wir nicht.«

Als Ehrhart das Thema aufs Tapet brachte, starrte Wendy gerade in ihr Aquarium, auf dem sich wieder einmal eine Schleimschicht gebildet hatte. Manchmal vergaß die Putzfrau, sich darum zu kümmern oder aber säuberte es nur oberflächlich. Dann mußte Wendy die Aufgabe übernehmen, denn Ehrhart hatte einfach nicht genug Zeit übrig für die Zierfische, obwohl er deren zarte, ja fast durchsichtige Schönheit und ihre ruhigen Schwimmbewegungen bewunderte. Von den acht tropischen Fischen waren nur drei am Leben geblieben, was bedauerlich war, denn sie waren in der Tat exquisite kleine Wesen, aber seit Mrs. Ehrharts Unfall war vieles im Haushalt vernachlässigt worden. Wendy blinzelte in das grünliche Wasser, ihre Brillengläser ganz dicht an der Wand des Aquariums, und Ehrhart konnte ihren Blick hin und her flitzen und die Bewegungen eines schwarz gestreiften Engelfisches imitieren sehen. Er sagte: »Ich meine, wir sollten ihnen den Gnadentod gewähren, ehe sie von selber sterben. Es wäre barmherzig, sie jetzt schon zu erlösen, statt sie . . .« Aber Wendy gab vor, nichts gehört zu haben, und Ehrhart erwähnte die Angelegenheit nicht wieder. Es war durchaus wahrscheinlich, daß die drei sowieso tot sein würden, wenn sie von ihrem Ausflug zurück waren.

Vormittags, gerade als sie aufbrechen wollten, läutete das Telefon: Es war Ehrharts Schwiegermutter aus Darien. Ehrhart erklärte ihr, daß er es eilig habe und daß er mit Wendy nach Fair Hills im Staate New Jersey fahren wolle, wo sie das Wochenende gemeinsam bei Bekannten von ihm verbringen würden. (Dabei nannte er ihr einen Namen – den durchaus überzeugenden der »Novaks«) – aber seine Schwiegermutter interessierte sich nicht für Einzelheiten. Ehrharts souveränes Auftreten in den letzten Jahren hatte sie eingeschüchtert, und überdies legte er ihr gegenüber ein forsches, spöttisch-galantes Benehmen an den Tag. Natürlich wollte sie mit ihrer Enkelin sprechen. »Gewiß«, sagte Ehrhart sofort und hielt die Hand über die Sprechmuschel. Er wartete. Wendy quälte sich gerade mit dem Reißverschluß ihres wattierten Parkas ab, er konnte sie am anderen Ende des Korridors vor dem Wandschrank neben der Eingangstür beobachten, aber in diesem Augenblick achtete sie nicht auf ihn. Nach etwa zehn Sekunden Wartezeit berichtete Ehrhart seiner Schwiegermutter mit einer Stimme, in der sowohl Verlegenheit als auch das Bemühen, diese zu verbergen lagen: »Es tut mir leid, gerade heute vormittag ist sie ein wenig stur – du weißt ja, wie sie sein kann – es tut mir wirklich *sehr* leid – vielleicht kann ich sie überreden, *dich* heute nachmittag anzurufen – du bist doch zu Hause?«

Auf dem Palisades Parkway hielt Ehrhart peinlich genau das Tempolimit ein, weil er die Verkehrspolizei nicht auf sich aufmerksam machen wollte. Außerdem gab es einige vereiste, rutschige Stellen auf der Fahrbahn, die gefährlich werden könnten. Wendy saß teilnahmslos neben ihm und blickte mit betonter Gleichgültigkeit nicht aus dem Fenster, wenn Ehrhart sich zum Beispiel über die Schönheit des Flusses, die Granitfelsen, die wintrigen Bäume verbreitete; die ganze Zeit über hielt sie ihre Nase in ein Buch. (Sie hatte es sich aus der Schulbibliothek geborgt, es hieß *Eine kleine französische Ballerina.* Er hatte das Buch überflogen – er überflog alles, was seine Tochter las – und hatte es für unbedenklich befunden.) Nur als er in eine Ausfahrt einbog und vor einer Raststätte hielt, zeigte Wendy eine Spur von Interesse. »Hoffentlich ist es keine stinkende alte Kneipe«, sagte sie, obwohl sie sehr wohl sehen konnte, daß es das nicht war. Es gab sogar auf einem Felsen in unmittelbarer Nähe eine Aussichtsplattform, von wo aus man die Windungen des Hudson und die Hügel am anderen Flußufer bewundern konnte.
Im Restaurant ging Ehrhart auf die Herrentoilette und schickte Wendy auf die Damentoilette, und dann saßen sie beide friedlich an einem rohgezimmerten Tisch aus Kiefernstämmen und unbearbeitetem Kiefernholz, in dessen Platte unzählige Besucher ihre Initialen eingeritzt, hineingebrannt oder mit Tinte hineingeschrieben hatten. Obwohl es noch nicht Mittag war, bestellte Ehrhart ein Seidel Bier. Wendy wollte einen Chickenburger mit Pommes frites und Krautsalat und als Nachtisch einen Schokola-

denmarshmallow-Sundae haben, und er erlaubte ihr, das alles zu bestellen, obwohl er genau wußte, daß sie nur ein paar Happen von jedem essen würde – so verdammt verwöhnt war sie, und es war beinahe so sehr seine Schuld wie die ihrer Mutter, aber nun war nicht der Augenblick, Strenge walten zu lassen. Ehrhart selber hatte keinen Appetit, zur Zeit hatte er nie Lust, etwas zu essen, aber er zwang sich dazu, wenigstens einmal am Tag eine ordentliche und nahrhafte Mahlzeit zu sich zu nehmen – abends. Deshalb bestellte er sich überhaupt nichts zu essen. Außerdem würde es Geld sparen.

Wendy war bockig gewesen und hatte *Eine kleine französische Ballerina* mit ins Restaurant genommen, aber Ehrhart hatte das Buch zugeklappt und beiseite gelegt, und sie hatte nicht protestiert. Allerdings schmollte sie für ein paar Minuten und blies die Backen auf diese besonders unkleidsame, ja abstoßende und Ehrhart so mißfallende Art auf. Dann aber plapperte sie über ihre Schule, über ihre Lehrerin Miss Flanders, über ihre Mitschülerinnen Janey, Barbara Ann, Laurie und über einen Kindergeburtstag, oder war es eine Weihnachtsparty . . . Ehrhart hatte nicht genau hingehört. Er wußte, daß Wendy nicht immer die Wahrheit sagte, darin war sie wie ihre Mutter. Einmal hatte er sie ertappt – die Flunkerei schien damals nicht so gravierend zu sein (sie behauptete, der kleine, aus gefärbtem Kanin genähte Muff, den er ihr voriges Weihnachten geschenkt hatte, sei »gestohlen« worden, er wußte jedoch genau, daß er einfach »verlorengegangen« war), aber mein Gott, wie hatte das Kind damals alles abgestritten und gezetert und Zornestränen geweint und auf ihrer Version *bestanden*! Ein andermal hatte es ein sehr verdächtiges Durcheinander im Zusammenhang mit einer Kindergesellschaft gegeben, die eine ihrer Mitschülerinnen geplant hatte, und zu der die kleine Wendy Ehrhart entweder eingeladen oder *nicht* eingeladen war. Jedenfalls behauptete sie, sie sei eingeladen gewesen, wollte aber nicht hingehen, weil sie das Mädchen, bei der die Party stattfinden sollte, nicht leiden könne, aber Ehrhart wurde langsam klar, daß sie eben *nicht* eingeladen und daß ihre Verachtung natürlich nur gespielte Tapferkeit war – jämmerlich gespielt dazu (verfolgen etwa Sechs-, Siebenjährige einander gesellschaftlich? Oder absichtlich?), aber es war trotzdem ärgerlich und beunruhigend. »Ich mag keine kleinen Mädchen, die Lügen erzählen«, hatte ihr Ehrhart damals mit ruhiger Stimme gesagt. Und dieser milde Vorwurf hatte wiederum eine Tränenflut und einen Wutanfall ausgelöst, die dann in einer ordentlichen Tracht Prügel endeten, wonach Vater und Tochter schließlich beide vor Erschöpfung weinten . . .

Wendy hatte seine Gedanken vielleicht erraten, denn nun bekam ihr Geplapper einen scharfen, gereizten Ton. Er beobachtete ihr Gesicht: Schade, daß sie so unansehnlich war mit ihrer kleinen Stupsnase, den etwas fahlen Wangen und den merkwürdig erwachsenen, kieselsteingrauen Augen, deren Weißes so unnatürlich weiß war, daß es ihnen einen Ausdruck permanenter Besorgnis verlieh . . .

Wendy berichtete ihm gerade von einem Fernsehprogramm, das sie gesehen hatte, ein Dokumentarfilm über irgendeine schreckliche Art von Krankheit (Kinder, die plötzlich altern und schließlich völlig vergreisen? – er zweifelte, daß so etwas überhaupt möglich sei), und obwohl er sie wegen ihres kindlichen Geplappers liebte, begriff er, daß es taktische Gründe hatte, weil sie eben *nicht* von der Mutter reden wollte, im stillen aber ununterbrochen an sie dachte. Er sagte: »Deine Brille ist verschmiert, du solltest sie putzen. Aber nicht mit der Serviette, das würde die Gläser noch schmieriger machen, hast du denn kein sauberes Papiertaschentuch? – hier ist eins, um Himmelswillen *nimm das*.«

Ohne die durchsichtigen, rosagetönten Brillengläser wirkte ihr Gesicht kleiner und verwundbarer. Ihre Wimpern waren nicht dicht wie die der meisten Kinder – in der Tat sahen die Lider ein wenig körnig, ja, fast schuppig aus –, und manchmal war Ehrhart überzeugt, daß sie mit dem linken Auge ein wenig schielte. Der Augapfel hatte die Tendenz, ein bißchen zur Seite zu rollen, als ziehe etwas an ihm. Natürlich waren Wendys Augen von Anfang an ein großes Problem gewesen (würde sie später schielen, würde eine Operation nötig werden, würde sie etwa *erblinden . . .*?), und Ehrhart vermutete, seine Frau habe ihm niemals ganz verziehen, daß Wendy nicht vollkommen war.

Er hatte leise an die Tür geklopft. Dann lauter. Als er keine Antwort bekam, nicht einmal ein erschrecktes, betrunkenes, eingeschüchtertes oder gar zorniges Gemurmel, hatte er die Tür aufgestoßen (sie war nicht verriegelt, *das* bedeutete allerdings etwas) und hatte sie dann in der Badewanne liegen sehen. Nackt, bläulich-grau, mit vom Wasser getragenen, sich kaum bewegenden Brüsten, die hervorstehenden, knubbeligen Schulterknochen, das Schlüsselbein, den bis zum Gerippe abgemagerten Arm . . . Sie hielt die Augen ungleich geschlossen, es sah aus, als zwinkere sie ihn lüstern an. Aber das Auge zeigte nur einen weißen Halbmond.

»Zeig mir die Brille, ich will sehen, ob die Gläser wirklich sauber sind«, sagte Ehrhart ruhig. Dabei lächelte er wieder, um ihr die Angst zu nehmen. »Und dann geht's weiter, ohne Unterbrechung.«

Die Verantwortung, neues Leben in die Welt zu setzen. Die Verantwortung, 1. die Spezies, 2. seine Familie, 3. sich selbst fortzupflanzen. Eugene Ehrhart saß in seinem Büro im zweiten Stock, nach hinten hinaus, von Jerome A. Andrews & Co., Handels-, Immobilien-, Industrie- und Landwirtschaftsversicherer, an seinem massiven, mit einer Glasplatte versehenen Schreibtisch und sah blicklos auf die sich vor ihm türmende unerledigte Korrespondenz, die angesammelten Aufträge und Rechnungen. Er dachte nicht an seine Frau, er dachte nicht einmal an die Verantwortung seiner Tochter gegenüber. Er senkte den Blick und sah wieder seinen angestammten Platz in der Kirche, mit den verblaßten, weinroten Polstern, spürte das ganze Gewicht des Gesangbuches in der Hand und atmete tief den tröstlichen Geruch von Staub und Heiligkeit ein. »Herr erbarme dich, Herr erbarme dich« war sein verängstigtes, hirnloses Gebet. Als kleiner Junge hatte Ehrhart selten um irgendeinen positiven Segen gebetet und statt dessen nur Verschonung vom Zorne des Allmächtigen erfleht, den er, zumindest erschien es ihm damals, verdiente. »Lieber Gott, hilf mir, gut zu sein«, betete er.
Seit langem jedoch hatte er seine kindische Furcht vor dem Gottesurteil überwunden, aber er hatte oft das Gefühl, jemand beob-

achte ihn scharf. Zu welchem Zweck, ob aus unmotivierter Grausamkeit oder nur zum Zeitvertreib, hätte er nicht sagen können. Deshalb war es grotesk, wenn seine Frau ihm vorwarf, daß er ihr nachspioniere. Als er es ableugnete, wurde sie immer heftiger. »Ich kann nicht atmen, wenn du mich dauernd beobachtest«, sagte sie. »Ich sitze in deinem Kopf wie in einer Falle. Ich erstikke.« Um ihm zu entkommen, magerte sie ab, verschloß sich, wurde listig. Sie erwarb sich die tödliche Strenge einer Modigliani-Frau, ganz vertikale Linien, abfallender Knochenbau, leere, leidenschaftslose Augen. In einem erotischen Traum, der dann automatisch in einen Alpdruck überging, hatte er ihren Körper gepackt und verzweifelt versucht, sie zu penetrieren, nur um zu entdecken, daß er in eine Leiche eindrang. Und diese Schreckensvision viele Monate *vor* dem Unfall in der Badewanne!

Wie betäubt saß er in seinem Büro, vor seinem Schreibtisch, in die Arbeit vertieft. Stunde für Stunde. Seine Arbeit. Bei Jerome A. Andrews & Co. hatte er immer als ein Musterbeispiel an Gewissenhaftigkeit gegolten, und er war sich bewußt, daß man ihn nun wegen irgendwelcher Symptome des Nachlassens oder gar eines Nervenzusammenbruches beobachtete. Er war einer der Juniorpartner der Firma, und es war deshalb nicht so ohne weiteres möglich, ihm eine Kündigung nahezulegen, aber nichtsdestoweniger mußte er wachsam sein. Er führte Telefongespräche, beschäftigte seine Sekretärinnen, machte Überstunden und zerbrach sich den Kopf über die Zukunft. Es beunruhigte ihn, wichtige Korrespondenz zerkritzelt, zerrissen, zerknüllt vorzufinden, es jagte ihm einen Schrecken ein, wenn er merkte, daß er eine halbe Stunde lang ganz mechanisch nichts als Strichmännchen gezeichnet hatte. (Ehrhart war versichert worden, er habe »eine echte Begabung« als Karikaturist und solle »die Laufbahn eines Grafikers einschlagen« – so jedenfalls hatte es ihm vor vielen Jahren ein Oberstufenlehrer bescheinigt. Er ärgerte sich darüber, daß ihn das Leben in eine so ganz andere Richtung gewirbelt hatte.)

Er bedeckte viele Blatt Papier mit wütenden Zickzacklinien, Ausrufungszeichen, Cartoon-Symbolen für Profanitäten, mit komischen, unverblümt »obszönen« Darstellungen des weiblichen

Körpers, die er (so wurde ihm mit schuldbewußtem Lächeln klar) lieber in kleine Stücke reißen sollte, ehe sie jemand in seinem Papierkorb finden und dann überall Gerüchte verbreiten würde. Die Verantwortung, neues Leben in die Welt zu setzen, machte ihm schwer zu schaffen. Er schmiedete Pläne, dachte angestrengt nach. Etwas hatte begonnen, sich in seinem Hinterkopf festzusetzen (eigentlich war es an seinem Genick. Er spürte, wie es Tag für Tag wie ein Krebsgeschwür mit mikroskopisch kleinen Zellen an seiner Schädelbasis wuchs), aber er hatte nicht die Absicht, es zu beschleunigen. Er hielt nichts davon, das Schicksal gewaltsam zu beeinflussen.

Die Situation mit seiner Tochter war dringend geworden. Wer immer jener verbitterte, aber doch scharfsinnige alte deutsche Philosoph gewesen sein mag, dessen aphoristische Weisheit er erst vor kurzem in *Das Beste aus Reader's Digest* gelesen hatte – der Kern der Aussage war: Wenn menschliche Fortpflanzung allein von den rationalen Überlegungen der Weltbevölkerung abhinge, dann wäre diese innerhalb eines Jahrhunderts ausgestorben . . . Ehrhart mußte laut lachen, es war in der Tat eine drollige Vorstellung. Und obendrein durchaus überzeugend.

Seine Frau, abgemagert, nur aus bläulichem Geäder und Höhlen bestehend, der schuppige Schädel obszön durch ihr schütter gewordenes Haar schimmernd, lag zusammengesunken in der Wanne, in dem erkalteten, brackigen Wasser. Ehrharts große, sanfte Hände umschlossen ihren Kopf. Welches Heilmittel gab es, welche Lösung? Atmete sie noch? Sollte er ihren Kopf ganz sachte hinunterdrücken und unter Wasser halten und ihr den Gnadentod gewähren? Seine heißen Tränen fielen ins schleimige Wasser. Er zählte sie und ärgerte sich über sie, über jede einzelne.

Was Wendy betraf, so war sie in der Schule, wurde aber innerhalb einer Stunde zu Hause erwartet.

Ehrhart durchblätterte die Zeitschriften in den Wartezimmern der Spezialisten: Psychiater, Neurologen, Endokrinologen, Gastroenterologen, Pädiater. Er erwarb sich ein rudimentäres Fachvokabular, er spürte, wie sich sein Horizont erweiterte. Er war nicht verbittert. In der Herrentoilette brachte er einen Arbeitskollegen in Verlegenheit, indem er im Spiegel auf sich zeigte und sagte: »Dort steht der glücklichste Mann, den ich kenne.«

In einer auf Hochglanzpapier gedruckten Ärztezeitschrift fand er, eingezwängt zwischen riesigen farbigen Anzeigen für pharmazeutische Produkte aller Art, einen Artikel über Geburtsschäden und deren Auswirkung auf die betroffenen Eltern. Anscheinend war es der Fall (im Gegensatz zu der weitverbreiteten Überzeugung), daß Eltern ihre behinderten Kinder *fast so liebten als seien sie normal*. Mütter wollen gerade diese Babys nähren und verhätscheln. Selbst wenn es gestorben ist, wollen sie es *sehen* und *liebkosen*. Ein Arzt berichtete aus seiner Praxis, wie »erstaunlich« und »rührend« er es gefunden habe, daß solche Eltern es jedesmal fertig brächten, an ihrem Kind wenigstens einen einzigen attraktiven Zug zu entdecken, sich auf ihn allein zu versteifen und die anderen Faktoren zu verdrängen. Selbst bei schwer deformierten mongoloiden Kindern. Sie finden »normale« Merkmale: Es hat zum Beispiel die Augen des Vaters, die Nase der Mutter, den familiären Knochenbau. Der Arzt erklärte, daß viele Eltern bei diesen Kindern Deformierungen, die die ganze übrige Welt durchaus wahrnehme, entweder nicht »sehen« wollten oder nicht sehen könnten.

Auf Ehrhart machte dieser Artikel großen Eindruck. Es kann sein, daß er heimlich weinte.

Er glaubte zwar nicht mehr an die Sünde, aber er kam sich oft sündig vor. An Erlösung jedoch glaubte er, nur war er sich nicht im klaren, wie er danach streben könne. »Dort haben wir das glücklichste kleine Mädchen auf der Welt!« hatte er gesagt und dabei auf Wendys Spiegelbild gezeigt. »Und wehe dir, wenn du es nicht wahrhaben willst.« Natürlich sagte er es nur im Scherz, und Wendy hatte keine Angst bekommen.

Wendy bekleckerte sich und den Tisch mit ihrem schmelzenden Eiscreme-Sundae, und Ehrhart spürte den dringenden Wunsch, sie zu bestrafen, und nachher, an der Kasse, zitterten seine Hände beim Bezahlen der Rechnung derart, daß er sich bemüßigt fühlte, es zu erklären. »Meine kleine Tochter fühlt sich nicht wohl. Im vergangenen Frühjahr ist ihre Mutter gestorben . . . und sie ist immer noch nicht ganz darüber hinweg.« Wendy war schluchzend aus dem Restaurant gerannt und schnell über das mit Glatteis bedeckte Pflaster des Parkplatzes auf Ehrharts Wagen zugelaufen. Natürlich war dieser abgeschlossen. »Entschuldigen Sie bitte«, sagte er zu der Kassiererin, auf deren weißgepudertem Gesicht er ein befriedigendes Mitgefühl registrierte. »Manchmal kann sie sich überhaupt nicht beherrschen, auch eine Tracht Prügel hilft da nichts.«

Ehrhart nahm die Palisades-Ausfahrt und fuhr auf einer der Nebenstraßen in nördlicher Richtung den Fluß entlang. Er hielt sein Tempo, weil keine Notwendigkeit zur Eile bestand; hatten sie nicht jede Menge Zeit? Wendy schluchzte sich bald in Schlaf und rutschte so weit weg von ihrem Vater wie es nur ging. Ihr Kopf lag zwischen Sitzkante und Tür. Ehrhart war froh über die Ruhe. Den Frieden. Die Einsamkeit. Bedächtig fuhr er sich über das kratzige Kinn: Er war überrascht – hatte er sich denn nicht erst vor ein paar Stunden rasiert?

Das Kind war eigensinnig, entwickelte sich zu einer pathologischen Lügnerin wie die Mutter und hatte außerdem dauernd Erkältungen. Zu bestimmten, seltenen Augenblicken wie diesem konnte man sie fast hübsch nennen, mit rotblondem, gewelltem Haar wie es Ehrhart als Kind gehabt hatte. Ihre Nase war ein liebes Stupsnäschen, ihr Mund zart wie eine Rosenknospe. Wenn sie nur nicht so bockig wäre und sich immer ihr Teil dachte und sich kratzte und in der Nase bohrte. Der Putzfrau erzählte sie Lügengeschichten über ihren Vater und auch der Lehrerin und wahrscheinlich auch ihren Mitschülerinnen und *deren* Müttern. Und wenn man sie dann erwischte, bekam sie einen Wutanfall. Sie log über Ehrhart zu Ehrharts Frau, aber das hatte er unterbunden und Ehrharts Frau ebenfalls: Zur Strafe hatte sie Wendy in den Wandschrank gesperrt. Später, als Wendy Ehrhart berichtete, daß »Mami sich krank fühlte« und daß »Mami sich den ganzen Tag übergeben mußte« und daß »Mami sich mit jemandem am Telefon gezankt hat«, glaubte er es anfangs nicht, ja, hörte nicht einmal hin. Ein Pädiater hatte ihm gesagt, es sei in solchen Fällen am ratsamsten, nicht auf die Phantasien des Kindes einzugehen.

Und außerdem vernachlässigte sie sich – sie badete nicht häufig genug, wechselte ihre Wäsche nicht. Sie trug schmutzige Höschen und ihr kleines weißes T-Shirt im Bett, Nacht für Nacht, und zwar unter ihrem Pyjama, und diesen wechselte sie auch nicht. Sie putzte sich nicht die Zähne, hielt ihre Fingernägel nicht sauber. Aber er brachte es nicht übers Herz, sie deshalb zur Rede zu stellen. Seine Frau hatte versagt, und er würde versagen. »Sieh dir das an«, sagte Ehrharts Frau. Dabei war ihr Gesicht leichenblaß geworden und sie würgte, als sei sie im Begriff, sich zu übergeben. Ehrhart sah sich das Beweisstück an: Eine teure, gebundene und illustrierte Ausgabe von Louisa M. Alcotts *Eine glückliche Zeit*, die Wendys Großmutter ihr geschenkt hatte und deren Seiten verschmutzt und befleckt, ja sogar verklebt waren. Offenbar hatte Wendy in der Nase gebohrt und das Resultat dann ins Buch geschmiert: Wahrhaftig ein ekelhafter Anblick. Ehrhart hatte das Buch wortlos in den Mülleimer geworfen.

Vielleicht wäre es wirklich ein Akt der Gnade, eine simple humane Geste, dachte Ehrhart, als er seine Tochter betrachtete, wenn rein zufällig ihr Kopf oder ihr Arm die Wagentür öffnete . . . aber aller Wahrscheinlichkeit nach würde es nicht passieren, alle logischen Voraussetzungen sprachen dagegen, es würde nur Verdacht erregen. In jedem Falle war es unvernünftig, dachte Ehrhart, sich den Kopf zu zerbrechen. Furcht, die fehl am Platze ist, bedeutet Energieverlust. Das Kind war *vollkommen* sicher.

Sie waren bereits etwa zwanzig Meilen über die Juniper-Springs-Ausfahrt hinausgefahren, aber Ehrhart hatte es nicht eilig und wollte auch nicht wenden. Vielleicht konnte er seine verzogene Tochter mit dem Versprechen zu besserem Benehmen bewegen, auf der Rückfahrt West Point zu besuchen oder eines der Schloßmuseen am Hudson-Ufer oder jenen Rummelplatz – oder war es ein Vergnügungspark –, den er in Lake Mohawk angekündigt gesehen hatte. Obwohl der Teufel los sein würde, wenn er ihr einen Besuch von MEL'S FUNLAND versprechen würde, der Rummelplatz aber in der Wintersaison geschlossen hätte.

Der Hudson begann ihn zu faszinieren. Könnte er nur immer seine hohen, kalten Böschungen entlangfahren! Von der Wasseroberfläche stiegen zarte, blasse Streifen auf, die Wellen waren gekräuselt, dunkel, wogend, bösartig. Gezackte Eisschollen hatten sich an den Ufern gebildet, und fast unsichtbare Phantomregenbogen funkelten zu beiden Seiten. Das Wasser würde eisig sein, der Schock allein tödlich: ein gnädiger Tod.

Nervös drückte Ehrharts Fuß auf das Gaspedal. Er war so erregt, daß er sich bremsen mußte. Deshalb drosselte er das Tempo und fuhr nun so langsam, daß der Mann hinter ihm ungeduldig hupte. »Ich kann nicht atmen, wenn du mich dauernd beobachtest«, hatte Ehrharts Frau damals gesagt. Aber danach hatte sie um Verzeihung gebettelt. Er haßte ihre Art, zu Kreuze zu kriechen und so zu tun, als sei sie in panischer Angst vor seinem Jähzorn. Er zog es vor, wenn sie zornig war, denn dann empfand er seine eigenen Wutausbrüche als nicht so gravierend.

Die Wellen würden über ihren Köpfen zusammenschlagen, dachte Ehrhart. Ein düsteres Grab. Vater und Tochter vereint. Ob wohl Türen und Fenster des Wagens (es war ein neues Modell, ein Buick-Skylark) dicht genug sein würden, um eine versiegelte Kapsel zu bilden, das heißt, versiegelt für ein paar Minuten? Zwei, drei, fünf, zehn? Wäre es sinnvoller, das Fenster auf seiner Seite vorher zu öffnen oder würden jene letzten Minuten für sie beide kostbar sein? Gab es irgendwelche zuverlässige Studien über dieses Thema?

Er fuhr weiter und hielt sich an das Tempolimit, niemand, und wenn er noch so unhöflich hinter ihm hupte, würde ihn zum Schnellerfahren bewegen, auch Lastwagenfahrer nicht, die ihn auf der Strecke überholten. Die Nachmittagssonne stand schräg im Himmel, die Farben verblaßten und gingen in Dämmerlicht über: Bald würde der kürzeste Tag sein.

Die Art, in der Wendys Kopf unbeholfen gegen die Tür gelehnt war, erinnerte ihn an seine Frau, seine arme, gehässige Frau, wie sie in der Badewanne lag oder sich ausgestreckt über das ungemachte und mit Zigarettenasche bestreute Bett gelegt hatte, das Baby mit ihren nackten Armen an sich gedrückt, und wie sie sich von einer Seite zur anderen wiegte, als sei sie allein. »Du tust das doch nur, um mich zu ärgern«, sagte er. Sie hatte abgenommen, ihr feines, dunkles Haar fiel beim Bürsten büschelweise aus, sie muß sich daran erinnert haben, wie er in den ersten, trunkenen Tagen ihrer Liebe ihr Gesäß, ihre Schenkel, ihre Brüste in halb erstickter Ekstase gedrückt, geknetet hatte. »Du rächst dich jetzt, nicht wahr?« sagte Ehrhart.

Sie hatte sich über das Aquarium gebeugt, das Ehrhart zum Haushalt beigesteuert hatte. Das sanfte Wellen schlagende Wasser voller Unterseegewächse warf ein grünlich schimmerndes Licht auf ihr Gesicht. Es war das einer Frau, die er vorher nie gesehen hatte, sie war nicht mehr hübsch, war nicht mehr jene schlichte, strenge, asketische Schönheit mit den graugrünen Augen wie gespültes Glas. »Wir können so nicht weiterleben! Du vergiftest alles, was du berührst!« schrie Ehrhart unvermittelt.

Jetzt hatte Wendy im Schlaf den Schluckauf bekommen und erwachte. Ein paar Sekunden schien sie ganz verwirrt. Ehrharts Herz hämmerte, aber er ließ sich den Ärger, den er empfand, nicht anmerken, sondern zog sie auf, weil sie solch eine Schlafmütze gewesen sei und die wunderbare Szenerie verpaßt habe. Auf der einen Uferseite des Hudson hatten sich die Hügel in ein Eisblaugrau verwandelt, auf der anderen waren sie sonnenvergoldet, es war ein solch ehrfurchtgebietender und erhabener Anblick, daß es Ehrhart leid tat, seinen Fotoapparat zu Hause gelassen zu haben. Wendy zwinkerte mit den Augen und sah angestrengt um sich. Dann rückte sie ihre Brille auf dem Nasenbein zurecht. »Wo sind wir, Daddy?« fragte sie mit schwacher Stimme. Er scherzte und erklärte ihr, sie seien bereits halbwegs in Alaska. Dann sagte er, sie hätten Juniper Springs überfahren und müßten umkehren. Vorher aber würde er beim Lake Mohawk halten, denn seit dem Mittagessen sei sie ein braves kleines Mädchen gewesen, und für brave kleine Mädchen gebe es stets eine nette Überraschung.

Es dauerte fast eine Stunde, bevor Ehrhart MEL'S FUNLAND am Lake Mohawk fand. Dann war er enttäuscht, daß es kein richtiger Rummelplatz, sondern nur ein schäbiges, mit Stuck verziertes Gebäude mit einem neonbeleuchteten Schirmdach war. Das »A« in der grellroten Leuchtschrift war ausgebrannt. Mit schleppen-

der Stimme las Wendy »*Mel's Funl'nd*. Da sind wir nun. *Mel's Funl'nd*. Was für ein lausiger, stinkender, widerlicher Ort!«
Immerhin erwies es sich, daß es ein Karussell für kleine Kinder gab und ein zum Bersten volles Bingozelt und eine Reihe laut piepsender Videospiele und eine Schießbude für Scharfschützen mit Pappausschnitten von Bären, geweihbestückten Tieren und behelmten Männern. Es gab auch einen »Kinderzoo« und einen Miniaturgolfplatz, auf dem sich grölend betrunkene Jugendliche vergnügten und einen hell erleuchteten Erfrischungsstand, wo man Bier, Limonade und Kleinigkeiten zu essen erstehen konnte. Ehrhart fühlte sich zwar nicht recht wohl in seinem teuren Kamelhaarmantel mit dem weißen Seidenschal, aber er fand, daß das gähnende alte Gebäude trotzdem etwas Anheimelndes habe, und er war auch froh, daß Wendy, obwohl sie versuchte, es nicht zu zeigen, nicht mehr die beleidigte Prinzessin spielte. Unter gewöhnlichen Umständen hätte das Dröhnen der überlauten Rockmusik und die ranzig-gemischten Gerüche von Hot-Dogs, Tabakrauch, Tierexkrementen und eng zusammengepferchten Menschen Ehrhart abgestoßen, aber selbst das Kreischen der kleinen Kinder wirkte merkwürdig beruhigend. »Nun ja, so leben eben die Menschen«, dachte er versöhnlich. Er war benommen von seinem eigenen Gefühl des Wohlbehagens, er glaubte, er könne jeden Moment die Hand auf die Köpfe von Fremden legen und sie segnen.
Er bestellte sich eine Flasche Bier und trank sie schnell aus. Wendy war zu aufgeregt, um irgendetwas zu essen oder zu trinken, weil sie auf dem Miniaturkarussell fahren durfte. Ehrhart kaufte ihr eine Karte, nein, ein halbes Dutzend Karten, was sollte es, sie war doch ein Kind und durfte sich an kindischem Zeug freuen. Für eine Achtjährige mit einem hohen Intelligenzquotienten benahm sie sich allerdings wie ein viel jüngeres Kind, aber er würde es ihr nicht verargen. »Ruhe und Frieden, das ist die Hauptsache«, sagte er, lachte und seufzte und wandte sich an eine Frau in einem imitierten Leopardenfellmantel, die neben ihm stand und die ebenfalls ihrer Tochter auf dem Karussell zusah.
»Wem sagen Sie das«, antwortete die Frau. Ihr hübsches, rundes Gesicht war dick gepudert, ihre roten Lippen auf altmodische Weise herzförmig nachgezogen: Er fand es überraschend attraktiv.

So lebt Amerika, dachte Ehrhart und sah sich mit einem langsamen, betäubten Lächeln um. Aber wer war er, um darüber zu richten?

Wendy war auf ein Palominopony geklettert, das sich, während sich das Karussell drehte, abwechselnd ruckweise und dann wieder schläfrig auf und ab bewegte. Es war eine Traumkreatur mit gefletschten, grinsenden Zähnen und einer aus struppigem Synthetikhaar bestehenden Mähne und dazu passendem Schwanz. Nur etwa ein Drittel der Tiere waren besetzt. Es gab Pferde und Wildkatzen und Kamele und ein »Schwanenboot« für die ganz Kleinen.

Sie vergessen alles, dachte Ehrhart und schüttelte verwundert den Kopf. Kinder. Gott segne sie.

Zwei junge Mütter und ein junger Vater saßen mit ihren Kindern auf dem knarrenden Vehikel. Na, wenn schon, dachte Ehrhart, erstand eine Karte und kletterte hinter Wendy auf ihrem bockenden Palomino an Bord. Er war im Grunde seines Herzens ein großes Kind, war nicht jeder irgendwie ein großes Kind? Man sollte die Dinge im richtigen Verhältnis sehen.

Wendy warf einen blassen, verängstigten Blick über die Schulter, aber Ehrhart grinste nur und winkte. Er würde sie nicht in Verlegenheit bringen. Die Atmosphäre war zu unbeschwert, die Stimmung zu festlich. Er entschied sich für einen plattfüßigen, komischen Esel, denn die beweglicheren Tiere würden womöglich unter seinem Gewicht zusammenbrechen. Ein kleiner Junge auf einem schwarzen Pferd mit abgebrochenem Vorderfuß zeigte auf Ehrhart und kicherte, aber Ehrhart grinste nur und winkte wieder. Er hätte alle segnen können.

Das Bier war ihm zu Kopf gestiegen. Er klatschte in die Hände, als wolle er den schläfrigen Esel wecken. Laut rief er »Hüh!« und »Hott!« Wendy, die auf dem Tier vor ihm saß, gefiel das Spiel, sie peitschte mit den Zügeln den Hals ihres Pferdes, trieb ihm die Fersen in die Flanken und schrie ebenfalls »Hüh! Hott!«

Immer im Kreise ging es. Die Lautsprecheranlage dröhnte über ihren Köpfen. Hier war die rotlippige Frau in dem Leopardenfellmantel, dort die Kasse für die Karten, hier wiederum, kaum einen Meter vor Ehrhart, seine süße kleine Tochter im blauen

Parka, kreischend vor Entzücken. Was auch immer geschieht, dachte Ehrhart. Sie könnten zum Beispiel in den Ferien gen Süden, nach Disneyland in Orlando, Florida, fahren. Sie könnten eine dieser Maultiersafaris durch den Grand Canyon machen.

Wendy ist eine kleine, auf ihrem Palominopferd dahingaloppierende Prinzessin. Weit ausholende, muskulöse Beine, anmutiger Hals, Mähne und Schwanz im Winde wehend, Hufe beschuht mit richtigen Hufeisen . . . Im Gegensatz dazu ist Daddys Esel am Boden festgenagelt. Er wird sie nie einholen können. Aber Daddy macht das nichts aus. Daddy ist mit sich sehr zufrieden. Daddy hat jede Menge Zeit.

Der Mann, den Frauen anbeteten

Er sei gestorben, ging das Gerücht – gestorben an etwas Plötzlichem, Katastrophalem, wie einem Herzinfarkt oder einem Schlaganfall – oder war es bei einer Prügelei in einem berüchtigten Teil der Stadt? –, aber dieses Gerücht war zweifellos falsch, denn William tauchte auf, zwar auf unsicheren Füßen, aber dennoch, in dem schrägen, beißenden Oktobersonnenschein und überquerte den Broadway an der Kreuzung zur Fourteenth Street. Kann sein, daß er angetrunken war. Fest stand aber, daß es ihm nicht gut ging. Mit jener lässigen und ein wenig selbstparodierenden Handbewegung, die mir so vertraut war, winkte er den Verkehr zum Stillstand. Der Lenker eines Lieferwagens hupte verärgert, der Fahrer eines ramponierten Taxis bewegte sein Auto langsam vorwärts und streifte mit dem Kotflügel Williams Oberschenkel. Fasziniert sah ich hin – ich wollte ihn warnen, denn er hätte ja ernstlich verletzt werden können –, aber im nächsten Augenblick hatte William sich aus der Gefahr herausmanövriert.

War dieses menschliche Wrack tatsächlich William? Er sah sehr gealtert aus, und sein Haar war endlich ganz weiß geworden. Aber es war kein leuchtendes, sondern ein fahles, schmutziges Weiß. Auch sein Gesicht war unsauber und fleckig, es bestand nur aus Runzeln, wie ein faltiger Handschuh, aber die Lippen und selbst die ein wenig gedunsene Nase trugen immer noch eine Spur jener besonderen, wie gemeißelten Schönheit. Er hatte einen ausgebeulten, offensichtlich nicht aus der Garderobe seines früheren Lebens stammenden, schlottrigen Mantel an – wahrscheinlich hatte er ihn an einem der Trödlerstände auf der

Fourteenth Street erworben –, und er torkelte weiter mit jener traumhaften Sicherheit, wie sie nur Betrunkene oder Kinder haben, die Augen unverwandt auf das Pflaster unter seinen Füßen gerichtet, als wäre es eine schmale Planke über einem Abgrund und erfordere einen gefährlichen Balance-Akt. Seine Lippen bewegten sich, er mußte wohl mit sich selber geredet, argumentiert, geschwatzt haben. Ich wollte ihn beim Namen rufen, aber ich unterließ es. Ich wich zurück, drehte mich weg, wollte nicht mit ihm zusammentreffen. Ich duckte mich hinter einen geparkten Wagen und überquerte die Straße durch den Verkehr hindurch.

Einen Augenblick glaubte ich, er habe meinen Namen gerufen, aber ich drehte mich nicht um.

Ist dir bewußt, sagte ich einmal und durchaus nicht verbittert (denn ich beobachtete mich und war selten verbittert), daß du ein Mann bist, den Frauen anbeten? William lachte, er war überrascht und geschmeichelt. Natürlich mußte es ihm bewußt gewesen sein, daß er ein Mann war, den Frauen anbeteten, aber niemals war der Gedanke so deutlich in Worte gefaßt worden. Er sah mich an, als müsse ich zum erstenmal ernst genommen werden. Natürlich war es schon lange her, viele Jahre. Sowohl William als auch ich haben uns seitdem sehr verändert.

Als ich zum erstenmal das Gerücht vernahm, er sei gestorben, hatte ich die Vision von einer von zahlreichen, schwarzgekleideten, trauernden Frauen umstandenen Gruft. Nicht etwa, daß gemeinsamer Verlust sie verband: Im Gegenteil, er isolierte sie nur noch mehr voneinander. Und erniedrigte sie zugleich, denn in einer solch totalen Unterwerfung liegt etwas Erniedrigendes.

Ich befand mich nicht unter den Trauergästen. Ich betrauere niemals jemanden, den ich überlebe – das heißt, dessen Anziehungskraft für mich ich überlebe.

Zu Anfang erklärte mir William einmal ganz offen und durchaus liebenswürdig, er finde es ganz natürlich, von jedermann angebetet zu werden. Er war das jüngste von sechs Kindern und als Säugling fast an einer fiebrigen Halsentzündung gestorben. Er stammte aus einer guten Familie, und all die sanften, luxuriösen Emotionen – Liebe, Zärtlichkeit, Gefühl – wurden hoch geschätzt, besonders von den Frauen. Heutzutage werden Emotionen mit einer gewissen Belustigung betrachtet, sie werden auf der Handfläche gehalten wie exotische, möglicherweise gefährliche Insekten, aber als William ein Kind war, stiegen Emotionen herauf aus Quellen, die, wenn sie nicht dämonisch waren, als geheiligt galten. Als Kind weinte William oft, und man hatte ihn nie seiner Tränen wegen beschämt. Er wurde in die Arme genommen, er wurde getröstet. Er war einfach der Mittelpunkt des Universums.

Sein Vater war Partner in einer der ältesten Börsenmaklerfirmen von New York. Der Familie seiner Mutter gehörten nebst anderen Dingen Eisenerzvorkommen entlang des St. Lawrence-Stroms. Mit ihren sechs hübschen Kindern bewohnten Williams Eltern ein stattliches, aus der Zeit des beginnenden Jahrhunderts stammendes Haus an der Fifth Avenue. Sie beschäftigten Kinderschwestern, Dienstmädchen, eine Köchin, einen Chauffeur, einen englischen Butler und andere Hausangestellte. Das war in den frühen zwanziger Jahren, als alles noch vor ihnen lag.

Ich bat William um den Gefallen, mir Fotos aus seiner Kindheit zu zeigen. Mir erscheinst du unwirklich, sagte ich. Du machst nicht den Eindruck, als laste die Geschichte auf dir, nicht einmal eine persönliche Geschichte.

(Wegen seines außergewöhnlichen Charmes, glaube ich. Seines erstaunlich guten Aussehens, seiner tadellosen Manieren, seiner Selbstsicherheit.) Damals hatten wir ein Verhältnis. Aber wir standen uns nicht wirklich nahe. Ich hatte nicht das Recht, etwas von ihm zu fordern, aber nach einer Weile ließ er sich überreden und schien so betroffen wie ich bei dem Anblick der Bündel alter Fotografien, die er mir eines Sonntags brachte – »Baby William«, »William, dreieinhalb Jahre alt«, »William mit seinem ersten Pony« – William mit seinen blassen Locken, dem abwechselnd ätherischen und dann wieder schmollenden Lächeln, den fast runden, von dichten Wimpern umrahmten Augen, in seinen hübschen kleinen Samtanzügen und Rüschenhemden. William – niemals Billy.

Um dieses Kind auf den sepiafarbenen Bildern war etwas Legendäres, als wisse er sehr wohl, was ihm gebühre, was seine Schönheit zur Geltung bringen würde, und genauso sicher wußte er auch, daß er niemals darauf zu bestehen habe. Die ungeheure Gelassenheit, geliebt zu werden und nur sehr wenig *lieben* zu müssen. (Nachdem mich William an jenem Sonntag verlassen hatte, fand ich eine Fotografie, die ich aus dem Stapel herausgenommen hatte, die ich, halb bewußt, gestohlen hatte. William im Alter von acht Jahren. Nicht lächelnd, eher ein wenig melancholisch dreinblickend. Aber sehr verblüffend. Ein Kind, das man zärtlich liebt. Wenn William bemerkt hatte, daß dieses Bild, als er wieder zu Hause war, fehlte, so erwähnte er es jedenfalls mir gegenüber nicht. Immer verzieh er kleine Sünden, die aus Liebe zu ihm begangen waren.)

Zwischen seinem neunten und vierzehnten Jahr sang William in einem episkopalischen Knabenchor und zwar gut genug, um mit dem Chor auf eine Tournee durch die nordöstlichen Staaten zu gehen. Er entdeckte seine Liebe zur Musik, zum Chorgesang, zur »religiösen Atmosphäre«. Wenn er sich als Sängerknabe bezeichnete, meinte er es als Witz, aber in Wirklichkeit sank seine Stimme jedesmal und wurde ehrfürchtig, als sei er Zeuge jener feierlichen Prozessionen gewesen und nicht Teilnehmer. Wie gut die Jungen alle aussahen – alle Jungen! Damals hatte William eine lange, dunkelweinrot schimmernde Samtrobe getragen, seine hellen Locken aus der Stirn gebürstet, der Ausdruck in seinen graublauen Augen ernst und gesetzt. Engelhaft, das sagte jeder. Natürlich war er der Liebling der Familie, der der Frauen besonders, aber er war sich bewußt, als der Knabenchor durch das Mittelschiff der Kirche schritt und hinaus in den Sonnenschein trat, wie die gesamte Gemeinde – Männer und Frauen – ihn anstarrte. Ihm war es vorgekommen, als durchschreite er wie im Traum jedes einzelne verzückte Gesicht. Gewiß, die Augen waren auf alle Knabengesichter gerichtet, aber vor allem blickten sie Woche für Woche auf *ihn*. Ganz offen, durchaus nicht unverschämt, sondern als sei dies die natürlichste Sache von der Welt. Und ebenso natürlich lächelten einige – andere wiederum waren Freunde der Familie. Aber viele starrten ihn einfach an. William begegnete ihren Blicken mit Scheu, seine Wangen brannten, sein Atem ging flach. Was bedeutete es nur, derart bewundert zu werden! Derart *betrachtet* zu werden! Als die Prozession der Chorknaben hinaus aus der Kirche, ganz hinaus in das gewöhnliche Tageslicht trat, als es sichtbar wurde, daß sie trotz der feierlich langen Gewänder, der sauber gekämmten Haare nichts weiter waren als kleine Jungen, empfand William eine ausgesprochene Enttäuschung. War es nichts weiter? War das alles? Hatte er es sich nur eingebildet?

Jedenfalls, behauptete er, liebte er den Kirchenchor. Selbst die Gesangsproben, selbst die mürrisch geäußerten Anweisungen des Chorleiters.

William wurde auf die Schulen geschickt, die schon sein Vater besucht hatte: Lawrenceville und Yale, und im Alter von sechsundzwanzig Jahren heiratete er die Erbin einer Fleischkonservenfabrik aus Kansas City, die er in Manhattan kennengelernt hatte. Nach ein paar Jahren betrog er sie. (Technisch gesprochen. Denn er war seiner jungen Frau natürlich bereits unmittelbar nach der Hochzeit untreu geworden. Es gibt Lächeln, die, schnell und verstohlen getauscht, vollzogene Akte der Untreue sind; es gibt sogar Augenblicke, da ein verweigertes Lächeln, ein Beharren auf einem ernsten Blick, in geradezu dramatischer Weise ehebrecherisch sein können.) Die Frauen beteten William an, wie hätte er sich von ihnen fernhalten können? Außerdem fühlte er sich seitens gewisser älterer Männer, von seinem eigenen Vater zum Beispiel, unausgesprochen bestätigt. Und mit Sicherheit blieb noch genug von William übrig für alle – sein Geist war so großzügig wie ein üppiges Sonntagsbüffet.

Alles hatte begonnen, berichtete er mir mit vor Gefühl bebender Stimme (und das viele Jahre später!), als eine Cousine seiner Frau, eine konventionell hübsche, unverheiratete junge Frau aus Missouri nach dem Osten kam, um sie zu besuchen und um sich das gerade geborene Töchterchen anzusehen. Aus irgendeinem Grunde führte William und nicht seine Frau sie in das Kinderzimmer. Es war ein verschleierter Apriltag, eine Brise bewegte die duftigen weißen Vorhänge, und als William sich über die Wiege beugte, legte die junge Frau ihre kalten, nervösen Finger auf seinen Nacken – und es hatte sich wirklich so begeben, wie die junge Frau noch jahrelang danach beteuerte: Sie konnte sich einfach nicht zurückhalten. Es geschah, es geschah eben nur, und keiner hatte schuld daran.

»Hast du sie geliebt?« fragte ich.

»Ach – *Liebe*!« sagte William.

»Aber wenn sie die erste war –«

»Sie liebte genug für uns beide«, war alles, was er sagte.

Ich begegnete William das erstemal auf einer großen Veranstaltung, als mich jemand auf ihn aufmerksam machte. Dort steht er, sagte ein Bekannter, dort, sehen Sie ihn? – diesen Mann? (Mein Bekannter war der einstige Geliebte einer Frau, die, wie man sagte, eine kurze Zeit mit William »liiert« gewesen war. In seiner Stimme schwangen vage Gefühle mit – Eifersucht, Bitterkeit, ein merkwürdiger, gekränkter, männlicher Stolz.)

An jenem Abend lernten wir uns kennen. Wir tauschten unsere Telefonnummern aus. William zeigte sich von der Tatsache überrascht – oder war es das Postulat –, daß ich selber eine Art »Künstlerin« war. Es war ein Empfang, der in dem neu eröffneten Anbau eines Museums gegeben wurde. »Schreiben muß sehr schwierig sein«, sagte er, »ich meine, über ernste Dinge zu schreiben, um dem Bewußtsein jene Tiefe zu verleihen, die es verdient . . . Damit will ich sagen, daß ich im Geiste immer in zehn verschiedene Richtungen gleichzeitig gehen will, auch in diesem Moment, wo ich hier stehe, aber in der Literatur oder in der bildenden Kunst liegt eine so wunderbare Zielstrebigkeit, die einem gestattet, tief in . . . die Seele einzutauchen. Stimmen Sie mir zu?«

Sein Enthusiasmus war sehr wohltuend – ja, er war berauschend. Die Gefahr, überbewertet zu werden, berauscht uns immer. Und so lernte ich William kennen, der bereits in seinem eigenen Kreis zur Legende geworden war und in dieser Lebensphase in weitere, eher experimentelle vorstieß. Er hatte Geld, sehr viel Geld, für den Ankauf von Arbeiten »unbekannter, zeitgenössischer Künstler«, er kaufte Bücher, einschließlich teurer Erstausgaben, er trug sich mit dem Plan, demnächst das Stück eines der kleineren Theater mitzufinanzieren. Wenn ich mich mit ihm unterhielt, spürte ich die Macht seiner eigenen Verzauberung: Sein Enthusiasmus, sein wunderbares Talent für Übertreibung gaben mir frischen Auftrieb. Wie konnte ich widerstehen, ihn nicht »herbeizuzitieren«, obwohl ich kaum die Sorte von junger Frau war, die Männer »herbeizitiert« –! Ich hatte ihm meine Nummer gegeben, aber er rief mich nicht an. Ich hatte seine Nummer und rief ihn an.

Seine Augen waren von einem wunderbaren Graublau, weit auseinanderstehend in seinem starken Gesicht und lagen tief in den Höhlen. Seine Nase war gerade, mit einem klassischen Nasenrücken. Obwohl er erst Ende dreißig war, als wir uns kennenlernten (später sollten wir mit Unterbrechungen viele Jahre befreundet sein – für William war ich eine immerwiederkehrende Entdeckung), machte er auf mich einen älteren Eindruck. Es umschwebte ihn etwas Patriarchales, eine Autorität, gekoppelt mit Güte, Zuneigung und einem Interesse am Detail. Er steckte voller Fragen, sowohl bezüglich der »Kunstfertigkeit« als auch der »Kunst« – er verdrehte einem den Kopf mit seiner Schmeichelei. *Fühlt* ein Autor die Dinge intensiver als der Durchschnittsmensch, wollte William wissen, und ist es gefährlich? oder nur ein weiterer Aspekt professionellen Könnens?

»Nehmen wir an, du würdest eines Tages etwas über mich schreiben«, sagte er schüchtern. »Und ich würde es lesen. Und dann –«

»Ja und?«

»Und dann – hm – würde ich es *wissen*.«

Von seiner Ehefrau erzählte er mir niemals etwas und natürlich auch nicht von seinen anderen Frauen. (Es war bekannt, daß er eine Mätresse hatte – und das Wort »Mätresse« ist nicht unpassend –, die in einem der Brownstonehäuser, die Williams Familie auf der West Eleventh Street gehörten, wohnte.) Manchmal erwähnte er seine Kinder: Es waren »teure« Kinder. Seine Neugier in bezug auf mein eigenes Leben, meine Einsamkeit, meine exzentrischen Arbeitszeiten, meine Depressionen, die so unerwartet mit Stunden besessener, unbekümmerter Energie wechseln konnten – wirkte auf mich zermürbend unpersönlich. Er nahm mich ins Kreuzverhör, er lernte von mir, und doch war ich für ihn nicht sehr wirklich. Vielleicht glaubte er, meine »Kunst«

verleihe mir eine Art Immunität – ich könne nicht wie seine anderen Frauen verletzt werden.

Er hatte die Gewohnheit – es war nicht so störend, wie es klingen mag –, populäre Melodien vor sich hinzusummen. Cole Porter, Hoagy Carmichael, Rodgers und Hammerstein – zum Beispiel. Sein Lächeln konnte melancholisch sein, und dann, auf einmal, änderte es sich und wurde strahlend, blendend – vor lauter guter Laune oder reinem Hochgefühl. Er lachte gerne, erzählte mit Vorliebe Anekdoten. Seine Geschichten waren niemals originell, aber sie waren wunderbar amüsant. In der Schule und dann ein Jahr auf der Universität war er Ringer und Fußballspieler gewesen, im Kriege hatte er sich, so wurde behauptet, »ausgezeichnet«. Obwohl er nur sehr selten von diesem Aspekt seiner Vergangenheit sprach, als spüre er, daß es ihn nicht getreu repräsentiere, fühlte ich jene absolute Gelassenheit, die auf einer geprüften und erprobten Maskulinität beruht. Das hatte er nun hinter sich, nun konnte er sich einfach nur noch anbeten lassen. Und die Anbetung mußte natürlich von Frauen kommen.

Manchmal sagte er nachdenklich: »Eigentlich hätte ich Priester werden sollen. Ein Erzbischof . . .«.

Ich begriff, was er meinte. Ich sagte: »Du hättest dann aber ein episkopalischer Priester sein müssen, dafür hättest du kein Keuschheitsgelübde abzulegen brauchen.«

»Aber ich *hätte* ein Keuschheitsgelübde abgelegt«, entgegnete William und lachte.

Offenbar wollte er als junger Mensch tatsächlich in ein Priesterseminar eintreten. Sein Vater war enttäuscht, hätte sich ihm aber nicht widersetzt; seine Mutter war durchaus dafür. Aber als dann der Knabenchor das Apostolische Credo mit hohen, dünnen, wunderschön klaren Stimmen intonierte, trieb es William die Tränen in die Augen, weil er, während er so inbrünstig von seiner Gläubigkeit sang, wußte, daß er eben kein Gläubiger war – es war unmöglich.

Gewiß, es konnte einen Gott geben – das war durchaus denkbar – eine Präsenz namens »Gott«, die das Universum leidenschaftslos bewohnte –, die durch es hindurchfloß, körperlos wie Zigarettenrauch in einem geschlossenen Raum – das konnte wahr sein.

Aber diese Präsenz hatte niemals in Williams Erfahrung die Umrisse einer Persönlichkeit angenommen. Die Bibel war zwar schrill und erschreckend, aber nicht sehr überzeugend. Im Laufe der Zeit wurde »Gott« immer abstrakter, immer allgemeiner. William schockierte den Kaplan von Lawrenceville, indem er wissen wollte, ob »Gott« nicht ein verstiegenes Wort für »was immer geschieht« sei. Jedenfalls hakte sich Gott an nichts Unmittelbarem in Williams Leben fest.

Mit sechzehn war sein Glaube verblaßt, und natürlich hatte er den Chor lange vorher aufgegeben.

Ich war krank, und William besuchte mich. Als ich ungewaschen und pergamentfarben vor Gelbsucht auf dem Sofa lag, fuhrwerkte dieser außerordentliche Mann in seinem dreiteiligen, maßgeschneiderten Anzug im Zimmer umher, riß Fenster auf, brachte einigermaßen Ordnung in das in der Wohnung herrschende Chaos und wollte sogar mit einem vor Schmutz starrenden Schwamm mein Spülbecken und meine Küchenregale säubern. Dabei summte er Melodien aus *Porgy and Bess*, pfiff »Old Buttermilk Sky« so unbekümmert wie nur jemand, der dem Text nie gelauscht hatte. Obwohl er inzwischen Mitte vierzig war und begonnen hatte, *etwas* stärker zu werden, war er so körperlos und beschwingt wie eine Chagallfigur.

War er Jahre zuvor mein Liebhaber gewesen? Er schien es vergessen zu haben. Obwohl er jetzt natürlich voller Rücksicht, ja fast ritterlich besorgt war. Er hätte tatsächlich ein einstiger Ehemann sein können.

Er sprach von seiner Kindheit und von dem Chor. Er gestand mir, daß sein Erfolg als Erwachsener und sein persönliches Glück (natürlich war William glücklich – was machte es schon aus, wenn er so viel Kummer verursachte) ihm nicht so viel bedeuteten wie jene Stunden in der Kirche. Wenn er dafür nur eine Erklärung hätte –! Die sich emporschwingenden Knabenstimmen – das Brausen der Orgel, das die mächtige Kirche mit ihrem einmaligen Klang erfüllte – der Priester in seinem Ornat – das Sanktissimum des Gotteshauses selber – die schwindelerregende Atmosphäre von Drama, Bedeutung, Intensität –

»Begreifst du das?« fragte er entschuldigend. »Du kannst es wohl nicht begreifen.«
O doch, natürlich begriff ich es.

Seine Frau galt als fähige aber nervöse Reiterin, sie war zierlich gebaut, schnell und empfindsam und sehr schön; in die Ehe brachte sie außer zwei kleinen Kindern auch noch einen andert- halb-Millionen-Dollar-Besitz in Gestalt eines Landguts in Far Hills, New Jersey. Sie war einunddreißig und »mitgenommen« von der Erfahrung ihrer ersten Ehe oder zumindest von der lang- wierigen Ehebruchserfahrung mit William, die sich, was sie nicht mit Sicherheit hatte voraussehen können, zu einer Ehe entwik- kelte. Die Scheidung verursachte einen geringfügigen Skandal, kam aber nicht vor Gericht.

Damals war William sechsunddreißig Jahre alt. Er liebte die länd- liche Umgebung, er behauptete, das »häusliche Leben« wieder- entdeckt zu haben. (Über ein Dutzend Bedienstete und Platzwär- ter beschäftigte das Far-Hills-Landgut.) Nur einmal in der Woche machte er die Reise in die Stadt, wo er von Montag bis Donners- tag blieb. Dann ging es zurück aufs Land, wo er einen kleinen Gemüsegarten bebaute und, unter einigen Schwierigkeiten, das Brotbacken erlernte. Auf Betreiben seiner Frau nahm er Reit- stunden, damit er sie später auf ihren täglichen Ausritten beglei- ten konnte.

Aber die Gerüchte wollten nicht schweigen. Es gab immer Ge- rüchte. William dies, William das. Natürlich hatte niemand Schuld: Frauen kamen auf ihn zu, selbst die vornehmsten, zu- rückhaltendsten. Es wurde behauptet, sie könnten einfach nicht anders.

Merkwürdigerweise wurde die Liebe, die Frauen William, als er älter und weniger »attraktiv« im landläufigen Sinne des Wortes wurde, entgegenbrachten, immer hektischer und verzweifelter. Es gab Szenen, es gab Drohungen, es gab vereinzelte Selbstmord- versuche. In der Cocktail-Bar des Far-Hills-Jagdklubs fand eine wüste Schimpforgie statt; auf der Straße im Zentrum von Man- hattan soll der angetrunkene Ehemann einer bekannten Schau- spielerin handgreiflich geworden sein. Es gab sogar das besonders verletzende Gerücht, weil es um eine so triviale Sache ging, wonach William auf das Auswahlkomitee des Jagdklubs mit Hilfe der Ehefrau eines älteren Mitglieds Druck ausgeübt haben solle, um die Aufnahme eines Bekannten und *dessen* attraktiver junger Frau zu erzwingen. Als die Nominierung niedergestimmt wurde, war William fuchsteufelswild.

Kurz nach diesem Zwischenfall hatte Williams Frau einen Reitunfall und zertrümmerte ihre rechte Kniescheibe. Sie mußte auf lange Zeit ins Krankenhaus. Nachdem sie wiederhergestellt war, machten die beiden eine ausgedehnte Urlaubsreise – William hatte immer davon geträumt, »um die Welt zu reisen« – nach Japan, nach Indien, nach Ceylon – wo sowohl Ehemann wie Ehefrau Interesse am Buddhismus entwickelten. Sie erwarben buddhistische Kunstwerke, nahmen Hunderte von Farbfotos auf, beteiligten sich an buddhistischen Zeremonien. Es wurde behauptet, sie ließen sich von einem berühmten Guru in fernöstlicher Weisheit unterrichten.

Aber Williams Frau hatte sich eine Darminfektion zugezogen, und sie mußten überstürzt in die Staaten zurückkehren. Nacheinander verkaufte sie alle ihre Pferde, auch ging die Rede, daß ein Großteil des Landgutes unter den Hammer kommen sollte. Dann geschah etwas, William zog aus und nahm sich eine Stadtwohnung; eine gerichtliche Trennung wurde vereinbart. (Ich sah einmal in einer Tageszeitung ein Bild von Williams zweiter Frau. Kann sein, daß sie gealtert war, kann auch sein, daß das Bild nicht sehr vorteilhaft war – jedenfalls kam sie mir nicht ungewöhnlich schön vor.)

Buddhismus war eines der Themen, die William gerne erörterte. Aus bestimmten heiligen Texten hatte er ganze Passagen auswendig gelernt, und diese zitierte er dann mit seiner sonoren, dramatischen Stimme. *Wenn der Geist beunruhigt ist, wird er danach streben, sich die Existenz einer äußeren Welt bewußt zu machen und auf diese Art seine innere Zerrissenheit verraten. Weil aber alle unendlichen Vorzüge in der Tat jenen einzigen Geist bilden, der, in sich selbst vollkommen, keiner äußeren Dinge bedarf...* Dies waren Worte von Asvaghosha, einem Sanskritphilosophen – William war nicht hundertprozentig sicher, wie man den Namen aussprach.

Aber er redete ja so gerne über so viele Dinge. Er genoß es einfach zu reden, seine eigene Stimme zu hören und ihre Wirkung auf andere abzuschätzen. Er kannte den neuesten Klatsch, erzählte die Handlung von Romanen, die ihn »beeindruckt« hatten, machte sich Sorgen über internationale Wirtschaftsentwicklungen, kritisierte Restaurants und Nachtklubs und war eine unerschöpfliche Quelle von Anekdoten über hohe Regierungsbeamte, exilierte Mitglieder von Königshäusern, prominente Mannequins. Einmal rief er mich an, nur um mir etwas über die Schriften einer Französin namens Comtesse Anna de Noailles mitzuteilen, von der ich niemals gehört hatte. Während er sprach, stellte ich mir sein gut aussehendes Gesicht vor und wie es von Denkfalten durchfurcht wurde . . . *Denk*falten, nicht Sorgen, der edelsten Art.

Danach besuchte er mich öfter und regelmäßiger. In meinem Leben war vieles schief gegangen, und er betrachtete es als seine Pflicht, mich »aus meinem psychischen Tief herauszuholen«. Er liebte es, in langen, weitschweifigen, charmanten Monologen über »ernste« Probleme zu reden – Gott, Unsterblichkeit, die Seele, über das Leben und wie es gelebt werden solle. Dies seien echte Fragen, wichtiger als irgendetwas im Leben, und doch verstünde niemand auch nur das Geringste davon.

William verliebte sich nicht in mich, auch damals nicht, obwohl mein Elend und die Tatsache, daß ich ihn so sehr brauchte, gewiß eine Verlockung für ihn waren. (Später fiel es ihm immer schwerer, diesen Verlockungen zu widerstehen.) Aber ich glaube, er war verliebt, fast vernarrt in meine offensichtliche Vertrautheit mit diesen »ernsten« Problemen. Schließlich war ich ja eine Schriftstellerin. Und zwar nicht nur eine Schriftstellerin, sondern auch eine Frau, die bereit war, ein spartanisches, striktes, ja mönchisches Dasein im Dienst ihrer »Kunst« zu fristen. Es war tatsächlich nicht übertrieben zu behaupten, daß ich damals keine Stunde verbrachte, ohne mich mit bestimmten erhabenen, wunderbaren, ein wenig exzentrischen »Fragen« zu beschäftigen: Das Rätsel des Todes, das Paradoxon menschlicher Sehnsucht nach

Unsterblichkeit in einer sterblichen Hülle und so weiter und so fort. Nicht nur war ich willens, mich für die Kunst aufzuopfern, sondern ich tat es auch, und zwar auf durchaus erkennbare Weise.

Andere Frauen, die William angebetet hatten, hatten es bestimmt sehr ernst gemeint mit ihrer Anbetung, aber ernste *Frauen* waren sie nicht – sie waren nicht von diesen Dingen besessen. Es ist denkbar, daß William, obwohl er sie liebte, vielleicht überzeugt war, daß sie ihre Qualen verdient hätten, denn war es nicht absurd von ihnen – war es nicht ein Aspekt ihrer Eitelkeit –, daß sie *annahmen,* seine Liebe zu ihnen hätte Beständigkeit? Manchmal berichtete er irgendwelche Vorfälle von bestürzender Belanglosigkeit, und wir brachen in gemeinsames Gelächter aus, denn verletzte Gefühle, Kummer, Eifersucht, selbst Zorn *waren* komisch. Dann wieder berichtete er mir von Szenen, die sich zwischen ihm und seiner zweiten Frau, gegen Ende ihrer Ehe, abgespielt hatten. Die Ärmste warf ihm nun nicht mehr Untreue vor, sondern behauptete, *sie* würde von Männern verfolgt. William hörte sich diese Geschichten an und zwang sich zu fragen Und –? Ja –? Was geschah dann –? mit dem Ausdruck überraschten, ja gekränkten Besitzanspruches, der beweisen sollte, daß er sie immer noch liebte. Jedesmal beendete sie ihre Geschichten mit leiser, ausdrucksloser Stimme: – Ich erklärte ihm, ich würde ihn nicht wiedertreffen, ich sagte ihm, ich liebe meinen Mann.

William seufzte und lachte und fuhr sich brüsk übers Gesicht. Jene großen philosophischen Fragen – wie können sie mit solch schmerzhaft *physischen* Augenblicken verbunden, wie mit ihnen in Einklang gebracht werden? Sein Leben wurde immer rätselhafter. Er konnte es nicht lösen. Immer wieder schien es ihm, als ob die Frauen, die er in seiner Phantasie anbetete, von den Frauen der realen Welt verraten würden. Tränen des Selbstmitleids, unbewußt vulgäre Reden, banale oder unwissende Bemerkungen … die irrige Annahme, leidenschaftliche Eifersucht würde ihm schmeicheln … »Du bist eine Schriftstellerin«, sagte William, »und deshalb hast du über diese Dinge lange nachgedacht, deshalb könntest du es vielleicht erklären: Warum läuft alles schief?«

Seine Frage ärgerte mich. Daß er annehmen konnte, *alles* laufe schief! *Alles*, wenn er doch nur *Frauen* meinte und nicht einmal *Frauen*, sondern *Anbetung*. Ungeduldig erwiderte ich, es sei nicht die Aufgabe des Schriftstellers – oder irgendeines Künstlers überhaupt – zu *erklären*.

»Ist es das nicht?« fragte William todernst. »Ach so. Gewiß. Aber was ist –«

Damals erholte ich mich gerade von einer langen Krankheit; es war keine Krankheit im medizinischen Sinne, aber trotzdem eine Krankheit. Ich war froh, daß ich noch am Leben war und ärgerte mich über Williams Ton. Ich sagte: »Nun – zuerst einmal überleben wir. Und schlagen Auswege vor.«

William riß die Augen auf. Für einen langen Augenblick war er stumm. Es war eindeutig, daß er mich bewunderte, und seine Bewunderung war immer schmeichelhaft, aber andererseits hielt sie auch nicht an.

Er machte große Augen und wiederholte: »Ach so. Gewiß. *Zuerst einmal überleben wir.* Richtig.«

Er befand sich unter dem Zauber, oder war es der Fluch? – seines eigenen Daseins. Was einer der Gründe war, weshalb ich ihn ein paar Monate später anrief, obwohl ich wußte, daß ich mich nicht in sein Leben einmischen durfte (er hatte ein drittes Mal geheiratet und bewohnte eine Wohnung auf der East Seventy-second Street, die auf den Fluß ging). Damals war er Anfang fünfzig. Er hatte zwar eine Zeit intensiven Widerwillens gegen alles, was mit Geld und Finanzgeschäften, mit seinem Beruf zu tun hatte, hinter sich, aber er hatte sich wieder gefangen. Man sagte, er sei endlich »glücklich« verheiratet.

Jedenfalls rief ich ihn an, obwohl zwischen uns ein stillschweigendes Abkommen bestand, daß ich ihn von mir aus nicht behelligte. Ich hörte, wie seine Stimme anfangs Überraschung und Enttäuschung, dann ritterliche Nachsicht und schließlich Besorgnis registrierte, als ich ihm so offen und ruhig wie möglich erklärte, ich wolle ihn nur noch einmal sehen, wolle nur noch einmal mit ihm reden ... Ich brach nicht zusammen. Es gab keine Tränen. Er nahm sich ein Taxi zu meiner Wohnung, ich brauchte ihn nicht zweimal zu bitten. Aber irgendwie war es passiert, ich weiß nicht genau wie oder warum, daß ich inzwischen in einen tiefen, betäubten Schlaf gefallen war, aus dem ich nur mühsam und mit großer Anstrengung seitens William geweckt werden konnte. (Armer William! Er vermutete, und zwar mit vollem Recht, daß ich ein Dutzend oder mehr Schlaftabletten geschluckt und sie mit Wodka hinuntergespült hatte. Daß ich in seinen Armen sterben und dann doch wieder nicht sterben wollte.) So kam es dann, daß William mir das Leben rettete. Er schüttelte mich wach, er brüllte mich an, er stellte mich auf die Beine und zwang mich, mich zu erbrechen, und hinterher flößte er mir schwarzen Kaffee ein. Er war streng, er war zornig, er war keineswegs liebenswürdig, und ich war wütend auf ihn, weil er mich gerettet hatte und dann, ein paar Minuten später, hysterisch vor Dankbarkeit. Hör auf, hör auf, sei still, sagte er, ich habe genug von dir gehabt.

Aber er gab mir eine beträchtliche Summe Geldes – ich meine beträchtlich aus meiner Sicht –, jedenfalls genug für mehrere Monate Miete, und ich hatte Grund anzunehmen, daß er dem Portier meines Apartmentblocks Geld zugesteckt hatte, damit dieser mich beobachtete, sozusagen als Amateurprivatdetektiv. Er wollte ganz und gar nicht, daß eine seiner Frauen ihm wegstürbe. Er rief mich regelmäßig an, um sich nach meinem Befinden zu erkundigen. Mit einer Stimme, die ermutigend klingen sollte, versicherte er mir, mein Verhalten sei einfach nur exzentrisch gewesen. Neuerdings habe er etwas über »labile« Künstler gelesen – über Gustav Klimt und Egon Schiele. (Er schickte mir eine ausgezeichnete Reproduktion von Schieles »Mädchen mit den schwarzen Strümpfen« und schrieb dazu, daß die Figur ihn an mich erinnere! Eine Behauptung, die ich grotesk fand.) »Solche Anwandlungen, solche Launen«, sagte William, »sind wahrscheinlich durchaus normal bei jemandem mit deinem Temperament und deinem genialen Talent.«

»Genial?« fragte ich milde.

»Du mußt eben so etwas tun«, erwiderte William bedächtig, »ich glaube, ich verstehe es.«

»Aber deine anderen Frauen tun es doch auch«, sagte ich. »Nicht wahr? Taten es?«

»Meine anderen Frauen –?« sagte er.

»Ja, hast du denn keine anderen Frauen?«

»Natürlich nicht«, antwortete er. »Ich bin jetzt glücklich verheiratet.«

Ein paar Wochen später kam ich auf den Gedanken, Williams Freundschaft auf die Probe zu stellen, indem ich ihn um mehr Geld bat. Nur ein wenig mehr. Ein Darlehen. Er enttäuschte mich nicht, aber es tat ihm doch weh. (Seine Stimme verriet es. Ich hatte ihn in seinem Büro in der Bank Street angerufen.)

»Ich überweise dir das Geld«, sagte er, »aber nun muß Schluß sein. Verstehst du?«

»Natürlich verstehe ich es«, sagte ich leise.

Er wollte gerade auflegen, überlegte es sich jedoch anders und bat mich um meine Meinung – was war es noch? – über eine neue Kunstausstellung oder über einen neuen »schwierigen« Roman. Wir unterhielten uns ein paar Augenblicke lang. Wieder wollte er das Gespräch beenden, aber dann erwähnte er ganz beiläufig, daß er mit seiner neuen Frau tatsächlich Probleme habe. Er liebe sie sehr, sagte er, aber aus irgendeinem Grunde sei es ihm unmöglich, sie glücklich zu machen.

»Weißt du, was sie erst letzte Woche zu mir sagte?« fragte er mit verwirrter Stimme.

»Nein. Was hat sie gesagt?«

»Sie hat gesagt – wenn du mich verläßt und zu irgendeiner von denen gehst, jemals wieder zu irgendeiner, wirst du mich nicht mehr vorfinden, wenn du zurückkommst.«

Ich hielt die Hand über die Sprechmuschel, um mein Lachen zu verbergen.

Ich sagte: »Dann darfst du sie nie mehr verlassen.«

Er sagte: »Ich weiß.«

»Du *darfst* sie nie mehr verlassen.«

»Ich weiß«, sagte er, und seine Stimme hob sich. »Ich weiß.«

Mit zunehmendem Alter wurde Williams Leben immer komplizierter: Es gab Probleme mit seinen erwachsenen Kindern, mit dem Familienunternehmen – es ergab sich auch, daß die Frauen, die ihn anbeteten, immer weniger zu seiner gesellschaftlichen Schicht gehörten und immer verzweifelter wurden. Und mit Ausnahme einer siebenunddreißigjährigen Schauspielerin (»Anne-Marie«) wurden sie ständig jünger.

Natürlich war er immer noch ein auffallend gut aussehender Mann. Sein silbrig blondes Haar ließ eine bedeutende Stirn frei, seine Wangen waren rosig, als erfreue er sich bester Gesundheit. Seine Lippen waren so scharf gezeichnet, als hätte ein Bildhauer sie gemeißelt. Es war keine Übertreibung, ihn einen schönen Mann zu nennen, wenigstens für sein Alter. Er bewegte sich wie ein Athlet, der zwar über sein bestes Alter hinaus, aber immer noch in Topform war.

Seine Frau war eine Art Künstlerin gewesen – oder vielleicht Designerin oder Innendekorateurin. Jedenfalls wurde behauptet, daß sie wegen William ihre Ehe sowie ihren Beruf aufgegeben habe. Sie liebte ihn leidenschaftlich und mit der Launenhaftigkeit eines jungen Mädchens. (In Wirklichkeit war sie aber zweiundvierzig Jahre alt.) Nichtsdestoweniger konnte sie den Gedanken nicht loswerden – der übrigens keineswegs so abwegig war, wie andere glaubten –, daß Williams Liebe zu ihr unmittelbar nach der Heirat verblaßt war, nachdem er sie vor ihrem ehemaligen Gatten »gerettet« hatte. Ihre Auseinandersetzungen waren stürmisch und dramatisch. William mußte sie niederschreien und dann trösten. Hilf mir doch, warum hilfst du *mir* nicht, flüsterte er, aber natürlich hörte sie es nicht, oder wenn sie es hörte, verstand sie es nicht.

In dieser Ehe, behauptete William, habe er die »Romantik« wiederentdeckt – er und seine Frau trafen sich in kleinen, obskuren Bars, sahen sich Spätnachmittagsvorstellungen ausländischer Filme an, hielten Händchen im Dunkeln, schlenderten belebte Boulevards entlang, aßen in Restaurants zu Abend, die sie nicht kannten und die sie später oft nicht wiederfanden. Er war sehr glücklich. Mit seiner Frau konnte er sich über Shakespeare unterhalten (dessen sämtliche Dramen er sich zu lesen vorgenommen hatte, eines nach dem anderen) und sogar über Schopenhauer (dessen *Welt als Wille und Vorstellung* er endlich lesen wollte – jahrzehntelang hatte er so viel darüber gehört), oder auch über den neuesten Bankkrach in der Wall Street oder über die mysteriös meditative Eigenschaft des Brotbackens. (William hatte wieder angefangen, an Wochenenden sein eigenes Brot zu backen. Offenbar war das alles, was von seiner buddhistischen Phase noch hängengeblieben war.) Jedermann war überzeugt, daß seine Frau ihn offensichtlich anbetete.

Es war eine glückliche Zeit. Trotzdem wurden seine Freunde immer weniger. Einladungen wurden nicht beantwortet, Besuche nicht erwidert. Ein ehemaliger Schulfreund aus Lawrenceville, er war Rechtsberater und traf sich mit William regelmäßig ein paarmal im Monat zum Mittagessen, starb unerwartet an einem Herzinfarkt in einem Frühzug aus Greenwich. Einer seiner ehemaligen Zimmergenossen aus seiner Studentenzeit an der Yale-Universität verlor im Laufe einer Immobilienspekulation eine große Summe Geldes und nahm sich in Long Island das Leben – er schoß sich in den Kopf. Andere Freunde und Bekannte verloren sich nach und nach, als sich herausstellte, daß sie eher zu Williams einstigen Ehefrauen als zu William gehörten oder aber, weil sie, inzwischen selber wieder verheiratet, es schwierig fanden, ihre Frauen für alte Freundschaften zu interessieren. Außerdem hatte William begonnen, zu viel zu trinken, wenn er in Gesellschaft war; was einst seinen »Charme« und seine »große Ernsthaftigkeit« ausmachten, wurde nun lästig.

Er war von denselben alten Themen besessen. Wie man sein Leben gestalten solle – was Liebe sei – weshalb wir auf der Welt seien. Die »Bedeutung« des Todes. Aber seine Stimme wurde oft undeutlich, und überdies entwickelte er die Gewohnheit, sein Gegenüber, wenn er etwas betonen wollte, beim Arm zu packen. Mit sechsundfünfzig Jahren hatte er einen leichten Herzanfall. So unerwartet! Und ungerecht, denn William hatte Diät gelebt, seine Muskeln trainiert und auf sein Gewicht geachtet. (Er war Mitglied eines exklusiven, neu eröffneten Fitneß-Klubs auf der Lexington Avenue, wo er regelmäßig eine halbe Stunde schwamm, ehe er sich per Taxi in sein Büro fahren ließ.) In der Praxis seines Arztes machte er seinem Ärger Luft: Sein Gesichtsausdruck wurde grob, er glaubte, ihm sei Unrecht geschehen. Seine Frau erpresse ihn emotional, sagte er. Frauen hätten ihn immer erpreßt. Er könne es nicht verhindern . . . könne es nicht begreifen . . .

Der Herzanfall war verdächtig leicht gewesen. Tagelang bestand William darauf, daß es nichts weiter als eine Magenverstimmung gewesen sei und daß nur die Tränen seiner Frau ihn dazu bewogen hätten, seinen Arzt aufzusuchen.

Gereizt hatte er zu ihr gesagt: Du kannst nicht erwarten, daß ich ewig lebe – nur für *dich*!

Die Frauen waren jetzt jünger, vernachlässigter, weniger klar umrissen. Eine war angeblich eine »psychiatrische Krankenschwester« Anfang zwanzig, nicht imstande oder willens zu sagen, wo sie ausgebildet oder wo sie beschäftigt war (als man sie mit William bekannt machte – es war durch den Bekannten eines Bekannten – lebte sie von Arbeitslosenunterstützung und verschlief den größten Teil des Tages). Eine andere war »therapeutische Assistentin« und arbeitete ein paarmal die Woche an einer »Klinik« in den West Forties, unweit des Flusses. Ihre Augen starrten oft ins Leere, ihr Lächeln war vage und ohne Ziel, ihre Sätze verloren sich, bis sie verstummten. Ein hübsches Mädchen, dachte William, aber doch irgendwie angeschmuddelt, verwischt, als habe ein verspielter Riese sie hochgehoben und mit dem Daumen verschmiert. Die »psychiatrische Krankenschwester« nannte sich Inez, die »therapeutische Assistentin« Bonnie, ein Mädchen namens Kim Starr, die eines lauen Junitages mit William im Washington Square ins Gespräch gekommen war, behauptete, eine ehemalige »Ballerina« zu sein. All diese Mädchen hatten nur eines gemeinsam: ihre Jugend, ihr unbestimmtes, verwischt-angeschmuddeltes hübsches Aussehen und ihr Interesse an William.

Bei einem sehr späten Mittagessen in einer Austernbar – es war bereits nach drei Uhr – hatte eines der Mädchen Williams Hand ergriffen und geküßt. »Du in diesem teuren Anzug – maßgeschneidert, nicht wahr? – und deine Schuhe! – und mit manikürten Fingernägeln – und wie gut du riechst – hast du dich gerade rasiert? – oh, ich liebe dich, liebe dich – glaub mir – ich würde nicht lügen – ich bin *verrückt* nach dir, William!« rief das Mädchen.

Inez, Bonnie, Kim. Und später dann die junge Stieftochter eines Geschäftsfreundes – sie hieß Deborah. William hatte es sich zur Routine gemacht, die Mädchen mehrmals von seinem Büro in der Bank Street anzurufen und legte Wert darauf, daß ihn dabei niemand belauschte. (Das Büro war in einem chaotischen Zustand. Die äußeren Räume dienten als eine Art Lager, ein fadenscheiniger, vor Schmutz starrender, zusammengerollter und verschnürter Teppich lehnte wochenlang im Korridor vor Williams Tür.) In sein Adreßbuch mit dem abgegriffenen schwarzen Einband hatte William die Namen und manchmal sogar drei Telefonnummern jedes dieser Mädchen gekritzelt, aber es passierte oft, daß er sie nicht erreichte. Fremde beantworteten das Telefon und riefen Ja? Hallo? Wer spricht – in barschen ausländischen Akzenten.

William hatte mich nicht ganz und gar vergessen. Alle paar Monate rief er an, lud mich zu einem Drink ein, drückte meine Hände und versicherte mir, ich sei so schön wie eh und je. Und meine Arbeit? Wie stünde es damit? Und mein Privatleben?

Er sei glücklich, sagte er. Aber nach ein paar Drinks begann er, sich sanft über seine Frau zu beklagen. Sie habe die Wohnung völlig renovieren lassen, habe sogar eine Wand niedergerissen, du kannst dir das Chaos nicht vorstellen – und die Kosten! – trotzdem waren ihre Launen unberechenbarer als je zuvor. Sie bildete sich ein, er habe eine Mätresse. Sie war sogar eifersüchtig auf seine früheren Ehefrauen und seine erwachsenen Kinder. (Es ärgerte sie zum Beispiel, daß er seinen Kindern immer noch Geld lieh oder es ihnen einfach gab, wo doch seine eigenen Finanzen nicht gerade unproblematisch waren.) »Bald werde ich sechzig sein«, sagte William und machte eine seiner eleganten, hilflosen Gesten, »und glaube mir, ich weiß gar nichts – ich weiß überhaupt nichts über Liebe und Ehe und Kinder und wie man sein Leben gestaltet –«

An jenem Tage zog ich es vor, einen leichtfertigen Ton anzuschlagen. Ich sagte: »Zu viele Frauen haben dich geliebt.«

»Was?« fragte er und hielt sich die Hand ans Ohr. »– Liebe? O das!«

In einem dunklen, goldfleckigen Spiegel erhaschte ich einen Blick auf uns beide und wie wir an einem prätentiösen kleinen Sockeltisch mit imitierter Marmorplatte saßen. William war ein älterer Herr geworden, mit Haaren, die weiß aussahen; ich war eine Frau mit einem schattigen Gesicht. In dem Lokal ging es unangenehm geräuschvoll zu. Neue Besucher streiften ununterbrochen unseren Tisch.

»Ich nehme an, du wirst eines Tages eine Geschichte über mich schreiben«, sagte William mit erhobener Stimme. Es klang vorwurfsvoll und liebevoll zugleich. »Und wenn du es tust – ich frage mich: Würde ich den Mut aufbringen, es zu lesen oder würde ich es nicht wagen?«

* * *

Kurz nach dieser Begegnung kam Deborah in Williams Leben: die achtzehnjährige Tochter eines Geschäftsfreundes. Eigentlich war sie dessen Stieftochter.

Sie schlenderte in nördlicher Richtung die Seventh Avenue nahe der Eighth Street entlang und hatte den Arm um die Taille eines schlanken, dunkelhäutigen jungen Mannes in einem weißen Hemd gelegt. Sie war offensichtlich betrunken oder unter dem Einfluß von Drogen. Sie beschnupperte den Hals des jungen Mannes, kicherte und torkelte um ihn herum: Es wirkte seltsam, ja, fast ungehörig, daß es der junge Mann nicht für nötig hielt, seinen Arm um *sie* zu legen. William starrte sie entsetzt an. Das letztemal war er ihr in dem Wochenendbungalow ihrer Eltern in East Hampton begegnet – das war vor Jahren. Damals war Deborah höchstens dreizehn oder vierzehn gewesen; trotzdem war ihm ihr Gesicht durchaus gegenwärtig. Deborah, flüsterte William. Hier? Und in diesem Zustand?

An jenem Tag auf der Straße trug sie klobige, hochhackige Sandalen und Jeans, die ihren Körper eng umspannten. Ihr rotbraunes Haar fiel über die Schultern, ungekämmt, verfilzt. Ihr Teint, bleich und sommersprossig, war, wie William ihn erinnerte. Sie trug einen dramatisch grellen Lippenstift, der ihr Gesicht verschmiert hatte.

Einen Straßenblock lang verfolgte William das Paar und sah, daß sie sich stritten. Deborahs Stimmung war umgeschlagen: Nun knuffte sie den jungen Mann und schlug nach ihm. Er schlug zurück. Passanten blieben stehen und starrten sie an. Zögernd ging William auf sie zu. Er rief sie beim Namen, aber sie nahm keine Notiz von ihm. Mit leiser, wütender Stimme sagte sie etwas zu dem jungen Mann.

»Deborah –?«

Schließlich drehte sie sich um und sah ihn. Es war erstaunlich, es war wunderbar – die einzelnen Phasen ihres *Sehens*. Zuerst warf sie nur einen Blick auf ihn, als sei er ein Eindringling, ein Fremder, und dann wurde ihr Gesichtsausdruck schärfer. Und weicher. Und es wurde aus ihrem Blick und dem Licht in ihren Augen klar, daß sie ihn wiedererkannte.

»Sie sind – Sie sind – Herrgott, Ihr Name fällt mir nicht ein –«

Sie taumelte vorwärts, klammerte sich an seinen Arm.

»Herrgott, Ihr Name fällt mir nicht ein, aber ich *kenne* Sie –«

William wollte ihr seinen Namen nennen, aber sie war zu erregt, zu bekifft, um ihn zu hören. Ihre Stimme bestand nur aus Ausrufen, ihre Augen glitzerten, er konnte den Geruch getrockneten Schweißes auf ihrem Körper wahrnehmen. Es war in der Tat Deborah, die Stieftochter seines Freundes, sie kannten einander, und ihr Verhalten auf der Straße – denn jetzt hatte Deborah die Arme um seinen Hals geworfen und ihn wie verrückt an sich gedrückt – war eigentlich nicht so seltsam wie es schien. Williams Gesicht wurde dunkelrot, und er wußte nicht, was er mit seinen Händen anfangen sollte.

»Oh, ich *kenne* Sie – ich *kenne* Sie!« rief das Mädchen und weinte.

Eines schrecklichen Abends läutete in der Wohnung auf der East Seventy-second Street das Telefon. Und William erkannte an der Stimme seiner Frau und las es auf ihrem Gesicht, daß dies endlich Deborah war.

Es war viele Monate später. Anfang November. William hatte Deborah seine private Telefonnummer gegeben, sie aber angefleht, ihn nicht zu Hause anzurufen, es sei denn im Notfall. Am Telefon sprach sie nicht sehr zusammenhängend. Im Hintergrund hörte man Stimmen – ärgerlich vielleicht, aber vielleicht auch nur der übliche Partylärm.

»Deborah? Was ist los? Was hast du gesagt?«

»– in Schwierigkeiten«, antwortete sie, »ich glaube, ich bin –«

»Deborah, wo bist du?«

»In großen Schwierigkeiten«, sagte sie wieder, »in großen Schwierigkeiten –«

Er wollte wissen, was vorging, wie er zu ihr kommen könne, aber sie wiederholte nur immer, daß sie in Schwierigkeiten, in großen Schwierigkeiten sei, bis sie anfing zu kichern, und dann muß ihr wohl jemand den Hörer weggerissen und niedergeknallt haben.

Williams Herz hämmerte in seiner Brust. Er mußte sich hinsetzen, tastete nach einem Stuhl. Es dauerte lange, ehe er die Fragen seiner Frau wahrnahm. »Das war eines deiner Mädchen, nicht wahr, wieder mal eines deiner Mädchen, *stimmt's*, lüg mich nicht an, wage es nicht, mich anzulügen –!«

Er antwortete ihr nicht. Er hatte sie nicht wirklich gehört. Er wartete darauf, daß das Telefon wieder läutete, aber natürlich läutete es nicht, und er blieb mehrere Stunden lang neben dem Apparat sitzen, betäubt, in einer Trance wahrer Verzweiflung, zu verstört, um sich auf die Beine zu stellen und sich einen Drink zu holen.

Als der Morgen dämmerte, wollte er ins Schlafzimmer gehen, aber seine Frau hatte die Tür verriegelt. Also schlief er, in seinen Kleidern und mit seinen Schuhen an, auf einem Ledersofa in dem Raum, den er sein Arbeitszimmer nannte.

In jenem Winter kamen die Anrufe nur vereinzelt, obwohl William sie erwartete und jedesmal enttäuscht war, wenn die falsche Stimme antwortete. Seine Frau lachte. »Ach, es war wohl nicht das Mädchen? Wie schade!«

»Es gibt kein Mädchen«, sagte William. Und dann, verwirrt und sich mit der Zunge über die Lippen fahrend: »Sie ist die Tochter eines alten Freundes. Die Stieftochter.«

»Welches alten Freundes?« fragte seine Frau. »Du hast doch keine Freunde mehr.«

Manchmal ging er nachts in der Wohnung auf und ab und blieb

dann im Türrahmen zu seinem Arbeitszimmer stehen. Es war beängstigend, diese Lebhaftigkeit, mit der er sich an das Mädchen entsinnen konnte. An jenem Tag war er mit ihr auf der Straße weitergegangen, hatte mit ihr ein Taxi genommen, das sie vom Stadtzentrum weggebracht hatte, und im Wagen waren sie hungrig übereinander hergefallen – das Mädchen hatte sich an ihn geklammert, hatte ihn geküßt und er hatte mit einer fast krampfartigen Raserei auf sie reagiert – die er an sich nicht kannte, von der er nie geahnt hatte, daß er dazu fähig sei. Obwohl (dachte er hinterher) es denkbar war, daß er sich nur der Leidenschaft des Mädchens ergeben hatte.

Er nahm sie mit in ein Hotel auf der Seventh Avenue. Keines der besseren Hotels, weil er an jenem Tage nicht viel Bargeld bei sich hatte und es nicht wagte, mit einer Kreditkarte zu bezahlen, und weil in einem besseren Hotel das lärmende, exzentrische Gebaren des jungen Mädchens Aufsehen hätte erregen können.

Ihre Arme waren wie stählerne Bänder um seinen Nacken und Rücken geschlungen. Sie schrie, sie weinte, sie warf den Kopf von einer Seite zur anderen, sie war außer sich vor – offensichtlich so ungeheuchelter – Leidenschaft, daß es ihn mehr erregte als irgendetwas seit langer Zeit.

Und dann, nachher, wollte sie nicht, daß er weggehe.

»Nein, nein«, sagte sie mit heiserer, zorniger Stimme, »nein, ich will dich bei mir haben, ich will, daß du dableibst, ich bringe dich um, wenn du weggehst.«

Also blieb er auf ihr liegen, ungeheuer geschmeichelt, schweißbedeckt und mit hämmerndem Herzen, seine Gedanken rasten so verrückt, als wären sie farbige Papierschlangen oder messerscharf geschnittene Konfettischnipsel.

»Geh nicht fort, geh niemals mehr fort oder ich bringe dich um – ich schwöre es – ich bringe dich um –«, schrie das Mädchen und klammerte sich an ihn, ihr junger, schlanker Körper ranzig vor Schweiß.

»Nein – nein – nein – Geh nicht fort von mir –«

Aber sein Herz, sein Herz! – es pochte so wild. Er rang nach Luft. Ihre Arme, so mager anzusehen, waren in Wirklichkeit harte Muskelstränge – gestählt durch die Dringlichkeit ihrer rasenden Not.

Natürlich mußte er sich von ihr heruntergleiten lassen, es war ihm nicht möglich, sie so schnell wieder zu lieben; er konnte sie nicht wieder penetrieren, sein Penis war geschrumpft und abgeschlafft . . . Es war ein Glück, daß sie aufstöhnte, ihn wegstieß und plötzlich eingeschlafen war. Ihr Schlaf war leicht, fiebrig, zuckend, William war ausgeschlossen. Er lag neben ihr, lange, mit rasendem Puls. Sie war so jung, so außerordentlich jung! Das erstaunte ihn in der Tat. Diese Körper junger Frauen, junger Mädchen, die sie so gedankenlos bewohnen – das glatte, faltenlose Fleisch der Schenkel, des Bauches – die kleinen, harten, schönen Brüste –

Liebes, flüsterte William und war den Tränen nahe. Meine süße kleine Liebe.

Sie gab ihm ihre Telefonnummer. Aber vielleicht hatte sie sich verschrieben, als sie sie hastig auf einen Fetzen Papier kritzelte – jedenfalls beantwortete eine Frau das Telefon, als er sie anrufen wollte, und erklärte ihm mit einer zänkisch klingenden Stimme mit spanischem Akzent, daß niemand namens Deborah hier wohne, daß sie nichts über sie wisse und wie denn die Nummer sei, die er gewählt habe?

Ein Glück also, daß William ihr *seine* Nummer gegeben hatte, und zwar sowohl die im Büro (wo er vorzugsweise von ihr angerufen werden wollte) als auch die seiner Wohnung. Und dort rief sie ihn tatsächlich auch an – sie rief an – immer spät abends und immer in einer seltsamen Stimmung: Sie war fröhlich, sie war in Hochstimmung, sie war in Panik, sie war sehr müde. William war so erfreut, so geschmeichelt, daß er es unterließ, sie zu fragen, was sie denn eigentlich von ihm wolle.

Williams Ehe zerbrach während einer schneekalten Winternacht im Februar.

Es war die Nacht, in der Deborah ihn zum letztenmal anrief und zu sich beorderte.

Ihre Stimme war schrill, voller Angst und klar. »Kannst du sofort zu mir kommen?« sagte sie. »Hier sind ein paar Typen – Männer – sehr merkwürdige Männer –«

»Deborah? Was ist los. Wo bist du?« rief William.

»William, ich hab ja solche Angst – William, kannst du mir helfen – William –«

Das Ausmaß ihrer Angst ließ sich an der Klarheit ihrer Stimme messen. Trotz des Lärms im Hintergrund konnte er ihre Worte genau verstehen.

»Was ist denn?« fragte William, »was geht vor? – Wo bist du?«

»William, kannst du mich hier wegholen – nimm dir ein Taxi – bitte, bitte –«

»Deborah Liebes, du mußt mir sagen, wo du bist – Kannst du es mir sagen?«

Dabei zitterten seine Hände so sehr, daß er kaum die Adresse, die sie ihm gab, niederschreiben konnte. Und außerdem war es keine komplette Adresse, sondern nur eine Straßenkreuzung im Hafendistrikt in der Nähe des Hudson.

»Deborah«, flüsterte er, »Deborah – ich komme sofort – Deborah?«

Aber die Verbindung wurde unterbrochen. Sie hatte den Hörer aufgelegt oder jemand hatte ihn ihr weggenommen.

William zog sich also an, wollte sich fertigmachen und gehen. Seine Frau, im Nachthemd, entsetzt und verhärmt, wollte ihn zurückhalten. Es gab sogar ein kleines Handgemenge – ein demütigendes Gerangel vor dem Wandschrank in der Diele. Seine Frau war fast den Tränen nahe.

»Wo willst du denn hin? Was zum Teufel willst du tun? Um zwei Uhr nachts in der eisigen Kälte, wie kannst du auch nur daran denken, in deinem Gesundheitszustand –«

Auf der eisigen Straße rannte er, mit kräftigen Schritten, verängstigt, und rief nach einem Taxi. Es war in der Tat bitter kalt, aber anfangs spürte er es nicht. Erst nach etwa zehn Minuten fieberhafter Suche ergatterte er ein Taxi, drüben, auf der Fifth Avenue. Inzwischen hatte er Schüttelfrost bekommen, sein Gesicht und seine Hände waren ganz erstarrt.

Nachher, wieder auf der Straße, lief er von Block zu Block an den verdunkelten Lagerhäusern vorbei. Die Straßen waren hier nur schwach beleuchtet, man konnte kaum etwas erkennen. Er rieb sich die Hände, er murmelte zu sich selbst, was wohl am klügsten sei, was er hätte tun können... wäre es besser gewesen, die Polizei zu verständigen? Er wagte nicht, ihren Namen zu rufen. Es konnte ja sein, daß sie entführt worden war, und das hätte ihre Peiniger warnen können.

Auf den Gehsteigen hatte sich Eis gebildet, in merkwürdig buckligen, spiraligen Formen. Darauf lag stellenweise dünner, pudriger Schnee. Es war gefährlich, so schnell zu gehen – seine Schuhsohlen waren ungeeignet – er hatte seine Überschuhe vergessen – er hatte seine Handschuhe vergessen. Ein eiskalter Wind fegte vom Fluß her. Er starrte in die Dunkelheit, sah immer wieder von der einen Seite zur anderen, verwirrt, warum gab es hier so viele leere, gesichtslose Türen? – so viele fensterlose Gebäude? Laderampen, riesige Garagenschiebetüren, eine Atmosphäre völliger Verlassenheit, Stille. Hier wohnte bestimmt niemand. Hier würde er sie niemals finden.

Er lief von einer Straßenseite zur anderen, keuchend, wimmernd. Könnte er doch nur irgendwo einen Lichtschimmer entdecken – gäbe es doch nur irgendwo einen Türeingang, der zu einem Speicher führte – Abfall häufte sich in den Rinnsteinen, Eis hatte sich darüber gebildet. Ein unbewohnter Ort. Nichts als nackte, charakterlose Fassaden.

»Deborah«, rief er. »Deborah?«

Er hörte, wie sein Atem keuchte. Und sein Herz, konnte er es auch hämmern hören? – ein merkwürdig abgehacktes, arhythmisches Pochen – erst schnell und dann wieder stockend – kein Schmerz, aber eine plötzliche und überraschende Körperlosigkeit.

Ganz am Ende der Straße sah William auf einmal Gestalten auf einer Eingangstreppe. Wollten sie vielleicht gerade das Gebäude verlassen? Er starrte sie lange an, ehe er sich entschloß, ihnen zuzurufen: »Warten Sie doch!« Er rannte auf sie zu. »Ihr da, *ihr* – wartet doch – laßt die Tür nicht zufallen – wartet – sie darf nicht zufallen –«

Drei, vier Gestalten. Wahrscheinlich junge Leute. Sie ignorierten ihn und schlenderten weg in entgegengesetzter Richtung.

»Wartet doch«, rief er, »bitte wartet –«

Er stolperte vorwärts, wimmernd vor Kälte. Sein Atem ging erschreckend laut. Er hatte seine Handschuhe vergessen, er hatte seine Überschuhe vergessen. Er konnte sich auch nicht mehr – nicht genau – an den Namen des Mädchens erinnern. Es war die Tochter eines Freundes. Eines alten Freundes. Natürlich würde sie ihn erkennen, wenn sie ihn sah. Wenn sie doch nur die Lagerhaustür nicht hätten zuschlagen lassen – Aber vielleicht war sie nicht ins Schloß gefallen?

Sie war verschlossen, er rüttelte am Türknauf, zog daran, schrie: »Macht auf! Ihr dort drinnen! *Ihr!* Ich weiß, daß ihr lauscht!«

Er trommelte mit den Fäusten gegen die Tür. Erst mit der einen, dann mit der anderen, wimmernd vor Schmerz, auf diese kahle, unnachgiebige Tür.

»Aufmachen, hört ihr! Ich weiß, ihr seid dort! Ich weiß, was ihr mit ihr tut! Ich bestehe darauf –«

Offenbar hatten sie ihn gehört und einen Schreck bekommen. Es war ganz still geworden, kein Laut drang nach außen.

Das Gebäude war ein Lagerhaus mit gewaltigen, aus Aluminium oder Wellblech bestehenden Türen. Auf einer Laderampe hatte sich Eis in schlangenförmigen Windungen gebildet. Obwohl das Gebäude mindestens vier Stockwerke hoch war, konnte er keine Fenster entdecken. Eine nackte, unpersönliche, unbarmherzige Fassade. Williams Schreie verhallten in den Straßen, zwischen den hohen Gebäuden. Bemerkenswert, die Stille in diesem Teil der Stadt.

»Aufmachen!« rief er, sein Gesicht nun naß von Tränen. »Ich weiß, ihr seid alle dort drin, alle – Sie ist auch dort, ich weiß, was ihr tut, ich weiß es, aber ich lasse es nicht zu – ich bin gekommen, um sie zu holen –« Mit aller Kraft schlug er mit den Fäusten an die Tür, bis er kein Gefühl mehr in ihnen hatte.

* * *

Eines Tages erschien William an meiner Wohnungstür. Ich hatte Gerüchte gehört, er sei nicht mehr am Leben – er hätte sich in einem Hotelzimmer in der West Forty-seventh Street versteckt, man hätte ihn eines Tages dort tot aufgefunden, oder zusammengebrochen auf der Straße? – oder war er in einem Krankenhaus gestorben? Offensichtlich waren alle diese Gerüchte falsch.

Tatsache war jedoch, daß er allmählich aus seiner Partnerschaft in dem Familienunternehmen hinausgedrängt worden war. Und daß er sich dem nicht sonderlich entgegengesetzt hatte.

Tatsache war auch, daß seine Ehe gescheitert war. Er wollte aber über diese Mißgeschicke nicht reden, wollte nur ganz allgemein mit mir sprechen, über »ernste« Dinge, über die alten Themen von Leben und Tod und die Unsterblichkeit der Seele und wie man sein Leben gestalten solle . . . Er war neugierig und wollte wissen, ob ich erreicht hatte, was ich wollte, ob ich glücklich sei, ob ich es bereute, allein zu leben. (Denn nun, in meinem Alter, war es zu spät. Eindeutig zu spät.)

Wir unterhielten uns. In Williams Worten schwang die Frage mit: Betest du mich immer noch an? An jenem Tag hatte ich nicht viel Zeit für ihn. Es war am späten Nachmittag, und ich hatte eine Verabredung. Er tat mir leid, weil sein Nimbus verblaßt war – man konnte es mit einem Blick sehen, der arme Mann sah so mitgenommen, so voller Hoffnung aus. Aber ich hatte keine Geduld mit ihm. Niemand hat sie, wenn die Verzauberung nicht mehr existiert.

Betest du mich immer noch an, träumen die Frauen immer noch von mir? fragte William flehend. Seine wäßrigen Augen waren auf mich gerichtet, seine Finger (die überraschend schmutzig waren) zupften am Saum seines Jacketts. Aber natürlich sagte er nichts dergleichen, statt dessen erkundigte er sich nach meinem Leben, meiner Arbeit.

Ich erklärte ihm, ich müsse weg.

Ein paar Straßenblöcke begleitete er mich, dann wurde es ihm zuviel. Und schließlich stellte er mir doch die Frage, die er die ganze Zeit über nicht ausgesprochen hatte und berührte meinen Arm: »Wirst du einmal über mich schreiben? – irgendwann einmal?«

Nacht. Schlaf. Tod. Die Sterne.

I

Heute morgen, *obwohl ich inbrünstig zu Gott gebetet habe, es nicht zuzulassen,* schneit es wieder. So etwa um halb fünf, als ich das erstemal aufwachte und an unser Schlafzimmerfenster ging, hat es angefangen und jetzt, Stunden später, schneit es immer noch. Große weiche nasse Klumpen so groß wie Blütenblätter. *Und morgen ist Ostersonntag. Und die Mädchen werden böse sein.* Faustgroße Schneeklumpen, so leise. So langsam. Sie fallen in die Wälder, in die überwucherten Felder, in die alte Kuhweide mit den umgestürzten Zäunen. Sie fallen und verwandeln sich in Spitzenfiligran in den Bäumen hinter dem Haus. In das Unterholz, das Jonathan im vergangenen Herbst nicht ganz ausschneiden konnte. *Wahrscheinlich ist alles sehr schön und ein Segen Gottes. Zumindest ist es beruhigend und tröstlich,* und es ist ganz still. Deshalb habe ich Angst, daß die Mädchen aufwachen.
Karsamstag und morgen ist Ostern und heute morgen schneit es wieder. So weich und naß. Wie Kirschblüten. Wie Gazebüschel. Der Schnee fällt und schmilzt auf den Unkrautstoppeln. Fällt in die Ruine der alten Scheune, in das steinerne Fundament, wo Schlangen ihre Nester haben. Er fällt und löst sich in kleinen Pocken und Küssen in dem verbotenen Teich auf. (Der eigentlich, so meine ich im stillen, ein See ist. Weil er so langgestreckt und eng und unbewegt und dunkel ist. Und tief. Am entfernten Ende fast fünf Meter. Oder mehr. Ich habe immer gedacht, ein Teich muß *rund* sein und viel kleiner. Denn es *klingt* irgendwie *rund* – ein Teich. Und es klingt *klein. Teich.* Ein Wasserlilienteich, ein Goldfischteich. Ein Teich, um den man leicht herumgehen kann.

Aber in Jonathans Familie ist der See ein Teich, und dabei bleibt es, als sei dies ohne Bedeutung oder als besitze er keine Schönheit, *die er, Gott weiß es, trotz seiner Tücken hat.* Den Teich nennen sie es. Teich sagen die kleinen Mädchen, obwohl das tiefe Ende verboten ist und sie dort nicht spielen oder mit dem Boot rudern dürfen. Seine Familie habe dort einhundert Jahre gewohnt, sagte Jonathan, ehe sie den Großteil des Grund und Bodens verkauften, und es hatte immer einen Teich oder eine Wasserstelle für das Vieh gegeben, immer jenes Wasser und kein Name dafür außer *Teich*.)

Jonathan wird sich ärgern, weil ich um alles so viel Aufhebens mache. Aber Schnee im April ist falsch. Er paßt nicht zum Karsamstag. Niemand kann sich aufwärmen. Ich meine gründlich und durch und durch aufwärmen – bis in die Knochen. Damit wir nicht Gott weiß wieviele Pullover und manchmal auch Handschuhe im Haus tragen müssen. Und zwei Paar wollene Strümpfe. Wenn morgen Ostersonntag ist und wir haben bereits den 14. April, dann ist Schnee fehl am Platze. Und nachtsüber Temperaturen unter Null. Meine Stieftöchter in ihren Festtagskleidern und Schuhen und Mänteln werden mir die Schuld geben. Die Fahrt in die Kirche – neun Meilen und die Heizung im Wagen kaputt – und dann der Gottesdienst – und wieder die Heimfahrt. Und in Rookes Corner auf dem Hügel hinter dem Zeughaus der Freiwilligen Feuerwehr soll ein Ostereiersuchen stattfinden, und falls ich sie dorthin mitnehme, werden sie naß und kalt und verfroren und verschnupft sein und sich beschweren, und falls es abgesagt wird, werden sie mit mir böse sein.

Aber der Schnee ist sehr schön, wie er so langsam und lautlos herunterfällt. Wie zarte, weiße Spitze, wie Blumen, wie Kirschblüten oder Lotosblätter fällt er, schmilzt und verschwindet. *Gelobt sei Gott, denn ich will niemanden kränken.*

II

Anfangs fragten die Mädchen Jonathan, leise, damit ich es nicht höre, *Wann kommt unsere richtige Mami zurück?* – Ich war vielleicht gerade in der Küche oder kam die Kellertreppe herauf oder einfach ins Zimmer. (In den Sommermonaten trage ich keine Schuhe. Und ich habe einen anmutigen Gang, so sagte man mir, für eine junge Frau meiner Größe – ich setze meine Fersen nie fest auf.) Manchmal umarmte er sie und flüsterte irgendeine Antwort, die ich nie mitbekam, und dann wieder wurde er zornig und schalt sie wegen ihrer dummen Fragen, auf die sie doch die Antwort wüßten. In diesen ersten Monaten weinte die kleine Gillian die ganze Zeit, als würde ihr das Herz brechen. Und wischte sich immer die Nase an ihrer Bluse ab.

Vicky und Niall und Gillian. Acht, sieben und fünf Jahre alt. Meine Stieftöchter. Meine geerbten Töchter. Die ich mehr liebe als mein eigenes Leben. Die ich mit meinem eigenen Leben verteidigen werde.

Aber neulich erfanden sie ein Fragespiel, *Wann kommt unsere richtige Mami zurück?* wenn sie genau wissen, daß ich es hören kann. Wenn es ihnen langweilig ist – wenn es zum Beispiel den ganzen Tag lang geregnet oder geschneit hat und sie Abwechslung und Aufregung brauchen –, stellen sie die Frage ihrem Daddy und nehmen Ohrfeigen in Kauf (und manchmal schlägt er so hart zu, daß ich den Schmerz auf der eigenen Wange brennen spüre); aber die meiste Zeit über richten sie sie an ihre Puppen oder Plüschtiere oder an irgendein fremdes Bild in einer Illustrierten oder an die Wand oder das Fenster oder an die Luft oder aneinander. Damit ich es höre. Und gekränkt bin.

Ihr wißt doch, sage ich mit ruhiger Stimme, daß ich jetzt eure richtige Mami bin. Wenn ich mich auf meine Stimme verlassen kann. Wenn das Beben in der Luft aufhört. Ihr wißt es, sage ich zu ihnen. Ihr wißt, wie wir jetzt leben. Ihr wißt, was Daddy gesagt hat. Manchmal tut es ihnen leid. Dann kommt Niall und schlingt die Arme um meine Knie und die arme kleine Gillian. Aber Vicky tut das nie. Die kleine Victoria. Mamis Liebling. Das Herzblatt der Mami – die weggelaufen ist. Vicky kann ihre Bosheit bereuen und Angst vor Strafe haben und Vicky kann sogar weinen, aber entschuldigen kann sie sich nie, *sie ist hart, hart wie Stahl innen, hart wie ihre eigene, selbstsüchtige Mutter, die weggelaufen ist*, sie weint, ohne einen Laut von sich zu geben, nur große heiße Tränen, die ihr übers Gesicht laufen, sie schluchzt nicht wie ein normales Kind, sie holt nicht keuchend Atem, die Haut ist ganz schlaff und bleich und die Augen wie häßliche graue Kiesel. Diese Augen sind immer weit aufgerissen und starren mich an. *Du bist nicht unsere Mami.*

Manchmal hat sie mich so verwirrt, daß ich meine Stimme dann doch, ohne es gewollt zu haben, erhob. Und mein Herz hämmert und strengt sich an, meine Finger jucken, weil sie fest zupacken wollen. Die Luft um mich ist merkwürdig, zitternd, verdrängt. Und meine Wangen sind feucht, obwohl ich nicht geweint habe und auch nicht weinen werde. *Ihr wißt, ich bin jetzt eure richtige Mami.*

III

Vicky und Niall und Gillian. Meine geerbten Töchter. *Meine Töchter, die mich zu lieben und mir zu gehorchen haben.*

In der Kirche hat mich eine Dame, sie war vielleicht Ende sechzig, einmal beiseite genommen und mir versichert, *sie sähen wie meine eigenen Töchter aus*, besonders die älteste, es sei ein Wunder, solche frischen Farben und starken Knochen. Und so hübsch! Alle drei so hübsch!

Ich muß dunkelrot geworden sein, wie stets, wenn ich mich über etwas freue oder überrascht bin, mein Gesicht brannte und ich war dem Weinen nahe. *Wenn Menschen ohne besonderen Grund freundlich sind*, besteht immer die Gefahr, daß man weint.

Möge der Herr Sie segnen, sagte ich zu dieser Dame. Sie gehören bestimmt zu Seinem Volk.

IV

Im Laufe der Zeit habe ich, verstreut über die drei Stockwerke dieses Farmhauses, viele geheime Dinge entdeckt, die ich nicht erwähnen sollte. Über die Toten darf man nichts Schlechtes sagen, *sei es nun notwendig oder nicht.*

Zum Beispiel gewisse Fotos. Zerknittert und ganz hinten in der Krimskrams-Schublade in der Küche. Eselsohrig und zusammengefaltet. Da ist Jonathan, mein Ehemann, gute sieben oder zehn Kilo schlanker und steht im Sonnenschein neben einer jungen

Frau, beide haben T-Shirts und Jeans an, beide blinzeln und lächeln in die Kamera, Jonathan bartlos, Jonathan jungenhaft und glücklich aussehend *ohne mich* und *ehe er mich je zu Gesicht bekam.* Und die junge Frau ist beinahe so groß wie er, wie ich. Hochgewachsen und rothaarig und sehr hübsch. *Gott sei gelobt, sie ist hübsch.* Ich bestreite es nicht. Meredith, das war ihr Name, ungewöhnlich – häßlich, wenn man es ausspricht. Eher ein Männername. Nicht zu einer verheirateten Frau und Mutter passend.

Hochgewachsen und dünn und rothaarig, das Haar lose und lokkig auf die Schultern fallend, in der Mitte gescheitelt. Die Stirn hat einen kleinen Höcker oder ein Überbein. Auf einem anderen Foto kann man erkennen, wie blutarm sie ist. Sommersprossen auf Gesicht und Unterarmen wie bei einem jungen Mädchen, blinzelnd, kleine weiße Zähne, ein Eckzahn steht vor. Meredith, flüstere ich, und dann denke ich schnell: *Über die Toten darf man nichts Schlechtes sagen.* Sie ist aber nicht gestorben, sondern hat Schlimmeres getan – sie ist weggelaufen. Jonathan mußte sich also von ihr scheiden lassen, und es ist nicht unmoralisch von uns, miteinander verheiratet zu sein, verheiratet im Fleisch und im Geist, *ein Fleisch und ein Geist* und in diesem Hause wohnend, *das Jonathans rechtmäßiges Erbe ist.* Es gehört ihr nicht.

Diese Fotos, diese geheimen Dinge sollte ich eigentlich zerreißen und in die Toilette werfen und hinunterspülen, damit die Mädchen sie nicht finden. (Denn alle Spuren, die Jonathans erste Frau hinterließ, sind, sagt Jonathan, beseitigt worden. Damit nichts übrigbleibt, was seine Mädchen beunruhigen könne. Damit nichts Häßliches zum Vorschein kommt.) Und andere geheime Dinge – ein angeschmutzter roter Schal aus irgendeinem seidenartigen Stoff, ein abgetragener Wildlederhandschuh, auf kleine Karten getippte Rezepte, die lose in einer Küchenschublade lagen – all das sollte man eigentlich vernichten, damit die Luft sauber ist.

Einmal habe ich Jonathan gefragt, Was, wenn sie nun zurückkommt und du sie zurücknimmst, aber er lachte nur, also sagte ich, Würdest du sie zurücknehmen und mich wegschicken, als sei ich nicht deine richtige Frau, sondern nur deine Hure, da ist er wirklich ernsthaft zornig geworden, *was ich dummerweise nicht vorausgesehen habe*, denn er hatte mir so oft versichert, er würde sein Temperament im Zaum halten. Er hat mich an den Schultern gepackt und geschüttelt, durchgeschüttelt, wie ich es verdiente, und mir gewisse Wahrheiten ins Gesicht geschleudert, die gesagt werden mußten, weil ich Gottes Absichten mißachtet und aus reiner Boshaftigkeit und Borniertheit gesprochen hätte.

Denn jetzt bin ich Jonathans Ehefrau und die richtige Mutter der Mädchen, und *keine Macht der Welt kann daran rütteln*.

V

Ach ja, wo ist denn deine Frau hingelaufen? – warum ist sie weggelaufen? – sie muß doch dumm sein, wenn sie *dir* wegläuft. Solche Dinge sagte ich zu Jonathan – heut kann ich das kaum glauben – als wir uns kennenlernten, als er in die Windmill-Snackbar kam, wo ich arbeitete, oder wenn wir abends zusammen ausgingen. Weil ich so glücklich und unbekümmert war. Weil ich nicht wußte, wer er war, und nur aufgrund seiner Art zu sprechen und seiner Wortwahl erraten hatte, daß er ein gebildeter, intelligenter Mensch war. Ach du lieber Gott, was für komische, verrückte Sachen ich damals sagte und wie ich oft kichern mußte, man glaubt es kaum! – Elizabeta flirtete und wurde rot und amüsierte sich wie nie zuvor.

Du bist ja noch keine dreiundzwanzig! sagte Jonathan, riß die Augen auf und grinste. Du bist ja nur ein großes Kind. Ein Baby. Ein großes, aufgeblasenes Herzchen von einem Baby. In Wahrheit bist du doch erst zwölf – lüg nicht!

Damals war ich erst vier Monate weg aus dem Bezirkskrankenhaus und es ging mir gut. Ich war in besserer Verfassung als es irgendjemand zu Hause erwartet hätte. Ich wohnte allein in einem hübschen, sauberen Zimmer und arbeitete als Serviererin in der Windmill-Snackbar, ließ mir regelmäßig jeden Samstag vormittag meine Tabletten aushändigen, damit ich auf keine düsteren Gedanken komme, und es hat nichts gegeben, nicht das Geringste, absolut nicht das Mindeste. Kellnern in der Windmill-Snackbar ist wahrhaftig nicht anstrengend, denn dazu braucht man nicht weit zu gehen. Außer der Theke gibt es nur noch fünf Tische mit je vier Plätzen. Und meine Arbeit gefiel mir, ich dankte Gott *jeden einzelnen Herzschlag lang für meine Freiheit.* Deshalb lächelte ich viel und lachte, das gefällt den Männern immer, und sie gaben mir reichlich Trinkgeld, so reichlich, daß mir manchmal die Tränen kamen.

Ach was bist du doch für ein großes Kind! sagte Jonathan und lachte. Dabei nahm er meine losen, schweren Brüste in beide Hände, drückte sie, drückte sie – tu bloß nicht, als ob du eine erwachsene Frau bist, die kenne ich in- und auswendig, Schätzchen, ich weiß alles über sie, *ich hab für den Rest meines Lebens die Nase voll von ihnen.*

Und einmal fragte ich ihn, ich hatte wegen irgendeiner dummen Kleinigkeit geweint, was es war, weiß ich nicht mehr, Weshalb wolle er denn unter seinem Stand heiraten, weshalb ausgerechnet *mich*, und er knurrte nur und lachte und sagte, Weil ich dich liebe: Nur dich. Und ich sagte, Auch wo ich dir von dem Krankenhaus erzählt habe und wo ich mich doch so schwer versündigt hatte, weil ich mir das Leben nehmen wollte und wo sie mir das Baby weggenommen haben und so taten, als sei es tot, und Jonathan nahm mein Gesicht in beide Hände und sagte, ich liebe *dich*, nur *dich*, und alles andere ist Vergangenheit, und nichts, was vergangen ist, wird wiederkommen, *weil ich es so verfüge.* Begreifst du: »*verfüge*« –?

Gott sei gelobt, ich begriff es, gewiß begriff ich es, obwohl es ein Wort war, das ich niemals selber benutzen oder niederschreiben würde. Nichtsdestoweniger begriff ich es sofort, und *habe auch niemals diesen geheiligten Augenblick vergessen.*

VI

Nun zu den geheimen Dingen, die ich nach reiflicher Überlegung zerrissen und in die Toilette geworfen und hinuntergespült habe – ich kann mir einfach nicht vorstellen, daß irgendjemand nach diesem Rezept kochen würde. Ich fand es in einer Schublade, auf einer alten vergilbten Karte, sauber getippt und die Worte rot unterstrichen. Darum bin ich auch nicht ganz sicher, ob es sich nicht um einen Scherz handelte. (Und was wäre, wenn ich es für Jonathan und die Mädchen zubereitete, wie *sie* es getan hat!)

Zucchiniblüten in Bierteig

5 Eßlöffel Mehl
½ Tasse Bier
12 Zucchiniblüten
Pflanzenöl & Gewürzsalz

Aus MEHL und BIER einen Teig bereiten – ZUCCHINIBLÜTEN hineintauchen und mit Teig überziehen; in Öl goldbraun backen, umdrehen und andere Seite bräunen – auf Küchenpapier abtropfen lassen – mit Salz abschmecken.
HEISS SERVIEREN. LECKER!
(n. b.: Die meisten männlichen Blüten der Zucchinistauden können gebraucht werden. Aber genügend stehen lassen für *gute Bestäubung*. Und ERNTEN EHE DER FROST SIE VERNICHTET.)

Wie seltsam das ist, wie mir der Kopf summt, zu viele Gedanken auf einmal, wenn ich mir diese getippten Worte allein in der Küche vorlese und dabei *ihre Stimme höre*, innerhalb meiner eigenen. Es gibt Dinge, die ich einfach nicht begreife, ob in einem Rezept oder sonstwo, Dinge, die vielleicht nicht ernst gemeint sind, wie *männliche Blüten*, von denen ich niemals etwas gehört habe und auch nicht, daß man etwas mit Bier backt. Aber Jonathan würde außer sich sein, wenn ich ihn fragte. Ich dulde es nicht, daß du hier herumspionierst und herumschnüffelst, 'Lizabeta, sagt er. *Fahre deine Karre über die Gebeine der Toten.*
In Stücke zerfetzt und die Toilette hinuntergespült mit den restlichen Sachen von ihr. Gott sei gelobt, daß es *acht Tage lang* weder geschneit noch gefroren hat. Mit den Mädchen bin ich zurechtgekommen. Und Vicky hat gelächelt.

VII

Jonathans lockiger schwarzer Bart und die gekräuselten Haarbüschel um die Ohren und um seinen Kragen herum glänzen im
Sonnenlicht. Heut morgen hat er sich geduscht und sich die
Haare gewaschen, er fährt nach St. Paul. (Dort wird er in der
Städtischen Bibliothek recherchieren – »Kulturanthropologie«
nennt er es – im Zusammenhang mit dem Buch, das er schreibt.)
Sein Mittagessen hat er mitgenommen, er will es nicht riskieren,
etwas zu essen, das lieblos zubereitet ist, wenn ich, wie er sagt,
ihn doch so »großartig« füttere und sich sein Gesundheitszustand
langsam gebessert hat. Aber weil er *etwa zehn Stunden* in der
Stadt bleiben wird, könnte es kritisch werden.

Nun haben wir Mai, es ist warm, und wenn er fort ist, werden die
Mädchen die Gelegenheit nutzen, heimlich Verbotenes zu tun,
sobald ich ihnen den Rücken kehre. Zum Beispiel wollen sie in
der Scheune spielen und in dem alten Hühnerstall und im Getreidespeicher. Und bestimmt am Teich. (Einmal hatten alle drei das
alte Ruderboot losgemacht und wollten es wie ein Floß manövrie-
ren! – wobei sie Stangen zum Staken benutzten. Und Jonathan
hatte erst dann erkannt, in welcher Gefahr sie schwebten, als *eine
schreckliche eiskalte Furcht ihn überkam* während er an seinem
Schreibtisch im Dachzimmer saß. Aber dann lief er ans Fenster
und sah es.)

Wir segeln, segeln! – segeln! singen die Mädchen aus vollem
Hals, jetzt, da sich das Wetter gebessert hat und Ostern vorbei
ist. Weshalb können wir nicht auf dem Teich segeln?

Aber wenn ihr Daddy da ist, wenn ihr Daddy es hören kann,
sagen sie so etwas nicht. Sie wollen nur Elizabeta quälen.

Warum wollen sie verbotene Dinge tun? Oh, lieber Gott, als ob es
nicht so viele andere Dinge gäbe, die ihnen nicht schaden. Jonathan
meint, er könne das Grundstück nicht immerzu wie ein SA-Mann
patrouillieren, und aus seinem Dachzimmerfenster könne er auch
nicht dauernd alles beobachten, *er müsse sich doch in irgendetwas
auf mich verlassen können.* Natürlich kann er das.

Alle Nebengebäude, mit Ausnahme der Garage und des Werk-
zeugschuppens, den Jonathan aus vorgefertigten Teilen aus dem

Versandhauskatalog zusammengebastelt hat, sind verboten. Sie sind morsch und baufällig geworden und können jeden Augenblick einstürzen. Auch könnten die Mädchen sich an den zerbrochenen Fensterscheiben schneiden, an den verbogenen Nägeln verletzen und so weiter. (Einmal hatte sich Vicky durch einen Splitter eine böse Infektion geholt, hat mir Jonathan berichtet. Das war zu »Merediths« Zeiten, sagte er und kniff dabei die Lippen zusammen. Die schönen, alten und nun vergangenen Zeiten.) Im Fundament des Heuschobers und besonders auf dem Getreidespeicher hausen Ratten und Schlangen, vielleicht sind es sogar giftige, man kann nie wissen. All dies ist off-limits, Zugang verboten. Es sind schlimme Orte und die Mädchen wissen es.

Am schlimmsten aber ist der Teich.

Der Teich ist am schlimmsten, weil er am verlockendsten ist.

Am seichten Ende ist der Schlamm trübe und verseucht durch jahrelang dort abgelagerten Kuhmist. Watet man hinein, zieht es einen an den Füßen – mag sein, es ist Treibsand – mag sein, es könnte einen Menschen in die Tiefe ziehen. Am tieferen Ende, wo Rohrkolben und andere Schilfpflanzen und Sumpfgras wachsen, ist die unbewegte Oberfläche trügerisch, weil *unter ihr Dinge liegen*, die dich in die Tiefe ziehen. Auch ist der Grund dort viel tiefer als man denkt, und außerdem gibt es an diesem Ende auch trüben, schwarzen Schlamm, ein kleines Mädchen, wenn es hineinfiele, könnte dort in wenigen Minuten ertrinken. (In der Tat ist einmal ein kleiner Junge im Teich ertrunken, sagt Jonathan. Es war vor langer Zeit. Vor einhundert Jahren. Als Jonathans Familie aus Norwegen einwanderte und sich dort niederließ. Genaue Einzelheiten weiß er nicht, aber Einzelheiten sind unwichtig – wesentlich ist nur, daß *der Teich verboten ist*.)

Die Mädchen dürfen nicht aus den Augen gelassen werden, sagt Jonathan, und wenn sie ungehorsam sind, sollten sie bestraft werden.

Es sind aber brave Mädchen, sie sind nicht wirklich *ungehorsam*, versichere ich ihm.

Ja, es sind brave Mädchen, sie sind unsere Mädchen, sagt Jonathan sofort, aber laß dich nicht täuschen und gib ihnen auch nicht aus lauter Gutherzigkeit nach. Zum Beispiel, falls sie dir zusetzen, sie mit dem Boot hinauszurudern. Manchmal, sagt Jonathan und nimmt mein Gesicht in die Hände und blickt mich unverwandt und lange an, manchmal bist du zu gutherzig. Und du weißt, wohin das führen kann.

Also, in diesem Augenblick spielen die Mädchen auf dem Nebenhof, in Sicherheit. Und alles ist in Ordnung. Und ich beobachte sie durch das runde Treppenfenster, *das ein seltsames, wunderbar geheimes Fenster ist,* wenn ich es nur beschreiben könnte, es ist kreisförmig, hat aber ovale Scheiben, altes gewelltes Glas wie Radspeichen eingesetzt und durch dünne Bleifassungen voneinander getrennt. Wie eine Art Augapfel in der Mauer? Und wenn ich hindurchsehe, kann ich die Mädchen auf dem Nebenhof beobachten und den Getreidespeicher und auch fast den ganzen Teich und aus irgendeinem Grunde weiß ich, *daß mich niemand sehen kann.* Es ist, als sei dieses Fenster nur von einer Seite durchsichtig. Ach, wie soll ich das nur erklären?

VIII

Sie schläft. Wie kann sie nur so lange schlafen!
Sie schläft nicht – sie verstellt sich!
Ihr Auge ist offen, sie kann uns sehen –
Ihr Auge ist ganz *weiß* –
Sie ist tot! Sie ist tot! Sie ist tot!
Meine Stieftöchter, meine kleinen Mädchen, hocken auf der einen Seite des Bettes und ich kann sie sehen, ich kann die Hand ausstrecken und sie berühren, aber ich kann mich nicht bewegen, mein Arm ist zu schwer, meine Augenlider sind zu schwer, sie können sich nicht öffnen. Jonathan ist fortgegangen, und ich bin so allein, so mutterseelenallein, ich nehme meine Tablette und schlafe oben auf der Daunendecke, ohne mich auszuziehen, den Rockbund aufgeknöpft, wo er zu eng ist. Es ist erst zehn Uhr vormittags, aber die Schatten im Schlafzimmer sind seltsam.
Sie ist betrunken, nicht wahr?
Sie ist krank, sie wird sterben.
Du, paß auf, sie kann uns hören – sie sieht uns direkt an!
Sie *kann* nichts hören, sie schläft.

Sie sieht dich direkt an, du blödes Gestell!

Nein, sie tut es nicht, sie ist blind. Sie ist *tot*.

Meine Stieftöchter, meine süßen kleinen Mädchen, wie sie am Bettrand kichern und flüstern. Ich träume auch von einem Boot – einem schönen, weißlackierten Boot mit weißen Segeln – und die Mädchen sitzen mit mir im Boot, wir sind alle zusammen, die Mädchen direkt vor mir und meine Arme um sie alle, sie sollen sicher sein, ich drücke sie an mich und spüre ihre Wärme. Die Sonne strahlend und warm, der Wind lau, aber doch kräftig, er bläht die Segel, treibt das kleine Boot über den Teich.

Ich hasse sie, sagt Niall und fängt an zu weinen, weshalb schläft sie die ganze Zeit, wenn Daddy fort ist? – Ich wünschte, sie würde sterben! – Ich wünschte, sie würde weggehen!

Sei still, sagt Vicky und kneift ihre Schwester, sie hört alles, was du sagst. Sie ist hellwach. Sie hört genau zu.

Ich hasse sie, flüstert Niall. Ich wünschte, sie würde weggehen.

Ich wünschte, Mami würde zurückkommen.

Ich werde Daddy erzählen, wie lange sie schläft, sagt Vicky.

Ist sie krank? Wird sie sterben? Wohin wird er mit ihr gehen? die kleine Gillian fängt an zu weinen, sie stopft die Finger in den Mund. *Mami, Mami –*

Sei still! Hör auf damit!

Mami –

Aber der Wind treibt uns entlang in dem glänzenden weißen Boot. Über den dunklen See. Rohrkolben und Sumpfgräser und Zwergweiden greifen nach uns, können uns aber nicht aufhalten. Elizabeta sitzt am Bug des Bootes in ihrem weiten Faltenrock und drückt ihre süßen Mädchen an sich, sie will sie vor Schaden bewahren, sie will sich an ihrer Wärme erfreuen. *Gepriesen sei Gott für diesen Segen. Gepriesen sei Gott, daß das Boot die Segel setzt und nicht aufgehalten werden kann.*

IX

Als sie gemaßregelt wurde, schlug sie um sich und stieß mit den Füßen und machte ihre Mutter nur noch wütender, und dann bekam sie Nasenbluten und das Bettzeug war schmutzig und dann das Schluchzen! Schluchzen! Schluchzen in jeder Zimmerecke. Kein Wunder, die Luft bebt so und läßt mir keine Ruhe. Kein Wunder, daß noch anderes gefunden werden wird, Widerliches, Geheimes, und zerfetzt werden und dann, wenn die Stücke klein genug sind, die Toilette hinuntergespült werden muß. Oder aber etwas liegt unter der Wasseroberfläche, vergraben im schwarzen Schlamm, *du willst schnell drüber wegrudern* aber es geht nicht, weil die Ruder sich verfangen haben –

Warum kannst du, zum Teufel, nicht stillsitzen, schimpft Jonathan und knallt die Zeitschrift auf den Tisch. Es klatscht, und wir alle vier erschrecken, warum kannst du nicht ruhig auf einem Fleck sitzen bleiben und aufhören, herumzufuhrwerken?

Ich spüre mein Gesicht heiß werden und will mich entschuldigen. Und zu erklären versuchen, daß ich vielleicht wieder einmal die Badewanne im oberen Badezimmer in Angriff nehmen will, die alte, fleckige Wanne mit den verrosteten Hähnen und besonders den Abfluß und daß ich vielleicht mit einem Küchenscheuermittel und den Aluminiumtopfreinigern die Wanne ausschrubben sollte. Weil ich es nicht mag, um acht Uhr zwanzig abends unbeschäftigt zu sein. Weil ich es nicht mag, wenn die Leute sagen, ich führte ein ungepflegtes Haus.

Jonathan starrt mich an. Ich erkenne, daß ich sein Mißfallen erregt habe, und noch dazu vor den Mädchen. Alle sehen mich unverwandt an. Vickys Augen sind kalt und hart und haßerfüllt und rachsüchtig.

Warum kannst du nicht stillsitzen, sagt Jonathan und gibt sich Mühe, leise zu sprechen, mußt du denn die ganze Zeit zappeln? Selbst deine Augen – die Art, wie du dich dauernd umsiehst – was suchst du eigentlich, was in Gottes Namen *siehst* du denn? Was grübelst du? Immer grübelst du! Ich weiß, daß du grübelst! – Ich kann deine Gedanken fühlen.

Es tut mir leid, sage ich zu Jonathan.

Und ich leide. Mein Herz ist gebrochen, es tut mir so leid, ihm mißfallen zu haben, und noch dazu vor den Mädchen.

Nun ist Jonathan richtig aufgebracht, und er hat auch allen Grund dazu. Er wirft die Zeitschrift hin und läuft im Zimmer umher, rennt in die Möbel, redet, fuchtelt mit den Händen, lacht gekünstelt, redet von irgendeiner fetten, dämlichen Kuh namens Elizabeta, die nicht stillsitzen kann und dauernd herumfuhrwerkt oder mit den Augen rollt oder sich die Lippen leckt oder mit den Lippen schmatzt oder die Lippen verzieht und eine Schnute macht (er sagt diese Dinge, um die Mädchen zum Lachen zu bringen, und sie lachen auch, besonders Vicky, sie lacht und lacht, sie kreischt vor lauter Lachen), die wie eine fette, runde Wurst in ihre Kleider gestopft ist, gleich platzt sie aus allen Nähten, mit einem Gesicht wie ein Pfannkuchen, flach und rund und voll wie ein mit Kirschkonfitüre gefüllter Pfannkuchen, aus dem etwas von der Füllung herausgequollen ist (Oh, wie die Mädchen quietschen und kreischen, und natürlich ist es amüsant, Jonathan spaziert auf und ab, streicht umher und sagt diese Dinge mit leiser, wilder, trickreicher Stimme wie jemand im Fernsehen, *hier sollt ihr lachen, weil es so komisch ist*), die fette, dämliche, süße Elizabeta mit ihrem babyseidigen Haar, so blond und hübsch, *seine* Elizabeta, und niemand wird sie ihm wegnehmen. Oben in unserem Bett liebt und liebt und *liebt* Jonathan mich, oh, wie mächtig und merkwürdig es ist, wie gern er mich kneift und sich hineinwühlt, wie er mich wütend küßt, meine Haut knetet, *Mann und Frau ein Fleisch*, Gott sei gepriesen für Seinen Segen. Anfangs neckt er mich, ist immer noch zornig und singt Es ist nicht *dein* Haus und *es läßt sich auch nicht säubern*, es ist nicht *dein* Haus und *läßt sich nicht säubern*, ein Singsang wie ein Kinderreim, er kneift und beißt, lieber Gott, ich darf nicht zeigen, daß es weh tut, denn das wird ihm mißfallen und dann vergißt er alles und murmelt Dinge, die nicht für mich bestimmt sind und kichert, meine Frau, mein Frauchen, Frauchen-Frau, *Frau Frau Frau*, fortwährend, bis es kein Wort mehr ist sondern nur noch ein Laut. Und hinter meinen Augenlidern bewegt sich etwas. Die Augen sind fest, fest geschlossen, meine Lider haben sich gerötet. Es ist kein Feuer, sondern Sonnenlicht. Ich glaube, die Sonne scheint aufs Wasser, auf den Teich, den See, den tiefen, dunklen, unbewegten See, den Teich mit seinen Geheimnissen, auf der Oberfläche winzige Wellen und Luftbläschen und hüpfende, flitzende Insekten, Wasserspinnen, winzige Fliegen, Libellen und gebrochene Sonnenstrahlen im Wasser und unser Boot in den Rohrkolben verfangen, *O lieber Gott laß uns darübersegeln, laß uns nicht zu Schaden kommen,* aber sie hat schon die Hand herausgestreckt, um uns festzuhalten, die Finger halb weggefressen, ich sehe, wie sie das Ruder festhält, der Zeigefinger ist fast ganz weg aber der Daumen packt zu, o sie hat die Kraft des Leibhaftigen, sie hat die Stärke, die aus mir herausgezogen wurde, die Sumpfhordenvögel kreischen, etwas platscht ins Wasser, wehrt sich, platscht, ihre Arme schlagen wild um sich, ihr langes, rotes Haar ist durchnäßt und glatt und fällt strähnig von ihrem Kopf und legt die Schädellinie und die Überbeine auf der Stirn frei, ihr Mund steht offen, schnappt nach Luft, nach Leben, nach Atem, er will schreien, er will mir die Schuld geben, aber ich habe keine Schuld, das Ruder ist gehoben, es fällt mit aller Wucht auf ihren Kopf, sie schreit und sinkt zurück ins Wasser, sinkt tiefer, ertrinkt, ihre Finger klammern sich an die Bootskante, aber nun ist keine Kraft mehr in ihnen, sie versinkt im Schlamm am Grunde des Teiches, *Gott erbarme dich, Gott sei dir gnädig, ich bin sündig, aber mich trifft keine Schuld, Gott vergib uns denn wir wissen nicht was wir tun.*

Schwarzer Schlamm, der sie hinunterzieht, ist ihr passendes Grab, denn sie ist böse und grausam und hart, hartherzig und nicht wie die süße Elizabeta. Es scheint, als ob Jonathan es flüstert. Deshalb hat er Vertrauen zu mir, seiner Ehefrau, er windet sich und zappelt vor Ekstase, hält mich ganz fest, hat meine Schenkel, mein Gesäß, meinen Hals fest umklammert, stößt all seine Liebe in mich hinein, diesmal wage ich es nicht aufzuschreien und ihm zu mißfallen.

X

Dürfen wir hübsche Steine suchen, betteln die Mädchen, wenn Jonathan nicht da und in der Stadt ist. Komm mit, sagen sie und ziehen mich am schlaffen Arm. Unten am Teich. Am seichten Ende. Im Julisonnenschein, in der Mittagshitze. Winzige Blasen steigen auf und an die Oberfläche. Nichts kann passieren! Was um Himmelswillen könnte denn passieren! Und natürlich haben sie recht, denn ein *besonderer Dispens erstreckt sich über das Land.*

Ein sonnengebräuntes kleines Mädchen mit blonden, flatternden Locken stochert zwischen den Kieseln am Ufer herum und sucht hübsche Steine. Mein einziger Liebling, mein Schatz, meine Gillian! Und Niall in ihren rosa Baumwollshorts, ihrem schmutzigen weißen Minnie-Maus-T-Shirt beugt sich vornüber, die Stirn kraus, sie sucht angestrengt, Niall, meine Zweitgeborene, mein süßes Kind. Und da ist Vicky! – die laute, dreiste, stämmige Vicky! – grobknochig wie ihre Mutter, tolpatschig und widerwillig lächelnd, aber sie *wird lächeln*, sie hat *gelächelt*, gepriesen seist Du Gott für Deine Güte.

Nun haben sie ihre Steine gesammelt und bringen sie zur Pumpe, und ich helfe ihnen, sie abzuspülen. Drei sehr schlammige kleine Mädchen! Quietschend und planschend – sie schubsen sich unter das spritzende Wasser. Auch Elizabeta ist naß geworden. Und der rostige alte Pumpenschwengel knarrt, wenn er rauf und runter, rauf und runter gedrückt wird. *O dank Dir, Gott, daß mein Baby nicht tot, sondern nur fortgegangen ist. Und drei süße Töchter-Babys haben seinen Platz eingenommen.*

XI

Eines nachts im Hochsommer, als wir nicht schlafen können, weil es so heiß und das Bettzeug verschwitzt ist und die Grillen draußen hell und wie verrückt zirpen und der Mond verrückt hell ist, nimmt Jonathan seinen alten Straßenatlas der Vereinigten Staaten heraus, seinen Rand-McNally-Straßenführer, den er seit zehn Jahren hat, um mir die »Exkurse seiner Seele« von Evanston, Illinois bis Riverside, Kalifornien bis Vancouver, British Columbia (das in Kanada liegt) bis Hamilton, New York bis Athens, Ohio bis zu dem Ort, wo er jetzt wohnt zu zeigen, dort, wo er sich nun mit seiner Familie niedergelassen hat, in Minnesota nordwestlich von St. Paul und wo nichts weiter auf dem Atlas verzeichnet ist außer Rookes Corner, und das ist zwölf Meilen entfernt. Ein paar Seiten sind verknittert und zerrissen und mit Klebestreifen repariert. Andere fehlen völlig. (Zum Beispiel die Staaten Oregon und Washington. Und ganz Texas.) Entlang der Landstraße westlich von Bismarck, North Dakota bis nach Helena, Montana hat jemand in winziger Druckschrift *Warum? warum? warum? warum? warum?* geschrieben. Ohne zu fragen weiß ich, daß Meredith es getan hat, und obwohl es so aussieht wie irgendein Scherz, ist es in Wirklichkeit gar nicht komisch. *Warum? warum? warum?* flüstert die ertrunkene Frau und verwünscht uns von dort unten und durch die Sprungfedern unseres hundertjährigen Bettes. Ich blättere so schnell wie möglich vorbei an den Karten von den Dakotas, Montana und Idaho, aber Jonathan merkt nichts.

Die Exkurse einer Seele, sagt Jonathan und zieht auf typische Art und Weise an seinem Bart, so daß die Hitze gewissermaßen herausgeschüttelt wird, eine Seele, die den Lauf der Welt nicht klug doch zu sehr liebte.

Weil er einen »Röntgen-Intellekt« habe, hat die akademische Welt ihn ausgeschlossen. Weil er niemals den Leuten um den Bart gegangen und ihnen in den Hintern gekrochen sei. Weil er bereits als Sechzehnjähriger, als Student an der Universität von Minnesota *als ein Genie galt und von allen seinen Professoren in den Himmel gelobt wurde.*

Aber Jonathan, sagt er, läßt sich nicht fertig machen. Im Alter von sechsunddreißig ist er weit davon entfernt, fertig gemacht zu sein. O ja O ja O ja.

An jenem Vormittag stieß ich noch auf andere Spuren von *ihr:* Ein mit Bändchenspitze bezogenes, spinnweb- und staubbedecktes Kissen, im Keller versteckt in einer der schmutzigsten Ecken. Jemand hatte es dorthin geworfen. Jemand hatte es in eine Ritze im Steinfundament gestopft.

Sie hatte sich so viel Mühe mit der Stickerei gegeben – man sah, wie langsam und geduldig sie gewesen war. Das Muster war kompliziert, schwarze und rote und graue und gelbe und blaue Spitzen und so ausgeblichen, daß man die Worte kaum mehr lesen konnte: *Nacht. Tod. Schlaf. Die Sterne.*

Ich fürchtete mich, denn als ich innerlich die Worte sagte, war es mit ihrer Stimme, und was wird sein, wenn die Stimme in meinem Kopf bleibt, nachdem ich das Kissen vernichtet habe? Ich wagte nicht, es zu vernichten, sondern stopfte es wieder in den Spalt, wo ich es gefunden hatte.

Jonathan vergräbt das Gesicht in meinen Hals, in meine Brüste. Er ist so müde. Er ist so zornig. Er will lieben, aber es geht nicht, er versucht es immer wieder, aber es geht nicht, in letzter Zeit ist es so oft passiert, und wer hat schuld? Es ist der Mond, der so merkwürdig durch die Gardinen scheint. Es sind die Grillen, die so schrill zirpen. Und Meredith, die ihr rotes, langes Haar bürstet und nackt nur ein paar Meter entfernt dasteht, Meredith, die schöne Meredith, so mager, die Rückenwirbel stehen weiß hervor, an ihrem Becken scharfe, kantige Knochen, eines Vormittags fand ich ihre Haarbürste in einer meiner Kommodenschubladen, die Borsten schmutzig, lange, rote Haare drin und Jonathans drahtige, schwarze Haare verflochten damit, Mann und Frau waren ein Fleisch ehe Elizabeta geboren wurde. Als sie mir mein Baby aus den Armen nahmen, sagten sie ausdrücklich, es sei nicht meine Schuld gewesen, daß es tot war, und *wahrhaftig es war nicht meine Schuld*, aber Gott hielt es für richtig, mich trotzdem zu bestrafen, *Dein Wille geschehe wie im Himmel also auch auf Erden Amen.*

Jonathan weiß nichts von dem Bändchenspitzenkissen und der Haarbürste und all den anderen geheimen Dingen, aber er ist trotzdem zornig. Er hat Grund, angeekelt zu sein. Er beißt und schluchzt und knetet Elizabetas schlaffe große Brüste. Er will lieben, aber er kann nicht! – er braucht es, aber er packt es nicht. Es liegt am Mond, der so hell ins Zimmer scheint, es sind die Nachtfalter und die Stechmücken im Bett, es ist die verschwitzte Elizabeta mit ihren unrasierten Achseln und Beinen und ihrer Stirn, die nicht mehr die faltenlose Stirn eines jungen Mädchens ist und ihrem häßlichen, breitgezogenen Mund. Elizabeta, die sich ihr Teil denkt, niemals gibt es Frieden, niemals gibt es Ruhe, sie grübelt, grübelt, grübelt über verbotene Dinge und strömt Kuhhitze aus, mächtige, fleischige, orangenhäutige Schenkel, sieh doch, wie das talgige Fleisch Einkerbungen und Schnitte und Falten und geborstene Äderchen durchziehen, schau dir die blauen Flecken an, fettes, kraftloses, schlaffes Ding, Riesenfötus, halb Frau halb Embryo, ein riesenwüchsiger, verschwitzter, talgiger Säugling, hat keinen Funken Gehirn im Schädel und sie gehört mir, nur mir, sagt Jonathan so laut, daß ich Angst bekomme, die Mädchen könnten aufwachen und zu uns ins Zimmer rennen, sie gehört mir, nur mir, sagt Jonathan und lacht und schluchzt und wirft sich so heftig auf mich, daß es nur so klatscht, daß es brennt, das Fleisch schlüpfrig vor Schweiß, rauh wie Schmirgelpapier, winzige Haare verfangen sich und zerren, *mir gehört sie, mir, mir.*

XII

Eine kleine Hand zieht das Bettuch weg. Sachte wird es weggezogen. Ich bin wach, sehe es, aber kann mich nicht rühren, Mami. Mami. Mein Blick ist unscharf, die Augen können sich nicht einstellen, wie es ist, wenn man schläft, aber ich kann alles sehen, was geschieht, nur kann ich mich nicht rühren. Mami. O Mami. Jetzt wird das Bettuch ganz weggezogen und meine linke Brust wird bloßgelegt. Ein Finger berührt die Warze – stupst die entzündete Warze – und ich kann mich nicht bewegen, obwohl ich wach bin, *ich bin wach und beobachte alles.*
Dann kichern die Mädchen und laufen weg, sie schubsen und schieben einander, sie rennen aus dem Schlafzimmer hinaus und die Treppe hinunter. Böse, wilde, lärmende Pferde. Poltern mit den Füßen auf der Treppe, wollen das alte Haus erschüttern. Ich bin allein in dem strahlend weißen Boot, kann mich nicht bewegen, blinzle in den wasserfleckigen Himmel über mir. Mami, o Mami flüstert das kleine Mädchen, ich liebe dich, Mami, du darfst nicht sterben, Mami, und sie kuschelt sich in meine Arme und gräbt sich in mich und wir umklammern uns und umklammern uns und lassen uns nie mehr los.

XIII

Jonathan ist für drei Tage in die Stadt gefahren. Aber er wollte mich anrufen, und er hat es nicht getan, und jetzt sind es schon vier Tage und länger her. *O lieber Gott, laß nichts passiert sein, segne und behüte ihn Amen.*
Jonathan ist zu »experimentellen Zwecken« weggefahren, was ich nicht verstehe. Die Mädchen weinten und klammerten sich an seine Hände, aber ich durfte nicht weinen und meine Augenlider waren rot und entzündet. Ich flüsterte ihm ins Ohr wie gut er sei, wie alles ein Gottessegen sei und ich es nicht verdient habe,

unsere Ehe und sein Vertrauen zu mir und daß er mich zur Mutter seiner Babys gemacht habe.

Ja, sagt Jonathan und nimmt mein Gesicht zwischen seine Hände und drückt und drückt es und starrt mich ohne zu lächeln an, ja, es ist ein Gottessegen. Ich vertraue dir mein und ihr Leben an.

Nachdem er weggefahren war, ging ich nach oben, um mich hinzulegen, mein Kopf wackelte wie Geschirr auf meinem Hals und meine süßen Mädchen kuschelten sich an mich und schliefen mit mit zusammen – den ganzen Vormittag und Nachmittag lang. Jetzt schlafe ich nicht mehr, aber die Luft ist so ruhig und still wie im Traum, und die Mädchen, die nahebei spielen und planschen, machen überhaupt keinen Lärm dabei, wie im Traum, obwohl ich *wach* bin und mich über die Bootskante lehne, um das merkwürdige Gesicht dort anzusehen. Bleich und zitternd mit bleichem Haar und starren, dunklen Augen. Es ist verboten und sehr heiß in der Sonne. Wir haben Angst, und aus dem Teich am seichten Ende strömt ein seltsamer, heißer Geruch – besonders, weil dort Dinge faulen. Überall Libellen. Und kleine schwarze Stechfliegen und Moskitos und Frösche. Eine zusammengeringelte Natter schleicht durchs Gras und hätte Vicky fast gestreift. Und ihr Geschrei und Gequietsche, man könnte denken, sie würde umgebracht!

Wir haben August, es ist eine schlechte Zeit, die Mädchen wollen wissen, Wo ist Daddy, wann kommt er nach Hause, warum ist er fortgegangen, Gillian fängt an zu weinen, sie zerren an meinen Armen, meinen schlaffen zuckenden Armen, sie vergraben sich in meine Brüste. Ich bereite ihnen ihr Lieblingsgericht – Buchweizenpfannkuchen und Waffeln – und wir essen Äpfel im Schlafrock und frische Pfirsiche und Marmeladekrapfen mit Staubzucker drauf, die wir lieben, unsere Lieblingskrapfen, ein Dutzend werden an einem Nachmittag verschlungen, die Gesichter der Mädchen mit Staubzucker verschmiert, meins auch, wir lecken uns gierig die Lippen ab und sind bereit für mehr, und keine Tränen, keine Tränen, *fordert nicht Gottes Zorn heraus, lobt Ihn für alle Dinge groß und klein.*

Manchmal, sagt Jonathan, weiß er genau, warum er geboren wurde und warum ihm bestimmte Dinge angetan wurden und was er seinerseits dagegen tun muß; zu anderen Zeiten wiederum blickt er in sein Herz und *findet nichts, es hat nie etwas gegeben.* Und wenn er nicht im gleichen Raum mit jemandem ist, kann er sich nicht an sie entsinnen, und kann nicht an sie glauben, und hat auch keine Liebe für sie übrig.

Jedes von ihm gesprochene Wort kann ich hören und mit den Lippen formen und laut sagen und begreifen, aber alle Worte zusammengenommen überschwemmen meinen Kopf, ich kann sie nicht wiederholen, ich kann sie nicht begreifen, ich kann es den Mädchen nicht erklären. Wo ist er, ist er böse mit uns, ist er dorthin gegangen wo Mami ist, wann kommt er wieder, fragen sie, betteln, lieber Gott, laß Vicky nicht anfangen zu schreien, laß sie Deinen Zorn nicht herausfordern, gib mir meinen Jonathan zurück und alles wird wieder gut sein.

In diesem Augenblick warte ich auf seinen Anruf, und *alles wird gut sein.*

XIV

Wir haben uns in dem weißen Boot vom Ufer abgestoßen. Elizabeta und ihre Babys, ihre Mädchen. Elizabeta trägt einen alten, breitkrempigen Hut, den sie auf dem Dachboden gefunden hat, blaßgelb mit lila Stoffblumen auf dem Hutband und dazu einen Chiffonschal, unter dem Kinn geknotet. Elizabeta rudert, ist erstaunt, wie die Muskeln in ihren Schultern und Oberarmen wieder lebendig geworden sind.

Endlich haben wir uns vom Ufer abgestoßen. Wir haben August. Oder eine andere Zeit. Das Boot verfängt sich und dreht sich im Kreise und die Mädchen kreischen vor Aufregung und müssen beschwichtigt werden. Elizabeta und ihre Mädchen segeln über den weiten, uferlosen See. Es stimmt nicht, wenn behauptet wird, der Grund sei tief, weil es überhaupt keinen Grund gibt. Man kann keinen Grund sehen. Wir segeln, ahoi! ruft Vicky, und die Adern an ihrem schlanken Hals treten hervor, wir segeln fort und kommen niemals wieder!

Unsere Mauer

Ich bin ein Berliner

Als der jüngere Bruder, in der Tat der einzige Verwandte eines berühmt-berüchtigten Verstorbenen, bin ich häufig interviewt worden: Aber ich werde keine Interviews mehr geben. Man fand es indiskret von mir, daß ich gewisse Dinge aussprach. Zum Beispiel die Tatsache, daß man als jüngerer Bruder in der Regel *überlebt*. Zum Beispiel, daß man, wenn man der Jüngere von zweien ist, in der Regel *älter* wird. Zum Beispiel, daß der Unterschied zwischen Mord und Selbstmord möglicherweise überbewertet wird.

Als ich das erstemal nach Berlin flog, um die Herausgabe der Leiche meines Bruders zu beantragen und ihre Überführung nach Hause einzuleiten, war meiner Abreise eine unangenehme Publizität zuteil geworden. Nun aber, ein Jahr später, fast ein Jahr, der Tag, an dem er gestorben ist, nähert sich, berichtet niemand über meine Reise, oder die Ziele, die ich mit ihr verfolge. *Es gibt Dinge, die nur im geheimen getan werden können*, so hat es, glaube ich, mein Bruder einmal formuliert – *oder gar nicht*.

Haben Sie seinen Tod geahnt, frage ich einen Bekannten meines Bruders und gebe mir Mühe, mit meiner Stimme den Lärm der Flash-Point-Disko am Kurfürstendamm zu übertönen – ich meine, machte er auf Sie den Eindruck eines Selbstmordkandidaten? Neben mir sitzt Rudi, jung, mit strubbelig blondem Haar, ein echter Berliner; in seinen Zügen eine verdrossene Jungenhaftigkeit, eine sorgfältig kultivierte Aura von Brutalität, die aber nicht ernst gemeint ist, eher ein Modegag, seine Garderobe aus einem bis fast zum Nabel offenstehenden, hautengen scharlachroten Veloursthemd bestehend, noch engeren Jeans und wadenhohen Cowboystiefeln, ganz stilgerecht, ein Asphalt-Cowboy und Schlägertyp, der in Wirklichkeit Student ist, ein Strichjunge, der in Wirklichkeit nur in der Flash-Point-Disko kellnert und der wie die anderen Kellner und Kellnerinnen ausstaffiert ist. Er ist höflich verlegen und überrascht zugleich, und daß er vorgibt, meine Fragen wegen der ohrenbetäubenden Rockmusik nicht ganz verstanden zu haben, hat nichts mit der mangelnden Lautstärke meiner amerikanischen Stimme zu tun. Deshalb beugt er sich vor, hält die Hand hinters Ohr und bittet mich, meine Frage zu wiederholen. Eine höchst kleidsame Röte überflutet seine Kehle und sein Gesicht, und dann sagt er – und ist nicht übermäßig bereit, den leuchtend stahlgrauen Blick zu erheben: Habe ich den Tod Ihres Bruders vorausgesehen, speziell seinen Tod – damals, in jenen Wochen? – nein, ich glaube: *nein* – aber den Tod als solchen – das ist eine andere Frage, Sir – und die Antwort darauf ist *ja, ich glaube schon, ja, vielleicht, ja, wer kann es wissen?* Dabei schnieft er laut genug, um den Lärm zu übertönen und setzt gleichzeitig einen nicht ganz unangenehmen Duft von Kölnisch Wasser gemischt mit dem Geruch herzhaften männlichen Schweißes und einer unidentifizierbaren sauersüßen Droge frei, obwohl dies vielleicht nur der Geruch von Trauer oder vielleicht auch nur der von Furcht ist, denn wer bin ich, der *wegen dieses besonderen Todes* noch einmal Fragen stellt, wer bin ich, der vorgibt, *ein jüngerer Bruder des Verstorbenen zu sein?* Um mir vielleicht angenehm zu sein, fährt er sich mit der Manschette seines samtig-scharlachroten Ärmels über die Nase und verkündet mit einer entweder vom vorherrschenden Krach oder von seiner eigenen inneren Erregung verzerrten Stimme: Wer weiß das schon, wer kann über so etwas Genaues aussagen? – Vorahnungen – vorhergesehener Selbstmord – Tod? Genau am gleichen Tag, als Ihr Bruder in den Kugelhagel lief, starb eine meiner Bekannten, wir waren zwölf Jahre befreundet, unsere Mütter kannten einander seit ihrer Schulzeit, sie war genauso alt wie ich, man fand sie in einer Telefonzelle im Bahnhof Pankstraße, ein sinnloser Tod, ein Tod, für den ich sie hasse . . . Ich wußte von *irgendeinem Tod*, der geschehen würde, *irgendjemandes Tod*, aber ich kann jetzt nicht so tun, so lange danach, als hätte ich gewußt, wessen Tod es sein würde. Diese Bekannte von mir starb an einem derart dummen Zufall, daß ich sie heute noch durchschütteln könnte, um sie daran zu hindern, um ihr weh zu tun, sagt er zornig und vollführt dabei eine Geste in Richtung eines Unterarmes mit den Fingern des anderen und ergreift eine Geisterspritze: Und ich kann nichts weiter tun als zusammenzucken, weil dieser Tod zu traurig, zu häßlich ist, vielleicht lächerlicher als der meines Bruders.

Ich weiß, sage ich tröstend zu Rudi, ich verstehe, und weiche vor seinem säuerlich-scharfen, keuchenden Atem zurück, es ist so schwer, ihnen zu verzeihen. So schwer zu vergessen.

Später dann, in meinem keimfreien Bunker von einem Hotelzimmer, dachte ich nach und überlegte, ob ich wütend sein sollte, weil der Berliner Rudi mein »Verhör« so geschickt pariert und seinen recht elenden Kummer über meinen eigenen gelegt hatte. Jenen anderen Tod konnte man schließlich als verächtlich einstufen. Aber der Tod meines Bruders konnte – so haben ihn jedenfalls einige Personen sowohl in Prosa als auch in Gedichtform beschrieben – als heldenhaft gelten.

Das ist die Gefahr, wenn man sich als Amerikaner nach Europa begibt (in den Westen wie in den Osten): Unsere rein beiläufigen Bemerkungen, ja selbst unser Gesichtsausdruck können als allegorisch ausgelegt werden.

Ganz gleichgültig, ob man zur Gattung 1. Touristenamerikaner oder 2. Berufsamerikaner zählt: *Sei vorsichtig mit dem, was du sagst.*

Deshalb versichere ich ihnen, um jeden nur denkbaren Zweifel auszuräumen: Natürlich weiß ich, wie er gestorben ist. Jeder weiß, wie er gestorben ist. Schließlich hat ja *Time*-Magazine ausführlich über die Anzahl der Geschosse und über den Zustand der »lebenswichtigen Organe« berichtet. In der Tat habe ich mir alle diesseits und jenseits der Mauer veröffentlichten Polizeiberichte eingeprägt, ich habe mir die belegten Fakten eingeprägt, die unter Eid abgegebenen Zeugenaussagen, die Versicherungen seitens »hochgestellter Beamter« beider Regierungen, daß sie den Vorfall bedauerten; oft wiederhole ich im Geiste, warum, weiß ich nicht, jenes Meisterstück von *Schelte* und *Anteilnahme* seitens der Deutschen Demokratischen Republik. (Wo inoffiziell von Drogen die Rede war. Wo die vage Vorstellung eines »amerikanischen Hippies der sechziger Jahre« in Umlauf gesetzt wurde: Obwohl mein Bruder, der 1965 erst siebzehn war, sich lobenswert abseits von solchen Verhaltensweisen hielt: Weil er sich nämlich ein aristokratischeres Schicksal erträumte.)

Natürlich weiß ich, wie er starb, sagte ich zu dem jungen Mr. G--- (dem nach außen hin hilfsbereiten Lakaien des Außenministeriums, der in einer untergeordneten Stellung eng mit dem Amerika-Haus und den Fulbright-Gaststipendiaten an der Freien Universität zusammenarbeitete) – aber *wie*, mein Freund, läßt sich nicht übertragen auf *warum*.

Darauf ein paar Sekunden Schweigen. Eine unkongeniale Stille, eher teutonisch als amerikanisch im Charakter und ausgesprochen »fremdländisch«, nicht kameradschaftlich. Dann sagt er und wirft dabei einen schnellen Blick auf seine Armbanduhr, Wie Sie wissen, hat Ihr Bruder sich sehr für ganz bestimmte Themen interessiert – für das heutige Berlin, das Berlin der vierziger, der dreißiger Jahre. Für Berlin, als es *Berlin* wurde, 1920 – und allmählich interessierte er sich auch für Deutschland, die beiden Deutschland, das einstige Reich, die Republik und natürlich auch für die Mauer – und deshalb vernachlässigte er seine Studien an der Universität – und enttäuschte recht viele von uns – und allmählich wuchs diese Manie, wuchsen diese Zwangsvorstellungen, es wurde schwierig, sich überhaupt mit ihm zu unterhalten, man könnte sagen er war *gestört*, es machte ihn wütend, wenn andere Menschen *weniger gestört, weniger morbide waren*. Aber all das, sagte der recht junge Mr. G--- mit seiner akzentfreien Diplomatenstimme, wissen Sie ja.

Höflich erkundige ich mich: Wie würden Sie *morbide* definieren, ich meine in diesem Zusammenhang? Ein *morbides Interesse* an Berlin und an der deutschen Geschichte und an der Mauer –?

Überhaupt irgendein Interesse, sagt er freundlich, aber ohne den leisesten Anflug eines Lächelns – überhaupt irgendein Interesse, das, in diesem besonderen Zusammenhang, über einen bestimmten Punkt hinaus verfolgt wird.

Mitternacht auf der Hardenbergstraße. Touristenrummel, Touristeneuphorie, ein wenig Verrücktheit tut der Seele wohl. Automobile, Taxis, die übliche lautsprecherverstärkte Musik. Dies ist Amerika. Aber nein, es ist Berlin. Westberlin. Deutschland. Aber nein, es ist Amerika. Nein? Doch? Amerika? Aber mit solch starken Akzenten?

Jedermann ist hier Tourist, in diesem Teil der Stadt, in diesem Teil Europas. Wir sind Abendländer im Osten. Eine Oase glitzernden Westens inmitten des düsteren, stacheldrahtumzäunten Ostens. Jeder angesteckt vom Touristenrummel, jeder schlendert heute abend die Hardenbergstraße entlang, untergehakt, junge »Wilde« mit stachelig gefärbten Haaren, gut genährte Herren in maßgeschneiderten Anzügen, einsame »Ausländer« wie ich. Sieh doch: Der strahlende Mercedes-Stern und wie er sich feierlich da oben dreht! Eine sakrale Vision, über die Mauer in den düsteren Osten hinüberstrahlend.

Warum also sich nicht zufrieden geben mit den Oberflächen des Lebens. Immerhin.

Warum *muß* der Kopf immer vom Körper wegdrängen? Hier gibt es so viele lebendige Körper . . . hier auf der Hardenbergstraße.

Um es festzuhalten, ich bin kein Berliner.

Noch kann man mich einen Touristen nennen.

Und ich bin auch kein *Amerikaner* – im allegorischen Sinne.

Zum Beispiel die Mauer. Mein unglücklicher Bruder hat sich für sie bis zur Besessenheit interessiert, aber sie erregt (anscheinend) kein Interesse bei dieser Horde Menschen, deutsch oder ausländisch, noch gilt ihr meines, *es sei denn zum Zweck geographischer Fixierung*. Ich bin kein Zwangsneurotiker; *das Morbide* finde ich bloß alltäglich.

Was ist die Mauer, außer einer gestrichelten Linie auf meinem Touristenstadtplan? – meinem vielfältig gefalteten, auf Glanzpapier gedruckten Touristenstadtplan, den mir die Deutsche Bank in Berlin freundlichst zur Verfügung stellte? Es ist sogar schwierig, diese gestrichelte Linie auszumachen, winzige hellblaue Punkte, in einer vergnüglichen Typographie lebhafterer Farbtöne schwimmend. (Ich habe mir eine ganz persönliche »Touristenattraktion« mit roter Tinte markiert, und zwar die Stelle im Bezirk Pankow, wo die Mauer an den Stadtteil Reinickendorf angrenzt und wo mein Bruder starb. Auf »östlichem« Boden.) Was ist denn die Mauer anderes als eine ferne Phantasie, eine irrelevante Tatsache? – hier, auf der Hardenbergstraße, um Mitternacht. Sauna-Paradies, die Neue »Crazy Shock Revue« (»Herren als Damen«), »Loretta im Garten«, überhaupt nicht wie Times Square, überhaupt nicht wie Amerika, einfache offene robuste deutsche Gemütlichkeit, durch und durch gesund, eine kräftige Dosis Heidentum. Weshalb hat mein wißbegieriger Bruder sich morbide Nebenpfade gesucht, weshalb hat er seinen amerikanischen Optimismus verraten, weshalb schirmen ihn seine ehemaligen Studenten an der Freien Universität immer noch ab, *selbst vor mir, seinem eigenen Bruder?* Manchmal stelle ich mir die Frage, was für eine Art »Forschung« er während jener letzten sechs, sieben Wochen überhaupt betrieb.

Wieder einmal die Flash-Point-Disko, wohin ich eigentlich nicht so bald hätte zurückkommen sollen. Möchte den lieben, zottelhaarigen Rudi weder verlegen machen, noch alarmieren, noch verärgern, noch einschüchtern noch – vor allem – langweilen.

Möglich, daß ihn seine Forschungen in den »Internationalen Spitzengirls«-Salon führten oder ins Kabarett »Chez Nous« und in die »New-Eden-Peep-Show« und ins »Châlet Noir«. Non-Stop-Sex-Shop. Bekiffte Teenager, sehr hübsch. Aber spindeldürr. Irgendetwas ist passiert mit dem robusten arischen Busenwunder.

Sie lungern um die oft fotografierte Touristenattraktion, die zerbombte und niemals restaurierte Gedächtniskirche (ein unvergängliches Monument, grausig sichtbar als Andenken an ihren selbstmörderischen Eifer und unsere eifrigen Bomben) herum, diese ganz jungen Mädchen, so unbekümmert, in hautengen Bluejeans, seidigen Shorts, rückenfreien Tops, mit stachelig gefärbtem Haar, zirkusfarben umrandeten Augen, setz dich doch ein bißchen zu uns, kannst du wechseln, hast du Dollars, bitte D-Mark, bitte Zigarette, Sir, danke, Sie sind sehr nett.

Habt ihr meinen Bruder gekannt, frage ich und nenne ihnen den Namen, aber sie sind zu jung, zu neu, und in diesem Teil der Welt verblaßt die Erinnerung im Nu.

Aber zuvorkommend. Die ausdruckslosen, glatten Stirnen legen sich in Falten, Denkfalten eines feierlich vorgetäuschten Nachsinnens.

Nein, ich glaube nicht. Nein. Tut mir leid, *nein.*

Weshalb gibt es so viele Schuhe in Westberlin zu kaufen, erkundige ich mich bei den Mädchen, weshalb diese wunderbar schimmernden Schuhpyramiden abends und die ganze Nacht hindurch hell angestrahlt, in Läden wie Kathedralen? – aber ich habe nichts Böses im Sinn, bin nur ein freundlicher Amerikaner, der sich die Zeit vertreibt, harmlos. Kino nur für Erwachsene, Colonel Sanders Kentucky Fried Chicken, ich gehe weiter zu den obligaten Sehenswürdigkeiten, dem Babystrich, Kinder auf ausgeschnittenen Plattformsandalen, kernige Männerchöre in den Biergärten, der Charme der Alten Welt, Marschlieder, Salon-Massage (»Boys & Girls gemeinsam«), eine Nachtklubvorstellung mit dem Titel »Welcome to Hell« in hilfreichem Englisch.

Natürlich alles scherzhaft gemeint.

Meine Suche bringt mich zurück in die festlich beleuchtete Kantstraße. Drei Uhr dreißig morgens. Dünste von in Fett gebratenen Speisen, verschüttetem Bier, der anheimelnde Lärm amerikanischer Rockmusik, rötliche Schlägertypengesichter, in ihrem Mercedes kreuzend, Schweinevisagen, kleine zwinkernde Knopfaugen, aber ich bin unfair, bin ich unfair? – ich berichte nur, was ich sehe und werde keine Silbe ändern.

Zwischen dem Durcheinander in seinem Zimmer Fotos dieser selben Straße. Dieser Kiosk, wo die Geschichte der Mauer (aus westlicher Sicht) in fünf Sprachen aushängt. Seine Fotos ihrer Fotos des Brandenburger Tors, des Checkpoint Charlie und des sterbenden, achtzehnjährigen Peter Fechter.

Offenbar gab das Martyrium des jungen Mannes meinem Bruder die Idee ein. Die Inspiration. Den Ansporn.

Er wurde angeschossen – das heißt Peter Fechter – am 17. August 1962. Wie die ganze Freie Welt weiß oder wissen sollte. Niedergeknallt von Ostberliner Grenzposten, lag er am Fuße der Mauer und durfte dann langsam, sehr langsam, eine berühmt lange Zeit verbluten.

Er verblutet immer noch: Man kann die gewundene schwarze Blutspur auf dem Pflaster sehen. Ein Held der Propaganda, mitten im neonbeleuchteten Verkehr, mitten zwischen den Freiluftcafés, den Filmen für Erwachsene, den sommerlichen Spaziergängern, dicke Eiscremetüten lutschend, Business as Usual. Zugegeben, man stirbt nur einmal: Aber wie lange dauert es?

Natürlich wurden auch Fotos von meinem Bruder gemacht. Aber da war er bereits tot.

Sein Interesse, sein vermutlich morbides Interesse galt den Ursprüngen Berlins im frühen dreizehnten Jahrhundert, es galt der Geschichte des Preußenadlers und dem schrecklichen Triumph Napoleons, den Gründerjahren des Deutschen Reiches und Kaiser Wilhelm II., dem Tausendjährigen Reich und der Berliner Blockade und *schließlich und endlich* dem Mauerbau 1961. Damals ging mein Bruder in die achte Klasse der St. Ursula-Schule in der Gratiot Avenue in Detroit und ich in die vierte Klasse der gleichen Schule: Es gibt sie auch heute noch, nur, daß die Nonnen nicht mehr wie Nonnen aussehen.

Wie merkwürdig, daß er damals älter war als ich. Und jetzt jünger zu sein scheint. Und sehr bald auch jünger *sein wird*.

Stellen Sie sich bitte das Erstaunen der Ostberliner Grenzposten vor, sage ich zu Mr. G---, den ich überredet habe, mit mir im hell erleuchteten »Loretta im Garten« etwas zu trinken, daß sich irgendein Ostberliner zu diesem Zeitpunkt zu Fuß der Mauer nähert. Einfach auf sie zugeht. Vielleicht ein wenig schwankt oder taumelt – was meinen Sie? Denn er muß betrunken gewesen sein – euphorisch – von der Tollkühnheit seines Unternehmens. So dramatisch. Denn die Kugeln können ihm nicht wehgetan haben, so viele waren es.

Todeszeit 4.25 morgens am 17. Juni 1981, es soll damals eine recht kühle nordeuropäische Nacht gewesen sein.

Mr. G --- hat all das schon einmal gehört, Mr. G--- sehnt sich nach einem Urlaub von Westberlin, einem Urlaub von Deutschland, von der Geschichte. Ohne Zweifel hat ihn der grundlose Tod meines Bruders sehr getroffen, aber andererseits kann er ein Gähnen nicht unterdrücken, er wirft einen verstohlenen Blick auf seine Armbanduhr. Ebenso zweifellos sind wir keine Kumpel, die Jahre im Auslandsdienst haben seine amerikanischen Schwächen abgeschliffen, wir haben zwar eine gemeinsame Sprache, aber keine gemeinsame Erinnerung, mein Familienname – der Name meines Bruders – ist eine ausgesprochene Peinlichkeit für ihn: Ein »internationaler Zwischenfall« schließlich –!

Selbstmord ist der Triumph des Willens über die Biologie, nicht wahr, will ich wissen, aber er verwechselt mein nervös-sardonisches Lächeln mit den ersten Anzeichen von Tränen. Und erklärt gereizt, daß er nach Hause müsse.

War es ein betrunkener Streich, eine tollkühne Tat, um Schlagzeilen zu machen (er hatte ein paar Gedichte veröffentlicht, einer seiner Kollegen an der Freien Universität hatte sie ins Deutsche übertragen: Deshalb war er ein »Dichter«, ein problematischer Typ, ein linker Sympathisant); war es nur ein bloßer Irrtum? War es eine politische Geste oder war es eben nur – Selbstmord?

Jedenfalls bereitete es dem Familienmitglied, das nach Berlin geflogen war, um die Herausgabe der Leiche zu beantragen und ihre Rückführung zu organisieren, außerordentliche Unannehmlichkeiten. Und es macht ihm große Schwierigkeiten, Selbstmord als eine *witzige Geste* zu entschuldigen.

(Hier sollte angemerkt werden, daß mich persönlich all das überhaupt nicht tangierte. Ich bin von Haus aus kein morbider Typ; ich bin ein Gesundheitsapostel, ich liebe die Klarheit. Amüsiert es mich, mich in bestimmten philosophischen Spekulationen zu ergehen, dann nur, weil ich annehme, diese seien von allgemeinem, will sagen allegorischem Interesse.)

NB: Da Westberlin eine von einer Mauer umgebene Stadt mitten im Osten ist, könnte eine Flucht von »Osten« nach »Westen« einem Versuch gleichkommen, die Mauer in *östlicher Richtung* überwinden zu wollen. Die Flucht vom Stadtteil Pankow ins dicht besiedelte Reinickendorf würde indessen nichts Ungewöhnliches an sich haben – vom Osten in den »Westen«. Ist eine bestimmte Krise in der Geschichte vorüber? Heute haben wir weniger Fluchtversuche durch den Fluß – weniger Ertrunkene, weniger kugeldurchsiebte Leichen. Die entlang eines breiten Grenzstreifens zwischen den beiden Deutschland gelegten Landminen werden nun des öfteren von solch unschuldigen Kreaturen ausgelöst wie Hasen, Wild, streunenden Hunden und so weiter. *Die Mauer ist für immer* kritzelte mein Bruder auf einen seiner nie abgeschickten Briefe.

Ich bin im Begriff abzureisen, meine Neugier ist nicht gestillt sondern eher abgestumpft worden, die Mauer mag für immer sein, aber sie interessiert mich nicht: Wie gesagt bin ich von Natur aus kein morbider Typ.
Ich bin im Begriff abzureisen, aber da gibt es einen Karton mit seiner *persönlichen Habe*, Zettel, zerknitterte Briefe, eselsohrige Taschenbücher. In meinem versiegelten Hotelzimmer liege ich auf dem Bett und sichte das Beweismaterial, die Augen beginnen zu schmerzen, weil es so viel zu lesen gibt, orangefarbene Penguin-Bücherrücken, Ausrufe- und Fragezeichen in roter Kugelschreibertinte, mag sein, daß dieser Mensch am Ende doch nicht mein Bruder war, sondern ein Unbekannter, dessen Leidenschaft ich als peinlich empfände.
Die Mauer ist für immer schrieb er, aber nichts ist für immer. Eine Taschenbuchausgabe von *Jenseits des Lustprinzips*, auf jeder Seite sind Stellen unterstrichen. *Ein Trieb wäre also ein dem belebten Organischen innewohnender Drang zur Wiederherstellung eines früheren Zustandes*, man stelle sich den toten Mann vor und wie er zielstrebig auf seinen Tod zusteuert, die deutsch gebrüllten Befehle mißachtend, *Das Ziel allen Lebens ist der Tod*, die Verdächtigungen des Außenministeriums erhärtend, es mit linkem Sympathisantentum und allgemeiner Morbidität zu tun zu haben, denn war nicht eines seiner knappen kleinen Gedichte eine Elegie auf die »gemarterte« Ulrike Meinhof gewesen, die sich in ihrer Gefängniszelle erhängt hatte? – *Liegt da nicht die*

Annahme nahe, daß dieser Sadismus eigentlich ein Todestrieb ist, der durch den Einfluß der narzißtischen Libido vom Ich abgedrängt wurde, Gerüchte behaupteten, daß er mit DDR-Agitatoren in Kontakt war, womöglich ein Spion gewesen sei und – wie nennen es die Journalisten doch? – ein Genasführter, ein Strohmann? Alles sehr faszinierend, sehr rätselhaft, was aber das Problem, weshalb er starb, nicht löst und warum auch gerade auf diese Art und Weise, *Unsere Auffassung war von Anfang an eine dualistische und sie ist heute schärfer denn zuvor, seitdem wir die Gegensätze nicht mehr Ich- und Sexualtriebe, sondern Lebens- und Todestriebe benennen.*

Ich werde seine *persönliche Habe* – einschließlich so vieler Seiten in seinen Büchern, wie sich heraustrennen lassen – in einen sauberen kleinen Scheiterhaufen verwandeln, den ich in dem neben mir stehenden Aluminiumpapierkorb verbrennen kann. So wird kein Beweismaterial mehr übrig bleiben. Und selbst der ätzende Rauch wird aufgewirbelt und weggesaugt werden von der wunderbar effizienten deutschen Klima-Anlage.

Ich werde von Westberlin nach Frankfurt fliegen (über eine Direktverbindung) und weiter nach New York City und dann nach Hause, meine Maschine geht um 11.25 Uhr, bis dahin bin ich zu nervös und unruhig, um still zu sitzen, inzwischen muß ich schnell gehen, falls man mir folgt, es scheint mir, als seien die vom Verkehr verstopften Straßen, die ich im genauen Zentrum Westberlins entlanghaste, aus sowjetischer Sicht gewissermaßen überhaupt nicht vorhanden.

»Westberlin« ist deshalb eine Trope, eine Metapher, um nicht zu sagen eine Fiktion.

Existiert Westberlin aber nicht aus der Sicht des Ostens, so existiert die Mauer, auf die ich gerade starre, aus der Sicht der Alliierten nicht. Die Alliierten sind die Vereinigten Staaten, Großbritannien und Frankreich. (Denn hier befinden wir uns noch im Zweiten Weltkrieg.)

Die Mauer ist enttäuschend, sie besitzt nicht die Abschreckung aufgetürmten Gesteins, ein jahrhundertealtes gotisches Aussehen, keine Quadern wurden von Leibeigenen mit blutenden Händen aus den Feldern gezerrt, alles ist sehr geglättet und einförmig und modern, ja, fast könnte man es geschmackvoll nennen, grauer Beton, etwa fünf Meter hoch, sie widerstrebt der Subtilität und poetischen Ausschmückung, sie ist Sache der Statistik und trennt, wie es in den Reiseführern steht, ungefähr 480 Kilometer der 800 Kilometer von Groß-Berlin ab, Tatsachen, die vor ihrer Präsenz verblassen.

Ihre Existenz wird sogar in Zweifel gezogen. Denn als Folge einer alten Verfügung, die den »Siegermächten« – also den Alliierten – die Oberhohheit übertrug, befindet sich die Stadt unter der Gerichtsbarkeit derjenigen, welche die Nazis besiegten, und zur Bekräftigung dieser legalen Tatsache fährt routinemäßig täglich eine bewaffnete Patrouille, bestehend aus einem amerikanischen, einem britischen und einem französischen Soldat, hinüber nach »Ost«-Berlin; ihre Durchfahrt wird von keiner Mauer behindert. Deshalb existiert die Mauer nicht: Und auch Westberlin existiert nicht, und wenn man logisch sein will, existiert auch »Ost«-Berlin nicht.

Eine Art ausgebombtes Niemandsland, eine Zone leerstehender ehemaliger Mietshäuser, unkrautüberwuchertes, mit Papierfetzen bedecktes unbebautes Gelände, uralte Anschlagflächen, zerfetzte Plakate, sogar ein paar ausgeweidete Autowracks. Während man sich dieser Mauer nähert, wird merkwürdigerweise die Geschichte zurückgelassen. Nichts deutet darauf hin, in welchem Jahr wir uns befinden, welche Sprache üblich wäre, wenn es dort jemand gäbe, mit dem man sich unterhalten könnte . . .

»Gretel« mit dem Silberlidschatten, dem krausen, lavendelfarbenen Haar und den langen, dünnen bleichen Beinen kichert, windet sich, ist überzeugt, das Ganze sei ein Scherz und ich ein ulkiger Herr, kennt mich, behaupte ich, trotz der fröhlichen Sprachverwirrung *weitaus intimer als es jemals mein Bruder getan hat*: Das heißt viel intimer, als irgendein Bruder es jemals tun könnte. Gutaussehende Bestie von einem Mädchen! mit einem Spatengesicht, riesigen, lächelnden Zähnen, Pancake-Makeup in sorgfältig aufgetragenen Schichten aus beige, beigerosé und elfenbein und diese erstaunlichen, träg blinzelnden silbrigen

Augenlider, jede Wimper einzeln schwarz getuscht und hochge-
bogen. Keine überflüssigen neckischen Gesten – keine morbiden
Neigungen. Ihr Berliner Akzent jagt mir Schauer über den Rücken.
Es ist in der Tat ein bemerkenswerter Akzent. Die Quintessenz des
Deutschen? Die Quintessenz. Des Deutschen. Ach deutsch! Sprich
mit mir, flehe ich sie an, sprich, gib mir ein Rätsel auf, erzähl mir
einen Witz, eine Geschichte, eine Legende, schimpfe, necke, bestra-
fe mich, tu was du nur willst: *Red berlinerisch mit mir*. Nein, wir
waren nicht intim. Es zählt nicht. Es war nur ein Aspekt meiner
Nachforschungen.

Der Jahrestag seiner Geburt nähert sich: Der 17. Juni.
Irrtum: Ich wollte sagen sein Todestag nähert sich. 17. Juni. – Bis
dahin werde ich wieder zu Hause in den Staaten sein. Oder etwa
nicht? Im Hotel gab man sich überrascht – und es schien ganz echt zu
sein –, daß ich mich entschlossen hatte, meinen Aufenthalt um eine
weitere Woche zu verlängern.
»Überraschung« kann man in einer fremden Sprache überzeugender zum Ausdruck bringen.
»Überraschung«, »Bedauern«, »Verdacht« – das Übliche. Überzeugender mit ausländischem Akzent hervorgebracht, in dem die
primären Töne betont und die Subtilitäten fröhlich ignoriert werden. *Red berlinerisch mit mir*, flehe ich.

Lichterarabesken glitzern wie die Schuppen einer riesigen Schlange
die Hardenbergstraße entlang . . . Ist das alles? Ist *dies* eine
politische Geste?
Ich stelle mich auf diese Straße oder auf jene, ich schimpfe hinter
zwei deutschen Mädchen her, die an mir vorübergegangen sind,
Luder, Schnallen, Säue, Fotzen rief ich, *krauts* rief ich, ihr werdet es
bereuen, euch über mich lustig zu machen – euch über einen
Amerikaner lustig zu machen!
In der Brieftasche meines Bruders steckten, als sie seine Leiche
fanden, ein paar Markscheine. Fotos von zu Hause, aus der Kindheit? – weg. Ausweispapiere? – weg. Er hatte seinen Paß weggeworfen, aber später entdeckte man ihn an einem ganz alltäglichen Ort –
im Papierkorb einer Bahnstation. Als hätte er sein *Amerikanertum*

weggeworfen, ehe er sein *Menschsein* wegwarf und wiederum ehe er sein *Leben* wegwarf. Wegen dieser Art Logik hasse ich ihn. Wie können sie es wagen, sich über einen Amerikaner lustig zu machen, wie können sie es wagen, in meiner Abwesenheit die Tür zu meinem Zimmer aufzuschließen und meine persönliche Habe und die Ergebnisse meiner Nachforschungen zu durchwühlen? – ein Einbruch in die Privatsphäre, der so geschickt getätigt wurde, *daß sie keine Spur hinterließen außer einem unverkennbaren Schwingen in der Luft.*

Mein Zimmer im Europa-Hospiz: Eine versiegelte Kapsel, ein Bunker, ventiliert durch einen unaufhörlich summenden Mechanismus, der von Zeit zu Zeit seine eigenen, subtilen Gase ausströmen könnte und der alles auf eine höchst unangenehme, jedoch kaum wahrnehmbare Art und Weise zum Vibrieren bringt. (Zum Beispiel meine Hände. Sie zittern, aber man sieht es kaum. Meine inneren Organe – auch sie vibrieren und wollen die Anspannung nicht mehr aushalten. Ein fremder Pulsschlag drängt sich auf, ein harter, zustoßender, sexueller Rhythmus, nicht mein eigener, eine von außen kommende Infektion: Gretel und Rudi und die anderen, die meine Nachforschungen einschließen müssen.)
Die Türknäufe sind bemerkenswert: Sie sind ungewöhnlich, etwa zwölf Zentimeter im Umfang, ganz aus Stahl, sie lassen sich sehr schwer drehen, besonders, wenn die Hand feucht oder schwach oder unsicher ist. Und das Telefon? – Ich kann nicht glauben, daß man ihm vertrauen sollte.

Ein lachhaftes Schicksal, in einem fensterlosen Bad, eingesperrt in einem versiegelten Hotelzimmer zu sterben, mein unschätzbarer Paß nur ein paar Meter weit weg und das Telefon auch: Aber die Tür öffnet sich nicht, weil der Türknauf sich nicht drehen will. Hilfe, Hilfe rufe ich, bitte, danke rufe ich absurderweise, helft mir doch, ich weiß, ihr horcht hinter der Tür, ist der Türknauf festgenietet? – wird das Giftgas ins Zimmer gefiltert? . . . Natürlich haben wir Ihren Bruder nicht vergessen, jawohl, er bleibt uns ein Anliegen, jawohl, es ist tragisch, hier am Institut haben wir wochenlang über kaum etwas anderes geredet, aber Sie müssen begreifen, daß inzwischen ein Jahr vergangen ist, und natürlich beschäftigen uns jetzte andere Dinge, neue Entwicklungen, neue Krisen müssen bewältigt werden, die Staatsverdrossenheit unserer jungen Leute ist alarmierend, ihre Demonstrationen gegen Atomkraft, neue Probleme kommen auf uns zu und jawohl, neue Tragödien, aber natürlich haben wir Ihren Bruder nicht vergessen, bitte nehmen Sie es nicht übel, nein, die Berliner Polizei beobachtet Sie bestimmt nicht, nein, es besteht keine Gefahr für Sie, ja, ich gebe zu, wir würden Ihnen raten, abzureisen, ja, allgemein herrscht die Ansicht, daß Ihr Bruder bereits einige Zeit vor dem Vorfall emotional aus dem Gleichgewicht war, nein, einen besonderen Grund dafür kann ich nicht nennen, ein paarmal hat er mit mir über die klaustrophobische Atmosphäre hier gesprochen, aber das ist keine ungewöhnliche Reaktion, nicht nur bei amerikanischen Besuchern, sondern auch bei Berlinern, bei jungen deutschen Menschen besonders, bei den Studenten, leider ist es ein nicht sehr häufig diskutiertes Phänomen, es gibt Dinge, die einfach nicht diskutiert werden können, nein, ich kann Ihren Widerwillen gegenüber Berlin nicht teilen, ich glaube, Sie sind da ein wenig zu hart, natürlich brauchen wir alle eine Zeit der Rekonvaleszenz, wenn wir wieder drüben in den Staaten sind, aber wir hängen sehr an Berlin, es ist eine ganz besondere Stadt, es ist ein in der Geschichte der Diplomatie einzigartiges Phänomen, eine staatenlose Stadt, eine »westliche« Stadt in »Ost«-Europa unter unserem Schutz, Sie sollten sich an John F. Kennedys berühmten Satz erinnern *Ich bin ein Berliner*, inmitten der totalitären Einöde überlebt dieses Glitzerding, das Juwel, das auf einem Meer der Dunkelheit treibt und überlebt und unter unserem Schutz gedeiht, denn der Feind wird es nicht angreifen, ein bewaffneter Angriff auf Berlin ist *genau dasselbe* wie ein bewaffneter Angriff auf Chicago oder New York oder Washington . . . Aber natürlich haben wir Ihren Bruder nicht vergessen.

Nacht und Morgen und der beruhigende Rhythmus der Straßen, die Aushänge voller wunderbarer sexueller Intensität, die Oberfläche, grelle kühne Plastikleuchtfarben, Menschen in festlicher Stimmung, nichts zu befürchten. Berlin wurde in einen Trümmerhaufen verwandelt, und Trümmer haben kein Gedächtnis, deshalb sollte man auch keinen intensiven Sinn für Geschichte erwarten: Und überhaupt – gibt es denn so etwas wie Geschichte? Jeder scheint nach dem 30. April 1945 geboren zu sein. Falls nicht, falls es ältere Leute sind, waren sie bestimmt tapfere Widerstandskämpfer, sind womöglich verwundet worden, in Gefangenschaft geraten, gefoltert – das übliche. Im Herzen sind sie Amerikaner. Sie sind Patrioten. Ersehnen die Wiedervereinigung ihres geteilten Landes, aber tun dies nur im Interesse des Weltfriedens, ein Bollwerk, wie es so schön heißt, gegen den Feind.

Mein Ticket für den Flug nach Frankfurt ist für die Maschine um 13.00 Uhr gebucht. Alles ist bereit, aber was bedeutet das schon, Rudi im Flash Point, die Hüften schwenkend, den Zeigefinger auf den lächelnden Lippen und dann auf meinen. *Nein! Kein Wort! Nichts mehr, mein Herr! Nicht mit mir!*

Hitler ist für immer, schrieb mein dem Tode geweihter Bruder auf das Vorsatzblatt seines Deutsch-Englischen Wörterbuches – *er hat uns übrige zur Fiktion gemacht.*
Am Checkpoint Charlie ist es ein Kinderspiel, *hinüberzugehen:* Man ist eben nur ein Tourist, ein interessierter und wohlwollender Reisender, der Paß bedeutet alles, er ist unverzichtbar, man reist bequem von West nach Ost, in diesen hohen verlassenen Gebäuden sind ohne Zweifel Maschinengewehre postiert, aber man braucht sich keine Gedanken zu machen: Man nimmt nur die Töpfe mit Stiefmütterchen wahr und wie hübsch sie die Randsteine schmücken, die üblichen Stiefmütterchenfarben, süße, kleine, unerschütterliche Gesichter, ein willkommener Anblick zwischen all diesem grauen Beton und Stacheldraht.
Ich werde nicht hinübergehen. Sie warten darauf, daß ich es tue, aber ich werde sie enttäuschen. (Offenbar bin ich anderweitig verabredet – im *Salon Mandy* mit Heike und Birgit.)
Über Nacht ist aus der Mauer alle Mauern geworden.
Die Erklärung ist – die Mauer.
Ich brauche die *Prozedur* meines Bruders nicht *genau* zu wiederholen, um diese selbstverständliche Tatsache zu begreifen.

Die Logik der Lenden, die wortlose Befriedigung der Lenden, plakatierte Aktbilder, schimmernd und fleischig als seien sie lebendig. Babyriesinnen, die sich im Nachthimmel winden. Bedenke die ewige Weisheit der Lenden und wie sie sich der Mauer entgegenstellt; denn die Mauer, das ist der Tod.

Nein, mein Herr, ich bin überzeugt, es ist ein Irrtum: Die Mauer ist das Leben.

Bedenken Sie doch: nach außen scheint sie nichts weiter als ein Stück langweiliger Beton mit elektrisch geladenem Stacheldraht, bewacht von gelangweilten jungen Soldaten und deutschen Polizeihunden (allererster Züchtung, versteht sich), und während sie nichts weiter zu sein scheint als ein politischer, *von beiden Seiten gebrauchter* Notbehelf, ist sie in Wirklichkeit das Leben. Wie Gretel, wie Rudi, wie jener »Herr« im Salon, der in Wirklichkeit eine »Dame« war, wie viele andere, zu zahlreich, um einzeln aufgeführt zu werden. Denn wenn man sich der Mauer nähert, selbst vom »westlichen« Sektor, und über eines dieser erstaunlichen Trümmerfelder zu beiden Seiten der Friedrichstraße geht, merkt man doch, wie sich der Pulsschlag unfreiwillig beschleunigt, und mag es im Kopf noch so laut tönen *du bist sicher auf dieser Seite, sie haben keinen Grund, auf dich zu schießen, wenn du von dieser Seite kommst*, merke, wie dir das Herz schwillt, dein Blick sich schärft, ja, die bloße Luft um dich herum vor Entzücken erklingt.

Die Mauer ist für immer, aber die übrige Welt – ist eine Fiktion.

Gib mir ein Rätsel auf, Heike, erzähl mir ein Märchen, eine deutsche Legende, Hans mit den schlanken Schenkeln, dem so adrett in amerikanische Jeans verpackten Gesäß, was wißt ihr von der Mauer, das wir nicht wissen können, bis wir es blutig erfahren, den Beweis haben und am Beton kratzen und uns mit den Fingernägeln festkrallen wollen?

Die Mauer bietet uns die Trefflichkeit eines Objektes an, das gleichzeitig Metapher und nicht Metapher ist.

Die Mauer ist Endlichkeit. Ein absolutes Ende. Das Kopfende des Kinderbettes, dagegen sich unser Babyschädel preßt. Und das Fußende des Bettes. Die Gitterstäbe, die Decken. Die glatten, weißen Emailwände der Badewanne, zu steil, um sie zu erklimmen.

Die Dielen, die steinige Erde, der Sarg: Endlichkeit – ein Weg, um ein Ende zu machen. Die Mauer wird durch einen Taschenspielertrick der Logik alle Mauern. Besonders, wenn man betrunken oder euphorisch oder zu depremiert ist, um den Kopf zu heben. *Warum starb er* ist jetzt weniger dringend geworden als *wie genau ist er gestorben*, aber falls sie sich einbilden (denn bestimmt beobachten sie es), daß ich seine Vorstellung mit dem Herannahen des 17. Juni wiederholen werde, haben sie sich geirrt. Ohne menschliches Dazutun wiederholt sich die Geschichte nicht.

Junimitte. Sommersonnenwende.
NB: An bestimmten Stellen sind außerdem noch hohe Maschendrahtumzäunungen vor der (betonierten) Mauer angebracht worden, und diese Zäune sind ihrerseits von Stacheldraht gekrönt, durch den der Tod still und heimlich und unaufhörlich pulsiert. Eine Berührung –! Eine Berührung.
Eine Art, ein Ende zu machen.

Es lebte einmal, in den längst vergangenen Zeiten des Römischen Kaiserreiches, ein hartherziger Landbesitzer, ein Ritter von großem Reichtum, der in den bayerischen Alpen eine riesige Burg erbaute, und die Übeltäter unter seinen Leibeigenen auf so grausame Weise bestrafte, daß viele Jahrhunderte danach noch sein Name mit einer ganz bestimmten Form von Tyrannei verbunden war: gefürchtet zwar, aber doch respektiert. Und im ganzen Land bekannt.
Seine ausgeklügelte Methode bestand darin, daß der Übeltäter in einen hohen und im entferntesten Flügel der Burg gelegenen Turm eingesperrt, und daß ihm im Namen Gottes versichert wurde, er würde nicht des Todes sterben, ja, nicht einmal gefoltert werden, und daß der Ritter, der ein Christ war, sich verbürgen würde, daß sein Gefangener mindestens einmal am Tage zu essen bekäme, und das für den Rest seines Lebens. Der Gefangene konnte sich keinerlei Hoffnung hingeben, jemals wieder in den Genuß der Freiheit zu kommen: Denn selbst wenn im Verlaufe eines Bürgerkrieges die Burg erobert würde oder wenn ein

jüngerer und schwächerer (will sagen, ein weniger auf Strafe versessener) Erbe an die Macht kommen sollte, wäre der Gefangene summarisch vom Kerkermeister hingerichtet worden. So wurde ein Bund geschlossen und dem Missetäter ein Privileg eingeräumt, das in jenen barbarischen Zeiten höchst ungewöhnlich war, nämlich zu wissen, daß sich der Ritter an sein Gelöbnis halten werde, und daß die Zukunft gewissermaßen gesichert sei. Niemals Freiheit: Statt dessen jedoch eine natürliche Lebensspanne. Gewissermaßen. Das Turmverlies war etwa fünf Meter im Durchmesser, die Decke vielleicht sieben Meter hoch. Es war fensterlos, mit Ausnahme einer einzigen Öffnung, die aus einer in die Steinmauer hineingeschlagenen Luke bestand: etwa fünfzig Zentimeter breit und auf Fußbodenebene. Durch diese rauhe Öffnung schien Licht, »frische Luft« kam herein. Außerdem aber bot diese Öffnung eine Art Fluchtweg.

Nun konnte der Gefangene jedoch nicht erkennen, was unmittelbar unter der Luke war, es sei denn, er brachte es fertig, die Schultern hindurchzuzwängen und halbwegs ans Tageslicht zu kriechen, denn die Turmmauer war gut anderthalb Meter dick und die Öffnung als solche bildete wiederum eine Art Tunnel, durch den sich der Gefangene winden mußte, vorausgesetzt, daß ihm genügend Kraft geblieben war. Hatte der Gefangene erst einmal diesen Versuch, die Freiheit zu erlangen, unternommen, gab es kein Zurück mehr für ihn. (Jedenfalls ist nichts dergleichen überliefert.)

Ohne Ausnahme wurde diese Öffnung in der Mauer den Gefangenen zur Obsession, und sie verbrachten all ihre wachen (und zweifellos auch ihre schlafenden) Stunden damit, sie anzustarren. Wechselndes Sonnenlicht, der Einbruch der Dämmerung oder der Dunkelheit, die schwach schimmernde Aura des Mondes, Nebel, Regen, Sturm oder Schnee: wie wunderbar abwechselnd, die Elemente jenseits der Öffnung! Manch einer der Eingekerkerten legte sich direkt davor, andere wiederum kauerten sich an die gegenüberliegende Mauer und starrten gefesselt hin, bis sie fast erblindeten oder aber sie hatten sich hingehockt mit gegen die Augen gepreßten Fäusten, um nichts zu sehen und nicht in Versuchung zu geraten. Sie gaben es bald auf, zu beten,

weil ihre Betrachtung der Mauer als solche schon ununterbrochenes Gebet war.

Manchmal konnten sie durch das rohe »Fenster« den unverkennbaren Geruch verfaulenden, verwesenden Fleisches wahrnehmen, aber sie konnten auch, wenn der Wind in der richtigen
Richtung stand, den frischen, wunderbaren Duft blühender Wie-
sen und Steppen und schneebedeckter Berge atmen – und
manchmal sogar heimatliche Gerüche: Den tröstlichen Duft
brennender Scheite und vertrauter, von beflissenen Händen zu-
bereiteter Speisen. (Es machte die Eingekerkerten nicht traurig,
daß in ihren Dörfern, ihren einstigen Wohnstätten, das Leben
wie gewohnt weiterging. Denn das Leben gehört den Lebenden,
nicht wahr? – und törichtes Trauern hilft nichts und niemandem.)

Das Merkwürdige an der Sache war jedoch, daß, obwohl den
Gefangenen, wie wir gesehen haben, beachtliche Gnade zuteil
wurde und sie mit Nahrung, Kleidung, Unterkunft und körperli-
chem Schutz bis an ihr Lebensende versorgt waren, es nichtsdestoweniger ruchbar wurde – und zwar manchmal bereits nach
ein, zwei Tagen! –, daß sie anfingen zu toben und die »Freiheit«
wählten, und sich durch die enge Luke in der Mauer zwängten,
gleichgültig, wie schmerzhaft es war und wie wenig Ahnung sie
hatten, was sie draußen erwartete. Arme Teufel! Törichte Bauern! Sie gaben eine verbürgt ungestörte Existenz im Käfig auf
für die Möglichkeit – nein, die Wahrscheinlichkeit – einer Nicht-
Existenz und demonstrierten auf diese Weise genau dieselbe
Halsstarrigkeit und Widerspenstigkeit und den Mangel an Zurückhaltung, die ihren Gebieter ursprünglich erzürnt hatte und
die sie in den Turm brachte.

(Denn wie konnten sie, auch wenn sie den Verstand verloren
hatten, ihre Sinne gegen die nackte Tatsache verwesender Leich-
name verschließen, deren Aasgeruch ihnen mit jedem Atemzug
in die Nase stieg, außer, wenn die Kälte alle Modergerüche über-
deckte, und wie konnten sie das Gekrächz der Aasgeier und die
kreisenden und hin und her flitzenden Schatten verkennen, die
so häufig den Ausgang der Öffnung streiften?)

Trotzdem behauptet die alte Legende, und in der Tat bestätigt es *unser Wissen um die menschliche Natur, daß die Unvernunft selbst des unwissendsten Bauern solcherart war, daß »Freiheit« (obwohl auch Tod) ihre überwältigende Anziehungskraft über Gefangenschaft (obwohl auch Leben) viele, viele Jahre lang geltend machen konnte.*

Solcherart sind die Volksweisheiten, die meine unermüdlichen Forschungen Tag für Tag erkennen lassen. Es sei denn, Rudi oder einer der anderen, lügt mir etwas vor. Es sei denn, sie verwechselten mich mit jemand anderem.

Détente

Es war eine Zeit der Platitüden, des forschen Händeschüttelns, der von Lächelfalten zerknitterten Gesichter, der weisen Sprüche. So viele weise Sprüche. » ›Nichts ist weiter von uns entfernt als das, was uns nahe dünkt‹ – ein altes russisches Sprichwort, sehr alt. Sehr weise, ja?« Juri Iljin, Vorsitzender der Sowjetdelegation, redete in untadeligem Englisch und mit einer lässigen Art von Ironie, welche die anwesenden Amerikaner ansprach und zugleich abstieß. Er war hochgewachsen, mit silbrigweißem Haar, patrizisch, ein ehemaliger Gesandter in Großbritannien, ein ehemaliger Dekan des Gorki-Instituts, ein alter und hochverehrter Freund (und Rivale) des Sowjetischen Staatspräsidenten . . . und so ausgesprochen höflich den wenigen Frauen bei der Konferenz und besonders Antonia gegenüber, daß man hätte denken können, nun, er parodiere gewisse bourgeoise Sitten. Und keiner unter den Amerikanern hatte gewußt, wie sein Toast zu interpretieren war, den er bei ihrem ersten gemeinsamen Mittagessen ausbrachte. Er hatte das Glas mit Champagner erhoben und mit einem Lächeln, das sehr lückenhafte, leicht verfärbte Zähne entblößte, mit kaltem, hartem, amüsiertem Blick der Dankbarkeit der Sowjetischen Delegation Ausdruck verliehen, zur Falkstone-Konferenz eingeladen worden zu sein, und doch dabei die Warnung ausgesprochen, daß »Verbrüderung« nicht zu schnell durch bloße physische Nähe erreicht werden könne, denn: (wie die weisen alten Bauern wußten), *nichts ist weiter von uns entfernt als das, was uns nahe dünkt.*
Am Vorabend, während des übervollen Cocktailempfangs vor dem

eigentlichen Konferenzbeginn, hatte Juri Iljin Antonias Hand heftig geschüttelt, ihr Namensschild studiert (in einer Plastikhülle und sauber getippt hatte es Antonias unsicherem Selbstbewußtsein so etwas wie einen willkommenen Halt verliehen) und sich höflich erkundigt, ob sie mit dem Essayisten, oder war er ein Journalist? – Haas verwandt sei. Ein paar peinliche Sekunden vergingen, ehe Antonia klar wurde, daß Iljin in der Tat sie meinte. Eine Anzahl ihrer Essays und Artikel waren nämlich ins Russische übersetzt worden, nichts jedoch von ihren anderen Werken, wenn man sie also in der Sowjetunion »kannte«, dann nur in diesem Zusammenhang. Aber Iljin hatte Antonia verwechselt mit . . . war es ein gespenstisches männliches Gegenstück ihrer selbst? » Sie verwechseln mich mit mir selbst«, antwortete sie ein wenig spitz, »Ich *bin* Haas.«

Iljin war ein derart versierter Diplomat, ein derart geschickter Navigator in trüben internationalen Gewässern, daß er einfach lachte, sich entschuldigte und gewandt das Thema wechselte. Wie großzügig doch der reiche Falkstone gewesen war, als er diesen großartigen Besitz für wohltätige Zwecke stiftete . . . stimme Antonia nicht zu?

Oft dachte Antonia, das Leben ist real genug. Aber es ist nicht überzeugend genug.

Da gibt es unberechenbare, in einer Art summender Stille verstreichende Blöcke von Zeit, Tage, ja Wochen und Monate: man geht gewissermaßen schlafwandelnd durch sein Leben. Die Stimme antwortet anderen Stimmen, die Stimme gehört zwar zu dir, ist aber irgendwie nicht von Bedeutung: nicht überzeugend. Ein Körper bewegt sich zwischen Körpern, nimmt einen bestimmten Raum ein, ist bekannt unter einem bestimmten Namen (der ihrige schien »Antonia Haas« zu sein, lebenslang), aber wiederum ist dies nicht sehr wichtig oder überzeugend. Dann hebt sich der Nebel – manchmal ganz plötzlich und unsanft. Es war einem nicht ganz bewußt gewesen, diese Schlafwandelei, bis man aufgeweckt wird und einen der Sonnenschein unvermutet blendet, die Stimmen in den Ohren schrillen und man von dem, was vor einem steht, überrascht ist. Die summende Stille weicht einer schneidenden Empfindung.

Antonia hatte dieses Gefühl, was eines der Mitglieder der sowjetischen Delegation anbelangte. Er hieß Wassili Schurow: Sie mochte den Klang seines Namens, die Zischlaute, die Autorität des »W« und des »Sch«. Sie mochte seine öffentliche Erscheinung, seine Art, sein Anliegen leidenschaftlich vorzutragen, mit den Fingern zu gestikulieren und nicht davor zurückzuschrecken, hie und da die Hand aufs Herz zu drücken. Manchmal sprach er so schnell, daß Juri Iljin sich bemüßigt fühlte, ihm ein Zeichen zu geben, aus Rücksicht auf den Dolmetscher sein Tempo ein wenig zu drosseln. Er war ein hochgewachsener Mann mit abfallenden Schultern, etwa Mitte vierzig, mager, bedacht, weniger zu nervösem Lächeln neigend wie gewisse seiner sowjetischen Kollegen und überhaupt nicht unterwürfig. Wenn er sprach, weiteten sich jedesmal seine Augen, so daß das Weiße über der dunklen Iris grimmig und finster zu sehen war. Seine metallgefaßte Brille saß oft schief auf seiner langen, knochigen Nase. Eine glatte Haarsträhne (dunkel, graumeliert, silbergestreift) fiel ihm in die gerunzelte Stirn . . . Er sah aus, dachte Antonia kritisch, wie ein Theologiestudent aus einem russischen Roman – eine der Gestalten aus Dostojewskis *Dämonen* vielleicht. Hätte man ihr nicht während der Einsatzbesprechung in der vergangenen Woche versichert, daß alle Mitglieder der Sowjetdelegation wahrscheinlich verläßliche Parteigänger seien, hätte sie trotz allem gedacht: Der nicht, der ist irgendein Fanatiker, man sieht es an den Augen, an dem bleichen, verkniffenen Mund.

Leider verstand Wassili Schurow nur sehr wenig Englisch; wenn Antonia sich mit ihm unterhalten wollte, dann müßte das mittels eines Dritten geschehen.

Antonia stellte fest, daß gesprochenes Russisch sie faszinierte. Ein Klangsperrfeuer, so ganz fremd; ein veritabler Sturmwind; Poesie in Bewegung. Ihr kam es vor, als sei Russisch eine Sprache von Riesen, von legendären Gestalten. Und die begleitenden Gesten waren so übergroß, so ungeniert dramatisch, so heftig . . . und so ganz anders als die ihr vertraute, schüchterne Gestik. Sie war eine Frau mit einigen Sprachkenntnissen, sprach einigermaßen fließend französisch und italienisch, konnte sich auf deutsch ausdrücken, doch obwohl sie sich zur Vorbereitung auf die Konferenz einige Grundkenntnisse in Russisch hatte aneignen wollen, war es ihr nicht gelungen: Das meiste, was sie gelernt hatte, schien sie vergessen zu haben. Geblieben waren nur langsame, unbeholfen stolpernde Wörter, leicht grotesk klingende Laute, eine ängstliche Zuflucht in ein *Da, da*. Nicht nur vergaß sie jetzt vieles von dem, was sie sich mühsam eingeprägt hatte, sondern sie brachte es auch nicht fertig, sich von einer Stunde zur anderen zu erinnern, wie die Namen der Sowjetdelegierten ausgesprochen wurden. (Sie vermutete, daß die Russen solchen Kränkungen, solchen unbeabsichtigten Beleidigungen gegenüber empfindlich waren.)

Wassili Schurow sprach: Der Simultandolmetscher, versteckt in der verglasten Kabine am entferntesten Ende des Saales, gab sich alle erdenkliche Mühe, mit dem Wortschwall Schritt zu halten, ja sogar Schurows blumig überschwenglichen Stil nachzuahmen: *Worin besteht die Funktion der Kunst? Was läßt sie in unseren Herzen entstehen? Warum liebt ein Volk bestimmte Werke und überliefert sie den nachfolgenden Generationen? Welche Bedeutung hat das? Ist es ein menschlicher Instinkt? Wohnt in uns ein Hunger nach Kunst, wie der Hunger nach Nahrung, Liebe und Gemeinschaft? Gibt es ein sinnvolles Leben ohne die Kontinuität der Tradition? Wie unsere chinesischen Genossen zu ihrer Bestürzung entdecken mußten, nachdem sie versucht hatten, ihr gesamtes kulturelles Erbe zu vernichten –*

Aber dies war die Stimme des Dolmetschers, eines anderen Mannes, und außerdem irritierten die Kopfhörer Antonia . . . *die Mission des Schriftstellers in unseren beiden großen Nationen? Gibt es so etwas wie ein historisches Schicksal, das . . .* Schurow fehlte der diplomatische Aplomb eines Iljin. Er war ohne Zweifel nervös, erregt. Dies war sein erster Aufenthalt in den Vereinigten Staaten – er war zwar zu einer früheren Veranstaltung eingeladen worden, hatte aber kein Visum bekommen. Antonia entsann sich, daß im Laufe der Einsatzbesprechung die Rede davon gewesen war, Schurow (Romancier, Übersetzer, Lehrer) sei von Zeit zu Zeit mit den Behörden in Konflikt geraten, weil er für eine »liberale« Zeitschrift gearbeitet hatte (deren Herausgeber vom Schriftstellerverband ausgeschlossen und später in ein im

Norden gelegenes Arbeitslager verbannt worden war). Schurows Biographie war nicht zu bekommen, von seinen Büchern war keines ins Englische übersetzt worden. Aber seine Auszeichnungen und Orden in jenem anderen Bereich waren durchaus imponierend – *Der Orden des Roten Banners, zwei Lenin-Orden, Held der sozialistischen Arbeit, Auszeichnungen für Belletristik 1978 und 1981.* Mitarbeiter der Zeitschrift *Literaturnoje Obosrenije.* 1939 in Nowgorod geboren, jetzt wohnhaft in Moskau. Schurow war ohne Zweifel einer der Stars der russischen Delegation, obwohl seine Bücher in den Vereinigten Staaten nicht erhältlich waren und nur Insider seinen Ruf kannten. Sein Reiz für die Amerikaner bestand in seiner Wärme und offensichtlichen Arglosigkeit; vielleicht war er für sie, zumindest empfand es Antonia so, der Inbegriff des Russen – vom Bauer zum Theologiestudenten zum Revolutionär. Er führte das zugegeben ein wenig versponnen klingende Thema des Vormittags (»Worin bestehen die humanistischen Werte der Gegenwartsliteratur?«) weg von spezifischen Autoren und hin zu einer abstrakten, unausgeformten, hitzigen Ideenwelt. Derartige Spekulationen über Leben, Kunst und die Bedeutung des Universums hatten Antonia als Heranwachsende fasziniert, und als sie Schurows Ausführungen lauschte, war sie zutiefst bewegt. Alles war so kindlich, so naiv-ansprechend. Schurow war fast der einzige unter den Konferenzteilnehmern, der mit der verzweifelten Überzeugung eines Künstlers sprach, welcher sich seinen Kollegen unbedingt mitteilen will. In Antonias Kopfhörern krachte es, als er ans Ende seiner Ausführungen gelangte: *Kunst ist immer politisch, Kunst ist immer apolitisch?* – und sie konnte seinen Gedanken nicht ganz folgen.

In eindringlichem, stockendem Englisch schloß er, indem er das Mikrofon ergriff: »Ich danke Ihnen, dies ist alles, was ich sagen wollte.«

Von ihrem Zimmer im dritten Stock des Falkstone-Instituts rief Antonia ein in Chicago wohnendes, befreundetes Ehepaar an. Man erkundigte sich, wie es Antonia in den Adirondacks gefalle, sei es nicht ein wenig zu früh (es war Juni) für die Berge, und wie fühle sie sich, wie stehe es um ihre Gesundheit, ihre Nerven, ihre

Belastbarkeit? Sie hörte die eigene Stimme ihren Stimmen antworten, es klang durchaus normal, fast gelassen. Sie erklärte ihnen, daß es ihr gut gehe – es gebe nichts Besseres, als wenn das öffentliche Selbst das private Selbst in den Schatten stelle, ja irrelevant erscheinen lasse.

Nach einer Verlegenheitspause kam die Sprache auf Antonias Ehemann, der sich die letzten Wochen Antonia gegenüber schlecht benommen hatte, was allerdings nicht ganz unerwartet kam. In der Tat war er, mehr oder weniger, ganz und gar aus Antonias Leben verschwunden. »Also, in Chicago ist er offenbar nicht«, sagte Vivian entschuldigend. »Wenigstens hat er bei uns nicht angerufen.«

Antonia, die ziemlich sicher gewesen war, daß ihr Mann in Richtung Chicago unterwegs war, schwieg. Sie goß sich etwas Kognak in einen Plastikbecher. Vivian fuhr fort: ». . . weißt ja, wie Whit manchmal übertreibt, einen aufzieht. Er hat einen so . . . surrealistischen Sinn für Humor.«

»Hat er das?« kam Antonias leicht ironische Antwort.

Versuchsweise nippte sie an ihrem Kognak, der sehr stark war. Ein Geschenk – ein sehr voreiliges – von einem rotgesichtigen, leutseligen Ukrainer, der ihr am Vorabend gut gelaunt den Hof gemacht hatte. *Den ganzen Weg zu meinem Heimatland* sagte er in vorsichtigem Englisch und präsentierte Antonia die unverpackte Flasche. (Dem biografischen Informationsblatt der Sowjets zufolge war er ein Dichter, ein Verfasser von Feuilletons und ein Vorstandsmitglied des sowjetischen Schriftstellerverbandes. Den Informationen zufolge, welche die amerikanischen Delegierten empfangen hatten, war er »ein notorischer Literaturfunktionär«.)

Sowohl Martin als auch Vivian wollten wissen, welchen Eindruck die Russen auf Antonia gemacht hatten, und ob irgendein internationales Ereignis, das sich vor ein paar Tagen zugetragen hatte (Antonia hörte kaum hin) die Konferenz negativ beeinflussen könne. Am Schluß fragten sie, ob sie Whit Antonias Telefonnummer geben sollten – falls er von sich hören lasse.

»Er hat meine Nummer«, war Antonias Antwort.

»Und seit wann ist er weg?« fragte Martin vorsichtig.

»Seit sechs Tagen«, antwortete Antonia.

»Hat er viele Sachen mitgenommen, oder viel Geld . . .?«

»Nicht, daß ich wüßte«, sagte Antonia. »Aber das tut er nie.«

Natürlich stimmt es nicht, daß Antonia Haas war; oder daß Haas ausschließlich Antonia war. Es gab da noch eine Art Ehemann. Vor sieben Jahren hatten sie geheiratet. Obwohl er kein Schriftsteller war – genau besehen war er ein recht aggressiver Nicht-Schriftsteller –, war er viel länger als Antonia »Haas« gewesen. Dies sind Probleme, die sich aus einer bürgerlichen Existenz ergeben, so könnte Antonia es Wassili Schurow erklären, und er würde es verstehen, würde es nachempfinden können. Wir sind unter dem Zwang, über irgendetwas nachzudenken, nur um die Zeit totzuschlagen . . . deshalb denken wir an Sex und Tod, an Verlust, an symbolische Gesten, verpaßte Gelegenheiten . . . an romantische Liebe in allen ihren Erscheinungsformen.

Antonia Haas befand sich auf einem zeitweiligen Rückzug aus ihrem eigenen Leben, was sie Schurow erklären oder auch nicht hätte erklären können. Schließlich würde ja immer noch das Problem bleiben, daß sie keine gemeinsame Sprache hatten. Bis jetzt hatten sie einander über die Ränder von Sherrygläsern hinweg zugelächelt und sich mittels eines der anwesenden Dolmetscher unterhalten – Sind Sie eine Lyrikerin? Nein? Sie schreiben Prosa? Ach so – Essays, Journalismus? Nein? Nicht nur? Auch Romane? Noch nicht ins Russische übersetzt?

Als sich ihr Privatleben aufzulösen begann, griff Antonia nach ihrem öffentlichen Leben. Merkwürdigerweise war es weitaus stabiler, voraussagbarer. Sie hielt Vorträge, Referate, las aus ihren Büchern. Für einen Hungerlohn hielt sie Kurse in und um New York ab: Sie reiste, als sie selbst verkleidet, umher. Noch vor einem Jahr würde sie eine Einladung, sich an einem viertägigen Symposion sowjetischer und amerikanischer »Kulturrepräsentanten« (Autoren, Kritiker, Übersetzer, Verleger, Literaturgeschichtler usw.) am Falkstone-Institut zu beteiligen, ausgeschlagen haben, aber diesmal war sie dankbar, teilnehmen zu können. Begleitet wurde die Einladung von den üblichen, verheißungsvollen Phrasen, und sie gefielen ihr gut genug, um ihnen halbwegs

Glauben zu schenken: *Einigkeit, Zusammenarbeit, Völkerver-*
ständigung, Ost und West, Freundschaft, kollegiale Sympathie,
gemeinsame Ziele, Frieden, Hoffnung für die Zukunft. Bei der
Eröffnungssitzung hatte der Vorsitzende der Sowjets in seinem
fehlerlosen aber recht spöttischen Englisch von der Notwendigkeit gesprochen, daß sowohl die Sowjets als auch die Amerikaner
»unserem gemeinsamen Feind, der uns voneinander trennen
will, widerstehen sollten«. (Wer war dieser gemeinsame Feind?
Was wollte Iljin damit andeuten? Der Protokollführer der Amerikaner, ein Harvard-Professor namens Lunt, riet seinen Landsleuten, nicht alles, was Iljin sagte, für bare Münze zu nehmen: Es
wäre nur eine Form eleganten, atmosphärischen Störgeräusches.
Aber Antonia mußte einfach glauben, daß Iljin nicht nur die
üblichen Phrasen drosch. Und nickte ihm nicht Wassili Schurow
die ganze Zeit über bestätigend zu . . .?)
Antonia war zierlich, schlank, sechsunddreißig Jahre alt. Sie
empfand sich oft als verkleidet: Sie konnte sich irgendwie mit
ihrer äußeren Erscheinung nicht verbinden (blaßgrüne, stets ein
wenig feuchte Augen, bleiche, weiße Haut, kastanienbraunes
Haar) und wunderte sich manchmal, weshalb andere nicht zu-
rückwichen, eine Täuschung vermuteten. Besonders verunsichert
war sie, wenn die Menschen ihr Komplimente wegen ihres jugendlichen Aussehens machten. Am ersten Vormittag der Falkstone-Konferenz erklärte ihr zum Beispiel eine junge Reporterin
mit einem strahlenden Lächeln, sie habe sich Antonia immer viel
älter vorgestellt – in der Tat als eine Frau in mittleren Jahren.
Und einmal, in Whits Gegenwart, sagte eine ältere Frau zu Antonia in halb vorwurfsvollem Ton, sie habe »immer« geglaubt,
Antonia Haas sei tot. Weil es schwierig war, auf so etwas zu
antworten, hatte Antonia geschwiegen, und nach und nach kam
sie in den Ruf, kalt und unnahbar zu sein.
Antonia Haas sah sich eigentlich vor allem als Romanschriftstel-
lerin. Sie hatte zwei Romane veröffentlicht und arbeitete seit
vielen Jahren an einem dritten. Ihr Thema, das auf der Hand lag,
war das Milieu des gehobenen katholischen Mittelstandes ihrer
eigenen Jugendjahre in Boston. Beide Romane hatten autobio-
grafische Züge, verarbeiteten »gesellschaftliches Material« in

breitestem Umfang und wurden von den paar Kritikern, die es der Mühe wert fanden, sie zu rezensieren, lobend erwähnt, hatten aber keinen kommerziellen Erfolg und wurden als Taschenbücher erst dann neu aufgelegt, als Antonia sich bereits einen etwas umstrittenen Ruf als Essayistin auf dem Gebiete der Literatur, der Kunst und der Kultur im allgemeinen erworben hatte. Diese Essays waren zum größten Teil verständnisvoll; auf jeden Fall aber waren sie methodisch und ein Beispiel zurückhaltender Forschung und unauffälliger Gelehrsamkeit. (In der Tat waren die Essays, wie Antonia und ihre besten Freunde genau wußten – und besonders die kritischsten und ketzerischsten –, Ersatz für den Roman, den sie irgendwie nicht schreiben konnte: Es waren kleine Gefühlsausbrüche, die eigentlich in einen Roman gehört hätten, die aber statt dessen pragmatisch an anderer Stelle verwertet wurden. So war ihr mittels eines systematischen privaten Versagens öffentlicher Erfolg zuteil geworden.)

Deshalb war es gekommen, daß Antonia dauernd auf verzerrte Bilder ihres Selbst stieß – Visionen von »Antonia Haas«, die sie als möglicherweise wirklicher, authentischer berührten als die Antonia, die sie kannte.

Obwohl sie eigentlich schüchtern war und zumindest dazu neigte, lange Pausen des Schweigens einzulegen (während die anderen nicht nur redeten, sondern plapperten, summten, brummten und vor geistreicher Konversation nur so glühten), hatte sie sich irgendwie den Ruf erworben, schrill und streitsüchtig zu sein. Sie galt als grausam, ja, sie wurde sogar deswegen respektiert. Ihren Bewunderern erschien sie brillant boshaft, ihren Gegnern einfach nur boshaft. Im Laufe der letzten zehn Jahre hatte sie längere, interpretierende Aufsätze über John Cage, Octavio Paz, Rebecca West, zum neuen deutschen Film und zu zeitgenössischen Wagner-Inszenierungen veröffentlicht, aber bekannt war sie eigentlich eher für ihre recht brutalen Analysen verschiedener prominenter Autoren (Tennessee Williams, Robert Motherwell, Tom Wolfe, Iris Murdoch). Waren ein halbes Dutzend kritischer Essays anerkennend und allgemein positiv und nur ein siebenter sarkastisch-negativ, fand nur dieser siebente Artikel Beachtung. Bekannte riefen sie an und beglückwünschten sie zu ihrer »ehrlichen« Meinung, sie erhielt Postkarten von Unbekannten, und ihr Ehemann lobte ihren »kämpferischen Mut«. (Antonia beklagte sich bei ihm, daß offenbar der herrschende Kulturbetrieb bei den Menschen deren aggressivste, streitlustigste aber am wenigsten wertvolle Seite herausfordere, aber Whit bezichtigte sie der Unaufrichtigkeit. »Im Grunde deines Herzens genießt du nämlich Wettbewerbssituationen und bist feindselig«, sagte er. »Du solltest endlich zu deinem wahren Charakter stehen. Hör auf, dir etwas vorzumachen. Hör auf, dich als *Lady* zu gebärden.«) Bedeutungen, Identitäten – sie hingen an ihr wie zu weite Kleider. In der Tat hingen zu jener Zeit alle ihre Kleider zu lose an ihr. Sie wird Schurow, sollte er sie fragen, erklären, sie sei nicht nur eine ihrem Ehemann entfremdete, sondern auch eine von ihm verlassene Frau. Konnte man es sehen? Oder war auch dies eine weitere unüberzeugende Pose?

Stimmt es, wollte ein dicklicher, freundlicher junger Russe, der sich als Juri Iljins Sekretär ausgab, von Antonia und ein paar anderen Amerikanern im Verlauf eines Cocktail-Empfanges wissen, daß in den USA jährlich 700 000 bis 1 000 000 Kinder von zu Hause weglaufen . . . ? »Uns ist so etwas rätselhaft«, sagte der junge Mann und blickte seine Zuhörer durch seine dicken Brillengläser an, »und wir würden gerne wissen, ob diese Zahlen wirklich richtig sind. *Wohin gehen alle diese Kinder?*«
Man hatte den Besuchern aus der Sowjetunion offenbar eine Anzahl recht willkürlich herausgegriffener, bruchstückhafter Informationen mitgegeben, Statistiken, die oft ungenau, ja unwahrscheinlich klangen, die aber trotzdem, soweit es die Amerikaner betraf, stimmen konnten. »Fakten« über Geschlechtskrankheiten, Kinderprostitution, Straßenraub, Vergewaltigungen, Morde, Brandstiftungen – alles. *Wohin gehen alle diese Kinder?* klang es in Antonias Kopf nach. Aber sie dachte an Erwachsene. Sie dachte an Ehen, und zwar nicht einfach nur daran, wohin diesmal ihr Mann gegangen sei, sondern wohin, ganz allgemein betrachtet, er und sie gingen und ob sie überhaupt irgendwelche Kontrolle über die Form ihrer Reisen, geschweige denn ihre theoretischen Bestimmungsorte hätten. Na-

türlich *laufen* Erwachsene nicht *weg*, sie *verlassen* einander einfach – mit oder ohne Erklärungen.

Whit hatte sie schon mehrmals verlassen und jedesmal plötzlich, im Zorn, als Folge einer Auseinandersetzung. Einmal ließ er sie einfach in einem Motel in Arizona sitzen – seinen Koffer und seine Toilettensachen und den Wagen hatte er mitgenommen. Er hatte sie auf einer Party, die zur Feier des Hochzeitstages ihrer engsten Freunde gegeben wurde, sitzen lassen, und war da nicht noch ein anderesmal gewesen? . . . ging es da nicht um einen Streit wegen eines eingesperrten Ozelots in dem alten Zoogelände im Central Park und darum, ob Antonia sich wegen des mißhandelten Tiers beschweren sollte (es winselte, es schrie »zum Gott Erbarmen«, wie sie sagte) oder ob sie, wie geplant, mittagessen sollten. Auch damals war Whit einfach weggegangen. Und hatte sich nicht nach ihr umgedreht. Und war dann zwölf Tage lang weggeblieben.

Antonia hatte während des Mittagessens mit einer Gruppe Sowjetdelegierter, unter ihnen auch Wassili Schurow, eine durchaus höflich gemeinte Frage zu ihrem ehelichen Status pariert, indem sie sagte, solche Details seien nicht relevant – man habe sich als Individuen zusammengefunden, nicht wahr, die ein gemeinsames Interesse verband? Einer der Anwesenden übersetzte es für die übrigen, die aufmerksam zuhörten, lächelten, nickten und Antonia anstarrten. Die Übersetzung berührte Antonia als weitaus länger und blumiger als ihre eigene knappe Bemerkung. Am Ende lachten die Russen und nickten zustimmend. War sie etwa, auf russisch, witzig gewesen? Schurow wagte es sogar, an ihr sein bedächtiges, stark akzentuiertes Englisch auszuprobieren. »Jawohl, so ist es, es ist gewiß so«, sagte er emphatisch, »was Sie uns erzählen«.

Wassili Schurow begann sich im Speisesaal des Instituts neben sie zu setzen und sich bei den Cocktail-Empfängen dicht neben sie zu stellen. Im Verlaufe der ausgedehnten und manchmal auch einschläfernden Sitzungen (Ansprachen, Geschwafel, »spontane« Fragen und Antworten) lächelte er ihr häufig zu, als litten beide auf etwa dieselbe Weise; sein Haar zerzaust und stachelig, von den

Kopfhörern durcheinandergebracht. Einmal, als ein beleibter, dunkler und demonstrativ leutseliger Sowjetdelegierter aus Georgien eine langatmige Anekdote über Stalin vortrug (Stalin, barsch aber gütig, der typische alte exzentrische Onkel), nahm Wassili sie mit dem Ausdruck verlegener Belustigung beiseite und schlug vor, ob sie noch vor dem Abendessen einen Spaziergang um den See machen wollten.

Antonia sagte zu. Sie war entsetzt über die von den Sowjets manifestierte Haltung Stalin gegenüber – sahen *sie* ihn wie einen barschen, gütigen, exzentrischen alten Onkel? aber hielt es für klüger, ihren Freund nicht zu fragen. Außerdem fehlten ihr dafür die Sprachkenntnisse.

Also gingen sie hinaus, schnell, und waren beide erleichtert. Das Falkstone-Institut lag in einem schönen Teil der Welt, ja, sie alle sollten sehr, sehr dankbar sein für ihren Aufenthalt hier. Halbwegs um das See-Ufer herum und während sie sich von einem grasbestandenen Hügel das glitzernde Wasser und die Feldsteinarchitektur des Instituts auf der gegenüberliegenden Seite ansahen, hatte Wassili Antonias Arm sachte und versuchsweise unter den seinen gezogen. Antonia ließ es geschehen und fand sich sehr mutig. War dies in Rußland so Sitte? – bedeutete es mehr als es andeutete – oder weniger?

»Sie sind sehr nett. Schön. Und *sehr* nett«, sagte Wassili und wählte dabei seine Worte mit großer Sorgfalt. Offensichtlich war er ziemlich erregt; Antonia bemerkte eine erfreuliche Röte an seinem Hals, die fleckig in sein Gesicht stieg.

(Während der anfänglichen Einsatzbesprechung waren Antonia und ihre Kollegen von den Sowjetexperten ausdrücklich informiert worden, daß die russische Delegation beobachtet werde. Einerlei, wie freundlich, ja sogar rebellisch sie sich gebärdeten, »sie wären an die Kandare genommen«, und sie befänden sich »unter der eisernen Faust« des furchterregenden Iljin, der wiederum abwechselnd als »Literatur-Apparatschik«, »machiavellistisch«, »ein Schlächter« und ein »gewiefter Altkommunist« bezeichnet wurde. Sie würden einander ständig genauestens beobachten, einander nachspionieren, einander denunzieren. Vor allem aber würden sie sich von Iljin und seinen Trabanten einschüchtern lassen. Jetzt aber schien es Antonia, als sei Wassili Schurow sein eigener Herr: Soweit sie es beurteilen konnte, war er seinem Vorsitzenden gegenüber nicht unterwürfiger als es die Amerikaner dem ihren gegenüber waren. Vielleicht hatte man übertrieben, es aufgebauscht, ein Melodram daraus gemacht, dachte Antonia, es war eben das typische gegenseitige Mißtrauen zwischen Ost und West, zwischen Kommunisten und Amerikanern, das längst aus der Mode gekommene Vokabular des Kalten Krieges, die nervliche Anspannung und Belastung, die gehemmte Gestik der Verbrüderung, das Ballett der Détente . . .)

Als sie mit Wassili diesen Spaziergang machte, empfand sie nichts weiter als ein Gefühl der Freiheit und Hochstimmung, als sei sie, und nur sie allein, im Begriff, eine Offenbarung zu erfahren. Gewiß, diese hatte politische Untertöne, aber vor allem war sie persönlich – unmittelbar und individuell. Sie konnte nicht anders als von seiner Gegenwart entzückt, und (vielleicht) auch von seinem Interesse ihr gegenüber geschmeichelt zu sein.

Auch hatte sie den Eindruck, als werde sein Englisch immer fließender.

Während des Frühstücks am nächsten Tage saßen sie zusammen, allein, an einem der entfernteren Tische. Antonia befragte ihn über seine Romane: Würden sie sich für eine Übersetzung ins Englische eignen? Waren sie vorwiegend politisch? Oder –? Lächelnd, stirnrunzelnd bat er sie, ihre Frage zu wiederholen.

Sie tat es, und offenbar verstand er sie. Indem er sich vorwärtslehnte, ausladend gestikulierte und sie dabei unverwandt ansah, gab er sich die größte Mühe, auf englisch zu antworten: »Meine Bücher sind politisch . . . wie alle Kunst.«

Antonia beugte sich ebenfalls vor. »Alle Kunst? Sagten Sie alle Kunst? . . . Aber alle Kunst ist nicht politisch.« Dabei sprach sie zu schnell und mußte wiederholen, was sie gesagt hatte. »Die Kunst ist ihrem Wesen nach nicht politisch.«

Wassili sah sie unverwandt an, lächelnd, nicht ganz verstehend. Aber vielleicht hatte er doch verstanden. Er rückte sich die Brille zurecht als wolle er sich auf eine Diskussion einlassen. Antonia versuchte es zu erklären, sich ausführlicher auszudrücken. »Natürlich gibt es Kunstformen, die politisch sind. Manche Autoren sind in erster Linie politische Autoren. Aber in ihrem innersten Wesen ist Kunst eben nicht politisch, sie steht über der Politik, ist ganz und gar selbstbezogen. Bestimmt verstehen Sie das. Und geben mir recht. Sicherlich geben Sie mir recht. In der Politik muß man sich zu der einen oder der anderen Seite bekennen, dabei bleibt zu viel vom Leben auf der Strecke, wird ausgeklammert, die Nuancen, Subtilitäten ... die Kunst kann sich keinem Dogma unterwerfen, sie ist stets anarchisch. Politische Menschen sind immer, wenn man sie näher kennenlernt, oberflächlich. Die meisten von uns brauchen sich nicht für die eine oder andere Seite zu entscheiden –, das wäre brutal, ungehobelt, ja nicht einmal ganz menschlich –«

Er hörte ihr mit einer schmerzlichen Intensität zu. Es würde Antonia schwer gefallen sein zu beschreiben, was es eigentlich war, das sie an ihm so überaus anziehend fand. Er war keineswegs ein ungewöhnlich gut aussehender Mann, seine Manierismen ärgerten sie manchmal, er neigte dazu, gelegentlich den Clown zu spielen, auf kindische Gesten und Ausdrücke zurückzufallen, wenn ihm etwas unverständlich war. Auch hatte sie seit einiger Zeit nicht mehr an Männer als solche gedacht, hatte aufgehört, sich selber als Frau im Sinne der Männer zu sehen, sie fand das ganze Unterfangen nutzlos, unangenehm. Gewiß, Ehebruch hatte von Zeit zu Zeit einen bestimmten Reiz gehabt, aber nur als eine Form der Rache an ihrem Mann, und in dem Maße, in dem ihre Liebe zu Whit abebbte, ebbte auch ihr Wunsch, sich an ihm zu rächen, ab. Ein Ehebruch hatte jedoch immer noch den unbestrittenen Wert, einem den Tag (oder die Nacht) zu verkürzen. Es war eine Aktivität, die genügend Gefühl, genügend fundamentales Wagnis in sich trug, um Gedanken zu absorbieren und Ängste wegen anderer Dinge zu beschwichtigen. Einige ihrer Bekannten sahen es als eine Art Berufung, andere wiederum als Hobby. Wieder andere, erfahrenere, wichen dem Ehebruch aus, und zwar nicht aus Prinzip, sondern aus Trägheit. Falls Antonia einem Mann gestattete, sie zu berühren.. . falls sie sich vorwärts beugen und seine Lippen mit den ihren streifen würde . . . oder einem Mann »erlaubte«, sie zu küssen . . . wäre sie, wenigstens ein paar Minuten lang, von dem verwirrenden Lärmen in ihrem Kopf befreit. (Whit. Whits Verbleib. Whits Pläne für die Zukunft. Ihre eigenen Pläne, die nicht nur die Zukunft betrafen, sondern auch ihre nicht ganz scharf umrissene Karriere. Und was wird aus den zwar abgegriffenen aber immer noch betörenden, jawohl, erregenden Fragen ihrer Jugend: Was ist der Sinn des Lebens? Ist Glück überhaupt möglich? Werden wir nur geboren um zu sterben? Ist die Kunst ein Mittel, Unsterblichkeit zu erlangen? – ist sie es *tatsächlich*? Gibt es, in welcher Gestalt auch immer, einen Gott? Existiert Er oder Es? Antonia wußte genau, daß die Russen, und Wassili Schurow im besonderen, über derartige Fragen nicht gespottet hätten. Sie war überzeugt, daß er die eine oder andere Antwort darauf haben würde.)

Jetzt gab er sich Mühe, ihr voller Elan zu antworten. Halb auf englisch, halb auf – war es französisch? – belehrte er sie, daß Kunst eben doch politisch sei. Dazu vollführte er ausladende Gesten, durchbohrte mit dem Zeigefinger die Luft, sprach lange und wiederholte sich dabei. »Alles. Jawohl, Antonia, Sie müssen mir zustimmen«, sagte er. Er hob ein Wasserglas hoch und schwenkte es in ihrer Richtung, als wolle er ihr zuprosten. Er nahm einen Schluck, hielt es Antonia entgegen als offeriere er es ihr – aber sie wehrte die fremdartige Geste ab, gab vor, sie nicht zu verstehen. Warum war er nur so demonstrativ, so laut? »Alles«, wiederholte er nachdrücklich, »ist politisch. Sehen Sie doch das Wasser in dem Ding, das ich hier habe. Glas, nicht wahr? Becher? Alles.«

Antonia schüttelte verärgert den Kopf, um anzudeuten, daß sie nichts verstand. Und jetzt, da einige von Wassilis Genossen herüberkamen, um sich zu ihnen an den Tisch zu setzen, jetzt, da ihr nervös flirtendes Geplänkel unterbrochen werden würde, wünschte sie sich, weit weg zu sein: Zum Beispiel bei ihren amerikanischen Kollegen.

Wassili begrüßte seine Landsleute in überschwenglichem Russisch, zog den einzigen englisch sprechenden Sowjetdelegierten auf den Stuhl neben sich, damit dieser ihm bei seinem Dialog mit Antonia behilflich sein könne. Sie blickte vom einen zum anderen, lächelte höflich und gezwungen, während Wassili sie mit einem russischen Wortschwall überschüttete und sie dabei fragend ansah.

Der Dolmetscher – im Dossier zwar als Lyriker aufgeführt, in Wirklichkeit aber ein Apparatschik, ein Literatur-Funktionär – strahlte Antonia an und dolmetschte in korrektem, aber stark akzentuiertem Englisch: »Mr. Schurow möchte wissen – Sie glauben nicht, daß Kunst politisch ist? Aber sie ist immer politisch. Sie will das menschliche Bewußtsein verändern, und das ist ein politischer Akt. Er sagt, auch ein bloßes Wasserglas ist Gegenstand der Politik. Er sagt – aber sehen Sie, Miss Haas, und viele von uns haben gestern abend auch davon gesprochen, vielleicht haben Sie Ihre Tageszeitung nicht gelesen? – nein? – jedenfalls bezieht er sich auf einen Bericht über die Giftstoffe, die in die Bergseen dieser Region hineingeleitet wurden, saurer Regen wird es genannt. Und die Kanadier, Ihre nördlichen Nachbarn, haben dagegen protestiert. Ja? Es ist Ihnen bekannt? Offenbar ist im Laufe des Winters Regen und Schneeregen von irgendwo her in die Berge getrieben worden, aus dem Westen, wo sich Kohle- und Ölverbrennungsanlagen befinden, und Stickstoff und Schwefeloxide haben sich im Schnee konzentriert, der nun, im Frühjahr, schmilzt – so wiederholt es Wassili –, und nun sind die Seen vergiftet, und die Fische, vor allem die Forellen, sind zu Tausenden gestorben. Und so –«

Hier unterbrach ihn Wassili erregt und beobachtete dabei Antonias Gesichtsausdruck. Sein Kollege dolmetschte dann wie folgt: »Er möchte Ihnen an einem so schönen Tag wie diesem hier nicht die Laune verderben. Wir sind heute ja alle so glücklich, und er bittet Sie um Verzeihung. Alles, was er sagen wollte, ist, daß es Ihnen vielleicht nicht bewußt ist, wie der simple Akt des Trinkens eines Glases Wasser mit Politik und Geschichte in Verbindung gebracht werden kann, wenn man bedenkt, in welchem Kontext man ihn ausführt und welches die betreffende Wasserqualität ist. Wenn Sie natürlich einfach nur ignorant sind und nicht wissen oder nicht wissen wollen, werden Sie sich als über die Politik ›erhaben‹ und von ihr ›unberührt‹ empfinden.« Der Dolmetscher hielt inne, lächelte Antonia noch wärmer an und sagte: »Sie müssen Wassili in der Tat verzeihen, denn nun macht er sich

Sorgen darüber, ob er Sie womöglich gekränkt haben könnte, und dabei ist es nur sein Temperament, Miss Haas – er nimmt kein Blatt vor den Mund und sagt immer, was er denkt, dafür ist er leider auch bei uns zu Hause bekannt.«

Antonia saß da wie betäubt und blickte in Wassilis bekümmertes Gesicht. Sie hätte nicht sagen können, warum sie so überrascht, so merkwürdig demoralisiert war. Hatte Wassili tatsächlich das alles gesagt? – Wassili, der ihr so kindhaft, so sehr wie ein tapsiger junger Hund vorgekommen war? Sie erkannte, daß sie ihn unterschätzt, daß sie sich ihm gegenüber herablassend benommen hatte und nun nicht mehr wußte, ob sie sich über Wassili oder über ihre eigene Unwissenheit, ihre Fehleinschätzung ärgern sollte.

Ein langer, sehr langer Tag voll von Ansprachen. »Lassen Sie mich bitte das Wort an Sie richten«, und dann: »Ich werde mich kurz fassen«. Dies von einem Redakteur der Sowjetzeitschrift *Das Universum* (hatte man diesen Titel richtig übersetzt? – fragte sich Antonia), und dann sprach er eine geschlagene Stunde lang. Darauf folgte eine hitzige, ja sogar ungehobelte Debatte. Einige der Sowjetdelegierten waren plötzlich nicht mehr so charmant, so galant, so ehrerbietig ihren amerikanischen Gastgebern gegenüber. Ihre Fragen waren rhetorisch und machten den Eindruck, vorher abgesprochen zu sein. Weshalb wußten die Bürger der Vereinigten Staaten so wenig über Sowjetliteratur? – warum gibt es in Ihrem Lande soviel rassistischen und pornografischen Lesestoff zu kaufen? –, warum gestatten Sie einen »freien Markt« für die Verbreitung von solchem Schund? Warum sind die einzigen, an den Universitäten gelesenen russischen Autoren gerade diejenigen, die ihr Heimatland verraten haben und sich brüsten »Dissidenten« zu sein?

Und natürlich mußten daraufhin die amerikanischen Delegierten, unter ihnen auch Antonia, eine zwar voraussagbare aber doch vorher nicht geprobte Linie vertreten: Die Erste Zusatzbestimmung zur Verfassung . . . die traditionelle Pressefreiheit . . . Menschenrechte . . . Demokratie . . . Mißtrauen gegenüber jeglicher Form von Zensur . . . und so weiter. (Obwohl die amerikanischen Antworten nicht vorbereitet waren, klangen sie doch in Antonias Ohren ein wenig gekünstelt. Auf einmal befanden sie und ihre Mitdelegierten sich inmitten einer Hochschuldebatte: Und sie hatten die handlichen alten Klischees und Platitüden vergessen.) Was jedoch die Dissidenten betraf – es schien, als hätten ihre Schriften einen gewissen Reiz, gleichgültig, ob literarisch oder persönlich, den das Werk der Mehrzahl der Sowjetautoren leider nicht besaß. Amerikanische Verleger, Privatunternehmer, veröffentlichten, was sie wollten. Diese letzte Erklärung erregte den Ärger von Juri Iljin, der in seinem kalten, fehlerfreien Englisch entgegnete, daß in seinen Augen das Problem der Dissidenten überhaupt kein literarisches oder gar humanistisches sei: Es betreffe vielmehr offenkundig illegale Aktivitäten innerhalb der Sowjetunion und das Recht eines souveränen Staates, mit Kriminellen nach Gutdünken zu verfahren. »Ich hatte mir vorgestellt, ihr Amerikaner seid an den legitimen Autoren der Sowjetunion interessiert«, sagte er, und sein Blick richtete sich nacheinander auf jeden in der Tischrunde und ließ keinen aus, »denn warum sonst würde das Falkstone-Institut eine Einladung, die Staaten zu besuchen, ausgerechnet an unsere Gruppe gerichtet haben? – warum denn nicht eure so hoch gepriesenen Dissidenten hier versammeln, damit sie euch ihre Unwahrheiten und Verleumdungen vortragen können?«

Es war ein peinlicher, wahrhaft unangenehmer Moment. Antonia, die sich gewappnet hatte, um Iljins Blick zu begegnen, sah, wie Wassili gebückt dasaß, ohne Brille, und kurzsichtig auf seine gefalteten Hände starrte. Mit seinem stacheligen, verwuschelten Haar sah er aus wie ein Mann, der im Schlaf gestört worden war. Sein blasser Mund zitterte, tiefe Furchen standen auf seiner Stirn. Antonia schien es, als wolle er jeden Augenblick seinem Vorsitzenden ins Wort fallen. War er denn nicht auch einmal so etwas wie ein Dissident gewesen? Jedenfalls hatte es mit den Mächtigen der Partei Auseinandersetzungen gegeben. (Der Schriftführer aus Harvard hatte nicht viel über Wassili Schurow herausfinden können, er war einer der »mysteriösen« Mitglieder der Sowjetdelegation und im Westen so gut wie unbekannt.) Der »große« Majakowski wurde häufig zitiert, das Konzept des

»sozialistischen Realismus« des längeren und breiteren diskutiert. Marxistische Metaphysik wurde von einem jüngeren Moskauer Schriftsteller, Erster Sekretär seines Schriftstellerverbandes und offenbar einer der aufgehenden Sterne am kommunistischen Schriftstellerhimmel, flott präsentiert: ... *zuerst haben wir die Materie und später kommt der Geist und danach die »Vergeistigung« (leider gibt es kein Wort für dieses Konzept in der russischen Sprache), welche die Aktivität hochorganisierter Materie ist:* Antonia wollte sich Notizen machen, aber lohnte es sich denn? *Die Aktivität hochorganisierter Materie:* Was um Himmels willen bedeutete das? Sie befürchtete, und das nicht zum erstenmal, der Simultandolmetscher habe die Ausführungen des Russen durcheinandergebracht.

Und so weiter, und so fort. Maxim Gorki, »Vater der Sowjetliteratur«. Lenin, der »eindeutig erklärt« habe, daß die Funktion des gedruckten Wortes organisatorisch sei. Jack London ... Theodore Dreiser ... Stephen Crane ... Steinbeck ... (in seiner frühen und »kraftvollsten« Schaffenszeit). Dostojewski würde, so erwies es sich, seit kurzem »neu beurteilt«. Als Wassili sprach, klang er weniger phrasenhaft als am Vortage und machte einige interessante (obwohl, dachte Antonia, eher selbstverständliche) Bemerkungen über »Ihre großen amerikanischen Dichter Walt Whitman und William Carlos Williams«. Antonia sprach dann zwanzig Minuten lang über den Roman der »Postmoderne« und seine Ich-Zentriertheit, seine Tendenz zum Lyrizismus und zur Dichtung und seine Abkehr von der Welt der Statistiken, der objektiven geschichtlichen oder politischen Welt ... Dabei spielte sie, nervös unter den Blicken der fasziniert lauschenden Sowjetdelegierten, mit der Kappe ihres Kugelschreibers. (Grübelten sie etwa, Dr. Johnson folgend, daß der bloße Anblick einer in der Öffentlichkeit sprechenden Frau außergewöhnlich sei, wie der eines auf den Hinterbeinen spazierenden Hundes? Oder war es das Schicksal von Antonia Haas, einfach nur die attraktivste Frau der Konferenz zu sein?) Nachdem sie ihre Ausführungen beendet hatte, kamen ein paar Fragen auf, aber nicht, wie sie befürchtet hatte, aggressive, sondern eher höflich formulierte: Waren derartige Romane nicht zur »Dekadenz« verurteilt, blieben sie nicht von den »Massen« ungelesen, waren sie nicht bald vergessen...? Antonia fand sich zur Verteidigung einer Form von Literatur gedrängt, für die sie selber im Grunde nicht sehr viel übrig hatte und die sie nicht praktizierte, denn ihre eigene Art zu schreiben war fest an Ort und Zeit gebunden – an das Boston ihrer Kindheit und – distanzierter betrachtet – an das Amerika ihrer Eltern. Aber die Sowjets, die ja keinen ihrer Romane gelesen hatten, konnten das nicht wissen, noch würde es sie wahrscheinlich besonders interessiert haben. Nachdem sie ihr Referat beendet hatte, kam es Antonia in den Sinn, daß sie ja überhaupt keine Ahnung besaß, wie ihre Worte übersetzt wurden. Sie wußte nicht im geringsten, was die sie so intensiv anstarrenden Sowjetgentlemen glaubten, aus Antonias Munde gehört zu haben. Antonia warf Wassili einen Blick zu, wollte ergründen, was er dachte, weshalb er sie so lange nicht angesehen hatte. Sie fragte sich, was dieser Mann hatte erleiden müssen ... war er streng bestraft worden, hatte man ihn eingeschüchtert, genötigt, wenigstens nach außen hin sich gezähmt und konform zu geben? Man hatte den amerikanischen Teilnehmern ans Herz gelegt, bestimmte Dinge den Sowjets gegenüber nicht zur Sprache zu bringen, auch nicht privat: Unter keinen Umständen sollten sie Fragen über bestimmte, von Sowjetbürgern verfaßte aber nur im Ausland veröffentlichte Bücher stellen, noch sollten sie sich nach Dissidenten erkundigen, deren Arbeiten sie vielleicht kannten. Arbeitslager, Gefängnisse, Nervenheilanstalten – sprecht nicht darüber, rührt an keine Wunden, erweckt keinen Antagonismus. Antonia hatte gelesen, daß während des Stalin-Regimes mehrere hundert Dichter, Dramatiker und Prosa-Autoren von der Geheimpolizei zusammen mit weiteren Millionen sogenannter Staatsfeinde liquidiert worden waren. In den sechziger Jahren hatte es den vielbeachteten Fall des Autors Josif Brodski gegeben, dem man den Prozeß machte, weil er angeblich ein »Faulenzer« und ein »Parasit« ohne gesellschaftlich nützliche Funktion sei und der dann ursprünglich zu fünf Jahren Zwangsarbeit im Norden des Landes verurteilt worden war. Später folgte der Prozeß gegen Sinjawski und Julii Daniel, die es gewagt hatten, »künstlerische Freiheit« zu fordern und das Recht geltend zu machen, der Phantasie freien Lauf zu lassen, gleichgültig, wo diese uns hinführe ... Die beiden wurden dann für mehrere Jahre in ein »Besserungslager« mit strikter Disziplin verbannt. Auch hatte es den Fall eines jungen Mannes namens Galanskow gegeben, Herausgeber einer Moskauer Literaturzeitschrift mit »experimenteller Tendenz«. Zuerst wurde er in eine psychiatrische Klinik gesteckt und dann kam er in ein Konzentrationslager, wo man ihn umkommen ließ. Sollte sie Wassili über diese Männer befragen oder sollte sie lieber den Mund halten? Vielleicht hätte er sich sehr gerne mit ihr gerade darüber unterhalten ... denn es bestand ja eine große Wahrscheinlichkeit, daß er und Galanskow einander gut gekannt hatten. Als Antonia sich überlegte, wie wenig sie und ihre amerikanischen Kollegen riskierten, wenn sie veröffentlichten, was sie wollten, überkam sie ein Schuldgefühl. Aber auch sie beklagten sich bitter, auch sie glaubten, ihnen würde unrecht getan ...

Auf einmal bekam Antonia Kopfschmerzen.

Der Vorsitzende der amerikanischen Delegation sprach gerade ausladend (Gott, wie ausladend) über die »humanistische Tradition des Westens«. Juri Iljin konterte mit Bemerkungen über die »humanistische Tradition« in *seinem* Lande.

Antonia, die nur selten Kopfschmerzen hatte, bekam plötzlich eine Art Migräneanfall. Wahrscheinlich hatte es etwas mit den Kopfhörern zu tun ... mit der Belastung, erst einem russisch gesprochenen Text zuzuhören und dann sofort eine englische Fassung zu bekommen. Der Dolmetscher war so schnell, daß er manchmal zu sprechen anfing, ehe der Russe seinen Satz beendet hatte. Die Folge war, daß beide Texte, russisch und englisch, sich für ein paar verwirrende Augenblicke überlagerten.

Iljin sollte bezüglich dessen, was er eine »sehr fruchtbare« Vormittagsdiskussion nannte, das letzte Wort haben. *Verbrüderung, universelles gegenseitiges Verstehen, Hoffnung auf Weltfrieden* – diese Schlagworte kamen ihm über die schmalen, lächelnden Lippen wie Giftgasschwaden. Antonia blickte den Mann mit Ehrfurcht an. Es war wohl ihr geschwächter Zustand – jedenfalls spürte sie das Charisma des Tyrannen, des Mörders. Wenn er Feinde ins Straflager schicken konnte, konnte er nicht auch

Freunde, Anhänger erheben? Aber gewiß doch. Glaube ist alles. Iljin sei Antisemit, wurde behauptet. Ein Neostalinist. Besonders verachtete er die Briten, weil er viele Jahre, in London, unter ihnen gelebt hatte, aber vor allem verachtete er die Chinesen – *sie* hatte er viele Male besucht. Und jetzt verachtete er, nach seinem zeremoniellen Spott zu urteilen, offenbar auch die Amerikaner. Den meisten Mitgliedern seiner eigenen Delegation gegenüber zeigte er eine Art gemäßigter Toleranz, sie stammten zweifellos aus einer sozialen Schicht, die unter der seinen lag, Wassili und Boris und Witali und ein jüngerer Juri mit buschigen Brauen . . .

Iljins Ausführungen wurden zum Zweck der Wiederverwertung auf Tonband aufgenommen. Er sprach gelassen, umständlich, in fast perfektem Englisch, er drückte den »innigen Wunsch« aus, daß die Vereinigten Staaten sehr bald zu der »erleuchteten Erkenntnis« gelangen würden, daß völlige Freiheit, sowohl der Künste als auch innerhalb anderer Lebensgebiete, ein unwissender, man möchte fast sagen, primitiver Zustand sei. »Unsere großen Nationen streben doch danach, auf die Ebene des zivilisierten Menschen zu gelangen, nicht wahr? – und um das zu erreichen«, sagte Iljin und lächelte die Tischrunde an, »– muß man das Barbarische überwinden.«

In ihrem Zimmer im dritten Stock sprach Antonia viel zu schnell mit Wassili. »Ich bin hier nicht im richtigen Element. Ich gehöre hier nicht hin, ich bin eine Autorin, keine Diplomatin – noch bin ich eine ausgefuchste Heuchlerin. Mir fehlt einfach die Ausdauer, ich habe nicht die Nerven für so etwas –«

Wassili war, wie jeder Freier, mit Geschenken gekommen: Eine Flasche Wodka, eine Schachtel Konfekt mit einem Bild des Urals (rosa, grau, blaßblau) auf dem Deckel, ein Exemplar seines Romans. Und nun stand er da, verwirrt und verständnislos. »Sie sind böse? Sie wollen doch nicht etwa – abreisen?« fragte er.

Antonia erklärte, daß sie gekommen sei, um über Literatur und nicht über Politik zu reden. Jetzt sei ihr klar geworden, daß Iljin zu Hause in Moskau ein Skriptum vorbereitet habe; seine Absicht war, die Amerikaner an der Nase herumzuführen, sie zum

Narren zu halten, sie einzuschüchtern und zu verunsichern – eine erprobte kommunistische Strategie, aber sollte er sich denn nicht genieren, sie auch unter seinen Freunden anzuwenden? »Ist denn das Ziel dieser Konferenz nicht Freundschaft?« fragte Antonia zornig. »Weshalb sind wir sonst hier?«

Wassili ergriff ihre Hände und sah die durchdringend an.

»Also bleiben Sie –?«

Dann küßte er ihre Hände überschwenglich. Antonia starrte auf seinen Kopf, auf den schütteren Wirbel und spürte so etwas wie eine Woge in sich aufsteigen . . . ein Gefühl von Liebe, von starker Zuneigung, von reiner, ungetrübter Emotion. Er war so romantisch, so leidenschaftlich, hatte so wenig Angst davor, sich lächerlich zu machen oder gar abgewiesen zu werden – ein Anachronismus in ihrer eigenen Welt und deshalb doppelt kostbar. Sie verstand nichts von dem, was er sagte – er sprach erregt und auf russisch –, aber seine ernsten, recht verzweifelten Augen konnten nicht mißverstanden werden. Antonia empfand so etwas wie ein angenehmes Schwindelgefühl, als stünde sie sehr hoch oben und könne jeden Augenblick abstürzen.

Impulsiv, und ohne sich dabei etwas zu denken, streckte sie die Arme aus und zog seinen Kopf an ihre Brust. Wärme, Zärtlichkeit, Verlangen überfluteten sie, sie spürte, wie der Mann plötzlich zitterte: Zu ihrer Überraschung schien er zu weinen. » . . . so lieb, so gütig und gut«, murmelte Antonia, als wolle sie ihn trösten und wußte dabei kaum, was sie sagte, » . . . ich liebe Sie, ich wünschte, ich könnte Sie hier behalten, ich wünschte, ich könnte Ihnen helfen . . . Sie retten . . . Ich wünschte, wir beide könnten einfach fortgehen und uns irgendwo verstecken . . . Ich wünschte, es gebe nur uns beide . . . nie bin ich einem Mann begegnet, der so gütig, so zärtlich war . . .«. Wassili hielt sie fest umklammert, vielleicht aus Verzweiflung. Sie konnte seinen heißen Atem spüren, es schien, als wolle er sich tief eingraben, sein Gesicht in ihr verstecken. »Ich weiß, daß Sie leiden mußten«, sagte Antonia leise und strich ihm über das Haar und über den warmen Nacken, » . . . ich weiß, Ihr Leben war schwer . . . Ich wünschte, ich könnte Ihnen helfen . . . ich wünschte, Sie könnten hier bei mir bleiben . . .«.

Sie würden sich lieben, dachte Antonia triumphierend. Ihr eigener Atem ging schnell, warm, flach. Könnte ja sein, daß sie mit ihm zusammen nach Moskau gehen würde. Vielleicht ein Kind bekommen, es war ja nicht zu spät, sie war erst sechsunddreißig, *war* es zu spät? Sie streichelte Wassilis Nacken und Schultern, umarmte ihn ungeschickt (Antonia hatte das Gleichgewicht verloren, weil sie standen – es war keine Stellung, die einer von ihnen freiwillig gewählt hätte), sie spürte, wie ihr die Tränen in die Augen stiegen, sie war drauf und dran, in hemmungsloses Schluchzen auszubrechen. Liebe. Ein Geliebter. Ein Kommunist als Geliebter. Ein revolutionärer Theologiestudent. Es würde ihren Mann verletzen, ihn demoralisieren. Er würde ihr Leichtsinn vorwerfen. *Ihn* abgelehnt zu haben. Wie hatte sie sich so täuschen lassen können – sie könne doch unmöglich diesen Mann lieben, sie kannte ihn ja kaum. Sie konnte ihn unmöglich lieben, weil sie ja niemanden zu lieben vermochte . . .

Antonias geflüsterte Worte waren wirr, halb geschluchzt. Sie sagte, alle seien sie heimwehkrank – Amerikaner und Sowjets, alle beide – sie waren ja alle so einsam, so sehr einsam . . .

Wassili richtete sich auf, um sie zu küssen, und genau in diesem Augenblick schrillte das Telefon; der Moment war vorüber. Wie ein ertapptes Kind tat er einen Satz zurück – auch sie trat einen Schritt weg von ihm, denn der Apparat läutete nahe bei ihnen, laut und höhnisch. Wer konnte das wohl sein? – wer wußte von ihnen? – dachte Antonia und war nun ganz und gar verwirrt.

Zerzaust, mit gerötetem Gesicht, wich Wassili zur Tür zurück, Entschuldigungen oder Worte der Liebe murmelnd, die Antonia nicht begriff.

Zum Glück oder zu ihrem Unglück waren beide niemals wieder allein miteinander.

Am folgenden Morgen, vor der für neun Uhr anberaumten Sitzung und beseelt von Abenteuerlust, gingen sie zu dritt auf eine Bootsfahrt: Wassili, ein Dolmetscher und Antonia. Der Wind war frisch, Antonia bereute es, ihren warmen Pullover und ihren Schal nicht mitgenommen zu haben. Aber war es nicht bereits Juni? nicht fast Sommer? – und wurde sie nicht angebetet? Sie hatte die Nacht wie im Delirium verbracht, war immer wieder aufgewacht und hatte an *ihn* gedacht. Als sie ihn dann am Morgen zu Gesicht bekam, folgerte sie, er habe in Gedanken an *sie* eine ähnliche Nacht durchlebt. Aber selbst vor dem Mißgeschick (war es das wirklich, oder die Folge ihrer beider Dummheit?) hatte sie bereits die russische Überschwenglichkeit ihres Kavaliers als ein wenig störend empfunden. Sein weißes Hemd stand offen und zeigte graumeliertes, gekräuseltes Brusthaar. Er starrte sie zu ernsthaft, zu offen mit einem liebevollen Lächeln an, das gleichzeitig besorgt und besitzergreifend war. Jeder, der sie beobachtete, hätte erkennen müssen, daß Wassili sich in sie verliebt hatte. Der Dolmetscher (Erster Sekretär des Leningrader Schriftstellerverbandes, leutselig, grinsend, dunkel) lachte und schüttelte den Kopf, und wies sogar mit einem warnenden Finger auf Wassili, wenn er sich weigerte, *alles*, was dieser sagte, wortwörtlich zu übersetzen.

Antonia war die Königin, die Angebetete, sie saß im Bug des Bootes. Der Dolmetscher saß hinten. Wassili legte sich mit ausladenden Gesten in die Ruder, spritzend und lachend. In der Tat gab es viel Gelächter, eine gespannte Art von Fröhlichkeit lag in der Luft, ein Gefühl von Wagnis, ja von etwas Ungesetzlichem, denn Antonia erinnerte sich, daß am Schwarzen Brett in der Halle des Institutes eine Bekanntmachung hing, in der von »unautorisierten« Bootsfahrten auf dem See die Rede gewesen war. Auf einmal kam in ihr die Furcht auf, sie könnten sich für die Sitzung verspäten: Wie einst in der Schule hatte sie Angst bekommen . . . würde man ihr und ihren Begleitern wegen ihres kleinen Abenteuers den Kopf waschen?

»Wir sollten jetzt lieber in Richtung Ufer rudern«, sagte Antonia mehrere Male und strich sich das Haar aus den Augen. Ihre Worte galten Wassili, der sie verstanden haben mußte, der aber trotzdem mit ausladenden, unkoordinierten Schlägen weiterruderte, ihre Knöchel und Beine naßspritzte und sie unentwegt anlächelte. »Bitte sagen Sie es ihm«, bedeutete sie dem Dolmetscher. »Er soll wenden. Es ist höchste Zeit.«

Der Dolmetscher redete ernsthaft auf Wassili ein, der jedoch nur die Schultern hob und in einen russischen Wortschwall ausbrach.

Dieser wurde, ein wenig entschuldigend, für Antonia übersetzt
– »Wassili meint, wir liefen alle weg – flüchteten in die Berge
– in die Wälder. Er möchte Ihnen sagen, daß er Sie sehr gern
hat, vielleicht sind Sie sich dessen bewußt, es ist kein Geheimnis, bisher ist er nur bis Nordafrika gekommen, Nordamerika
ist neu für ihn und es ist alles herrlich und er ist ganz trunken
vor Liebe ... er will nicht, daß die Tage enden.« Dann lehnte
sich der Dolmetscher beherzt nach vorne und sagte in vertrau-
lichem Ton: »Wassili ist bekannt für seinen ausgesprochenen
Humor, müssen Sie wissen. Mit dem Wegrennen in die Berge,
das war ein Scherz. Vielleicht haben Sie begriffen, wie man
Wassili nehmen muß. Es ist ein Scherz – neckisch. Sehr zum
lachen.«
Dann aber merkte Antonia, daß ihre Füße und Knöchel naß waren, weil das Boot leck war.
Alarm, erschrockenes Gelächter, viel Aufregung seitens Wassilis
– aber keine echte Panik, denn wie können drei Erwachsene in so
großer Nähe zum Ufer und in voller Sicht des Institutes ertrinken? Das Wasser war jedoch eiskalt, und ihr Boot war wirklich
leck geworden. Vor lauter Frustration und Scham schluchzte Antonia fast. Wie grotesk war ihre Situation! – sie war überzeugt,
daß alle Konferenzteilnehmer sie durch das große Panoramafen-
ster des Speisesaals beobachteten.
Obwohl Wassili nun kraftvoll ruderte, schafften sie es nicht ganz
bis zum Landesteg. Sie mußten das sinkende Boot verlassen und
durch etwa einen Meter tiefes Wasser waten, nicht ganz drei
Meter zum Ufer hin. »Ich werde Sie retten – keine Gefahr – ich
werde retten –«, rief Wassili und seine Zähne klapperten vor
Kälte. Er wollte das Ganze als Scherz abtun, aber er war sichtlich
bekümmert. Der Dolmetscher fluchte auf russisch, sein Blick war
hart und böse geworden, sein Gesicht dunkelrot.
Wassili half Antonia ans Ufer und bestand darauf, sein Hemd
auszuziehen und es ihr über die Schultern zu legen. Mehrere
seiner Kollegen kamen ans Ufer, um ihm beizustehen. Pullover
wurden angeboten, ein Jackett, ja sogar eine Wolldecke. Aber die
drei Ausreißer erklärten lachend, daß nichts weiter passiert sei –
und daß sie sich nur umziehen müßten.

Antonia, aufs äußerste verlegen, bemerkte einen Fotografen auf der Veranda des Hauptgebäudes und sah, wie er seine Kamera auf sie alle gerichtet hatte. Ob er Amerikaner oder Russe war, konnte sie nicht erkennen: Jedenfalls machte sie sich verärgert von Wassili los. »Ich bin *wirklich* in Ordnung – kein Grund zur Aufregung.«

Um halb drei Uhr nachmittags, als die Schlußsitzung stattfand, war auch Antonias Romanze mit Wassili Schurow vorüber. Der offizielle Abschluß der Konferenz war eine merkwürdige Mischung von Anspannung und Langeweile. Alte Streitpunkte, alte Ressentiments kamen wieder an die Oberfläche ... Ein Mitglied der Sowjetdelegation bestand darauf, auf ein Statement des Vortages zu antworten, das sich auf die freie Meinungsäußerung und die Gebote des literarischen Marktes bezogen hatte: Dreißig leidenschaftserfüllte Minuten ließ er eine Tirade los (»Man könnte ja auch Menschenfleisch verpacken und zum Verkauf anbieten, und zweifellos würden sich auch kaufwillige Konsumenten einfinden, vorausgesetzt, man verfolgt eine Verkaufsstrategie, eine Ideologie, derzufolge alles käuflich ist, alles feilgeboten werden kann, man ist ja überzeugt, daß es in einer ›Demokratie‹ wichtig ist zu wissen, was die Menschen wollen, warum also *nicht* Menschenfleisch verpacken und verkaufen, was sollte uns davon abhalten ...«). Ein anderer, den man als Gelehrten und Professor an der Moskauer Universität vorgestellt hatte, sprach mit dramatischer Betonung über »rassistische« Propaganda in der amerikanischen Presse, die überall, in jeder Gesellschaftsschicht, stattfinde. Im Verlauf eines früheren Besuches der Staaten habe er gegen die farbige Bevölkerung gerichtete Propaganda ausfindig gemacht, die offen publiziert und von führenden Kapitalisten finanziert würde. Und wie stehe es um das erstaunliche Beispiel, als vor gar nicht so langer Zeit viele Menschen amerikanische Nazis verteidigt hätten und diese eine durchaus wohlwollende Presse hatten (» . . . Sie haben keinen Krieg mitgemacht, es ist Ihre als Naivität maskierte Unwissenheit, Sie wissen nicht, was die Russen wissen, die Opfer des wahnsinnigen Hitler waren! . . . als jede Familie, jawohl, keine war ausgenommen, Opfer zu beklagen hatte! . . . und wir

vergessen nicht so rasch, wie es offenbar Amerikaner können.«)
Als nächstes folgte eine hitzige, kurze Debatte über das Problem
der Dissidentenautoren, der Sowjets-im-Exil. Aus amerikanischer Sicht waren diese vorrangig Schriftsteller, aus sowjetischer
jedoch überhaupt keine Autoren, sondern Staatsfeinde, die sich
nur des gedruckten Wortes als eines Werkzeuges »bedienten«.
Iljin erhob sich majestätisch und übertrumpfte sie alle. Er sprach
vom sowjetischen Zorn darüber, daß sich der amerikanische Präsident stets mit sogenannten Sowjetexperten, Kremlastrologen
umgebe, die in Wahrheit nichts als Sowjetfeinde seien, und der
Anmaßung, die darin liege, daß führende amerikanische Universitäten – in der Tat alle amerikanischen Colleges und Universitäten – vorgäben, die Sowjetliteratur lasse sich von Leuten wie
Solschenizyn und Brodski repräsentieren, die ihr Vaterland verraten hatten und ausgebürgert worden waren oder von Nabokov,
der Amerikaner war (»Jawohl, er ist Amerikaner, ein Staatsbürger, amerikanisch bis auf die Knochen in seiner Marktgeilheit«).
Genauso empörend sei die Tatsache, daß jetzt amerikanische
Sympathien für den nicht ganz zurechnungsfähigen Sokolow
aufkämen und den verbrecherischen Sinjawski und andere, deren
Arbeiten wertlos seien . . . reinster Schund. Es kann keine echte
Verbrüderung zwischen den Sowjetbürgern und den Amerikanern geben, zeterte Iljin, sonst würden derartige Beleidigungen
nicht toleriert werden. »Die, welche Sie Dissidenten nennen, sind
Verbrecher, nichts weiter. Ganz gewöhnliche Verbrecher. Weshalb kümmern sich die Vereinigten Staaten um derartige Dinge,
wo man doch bei ihnen mit Verbrechern wahrlich kurzen Prozeß
macht, vorausgesetzt, sie haben die entsprechende Hautfarbe und
Klassenzugehörigkeit? Es geht Sie nichts an, wie wir unser Land
regieren«, sagte Iljin gelassen. Antonia bemerkte, daß alle Sowjets schweigend da hockten, mit gesenktem Blick. Wassili hatte
die Brille abgenommen und saß nach vorne gebeugt. Ausdruckslos starrte er auf seine gefalteten Hände. Gleich wird er protestie-
ren, dachte Antonia, gleich wird er aufstehen und seine Stimme
erheben: Armer Wassili! Selbst als der hoffnungsvolle Gedanke
sie durchfuhr, wußte sie, daß er nicht aufstehen, nicht sprechen,
sondern stumm wie alle anderen sitzen bleiben würde.

»Fragen der Menschenrechte«, fuhr Iljin fort, »sind und bleiben Probleme souveräner Staaten; Außenstehende sollten sich da nicht einmischen. Man dürfte annehmen, daß die Amerikaner, die ja so stolz auf ihre Freiheiten sind, vernünftig genug sein würden, anderen Staaten die ihren zu gestatten. Warum bilden Sie sich ein«, sagte er und sah mit dem Ausdruck aristokratischer Verachtung und die Stimme souverän modulierend, um Ungläubigkeit zu suggerieren, die in Wahrheit reiner Spott war, in die Runde, » – warum bilden Sie sich ein, Ihre Auffassung von Menschenrechten und Freiheit stimme mit der unsrigen überein? Warum wünschen Sie dies überhaupt . . .? Die tragischen Verkennungen selbst der intelligentesten Amerikaner überraschen immer wieder von neuem.«
Und Wassili und die anderen blieben stumm, die Augen niedergeschlagen. Aber sie selber, entsann sich Antonia später, hatte es auch getan.

Als sie ihre Sachen packte, läutete das Telefon. Als sie den Hörer abnahm, konnte sie Whits Stimme hören – offenbar stritt er sich mit der Dame vom Amt, in der Verbindung summte und krachte es –, und sehr ruhig, sehr behutsam legte Antonia den Hörer wieder auf. Als ein paar Sekunden später der Apparat wieder läutete, ließ Antonia ihn läuten. Dies schien ihr irgendwie die einfachste Lösung zu sein – die feige, die diplomatische Lösung.

Trotz der dunklen Brille blendete sie das Sonnenlicht. Die Kopfschmerzen hatten sich wieder eingestellt. Nichtsdestoweniger gelang es Antonia, sich von jedem einzeln zu verabschieden. Sie wollte unbedingt herzlich, freundschaftlich und zuvorkommend sein und schüttelte sogar Juri Iljin die Hand, der versprochen hatte, daß ihre Bücher von nun an »bereitwillige Übersetzer« in seinem Lande finden würden: Dafür werde er Sorge tragen. Bücher wurden ausgetauscht, obwohl nur wenig Wahrscheinlichkeit bestand, daß sie auch gelesen würden, Flaschen mit Kognak sowie buntbedruckte Bonbonnieren verteilt. Für die verschiedenen, an der Konferenz beteiligten Amerikanerinnen gab es handgeschnitzte Broschen aus Walroßzähnen. (Antonia, die ihr Geschenk betrachtete und sich lächelnd dafür bedankte, glaubte, sich verhört zu haben – Walroßzähne? Die Brosche, obwohl groß, hatte in ihrer Hand kaum Gewicht und hätte ebenso gut aus weißem Plastik gefertigt sein können.)

Die Limousinen standen bereit. Ein kleines Kontingent sollte die Sowjetdelegation nach New York bringen; zwei Flughafenlimousinen würden Antonia und ihre Begleiter zum Flughafen befördern, aber es war unvermeidlich, daß sich jeder von jedem noch einmal verabschiedete, daß man versprach, in Verbindung zu bleiben, sich zu besuchen, zu übersetzen . . . Wassili stand nahebei und lächelte Antonia zu, nur diesmal nicht mit jenem inständigen und hoffnungsvollen Blick: Sein Ausdruck war resigniert und ein wenig bitter. Er wußte, wie sie ihn und die anderen beurteilte. Bestimmt wußte er es. Er war ja kein Narr, möglicherweise war er nicht einmal jene liebenswerte, wohlmeinende, romantische Figur, als die er Antonia erschienen war, sondern ein ganz und gar anderer Mensch, ein sowjetischer Schriftsteller, dem es nicht nur gelungen war zu überleben, sondern der auch die Vereinigten Staaten besuchen durfte. Antonia lächelte ihm zu, wie sie auch den anderen zulächelte. Obwohl sie sehr wohl wußte, daß es ihr nicht zustand, Wassili Schurow für ihre eigene Enttäuschung verantwortlich zu machen – obwohl sie in der Tat sehr gut wußte, daß ihr kaum das Recht zustand, überhaupt über irgendjemand im Osten wie im Westen ein Urteil zu fällen –, spürte sie, wie sich Zorn in ihr aufstaute, wie er durch ihren Körper pulsierte, wie er grausam hinter ihren Augen hämmerte.

Wassili drückte ihr fest die Hand, küßte sie, beugte sich nach vorn. »Sie werden uns bald besuchen?« fragte er. »Meine Regierung wird Sie einladen, für eine Woche, einen Monat, ja?«

»Vielleicht«, antwortete Antonia und wich seinem Blick aus. Sie lächelte ihr strahlendes amerikanisches Lächeln, aber ihre Mundwinkel waren bereits ein wenig lahm.

»Einen Monat, zwei Monate? – wenn es warm ist? Als Gast meiner Regierung?« wiederholte Wassili. Dabei hielt er immer noch ihre Hand fest, aber sie entzog sie ihm diskret.

Schon glitten die Dinge ins Episodenhafte ab und nahmen anekdotische Perspektiven an. Wassili Schurow, sowjetischer Romancier, wohnhaft in Moskau, 1939 geboren, hatte sie in ihrem Hotelzimmer im Falkstone-Institut besucht, sie dort umarmt, sein Gesicht gegen das ihre gedrückt und ihr höchstwahrscheinlich eine Liebeserklärung gemacht. Antonia hatte, so war es doch? sofort eine außerordentliche Zuneigung verspürt . . . eine Zuneigung, von der sie nicht geglaubt hatte, sie jemals wieder empfinden zu können. Und dann . . . Wassili hatte wieder ihre Hand ergriffen und zwar ziemlich fest. Es war klar, daß er Antonia küssen wollte – aber natürlich wagte er es nicht. Statt dessen verlegte er sich ungeschickt auf das Thema ihres Rußlandaufenthaltes – würde sie Lesungen geben, würde sie ihre Schriftstellerkollegen kennenlernen wollen – ja? würde sie einwilligen? Sie erkannte, daß Wassili ihre Verachtung lieber als weibliche Zurückhaltung auslegen wollte, sie begriff, daß er ihre Hand erst dann freigeben würde, wenn sie ihm die erwartete Antwort gegeben hatte und daß seine Begleiter es mitbekommen würden. Also lächelte sie, lächelte strahlend und murmelte jenes hilfreiche Wort: »*Da*.«

Warszawa 1980

Im Zimmer Nr. 371 des Hotels Europejski in Warschau stellt ein
Page in enganliegender Livree auf englisch eine Frage an Carl
Walser. Aber sie wird in einem Englisch formuliert, das weder
Carl noch Judith verstehen können – wie Polnisch gleitet und
zischt es, stürzt und schnellt vorwärts, kommt abrupt zu Ende.
Judith, verwirrt, ein wenig verärgert, denkt, will er ein höheres
Trinkgeld haben? (denn sie hat in diese belagerte Stadt undeutli-
che aber hartnäckige Vorstellungen über »das Volk« und seine
Integrität mitgebracht), oder bietet er ihnen womöglich einen
Dienst zweifelhafter Art an –? sofort fallen ihr zwei, drei unangenehme Möglichkeiten ein.
Der Hotelpage ist natürlich kein Boy mehr, er ist etwa um die
dreißig, und lächelt auf jene gekünstelte, verkrampfte Art, als
gelte sein Lächeln Narren oder Kindern, wobei sich seine tabak-
fleckigen Finger ungeduldig und wie im Gebet bewegen . . .
Während er Carl gegenüber seine Frage wiederholt – nur Carl
gegenüber, Judith ignoriert er –, kann sie nicht umhin, seine
bemerkenswert ölige Haut, seine verfärbten und schief stehenden
Zähne, seine leicht schielenden Augen zu bemerken. (In diesem
Teil Europas sind ihr immer die Zähne aufgefallen: will sagen in
Osteuropa. Sie befürchtet, daß ihre Vorliebe für die Beobachtung
von Details, ihre Schwäche, daß Einzelheiten ihr gewissermaßen
ins Gesicht springen, sehr bald ein Fluch werden könne und jedenfalls zu einem Symptom ihrer vom Westen geprägten Gei-
steshaltung – einer Art Hyperästhetik der Seele.)
»Ja? Was? Ich kann Sie nicht ganz –« sagt Carl und hält die Hand

hinters Ohr. Seine Hochstimmung, einfach nur hier zu sein, in Polen, in Warschau, in diesem »repräsentativen« Hotel, in genau diesem Zimmer, ist durch die Hartnäckigkeit des Hotelpagen erschüttert worden.

Judith sieht, wie sein Unterkiefer zittert.

»Bitte wiederholen Sie es doch ein wenig langsamer –«

»Dollar«, sagt der Page, grinst und blickt nun nervös von Carl zu Judith, als sollte sie ihm zuhilfe kommen. Das Wort hat er zwar seltsam ausgesprochen, aber Judith kann es ohne weiteres erkennen. »Dollar – Złoty – Wechsel – Geld wechseln?« In seiner ausgewachsenen Livree – kurzes grünes Affenjäckchen, roter Kragen und rote Ärmelaufschläge, kleine, angelaufene Messingknöpfe – wirkt er gleichzeitig komisch und unheimlich.

Endlich hat Carl begriffen. Sofort antwortet er. »Nein danke. Danke, aber *nein*. Und bitte verlassen Sie das Zimmer.«

Seine plötzliche Vehemenz überrascht Judith, aber der Page, schwitzend und lächelnd, scheint offenbar nicht begriffen zu haben. »Dollar, Złoty?« wiederholt er und gestikuliert nun mit allen Fingern. »Bitte Geld wechseln?«

»Nein, danke«, sagt Carl, »und würden Sie nun –«

Der Page zieht sich zurück, grinsend und zuckend. Sein Blick ist nun hoffnungslos unscharf geworden. Wenn Judith nur wüßte, welches seiner Augen sie fixieren könne, würde sie dem armen Mann so etwas wie ein höfliches Bedauern signalisieren, ein mitfühlendes Mißfallen, irgendetwas, was der Situation entspräche, aber der Wortwechsel war zu rasch vonstatten gegangen. Und außerdem ist sie von der moralischen Entrüstung ihres Freundes ein wenig eingeschüchtert worden.

Der Vorfall mit dem »*agent provocateur*«, wie sie es später nennen werden, führt sofort zu ihrem ersten ernsten Streit, seit sie New York verlassen haben. »Warum warst du so grob?« hört Judith sich sagen und ist dabei so verwirrt, daß sie ihren Koffer nicht auspacken kann. »Weshalb hast du ihn so behandelt? Kannst du dir nicht vorstellen, wie arm, wie verzweifelt er war, wie wir in seinen Augen erscheinen müssen?« So stürzen die Worte hervor, selbstgerecht, bebend, obwohl Judith fest entschlossen war, sich auf dieser Reise nicht zu streiten, obwohl sie sich fest vorgenommen hatte, ihr Verhalten auf dieser Reise müsse in Carl Walsers Gegenwart genau ihre Gefühle für ihn widerspiegeln.

Inzwischen hängt Carl methodisch seine Sachen in den Schrank. Ohne sich nach ihr umzudrehen sagt er, sie verhalte sich töricht und sentimental – habe man sie denn nicht ein dutzendmal davor gewarnt, sich vor Geldwechselangeboten zu hüten, daß es *agents provocateurs* seien, die ihre Verhaftung bewirken könnten? »Du glaubst doch nicht etwa, daß dieser arme dumme Mann so etwas wie ein Polizeispitzel war, oder?« sagt Judith ungläubig. »Das ist doch lächerlich.« Carl antwortet nicht. (Der offizielle Kurs ist 33 Złoty für einen Dollar; auf dem Schwarzmarkt jedoch ist der Wechselkurs 150 Złoty. Und der der D-Mark ist noch höher.) »Das glaubst du doch nicht *wirklich*, du bist einfach grausam«, sagt Judith.

Während Carl seine kleine Reiseschreibmaschine auf den Schreibtisch stellt, sagt er in dem Ton, von dem er weiß, daß er Judith Horne wütend machen wird: »Kann ich, kannst *du* denn überhaupt sicher sein, daß nicht jeder, den wir auf dieser Reise treffen, ein Polizeispitzel ist?«

Judith Horne, beeindruckend, beneidenswert, oft photographiert: Heute trägt sie einen Overall aus schwarzem Wildleder mit unzähligen Reißverschlüssen, schräg über jeder Brust, auf den Oberschenkeln, über jedem Knie – der eine horizontal, der andere vertikal. Dazu Stiefel aus Glacéleder, Glacélederhandschuhe. (Im Mai ist es in Warschau noch kalt.) Sie fällt auf, sie ist aggressivlässig. Die Polen werden nicht wissen, was sie von ihr halten sollen. Gewiß: Eine Frau – aber eine *weibliche* Frau? Dazu trägt sie Schmuck – drei Ringe an der rechten Hand, zwei an der linken, und mehrere Halsketten – aus schönem, düsterschwerem Silber, das teuer aussieht und teuer ist. Ihre grauen Augen stehen weit auseinander in einem starken (vielleicht ein wenig slawischen?) Gesicht, ihr Mund, wenn er ruht, zittert manchmal. Aber das ist bestimmt irreführend, denn Judith Horne blüht auf, wenn sie kämpfen kann, ihr Beruf als Autorin ist fast ausschließlich kämpferisch, analytisch, streng und von unzweifelhafter Unsentimentalität. Jedenfalls will es ihr Ruf so haben.

Olivfarbener Teint, noch ohne erkennbare Runzeln, ohne Makeup; ausgeprägte Backenknochen, ein starkes, kantiges Kinn, dunkelbraunes, etwas drahtiges Haar, das sie für ihre Europareise in einem Zopf trägt, der ihr zwischen den mageren Schulterblättern hängt – eine Frisur, die im Westen als durchaus elegant gelten mag, die aber in den Augen der Osteuropäer (Judith weiß, daß es da Verwirrung geben kann) nun, sagen wir, als *bäuerlich* empfunden werden könnte. Sie hat lange, schlanke, ruhelose Finger, ihre Gesten sind abrupt. In der Öffentlichkeit spricht sie mit glockenreiner, furchtloser Stimme. Ihre Intelligenz ist scharf, spröde und wird selten angezweifelt, es sei denn von Personen – sie sind fast stets männlich –, die sie zutiefst um ihren Ruf beneiden. (Judith Horne ist eindeutig das prominenteste Mitglied der amerikanischen Delegation dieser ersten Internationalen Konferenz über amerikanische Kultur. Obwohl nur wenige ihre Essays ins Polnische übersetzt worden sind und keines ihre Bücher in Polen zu haben ist, sind die polnischen Intellektuellen durchaus mit ihrem Werk vertraut oder wenigstens mit dessen vorherrschender Thematik.) Sie ist eine erfolgreiche Amerikanerin – einfacher ausgedrückt: Eine *Amerikanerin*. Mit ihrem Paß kann sie überall hinreisen. Ihre Neugier, ihre unverblümten Fragen, ihre Skepsis – sie werden niemals bei den Behörden Antoß erregen. Es ist ernüchternd, wenn man bedenkt, daß Judith Horne und Carl Walser und Robert Sargent und die übrigen Amerikaner »von literarischer Prominenz«, die zu der Konferenz nach Warschau gekommen sind, *niemals* bei den Behörden Anstoß erregen werden . . . wegen irgendetwas, was sie sagen oder schreiben könnten. Ihre Mißachtung der eigenen Regierung könnte getrost in riesigen Lettern Schlagzeilen machen oder in Stein gemeißelt sein – trotzdem würde man sie niemals verhaften, geschweige denn einsperren oder hinrichten oder auch nur einem Verhör unterziehen. Deshalb erscheinen sie ehrfurchtgebietend in ihrer Dreistigkeit, ihrer unheimlichen Unverwundbarkeit, wie mythische Kreaturen, Halbgötter oder halbbeseelte Golemfiguren. Nie ist es ganz eindeutig, wie sie zu interpretieren sind, aber es besteht immer die Möglichkeit, daß sie einem helfen könnten.

Um Judith Horne gibt es zwei Rätsel, die aber nichts miteinander zu tun haben. Das erste ist kein ganz echtes Rätsel: Ist sie tatsächlich im klassischen Wortsinn weiblich? Der schwarze Overall, gepanzert mit seinen Reißverschlüssen, die teuren aber ungeputzten Stiefel, der kantig-kämpferische Unterkiefer und der Mund, der sich eher zu einem Lächeln spannt als sich lockert . . . Und ihr berühmter starker Wille . . . Andererseits gibt es den Journalisten Carl Walser, mit dem sie offenbar zusammen reist. Sicherlich haben die beiden ein Verhältnis, wahrscheinlich sind sie nicht miteinander verheiratet. Was aber ist die genaue Beschaffenheit ihrer Liebe? – Ein triviales Rätsel, das nichtsdestoweniger zu geflüsterten Spekulationen Anlaß gibt. Auch in Osteuropa gibt es immer noch so etwas wie ein Privatleben.

Ds zweite Rätsel: Ihre Herkunft.

Horne ist ein englischer Name, ein Nichts von einem Namen. Aber Judith. *Judith.* Biblisch, semitisch . . .

Und man beachte das dunkle, leicht krause Haar der Frau und ihre dunklen, unsteten Augen, die empfindliche Phantasie. Und auch ihre amerikanische, von New York geprägte Berühmtheit. (Ihre polnischen Gastgeber haben all das überinterpretiert, aber was macht das schon?) Alles zusammen deutet auf – die biblische Judith, die hebräische Judith.

(Judith beabsichtigt, ihre Herkunft für sich zu behalten. In diesem Teil der Welt empfindet sie es als nichts weiter als diskret. Sie sieht keinen Grund dafür, warum sie ihre Gastgeber mit solchen langweiligen, möglicherweise auch allzu vertrauten Details belasten sollte – wieder so eine Amerikanerin mit polnisch-jüdischen Verwandten, polnisch-jüdischen Opfern, die endlich einmal Polen besucht. Und außerdem fühlt sich Judith nur bedingt jüdisch. Gewiß, es gibt da etwas jüdisches »Blut«, aber das ist auch alles, entfernte Verwandte, Tanten und Onkel, Cousins und Cousinen, die in einem Dorf in der Nähe von Warschau lebten und verschleppt wurden (jawohl, alle sind verschleppt worden), um in Oświęcim, also in Auschwitz, zu sterben. Aber Judith bringt dieses Thema nicht gern zur Sprache. Judith wird dieses Thema nicht zur Sprache bringen.)

In einer Höhe von dreiunddreißigtausend Fuß über der Erde, auf östlichem Kurs der Sonne entgegen, hatte Judith fasziniert auf jene Wolkentundra gestarrt, über welche die Maschine mit solcher Leichtigkeit zu fliegen schien. Im Transit, in Bewegung. Amerika hinter sich, Polen vor sich, eine fiktive Art der Ausgewogenheit, denkt Judith. Amerika ist ein mächtiger Kontinent, eine komplette Welt, und Polen ist nur so groß wie Neu-Mexiko.

Neben ihr sitzt Carl, hält seine kleine Reiseschreibmaschine bequem auf den Knien und tippt Eindrücke, Ideen, Aufhänger. Er wird einen Bericht schreiben – möglich, daß er bereits damit begonnen hat – über das »Klima« Polens. Hinterher wird er zwei Wochen in der Bundesrepublik bleiben und dort die Menschen interviewen. Wie denkt der Bundesbürger über die Stationierung amerikanischer GIs – was meint er zu den neuesten Festnahmen von Rauschgifthändlern, was war seine Reaktion auf den jüngsten Skandal, an dem so viele GIs beteiligt waren: Heroin, Haschisch, Kokain, Marihuana, die den Deutschen verkauft wurden – darunter vielen, die noch zur Schule gingen? Das wird eine herausfordernde Story. Sie wird Fragen, Dementis, Ausbrüche bewirken. Deshalb arbeitet Carl ruhig weiter und beachtet die außergewöhnliche Wolkenlandschaft unter dem breiten Flügel nicht. Er hat das alles schon gesehen.

Judith will ihn aber auch nicht ärgern, indem sie ihn darauf aufmerksam macht. Schließlich sind sie nicht in den Flitterwochen: sie müssen nicht unbedingt jeden Eindruck miteinander teilen. *The Awkward Age* liegt offen aber ungelesen auf Judiths Schoß. Eine Tragödie im Ton und Tempo einer Komödie, oder war es eine Komödie mit den Prätentionen einer Tragödie . . . Da Judith ihre Lektüre sehr ernst nimmt, hat es einen Grund, daß sie Henry James liest angesichts des kommunistischen Polens, aber im Augenblick ist sie zu abgelenkt, um sich an ihre Motive zu erinnern. Dreiunddreißigtausend Fuß über der Erde ist es manchmal schwierig, sich überhaupt irgendwelcher einstiger Absichten, an irgendein vergangenes Selbst zu erinnern.

Meinst du, du solltest es riskieren? hatte Carl ein paar Wochen vorher gefragt. Ich meine, nach Warschau zu reisen. Ausgerechnet Warschau.

Judith war gekränkt. Du kennst mich *noch* nicht sehr gut, nicht wahr, hatte sie mit ruhiger Stimme geantwortet.

Als ob sie jüdisch sei, – eine Jüdin! – *sie*, Judith Horne.

Sie gibt sich Mühe, nicht an jenes jüdische »Blut« (was immer »Blut« sein mag) zu denken; sie gibt sich Mühe, nicht über Carl Walser zu grübeln, den sie mit einem unberechenbaren Gefühl liebt. Vielleicht ist es demütigend, erniedrigend, ja sogar vergeblich, vielleicht ist es erregend; auf jeden Fall scheint es notwendig. Carl Walser, der an erster Stelle ihr Freund und erst an zweiter ihr Geliebter ist, Carl Walser, ganz gewiß nicht »ihr« Ehemann . . . Sie streitet sich mit ihm wegen der Problematik des Jüdischseins, des Blutes, der Abstammung, der Schuld. Schließlich und endlich ist sie unmittelbarer, *wesentlicher*, englischer Abstammung, denn die Hornes kommen aus Manchester, ihr Vater und ihre Mutter heirateten jung, all das fand vor sehr langer Zeit statt, vor 1935. Sie heirateten in New York. Sie hat dort Zeit ihres Lebens gewohnt, sie ist nicht religiös, gewiß beherbergt sie keine Ressentiments wegen der Vergangenheit . . . Streiten wir uns, könnte Carl fragen. Und Judith hört sich antworten: Natürlich nicht, nein. Es gibt überhaupt nichts, worüber wir uns streiten könnten.

Auf dem Flug nach Polen konnte Judith noch Stunden nach dem Abflug keinen Schlaf finden, es war, als ob sie nie zuvor geflogen sei. Sie, und nur sie allein (so stellte sie es sich vor) war Zeugin jenes Sonnenaufganges um zwei Uhr morgens mit seinen Lichtwundern. Carl schlief fest neben ihr und war auch durch Schütteln nicht wach zu bekommen.

Im einen Augenblick war da nur das Dunkel – jene »Schwärze, die zehnfach schwarz ist« – und dann, im nächsten Moment, erschien das Licht. Die Sonne ging nicht auf, sie erschien einfach, *Und es ward Licht*. Rosige Bronze verfärbte den mächtigen Flügel der Maschine . . . der Wolkenozean bekam allmählich Konturen. Die Dunkelheit löste sich auf, sie rasten ostwärts, stürzten durch die Zeit. Es ist eine einzigartige Erfahrung, ganz gleich, wie oft man sie erlebt . . . Judith starrte auf die lunare Landschaft, die Bäche und Rinnen, die Schluchten und Abgründe und spürte sowohl Begeisterung (denn es *war* Sonnenaufgang, dies *war* Schönheit) als auch eine merkwürdige, unpersönliche Furcht. Was bedeuteten menschliche Ansprüche schließlich in solcher Höhe – was bedeuteten »Zeit« und »Geschichte«? Die Winzigkeit der Person, Dunstwölkchen, unsicher in menschlichen Schädeln eingeschlossen –? In einer Höhe von dreiunddreißigtausend Fuß war es möglich, Vermutungen anzustellen, daß weder »Judith Horne« noch »Carl Walser« existierten, und daß »menschliche Liebe« der reinste Dunst sei, das illusorischste aller Wolkengebilde.

Judiths sporadische Lektüre philosophischer Werke und Bücher über fernöstliche Religion gestatteten ihr das Wissen um den Trost eines wahrhaft unmenschlichen Universums. Aber sie empfand keinen Trost, nur eine eisige Einsamkeit. Während ihr Freund neben ihr schlief, sein Atem arhythmisch und feucht, eine seiner starken Hände gegen ihren Schenkel gelegt. Andere Passagiere, im Schlaf gestört, mußte die Morgendämmerung verärgert haben – sie zogen ihre undurchsichtigen Rollos herunter. Von allen Tröstungen, dachte Judith, ist das Herunterziehen von Rollos die pragmatischste.

Qualm, Rauchschwaden, stickige, rauchgeschwängerte Luft: Zwischen den Fingern eines jeden Polen die glimmende Zigarette: Versammlungsräume, Restaurants, selbst auf der Straße. Ein Rauchnebel, der Judiths Augen beizt, ihre Kleider imprägniert, sich in ihrem Haar festsetzt, ja selbst ihre Haut verräuchert. Sogar Carl, selber ein Raucher, findet es ärgerlich. »Keine Belüftung, das ist das Problem«, sagt er, »natürlich können sie sich solchen Luxus nicht leisten . . .«. Schichten aus Rauchwolken auch in dem schäbigen Coffee-Shop des Hotels Europejski, treibende Qualmstreifen beim Mittagessen, das der Polnische Schriftstellerverband zusammen mit der *Literatura na Świecie* veranstaltet haben. Und genauso war es auch beim Botschaftsempfang, gesteckt voll mit Cocktailgästen. Zehn Uhr vormittags, Zigaretten und Rauchkringel, Wodka in zylindrischen Gläsern, das polierte Holz der Konferenztische, Tee à la Russe; Ein Glas im silbernen Halter, Zitronenachtel, und stets, im Hintergrund

und auf Zehenspitzen, alte Polinnen mit Tabletts . . . Tabletts
. . . unterwürfig und unauffällig gemeint, in Wirklichkeit aber
außerordentlich auffällig . . . weil sie mit ihren geflüsterten Angeboten von Tee und Sahne und Zucker, Wodka, Kognak und
warmem Mineralwasser die Unterhaltung unentwegt unterbra-
chen; sie nahmen Aschenbecher weg, um sie zu leeren, brachten
sie zurück, waren im Wege, waren irgendwie mütterlich, waren
immer zugegen. Und zwischen den Fingern eines jeden Polen
eine glimmende Zigarette.

» Was meinen Sie?« will Judith von Robert Sargent, einem amerikanischen Dichter, wissen, der zu der Konferenz gekommen ist.
Sie kennen sich oberflächlich, aber schon seit langem, er ist lieb
und konservativ und gilt als apolitisch (die einzige andere Konferenz, zu der man ihn je eingeladen hätte, behauptet er, sei ein
»Festival der Künste« gewesen, das die Schwester des Schah von
Persien vor einigen Jahren organisiert hatte – Robert nahm die
Einladung unverzüglich an; ohne irgendwelche Fragen zu stellen,
beteiligte er sich an dem Festival, ohne genau mitzubekommen,
welches Meinungsklima im damaligen Iran überhaupt herrschte
und reiste dann auch beneidenswert unschuldig wieder ab); »Was
halten Sie von dieser ewigen Qualmerei, diesem ewigen Alkohol?« fragt Judith.

Robert denkt nach, zieht die Stirn in Falten. Hinter den Gläsern
seiner Brille sind seine Augen blaßblau, kindlich, schuljungen-
haft. Sein Gesicht ist nachdenklich, wählerisch. Dann sagt er,
und seufzt dabei, daß er sich seit dem Abflug vom Kennedy-
Flughafen in einem seltsamen Geisteszustand befinde und selbst
nicht genau sagen kann, *was* er überhaupt von was hält. Er hat
Angst vorm Fliegen, sagt er, er nimmt vor jedem Flug jedesmal
drei oder vier Valiumtabletten und in der Maschine dann sofort
einen Drink – oder, nun ja, mehrere, und danach gleite er in ein
zwar holpriges aber ununterbrochenes Vergessen. Die Zeitum-
stellung habe ihm zu schaffen gemacht, er befinde sich gleichzeitig in einer unpassenden Hochstimmung und kämpfe andererseits mit Übelkeit, er sei sowohl high als auch erschöpft. Nein,
sagt er schließlich, der Qualm sei ihm in Warschau noch nicht
aufgefallen, weil frische Luft, wenn sie zugig sei, seine Nase reize

und er dann dauernd niesen müsse. »Irgendwie bin ich hier in meinem Element«, sagt er. »Dieses bezaubernde Hotel, wie aus einem alten Film – und dann die geheime Cocktailbar im Untergeschoß – kennen Carl und Sie sie denn noch nicht? – sie wird natürlich nicht besonders annonciert – und die Zuckerbäckerarchitektur, die abgerissenen Menschen auf der Straße, die langen Käuferschlangen – offenbar hat die Zeit seit den fünfziger Jahren stillgestanden oder besser: Seit 1944. Jedenfalls empfinde ich es als anziehend.«

»Dann halten Sie also den Qualm nicht für eine politische Geste?« fragt Judith, die sich über Roberts träumerische Gelassenheit ärgert.

»Eine politische Geste . . .« wiederholt Robert und zwinkert mit den Augen, als habe er niemals von so etwas gehört. Dabei entströmt ihm ein angenehmer Duft nach Alkohol und Talcumpuder. Die winzigen weißen Falten um die Augen verraten sein Alter – achtundvierzig, fünfzig –, aber beeinträchtigen nicht sein verzücktes Jungengesicht. Er wiederholt es und kostet die Worte aus: »Eine *politische* Geste . . .«

Von Judith behaupten ihre strengen Kritiker, sie habe keine Ahnung, wie sie auf andere wirke, daß sie intellektuelle Ansichten bis zur Grenze des Absurden verfolge, ohne zu wissen – oder sich darüber Gedanken zu machen –, was sie tue. In Wirklichkeit aber hat Judith sich seit langem entschieden, unbarmherzig dem gegenüber zu sein, was man ihr geselliges, ihr »weibliches« Ich nennen könnte. Deshalb will sie sich auch nicht von Roberts angeblicher Naivität in die Irre führen lassen.

»Jawohl«, sagt sie, »politisch. Dieses zwanghafte Rauchen und Trinken. In der Sowjetunion soll es noch schlimmer sein. Hier ist es Rauchen und Trinken und Religion. Ist es Ihnen nicht aufgefallen, Robert, daß alle unsere Gastgeber *katholisch* sind?«

»Alle katholisch?«

»Katholisch.«

»Ach ja, *römisch*-katholisch«, sagt Robert. »Die Religion. Stimmt – sehr anziehend – kurios – auch ich habe hin und wieder mit dem Gedanken gespielt.«

Judith wedelt eine Rauchwolke weg. Ihre Kehle zieht sich vor

Ärger zusammen. Dann sagt sie voller Leidenschaft: »Der Warschauer Rauchnebel ist nicht minder politisch als der Rauchnebel ihrer Religion. Dies ist ein *tragisches* Volk.«

»Tatsächlich?« fragt Robert überrascht.

Vor Wochen hatte Carl in Judiths Apartment auf der Eleventh Street beim Kaffeetrinken, ihrer beider Gefühlsleben wie immer verheddert und verknotet um sie herum, gesagt: »Glaubst du wirklich, du solltest es riskieren, Judith?«

»Was riskieren?« hatte Judith gereizt gefragt. »Bitte sprich nicht in Rätseln.«

»Die Polenreise«, hatte er ihr geantwortet. »Die zehn Tage in Warschau.«

Dabei war sein Tonfall untypisch beiläufig, sein Verhalten untypisch ritterlich gewesen. Judith stellte fest, daß der normale ironische Ton ihres Freundes ausgeklammert war, was wiederum signalisierte, daß er ihr gegenüber umsichtig sein wollte. Er war *nett*.

»Na und?« sagte sie. »Worum geht's denn? Willst du lieber alleine reisen?«

»Das habe ich nicht gemeint, Judith.«

»Was meinst du also?«

Carl war ein ehemaliger Beamter im Außenministerium – er war ausgeschieden zur Zeit des Vietnam-Krieges und weil das Außenministerium ihn nach Reykjavík versetzen wollte –, der sehr viel über internationale Politik wußte. Er hatte eine Art, die manchmal charmant, manchmal aber auch das Gegenteil sein konnte, anzudeuten, daß er noch sehr viel mehr wisse. Deshalb war an jenem Abend sein Vorwand, ein wenig verwundert zu sein, um so verdächtiger. »Was ich damit *meine* . . .? Oder was ich *gesagt* habe . . .«

Regen trommelte an Judiths Fenster. *Ihr* Fenster, *ihr* Apartment – sie hatten probeweise verschiedentlich zusammengewohnt, aber immer war es gescheitert; Judith schien es fertigzubringen, ihre private Zuflucht einer Zweiergemeinschaft zu opfern, aber Carl, der zu lange alleine gelebt hatte und dem die Einsamkeit teuer war, gelang dieses Opfer nicht. Obwohl er beteuerte, daß er sie liebe – sie *wahrhaft* liebe. Und immer war es Carl, der es noch einmal versuchen wollte.

Glaubst du, du solltest es riskieren, fragt er beiläufig. Als ob er von Judith überhaupt keine Ahnung habe.

Weil sie stumm bleibt, spricht er weiter, argumentierend, gelassen, besonnen. »Es stimmt doch, daß Umstände dich hin und wieder verunsichert haben. Und diese Warschauer Konferenz – Polen – deine Familie –«

»Du willst mich provozieren«, sagt Judith vorsichtig.

»Ich will dich vorbereiten. Uns vorbereiten.«

Sie weigert sich, ihn anzusehen. In solchen Augenblicken ist ihre Liebe zu ihm – zu seiner unbarmherzigen Autorität – so heftig, daß sie glaubt, die leiseste Berührung seiner Hand könne sie wütende Tränen kosten. Sie rückt von ihm ab, starr hält sie den Kopf hoch. Ein anmutiger Schwanenhals – so hatte ein Reporter es einmal formuliert – offenbar ohne Ironie. Nötigt sie Carl Walser mit ihrer Schönheit? Oder ist ihre Schönheit ganz und gar fiktiv? (Judith weiß sehr wohl, daß Liebende einander unbeabsichtigt und schamlos schmeicheln. Aber wenn die Liebe zurückgenommen wird, wird die Schmeichelei ebenfalls zurückgenommen: Du bist *in Wahrheit* gar nicht so einmalig. So schön, so anmutig, so klug. Und du wirst *wirklich* nicht ewig leben.)

». . . hat eine tragische Vergangenheit, ich glaube, darüber sind wir uns einig«, fährt Carl vernünftig fort. »Ich war mehrere Male in Warschau – ein düsterer Ort. Offenbar wird dort sehr bald etwas passieren; was immer es sein mag, es wird nicht angenehm, es wird nicht *polnisch* sein, wie sie es sich vielleicht wünschen. Und außerdem hängt der Aufstand über ihnen. Sie können nicht vergessen. Dazu sind die Wunden noch zu frisch. Es ist alles sehr wirklich für sie – sie hassen und fürchten die Deutschen. Hört man ihnen zu, könnte man meinen, der Antisemitismus sei einzig und allein eine deutsche und eine russische Erfindung. Es sei denn, man kennt sich in polnischer Geschichte aus.«

»Ich glaube, du übertreibst meine Schwächen«, sagt Judith.

»Eine schwache Frau würde ich dich nicht nennen«, sagt Carl.

»Dann also meine Empfindlichkeit. Meine ›Femininität‹.«

»Osteuropa ist für jeden eine nervliche Herausforderung«, erläutert ihr Carl. »Je sensitiver man ist, desto größer die Herausforderung. Außerdem –«

Judith muß ihn unterbrechen. »Ich möchte dir nur sagen, Carl, daß es im Jahre 1946 im Dorf meiner Familie in der Nähe von Warschau ein Pogrom gegeben hat.«

Carl nippt an seinem Kaffee und zuckt zusammen.

»1946«, wiederholt Judith.

Carl stellt die Tasse hin, zieht die Luft durch die Zähne, als sei dies von ihm erwartet. »*1946*? Um Himmelswillen, warum denn?«

»Nicht warum – wir wissen, warum«, sagt Judith. Sie zittert vor Würde, vor Beherrschung. »Wir wissen immer, warum. Es geht hier nicht um das *Warum*, es geht um das *Wie*.«

Judith, bereits verspätet auf ihrem Weg zu einer Konferenz des Polnischen Schriftstellerverbandes, geht schnellen Schrittes auf eine Glastür, eine Flügeltür, zu. Sie hastet vorwärts, in ihrem eleganten Overall, Ketten um den Hals, die Augen auf den Bürgersteig gerichtet, in ihrem Kopf Gedankensplitter. Und polnische Wörter. Polnische Silben. Diese schwindelerregende Kaskade polnischer *Klänge* – ein Gebirgsbach, der sich bricht und über ihrem Kopf zusammenschlägt, funkelnd, verführerisch und ganz und gar unverständlich. Obwohl einer ihrer polnischen Begleiter geduldig versucht hat, ihr ein paar Brocken beizubringen, ist sie offenbar nicht imstande, die Vokabeln von einem Tag zum anderen im Kopf zu behalten. Für einen Menschen, der so intensiv in und mit der Sprache lebt, der sie mit einer solchen Leichtigkeit beherrscht, ist es zermürbend, sich in einem Lande aufzuhalten, dessen Sprache einem so ganz fremd ist. Kein Wort, kein Satz ist vertraut. Selbst Gesten – überschwenglich, stilisiert – verwirren sie. Wäre sie in Frankreich oder Italien oder Spanien – wäre sie in Deutschland –, würde sie sich sofort heimisch fühlen.

Sie geht den schmutzigen Gehsteig entlang, die lederne Schultertasche schwingt an ihrer Seite. Es ist ein kühler Vormittag: Naßkalt, melancholisch. Allmählich hat man sich daran gewöhnt, daß sie unpünktlich ist – bei Konferenzen, Mittagessen, Abendveranstaltungen. Weshalb das so ist, vermag sie nicht zu erklären. Anderswo ist Judith Horne ein Muster an Pünktlichkeit. Aber es gibt so *viele* Konferenzen und Mittagessen und Abendveranstaltungen . . . Es scheint, sie ist immer in Eile, immer im Begriff, sich zu verspäten. Beim Frottieren ihrer langen, dichten Haare im Hotelzimmer, in dem düsteren Bad, beim hastigen Anziehen, während Carl wartet und mit den übergroßen Zimmerschlüsseln rasselt. »Sie werden es mißdeuten«, sagt er, »und dich für respektlos halten. Warum kannst du denn nicht rechtzeitig fertig werden?«

Judith kann es nicht erklären. Sie weiß nicht, weshalb sie hier, an diesem speziellen Ort, so anders ist, wo sie doch seit ihrem zwanzigsten Lebensjahr überall hin gereist ist – wo sie doch damit geprahlt hat, sich am wohlsten zu fühlen, wenn sie unterwegs ist. Sie weiß nicht, weshalb sie hier so nervös ist, so erfüllt von traurigen Gedanken. Die Architektur (die sie interessieren sollte) deprimiert sie; die verrauchte Luft (an die sie sich inzwischen gewöhnt haben sollte) verursacht ihr Brechreiz; der Dunst von gebratenen Zwiebeln, der ewige Anblick aufgereihter Pepsi-Cola-Flaschen auf den Bankett-Tischen, als seien sie erlesene französische Weine, die halb furchtsamen, halb dreisten Anspielungen auf die Sowjetunion (»Das Licht geht nicht immer im Osten auf!« – das ist der gewagteste Spruch, den sie aus dem Munde eines Polen vernommen hat), das schäbige Hotelzimmer in dem schäbigen Hotel, ja, der bloße Anblick des verhangenen Himmels . . . Judith kann Carl nicht erklären, daß sie sich unwirklich vorkommt – wie eine Fiktion, eine Hochstaplerin; die so viele fremde Hände schüttelt, verbindlich lächelt und wieder angelächelt wird. Sie fühlt sich schwach. Sie fühlt sich endlich jüdisch. Und weiblich – in der allerschlimmsten Bedeutung des Wortes. Eine Jüdin, eine Frau, ein Opfer – kann es sein?

»Robert kommt meist noch später«, erwidert sie mißmutig, als verpetze sie einen Bruder, der von den Eltern bevorzugt wird.

»Und dann diese Frau vom Außenministerium –«

»Du meinst Marianne Beecher? Ich glaube übrigens nicht, daß es das Außenministerium ist. Irgendeine pädagogische Stiftung –«

»Sie kommt regelmäßig zu spät. Und dann bittet sie immer so hübsch um *Verzeihung*.«

»Judith, es geht doch nicht um Marianne Beecher, es geht um dich.«

Die Gelassenheit, mit der er das sagt, macht sie fuchsteufelswild. Sie erklärt ihm, sie könne nichts dafür. Sie beeile sich – aber sie kommt zu spät. Eine stereotype Traumsituation, in der sie sich beeilt, um zu spät zu kommen. Sie liegt bis morgens um vier wach – schläft dann zwei Stunden und versinkt in einen benommenen und von Angstträumen erfüllten Schlaf – und dann rüttelt er sie wach und es ist fast neun und sie haben sich wieder einmal verspätet, *wieder* verspätet. Ja, es sei ihre Schuld, aber sie kenne den Grund nicht, es sei denn, ein Nervenzusammenbruch stehe bevor.

Carl wirft ihr einen zugleich vorwurfsvollen und ängstlichen Blick zu. Was wäre, wenn sie wirklich zusammenbräche . . .?

Sie geht auf die Glastür zu, zehn Minuten verspätet für das, was um zehn Uhr dreißig beginnen sollte. Die Tür ist automatisch und wird sich öffnen, muß sich öffnen, wenn sie ein unsichtbares Kräftefeld durchschreitet. Sie hat sich verspätet, aber nicht etwa aus Mangel an Respekt (soll sie sich entschuldigen? – oder ihre Würde bewahren?), sie ist zu spät gekommen, aber krank ist sie eigentlich nicht. Unmöglich, es auf das Hotel oder gar auf Polen zu schieben . . . Ihre liebenswürdigen Begleiter Tadeusz und Mirosław stellen das Auto weiter oben auf der Straße ab. Sie haben sie gerade in dem bescheidenen Büro ihres polnischen Verlags abgeholt, wo man ihr mit einer gewissen Feierlichkeit ihre angesammelten polnischen Tantiemen aushändigte. All die Jahre hindurch wurden sie vom Verlag treuhänderisch für sie verwaltet. (Einige »klassische« Essays, die Judith geschrieben hatte, waren für Anthologien amerikanischer Autoren der sechziger und siebziger Jahre übersetzt worden.) Sechstausendvierhundertunddreiundzwanzig Złoty! – die sie ausgeben muß, ehe sie das Land verläßt.

In ihrer Naivität hielt Judith den Betrag für weit höher als er in Wirklichkeit war. Der Cheflektor des Verlags und eine ältliche weibliche Schreibkraft und Tadeusz und Mirosław und ein paar weitere Verlagsangestellte standen alle herum und sahen zu, wie sie in dreifacher Ausfertigung Dokumente unterschrieb, als sei dies ein bedeutsamer (historischer?) Augenblick. Sechstausendvierhundertunddreiundzwanzig Złoty für die Autorin Judith

Horne: Wie wird sie sie ausgeben? – Was wird sie mit ihrem plötzlichen Reichtum anfangen? Sie wird sie alle beschenken, wird Kollegen zum Essen einladen, wird die Złoty auf den Kopf hauen, gewiß, aber wieviel ist es genau, was sind sie wert? Sie kennt zwar den ungefähren Wechselkurs, aber etwas Kindliches, Hoffnungsvolles in ihr jauchzt bei dem Gedanken an so viel . . . Bargeld.

Sie sieht auf und erblickt sich auf einmal in der Tür. Tadeusz ruft warnend: »Miss Horne!«

Um ein Haar wäre sie mit dem Kopf in die Tür gelaufen.

Um ein Haar wäre sie mit dem Kopf in die Tür gelaufen, weil sie annahm (aber warum nur?), sie würde sich automatisch öffnen, die Flügel würden bei ihrem Herannahen automatisch auseinandergleiten.

»Danke, Tadeusz«, sagt sie und wird rot. »Ich war in Gedanken woanders – ich – ich habe nicht aufgepaßt.«

Sie stößt die Tür auf, als ob nichts ungewöhnlich sei. Als ob sie nicht um ein Haar in eine Glastür gelaufen sei und sich ernstlich verletzt haben würde.

Ein drolliger Vorfall, ich werde ihn Carl erzählen, denkt sie. Es sei denn, natürlich, sie hält lieber den Mund.

Hier haben wir die Warschauer Altstadt, seit ihrer Zerstörung 1944 wieder aufgebaut; hier der Schloßplatz, der Marktplatz, das Adam-Mickiewicz-Museum (wo Judith und die anderen lächelnden Amerikaner mit einer zweisprachigen Ausgabe von Mickiewicz' *Gesammelten Gedichten* beschenkt werden). Verwitterte Denkmäler, Kirchen, Kathedralen. Rokokostatuen der Mutter Maria, ein steinerner Kopf von Johannes dem Täufer. Mittelalterliche Gassen, ein gotisches Wachlokal, Straßenlaternen aus dem 19. Jahrhundert, Gipsfassaden, Bogentore, schmiedeeiserne Türrahmen, Leierkästen. Alles sehr schön, denkt Judith und sieht sich alles an, tief bewegt auf eine ihr vollkommen neue Art; sie weiß nicht, in welche Richtung ihre Gefühle als nächstes stürzen werden. Ihre polnischen Begleiter sind jung und begeistert und recht schüchtern. Sie vermutet, sie kommen sich außerordentlich verwundbar vor – denn was würde sein, wenn ihre »prominenten« amerikanischen Besucher diesen wieder aufgebauten Stadtteil nicht bewunderten? – Was würde sein, wenn sie nur ein paar höflich-unverbindliche Bemerkungen machten und einfach weitergingen? Laut liest Judith eine Inschrift vor, ihren ganzen, heldenhaften Text: Marktplatz der Altstadt Monument nationaler Kultur und des Revolutionären Kampfes der Einwohner von Warschau 1944 von den faschistischen Besatzern dem Erdboden gleich gemacht Aus Ruinen neu erstanden und dem Volke wiedergegeben von der Regierung der Volksrepublik Polen in den Jahren 1951–1953.

Sie gehen an der Jesuitenkirche vorbei, die zu dieser Tageszeit – es ist acht Uhr abends – derart überfüllt ist, daß die Menschen, in einem leichten, kalten Sprühregen, bis hinaus auf die Straße, auf das Kopfsteinpflaster stehen. Judith und Carl wollen hören, was der Priester sagt. Er hält eine leidenschaftliche Predigt – natürlich auf polnisch –, und seine Worte werden durch einen Lautsprecher verstärkt. Wie jung seine Stimme klingt, wie melodiös, intelligent und vernünftig! Mit gesenktem Kopf hört Judith zu. In der Stimme des jungen Jesuiten schwingt so viel Leidenschaft, so viel Drängen mit, daß sie meint, die Sprache werde jeden Augenblick ihr Geheimnis enthüllen: Sie wird sie verstehen, und ihr Leben wird verändert sein.

Aber ihre Religion, denkt Judith, wie ist es damit – die römisch-katholische Kirche. Die Kirche der Bigotterie, des Rassismus, der Pogrome.

Es verwundert und verschreckt sie, daß alle ihre Begleiter – diese wunderbaren, intelligenten jungen Literaten – sich zum Katholizismus bekennen. Tadeusz und Mirosław und Andrzej und Jerzy und Maria und Elżbieta. Sie alle sind stolze, kämpferische Katholiken.

»Gibt es denn keine Kommunisten in Polen?« fragt Carl scherzhaft im Laufe eines Abendessens zu Ehren der amerikanischen Besucher im kleinen Kreis im ZZPK-Klub. Aber keiner lachte. Einen Augenblick später sagte Jerzy und blinzelte durch eine Qualmwolke: »Nein, Mr. Walser, aber es gibt sehr viele Polizisten.«

Tadeusz arbeitet an einer Dissertation über Linguistik an der Warschauer Universität. Miroslaw, kürzlich Vater eines Töchterchens geworden, unterrichtet an einer Abendschule – Polnisch, Englisch, Französisch – und übersetzt nebenbei. Andrzej und seine Frau sind beide Hochschullehrer und wohnen zusammen mit Andrzejs Eltern in einem jener überfüllten Wohntürme am Stadtrand: Seit elf Jahren warten sie auf eine eigene Wohnung. Jerzy ist Lektor bei einem Schulbuchverlag, Maria, Judith hat sie besonders gern, studiert Amerikanistik und hat bereits ihr Examen gemacht. Sie war in den Vereinigten Staaten – ein Jahr an der Universität von Iowa. Elżbieta, die so jung aussieht, ist verheiratet, hat einen vierjährigen Sohn. Sie unterrichtet, wann immer man sie einsetzt, und macht auch freiberuflich Übersetzungen. Sie hat große Pläne: Ein Projekt, mit dem sie beginnen möchte, sobald die Konferenz vorüber ist. Sie will Jane Austens *Emma* ins Polnische übertragen. Bitte erkundigen Sie sich nicht, ob sie im Ausland studieren möchten, hatte man Judith und den anderen Delegierten in der Botschaft geraten, damit würden Sie nur falsche Hoffnungen wecken . . . natürlich würden sie liebend gerne Polen den Rücken kehren . . .

Nichtsdestoweniger wandert die Unterhaltung ab in diese Richtung. Könnte sein, die jungen Polen haben selber den Anstoß gegeben.

Auslandsreisen, nach den Vereinigten Staaten . . . England . . . Schweden . . . Italien.

Ein Stipendium zu erhalten, um im Ausland zu studieren, um für ein Semester oder gar ein ganzes Jahr im Westen eingeladen zu sein . . . die jungen Leute sind einer Meinung, daß es wunderbar für sie sein würde, für ihre Karrieren, für ihr Leben.

Aber es bewerben sich sehr viele darum, murmelt Mirosław. Die Stipendien gehen an Professoren, an prominente Redakteure. An ältere Männer. Tadeusz meint, für junge Leute wie ihn gebe es kaum eine Chance. »Wir sollten uns nichts vormachen« sagt er, seufzt und hustet Zigarettenqualm, »– zum Beispiel mein Bruder – er hat sich während *seines* Auslandsaufenthalts nach Schweden abgesetzt – deshalb kann ich unmöglich ein Visum bekommen; niemals, fürchte ich, es wird unmöglich sein.«

Die Amerikaner erkundigen sich bei den Polen diskret nach der Kommunistischen Partei – das heißt nach der Polnischen Vereinigten Arbeiterpartei – und nach der Sowjetunion. Wie denken sie über die Zensur, die Unterdrückung, die Festnahmen...? Aber die Polen weichen dem Thema aus. Judith hat Verständnis dafür. Seit ihrer Ankunft, so Carl, seien bestimmt Polizeispitzel auf die Konferenzteilnehmer angesetzt. Ebenso sicher ist er, daß ihre Begleiter, gleichgültig, wie freundlich sie sich geben, nachher samt und sonders verhört werden würden. »Ich würde mich nicht wundern, wenn sie sich sogar gegenseitig bespitzeln«, hatte Judith nachdenklich gesagt, als sei so etwas eigentlich unvorstellbar und Carl müsse ihr sofort widersprechen. Aber er war stumm geblieben. Vielleicht hatte er sogar gelacht.

Nein, denkt Judith und beobachtet ihre Gesichter – Tadeusz und Mirosław und Maria und Andrzej und Jerzy und Elżbieta – nein, diese jungen Menschen verstellen sich nicht, diese jungen Menschen gehören zu *uns*.

»*Gibt* es denn keine Kommunisten in Polen?« fragt Robert Sargent, leicht beschwipst, enttäuscht. – »Ich hatte mich auf alle möglichen Angriffe gefaßt gemacht, ähnlich denen, die ich bei uns zu Hause bekomme – Sie wissen ja, daß ich und meine Kunst degeneriert seien – elitär – manieristisch. Aber offenbar hat keiner hier meine Lyrik gelesen. Und trotzdem mögen sie mich alle!« Dabei lächelt er sein wunderbar strahlendes Lächeln und zwinkert Judith durch seine Schuljungenbrillengläser zu. »Als ich sagte, die Vereinigten Staaten seien eine imperialistische Nation – das stimmt doch, oder? –, hat der liebe kleine Mirosław die Schultern gehoben und gesagt, Wer ist besser? Und sie alle sind Katholiken, Judith, nicht wahr? Es ist so herrlich *bizarr*!« Nüchtern erklärt ihm Judith: »Die Religion ist alles, was sie besitzen, Robert. Wenn man sich nicht horizontal weiterbewegen kann, muß man sich vertikal bewegen.«

Unaufhörlich läuten Kirchenglocken, junge Priester eilen durch die verwinkelten Gassen, während den Messen stehen die Gläubigen bis auf die Straße. Judith will nicht nachdenken: Zensur,

Unterdrückung, Frauenverachtung, Antisemitismus, Pogrome. Jawohl, es hat immer Pogrome gegeben, und heutzutage ist das polnische Volk (wie ein Beamter versehentlich prahlend behauptete) 97 % rein.

Die jungen Leute bekommen anscheinend nichts von der Verwirrung der Gäste angesichts all dieser Religiosität, dieses zur Schau getragenen Glaubens mit. In der Tat sind sie neugierig: Was halten die Amerikaner vom Papst? Die hübsche blonde Marianne von der Washingtoner »Arts Foundation«, viel versierter auf diplomatischer Ebene als ihr Gesicht, ihre Kleidung und ihre Höhere-Tochter-Manier vermuten lassen, entscheidet sich, ehe überhaupt jemand anderes antworten kann, im Namen des amerikanischen Kontingents zu sprechen. Natürlich ist der Papst sehr beliebt. Intelligent, bemerkenswert, der Welt gegenüber aufgeschlossen, internationales Format, außerordentlich. Eine Kraft, ein Kämpfer für Moral und Gerechtigkeit und Freiheit in der Welt. Eine Macht, die das Gute will.

Mit einem scheuen Lächeln wirft Jerzy ein, daß es womöglich die Millionen amerikanischer Polen sein könnten, die seine Popularität erklärten. Aber Marianne antwortete sofort: »Überhaupt nicht – ganz sicher nicht – alle Amerikaner bewundern den Papst sehr. Er ist tatsächlich ein außergewöhnlicher Mann.«

Judith überlegt, ob sie etwas dazu sagen soll. Für sie ganz untypisch hat sie stundenlang geschwiegen. Schlecht gelaunt, desorientiert, »nicht ganz da« – möglicherweise die Folge des Transatlantikfluges, des Schlafverlustes. Aber wenn sie erst einmal zu reden anfängt, kann sie vielleicht nicht aufhören. Was ist mit der Kirche und der polnischen Vergangenheit, was mit den Juden, der Diskriminierung, den Massengräbern, der Vernichtung . . .

(Carl spürt ihren inneren Aufruhr. Er hat ihr erklärt – als ob sie eine Erklärung brauchte –, daß für das polnische Volk Religion ihr Land, *Polen*, bedeute. *Polen*, und nicht *Rußland*. Ihre eigene Geschichte und ihre eigene Sprache – so einfach ist das. »Eine Kirche des Hasses – der Verwesung«, antwortet Judith. »Richtig«, sagt Carl. »Aber sie gehört ihnen.«)

Immerhin, diese jungen Priester in ihren knöchellangen, schwarzen Gewändern, frisch rasiert, gut aussehend – wie sie beschwingt die Gassen entlangeilen – haben sie nicht etwas Liebenswertes, Faszinierendes? Judith starrt, starrt, starrt. Irgendwann einmal, in der gleichen Gruppe, bei der auch Robert Sargent dabei ist, treffen sich für Sekunden ihre Blicke, und es wird ihr bewußt, daß sie diesen jungen Männern mit der überraschten Freude eines männlichen Homosexuellen nachgestarrt hat. Überall macht man sie auf Madonnenstatuen aufmerksam – in Nischen, Höfen, auf Sockeln. Und zeigt ihnen den von den Sowjets errichteten Kulturpalast im Zentrum der Stadt – eine regenverwaschene Monstrosität mit byzantinischen Türmchen und Kuppeln – stalinistischer Chic – eine vergammelte Hochzeitstorte, die jeden Moment zusammenfallen kann. »Man versteht es, wenn die Menschen sich in Osteuropa verlieben«, sagt Carl, »– es ist hier alles so schwermütig, selbst Witze und Gelächter sind schwermütig, die Menschen brauchen *Auftrieb*. Sie brauchen uns. Menschenmengen aus dem Westen in ihren Straßen und in den Hotelhallen, die harte Währung in Złoty umtauschen wollen ... Und sie mögen uns gut betuchte Amerikaner fast so sehr wie die gut betuchten Bundesdeutschen.«

»Was du da sagst, ist doch absurd«, sagt Judith.

»Und ich dachte, es sei boshaft«, lacht Carl.

Überall Qualm, Zigaretten, die zwischen Fingern glimmen, schräg zwischen Lippen hängen, überall. Der Dunst von Röstzwiebeln. Die läutenden Kirchenglocken, zur Messe eilende Gläubige, in einem heruntergekommenen Hof, in einer Seitengasse nahe der Universität, ein merkwürdiger Anblick: Eine Madonna mit Kind mit rußig schwarzer Haut, in einer etwa anderthalb Meter über dem Gehsteig angebrachten Nische, davor Plastikblumen, aber auch frische Tulpen – rote Tulpen. Elżbieta erklärt: »Die Jungfrau Maria – die ist die Schutzpatronin der Menschen, die hier wohnen. Das heißt – sie glauben an sie, an ihre Kraft. Sie zu beschützen.«

»Ich verstehe«, sagt Judith.

»Kann sein, sie sind ein wenig abergläubisch«, sagt die junge Frau lächelnd und sieht erst Judith, dann Carl an, als wolle sie deren Reaktion abwarten. »Ich meine – hier, in diesem speziellen Stadtteil. Aber es ist etwas, woran sie fest glauben, diese Marienstatue.«

»Gewiß«, antwortet Carl, »aber warum ist die Gottesmutter schwarz? – sie *ist* doch schwarz, oder?«

Elżbieta denkt nach. Die Mutter Gottes ist zwar dunkelhäutig, hat aber keine negroiden Züge, und das Kind, das sie im Arm hält, ist zweifellos ein nordeuropäisches – polnisches? – Baby. Judith findet die scheußlichen Plastikblumen, die roten Tulpen verwelkt und bräunlich, den schattenhaft verschwommenen Schmutz der kleinen Nische, das heruntergekommene Mietshaus auf einmal rührend. Wenn sie tief einatmet – was sie aber nicht tun wird –, wird sie die alles überlagernden Dünste von Bratfett, Kartoffeln, Zwiebeln, Moder riechen. Auch Elżbietas scheues Lächeln rührt sie, es liegt etwas wie ein kaum erkennbarer Rest von Stolz darin.

»Ach, wissen Sie . . . ich vermute, die Leute fanden diese Statue irgendwo, vielleicht in einem Trödlerladen, unter Trümmern, unter Schutt. Sie wollen wissen, weshalb sie schwarz ist? Nun – vielleicht ist dies die einzige Statue der Mutter Gottes mit dem Jesuskind, die sie bekommen konnten. Ich meine die Leute, die hier wohnen. Und darum bedeutet sie ihnen so viel.«

»Tatsächlich?« sagt Judith und blickt in die dunklen, abblätternden Augen der Madonna.

»Jawohl«, sagt Elżbieta. »Wir alle sind ihr besonders zugetan, denn sie beschützt uns tatsächlich.«

Endlich werden die Konferenzteilnehmer in dem eleganten Salon in der Residenz des Stellvertretenden Missions-Chefs der Vereinigten Staaten einer Gruppe polnischer Dissidentenautoren vorgestellt. Judith fällt auf, daß alle acht Männer sind – gibt es keine Dissidenten unter den Frauen?

Auf ihre Frage erhält sie eine gemurmelte Antwort, nein, irgendwie ist man irritiert, sie wird also ihre Frage nicht wiederholen. Dann, unversehens, befindet sie sich mitten in einer angeregten Debatte mit einem hochgewachsenen Mann mittleren Alters mit traurigen Augen, der unter einem Pseudonym Übersetzungen veröffentlicht. Wie er wirklich heißt, will er ihr nicht sagen, aber sie hat bereits erfahren, daß er aus seinem Lehramt an der Universität entlassen wurde und daß er wegen seiner kritischen Haltung der Regierung gegenüber nicht mehr unter seinem eigenen Namen publizieren kann. Auch wird er ihr nicht verraten, daß er in einem einzigen Zimmer – eigentlich in einer richtigen Bruchbude – in einem übervölkerten Mietshaus wohnt. Statt dessen unterhalten sie sich über die Sowjets, über das polnische »Volk«, über die letzten Ereignisse in der Bundesrepublik.

Dann stellt man ihr Władysław, Witold, Andrzej vor. Der riesige Salon hat sich inzwischen mit Zigarettenqualm gefüllt. Man reicht Wodka, Kognak, starken russischen Tee. Ein Diener kommt und geht diskret, ein Mann, dessen Gesicht nicht das Geringste verrät. Als Judith ihre dritte Tasse Tee trinkt, merkt sie, daß Untertasse und Teetasse klirren – zittern ihre Hände denn wirklich so?

In solchen Momenten, bei überfüllten gesellschaftlichen Anlässen, widersteht sie der Versuchung, ihren Freund zu beobachten. Natürlich ist er wortgewandt, klug, warm, geistreich, streitsüchtig, ja sogar ein wenig herrisch. Sie liebt ihn, und fühlt sich gleichzeitig gedemütigt durch ihre Liebe zu ihm, und wird ihn bei derartigen Anlässen nicht beobachten, genauso wenig wie er sich unterbrechen würde, um sie zu beobachten.

Bitte erklären Sie mir Werblan, sagt Judith zu einem der Polen: Werblan, ein berüchtigter Apparatschik. Und wie denkt man über Chojecki. Und Konwicki, dessen Erzählungen sie mit großem Interesse und viel Bewunderung in einer Übersetzung gelesen habe . . .

Jetzt zieht Robert Sargent Judith mit vom Alkohol geröteten Wangen in eine Ecke. Er und ein junger amerikanischer Dokumentarfilmer namens Brock befinden sich gerade in einer hitzigen Debatte mit drei Polen und einem Mitglied der Amerikanischen Botschaft – es ist in der Tat der Kulturattaché, der diese wichtige Zusammenkunft arrangiert hat. Leider sprechen die Polen nur ganz wenig englisch – alles muß gedolmetscht werden. Judith, die gewöhnlich sehr schnell spricht, muß sich bremsen . . . sie muß langsam reden . . . langsam. Verschlechtert sich die Situation oder ist sie konstant? will sie wissen und zwinkert in den Tabakqualm. Gibt es da irgendeine Art von Logik? Stimmt es, daß man Ihnen keine Vervielfältigungsmaschinen erlaubt? –

daß Sie nicht einmal Hochzeits- oder Begräbnisanzeigen drucken dürfen, ohne daß die Zensurbehörde vorher ihre Zustimmung gegeben hat? »Und wird es jemals« – nun atmet Judith tief durch und beschließt, ja, sie wird die Frage stellen, »wird es jemals eine offene Rebellion geben?«

Das Gespräch wendet sich Brodski, dem beneideten Held, zu. Wie denkt man über Günter Grass, wie über Bienkowski? Judith nickt, redet lebhaft weiter, will nicht nur alles, was gesagt wird, mitbekommen, sondern auch das, was nur angedeutet wird, in sich aufnehmen. Sie schüttelt Hände. Jemand berührt sie am Ellbogen, dreht sie um, stellt sie einer neuen, ins Gespräch verwickelten Gruppe vor. Sie will nicht wahrhaben, daß in jeder Diskussionsgruppe die Dissidenten ihre Fragen meistens nur den amerikanischen Männern stellen – irgendwelchen Männern –, selbst dem männlichen Juniorpersonal der Botschaft. Nachdem sie ihre Verärgerung hinuntergeschluckt hat, nimmt sie sich vor, wenn sie wieder in den Staaten sei, eine Anekdote zum besten zu geben: Wie einer der Dissidenten an sie die Frage gestellt habe, was denn ihre Funktion auf der Konferenz sei – sei sie Mr. Sargents Sekretärin? Oder Mr. Walsers Assistentin?

»Nein«, hatte Judith kurz geantwortet und keine Erklärung abgegeben.

»Nein? Nicht?«

»Nein.«

Ein »entlassener« Chefredakteur einer philologischen Zeitschrift, ein »entlassener« Professor der Wirtschaftswissenschaften, ein weißhaariger Herr (Lyriker), der nicht weniger als elfmal in den vergangenen Jahren verhaftet worden sei: Die Leute von der Botschaft halten große Stücke auf ihn. Man führt Judith zu einem prominenten Kulturkritiker, einem Redakteur der führenden katholischen Zeitschrift. Sein Handschlag ist fest, kräftig, und Judiths ist nicht weniger direkt.

Eine Zeitlang unterhalten sie sich über Mirosław Chojecki, dessen Ruhm darin bestand, vor ein paar Wochen zum einundzwanzigstenmal verhaftet worden zu sein. Unter dem Vorwand, gesetzlich zu handeln, war die Polizei in seine Wohnung eingedrungen und hatte eine Anzahl von Gegenständen beschlagnahmt:

Fleischkonserven, ein Glas Currysauce, eine Schere, unbeschriebenes Papier, eine Schreibmaschine, Jazzplatten, wissenschaftliche Zeitschriften. Ihm wird vorgeworfen, illegal zu veröffentlichen und Bücher zu publizieren, die von der Zensur verboten werden. Befindet er sich zur Zeit in Haft, will Judith wissen. Was wird mit ihm geschehen?

Judith muß sich entschuldigen, der Qualm ist unerträglich geworden. Auf der Toilette – sehr modern, elegant und sehr sauber, »amerikanisch« – studiert sie nüchtern ihr Gesicht im Spiegel und kommt zu der Überzeugung, daß ihr bleicher Teint und die Schatten unter den Augen ihre semitische Herkunft betonen. Ich kenne Ihre Ansicht in bezug auf die kommunistische Zensur, wird sie zu den Dissidenten sagen – aber was ist Ihre Position angesichts der kirchlichen Zensur?

Sie kommt in den Salon zurück, stellt aber die Frage nicht. Nahebei unterhält sich Carl gerade mit einem kraushaarigen jungen Polen, einem der Dolmetscher, und dicht neben ihm steht Marianne Beecher, von der behauptet wird, sie sei eine Spionin – ihre Aufgabe sei, die Ostblockländer zu bereisen, um die Diplomaten für ihren gemeinsamen Arbeitgeber, das Außenministerium, zu bespitzeln. Aber offiziell arbeitet sie für eine wissenschaftliche Stiftung – oder ist es eine pädagogische – oder künstlerische, und Judith sollte die Intelligenz dieser Frau, nur weil sie so schön ist, nicht unterschätzen. Dieses Madonnengesicht, dieser Ausdruck ungläubigen Staunens, dieses wundervolle blonde Haar. Heute trägt sie ein Leinenkostüm, altrosa, dazu eine blaßgraue Seidenbluse, goldene Ohrringe, lackierte Fingernägel, hochhackige Schuhe. Ihre Beine sind makellos schlank. Und es ist klar, daß sie sich gründlich auf diesen Empfang vorbereitet hat.

Einem amerikanischen Botschaftsangestellten gegenüber bemerkt Judith, daß man glauben könne, überhaupt nicht in einem kommunistisch regierten Land zu sein – es sei wohl eher ein besetztes Land.

Er pflichtet ihr bei. Die bloße Luft sei vergiftet, nicht wahr?

Und ob! – nun weiß Judith, weshalb sie sich tagelang krank gefühlt hat.

Sie sprechen mit leiser Stimme miteinander, wie Verschwörer. Er sagt: »Auch wenn diese Leute offen reden, wie sie es hier tun, merkt man die Verseuchung, die Furcht. Sie können wirklich niemandem trauen – nicht einmal einander.«

Judith betrachtet die traurigen, in Tränensäcken liegenden Augen, die verklammerten Münder. Mutige, störrische Männer. Aber auch sie können zusammenbrechen, wie uns die Geschichte gelehrt hat. »Tragisches« Polen. Dieser Aufstand im Jahre 1944, Hitlers Befehl, Warschau müsse völlig zerstört, dem Erdboden gleich gemacht werden. Wie könnte ein einziger Pole es je vergessen? Wie könnte er *wagen*, es zu vergessen? Selbst die jüngeren Leute – selbst solche, die erst in den sechziger Jahren geboren wurden – sprechen vom Jahr 1944, als wäre es gestern gewesen. In unserem Lande, denkt Judith, ist Geschichte etwas, das erst vor ein paar Wochen passiert – oder nicht passiert ist.

Der Empfang geht weiter, einer geht in den nächsten über: Wodka, Kognak, Käsekirschkuchen, ein erneuter Gang zur Toilette (Judiths Nase glänzt, ihre Augen sind von der verrauchten Luft gerötet, ihre Nerven angespannt), ein verwickeltes Gespräch über den polnischen PEN-Klub, der seine eigenen jungen Mitglieder »diskriminiert«. Die Dolmetscher, so scheint es, helfen einander nie. Sie sind neidisch, mißtrauisch, egoistisch. Sie wollen ihre Projekte nicht offenlegen. »Traurig«, sagt Marianne Beecher und wirft einen Blick auf ihre juwelenbesetzte Armbanduhr.

Angeblich soll Marianne Beecher promovierte Kunsthistorikerin sein und auch Psychologie und Wirtschaftswissenschaft studiert haben. Sie ist für das Außenministerium buchstäblich überall herumgereist. In diesem Raum voller mürrischer, niedergeschlagener Männer in schlechtsitzenden Anzügen ist die Erscheinung Mariannes fast beunruhigend. (Am gleichen Vormittag, im Coffee-Shop des Europejski, hat sie eine Tischrunde von Landsleuten amüsiert, indem sie ihnen berichtete, daß man sie unentwegt für eine polnische Prostituierte halte. »Es muß mein Haar sein«, hatte sie, ein wenig verärgert lachend, gesagt, »– und die Tatsache, daß ich meist ohne männliche Begleitung bin.« Dann berichtete sie von einem japanischen Geschäftsmann im Hotel, der sich in der Lobby neben sie gesetzt und ihr einen amerikanischen

Geldschein, eine Fünfzigdollarnote, zugeschoben hatte. Als sie darauf nicht reagierte, legte er einen zweiten Fünfzigdollarschein dazu. Schließlich sei sie aufgestanden und weggegangen, zu wütend, um Worte zu finden. »Ich hätte einfach sein Geld nehmen«, sagte Marianne, »es in meine Handtasche stecken und weggehen sollen. So ein arroganter kleiner Mistkerl!«)

Nun verwickeln Marianne und der Kulturattaché Judith in ein Gespräch über die augenblickliche Parteiführung in Polen. Es fällt das Wort »stalinistisch«. Anspielungen auf die Tschechoslowakei, auf Ungarn . . . Erinnerungen an den Aufstand 1956 . . . Impulsiv sagt Judith: »Bitte, gibt es denn nicht irgend etwas, was wir tun können? Ich meine wir Amerikaner? Könnten wir nicht ein Komitee gründen, über ihre Lage schreiben, sie publik machen, mehr darüber sagen, als bisher publiziert worden ist – könnten wir nicht Reisen in die Staaten oder nach Schweden finanzieren? – nach England?« Dem Kulturattaché gefällt, was Judith vorschlägt, aber er flüstert ihr zu, daß diesen Männern die notwendigen Reisevisen ins westliche Ausland am Ende doch verweigert würden.

»Ich verstehe«, sagt Judith und ist verlegen. »Natürlich. Das ist mir klar.«

Die Polen hören wie gebannt zu, hungrig. Zum erstenmal sehen sie Judith, wie sie es gewöhnt ist, in ihrer eigenen Sphäre – als sei sie ein Mensch von Bedeutung, als besitze sie Macht. Der Kulturattaché sagt gerade: ». . . wenn Sie irgend etwas bewirken können, natürlich . . . zum Beispiel könnten Sie direkt mit dem PEN-Klub zusammenarbeiten . . . Sie könnten Geld spenden für den *Index on Censorship* in London und Ihre Freunde motivieren, auch etwas zu spenden . . . In der Tat habe ich die Möglichkeit, bestimmten Personen Briefe zuzustellen, wenn Sie sie an meine Botschaft schicken würden«, sagt er. »Wir haben ein Postfach in New York. Ich gebe Ihnen meine Karte.«

»Danke«, sagt Judith. »Danke. Ich werde alles tun, was ich nur kann.«

Die Dissidenten lassen, während ihre Worte gedolmetscht werden, die Augen nicht von ihr. Judith lächelt, lächelt. Noch nie hat sie so viel gelächelt. Am Ende lächeln alle zurück und wollen ihr wieder die Hand schütteln. »Ich werde tun, was in meiner Macht steht«, hört sie sich sagen.

Im Bett sitzend, wartet sie auf Carl, *The Awkward Age* auf dem Schoß. Zweimal hatte der Apparat geläutet – die Klingel schlägt an, aber es meldet sich niemand. Carl hat eine Verabredung mit ein paar polnischen Filmemachern, die Judith, die sich kaum noch auf den Beinen halten konnte, auslassen wollte. Nun ist sie allein und recht einsam. Nun hat sie Muße, über ihr Dilemma nachzudenken.

Das »schwierige Alter« in Henry James' Roman ist eine ganze Ära, eine ganze Schicht müßiger englischer Gesellschaft; besonders aber bezieht es sich auf das Alter einer jungen Frau – kein junges Mädchen mehr – und auf ihren mangelhaft vorbereiteten Eintritt in die Welt der Erwachsenen. Sie hat keinen Beruf, kein Schicksal, kein Leben außer der Ehe. Nanda *muß* heiraten.

Und ich? denkt Judith.

Außer der Tatsache, daß sie ihre Mädchenjahre längst hinter sich gelassen hat. Trotzig, tapfer hat sie die Zeit ihrer Verfügbarkeit hinter sich gelassen.

Eine Anzahl Männer hat sie geliebt, und sie hat sie wiedergeliebt. (Es hat auch ein paar Frauen gegeben – aber das ist unwichtig.) Jetzt, wo sie Carl Walser liebt, leidet ihre Eitelkeit darunter, daß sie nicht ganz so intensiv wiedergeliebt wird, wie sie liebt: Nicht Pfund für Pfund, Gramm für Gramm. Ihre Leidenschaft muß tiefer sein als die Carls, weil ihre Wildheit viel größer ist. Folglich haßt sie ihn und wünscht sich oft, er sei tot.

In letzter Zeit sieht sie sich als eine Trauernde – sie trauert um ihre verlorene Jugend, ihr fast vergessenes jüdisches Blut, das kranke, triste, nutzlose Gefühl, *weiblich* zu sein. Sie wollte vor allem eine finanziell unabhängige Frau sein – eine Frau, abgesichert durch ihre öffentliche Karriere, durch ihre beeindruckende Prominenz – eine Frau, deren Namen den Menschen etwas *bedeutet*: All das hat sie auch, und noch mehr. Ihre Bücher und Artikel sichern ihr ein regelmäßiges Einkommen, jedes Frühjahr bereist sie die Vereinigten Staaten, um Vorträge zu halten (und ihr Honorar ist nicht gerade bescheiden), sie braucht nur ein

Telefon zur Hand zu nehmen oder einen Brief zu schreiben oder Erkundigungen einzuziehen, und schon bietet man ihr eine Position an einer Universität an . . . oder zumindest eine Gastprofessur. Sie ist eine durch und durch erfolgreiche Frau auf einem sehr wettbewerbsorientierten Gebiet, doch nun, neuerdings, haben sich ihre Gedanken hilflos an Carl Walser festgemacht. Will sie nur ein mit ihm geteiltes Leben, ein in jedem Sinn des Wortes *konventionelles* Leben?

Was für ein Glück, denkt sie mit Selbstironie, daß ich fast zu alt bin, um noch Kinder zu haben. *Diese* Versuchung gibt es kaum noch.

Wieder schlägt die Klingel an, wieder meldet sich niemand.

»Ja bitte? Wer spricht? Was wollen Sie −?« ruft Judith.

Inzwischen ist es halb eins geworden. Carl hat sich verspätet, wollte er nicht gegen elf Uhr zurück sein?

Am Vormittag hatte Judith eine sehr erfolgreiche Vorlesung in der Universität gehalten. Dreihundert Studenten waren gekommen, um sie im *auditorium maximum* zu hören. Professoren, ein ansehnliches Kontingent der Amerikanischen Botschaft, Zeitungs- und Zeitschriftenreporter. Judith Horne, die prominente amerikanische Autorin. Judith Horne, die prominente amerikanische Kulturkritikerin. Eine gut aussehende, dunkelhaarige Frau in grauer Cordjacke und grauen Hosen und einem weißen Rollkragenpullover, ihre Nervosität kaschierend, indem sie forsch auf das Podium zuschritt und dabei scherzhafte Bemerkungen mit ihren polnischen Gastgebern tauschte. Sie war in Hochstimmung, begeistert − ein Zeichen von Panik vielleicht −, ihre Wangen glühten, ihre Augen glänzten. Sie war wohl nicht mehr das, was man eine schöne Frau nennt, aber sie war ohne Zweifel beeindruckend. *Die prominente amerikanische Literatin Judith Horne . . .*

Carl konnte nicht kommen, er machte ein Interview mit zwei Polen, Mitgliedern der sogenannten Fliegenden Universität − einer Untergrundorganisation, wo man spät abends Kurse über offiziell von den Universitäten verbotene Themen abhielt. In diesen Tagen war Carl jedenfalls geduldig mit ihr − wachsam, vorsichtig. Ein Publikum zu haben war für Judith wie ein Jungbrunnen. Sie dozierte mit der für sie charakteristischen Intensität und

Autorität, sie war sich bewußt, daß sie gut war, daß man sie bewunderte, daß ihre Worte Eindruck hinterließen. Das Thema ihres Vortrags war umfassend genug – zeitgenössische amerikanische Kultur –, aber Judith hatte sich entschieden, ihre Zuhörer mit Ausführungen über amerikanische Zensur – kirchliche, staatliche und marktbedingte – zu überraschen. Dabei entging ihr nicht, daß ihre polnische Zuhörerschaft großes Interesse zeigte. Jawohl, auch in den Staaten gab es Zensur. Aber es war »die Schere im Kopf« – versteckt, inoffiziell, indirekt.

Während Judith ihre Thesen vortrug, spürte sie ihre Stimme immer stärker und überzeugender werden. Hinterher gab es Beifall – und zwar recht überwältigenden. Selbst die Leute von der Botschaft applaudierten. (Denn Judith Horne war bekannt dafür, querköpfig, ärgerlich und provokant zu sein: auch wisse man nie, was sie von sich geben würde. Erst viele Stunden später fiel ihr auf, daß sie überhaupt nichts über die Zensur der römisch-katholischen Kirche gesagt hatte ...)

»Es soll ganz ausgezeichnet gewesen sein«, sagte Carl und kramte in seinem Koffer. »Es hieß, jeder war beeindruckt. Weshalb hast du dir Sorgen gemacht?«

»Ich hätte mir Sorgen gemacht? Daran kann ich mich nicht erinnern.«

Mit beiden Händen fuhr sie sich durch ihr Haar, das wieder einmal gewaschen werden mußte. Die Warschauer Luft war so verpestet, so schmutzig ... aber Judith hatte einen Widerwillen gegen das schäbige, kleine Badezimmer.

»Hoffentlich warst du nicht enttäuscht, daß ich nicht kommen konnte«, sagte Carl.

»Natürlich nicht.«

Ohne zu überlegen nahm Judith den Blumenstrauß vom Schreibtisch – sechs rote Rosen, Schleierkraut, Margeriten, Nelken – und ließ ihn mitsamt seiner Cellophanverpackung in den Papierkorb fallen.

»Weshalb tust du das?« fragte Carl und machte große Augen.

»Weil ich keine Blumen mag«, entgegnete Judith.

»Was soll das? – natürlich magst du sie.«

«Weil ich sie nicht verdient habe.«

Carl stand da, die Hände auf den Hüften, und starrte Judith an, als habe er sie nie zuvor gesehen. Auf seinem Unterkinn war ein winziger Schnitt – er hatte sich an diesem Tage zweimal rasiert. Judith sprach weiter und nicht sehr zusammenhängend. »Ich mag keine Blumen, ich mag nicht, wofür sie stehen – einer Frau wird öffentlich ein Blumenstrauß überreicht – sie muß dafür dankbar sein –« Sie unterbrach sich und schnippte mit den Fingern. »Es ist doch nur eine Komödie.«

Einen Augenblick später wandte sich Carl wieder seinem Koffer zu. Meistens ließ er ihn nur halb ausgepackt – Unterwäsche, Socken und andere Kleinigkeiten ließ er drin, auch wenn er eine Woche oder länger in dem gleichen Hotelzimmer blieb. Die Folge war, daß er ständig herumkramte und irgend etwas suchte.

». . . Ich glaube, daß ich sie nicht verdient habe«, sagte Judith.

»Also gut. Aber du benimmst dich lächerlich.«

»Ich *will* sie nicht.«

Carl hatte gefunden, was er suchte, ging ins Badezimmer und machte die Tür zu.

Das Telefon läutet, schrill und laut. Judith schiebt *The Awkward Age* beiseite, hebt den Hörer auf und sagt schnell: »Carl? – Hallo?« Aber natürlich ist es nicht Carl. Ein Mann, ein Unbekannter, spricht in einer Sprache, die sie nicht versteht. Sie will ihm erklären, daß er die falsche Verbindung habe, aber natürlich kann er sie auch nicht verstehen. Er läßt aber nicht locker, scheint zu argumentieren. »Sie haben die falsche Nummer«, sagt Judith und ist plötzlich wütend. »*Bitte lassen Sie mich in Ruhe.*«

Lange Schlangen vor dem »Centrum«-Kaufhaus und den übrigen Läden der Innenstadt. Es hat wenig Sinn, daß Judith hier etwas einkauft, nur, um ihre Złoty loszuwerden, und auf jeden Fall sieht das Warenangebot zweitklassig, ärmlich aus. Lange Schlangen auch an den Obstständen: verhutzelte Zitronen, kleine Schrumpeläpfel in hölzernen Steigen. Der häßliche Kulturpalast beherrscht den Horizont. SMAK-Bars, SPOOTEM-Restaurants, Schilder für Pepsi-Cola und Coke und Hot Dogs. Kirchen mit anmutig geschwungenen Türmen. (Welches ist die Kirche, in der Chopins Herz aufbewahrt ist? – Judith muß sie besuchen.) Rote

Straßenbahnen, rote, die Straßen entlangbrausende und ihre giftigen Abgase ausstoßende Autobusse, Menschenmengen, Lärm, Regen am Vormittag, Sonnenschein am Mittag, überall ist es kühl. Kopfsteinpflaster. Denkmäler. Der elegante Łazienki-Park. Das Palais Radziwiłł. – Wieviel Juden leben heute noch in Warschau? fragt Judith, und Tadeusz, ihr Begleiter, antwortet: Es gibt darüber keine Statistiken.

Von Ort zu Ort wird sie chauffiert, von Versammlung zu Versammlung, in einem praktischen, der amerikanischen Botschaft gehörenden Kleinbus oder aber in Fiats, die in der Sowjetunion gebaut wurden – kesse kleine Fahrzeuge mit den Ausmaßen und der Grazie einer Blechbadewanne. (Judiths Zähne schlagen aufeinander, denn für die Kopfsteinpflaster, über die sie rumpeln, sind die Autos anscheinend nicht gemacht.) Wo war das jüdische Getto? will Judith wissen, und eines Tages werden sie und Robert Sargent tatsächlich dort hingefahren – aber nichts ist zu sehen außer Pflaster, Wohnblocks, einem Denkmal. »Wenn Sie behaupten, Warschau sei völlig neu aufgebaut worden«, sagt Judith zu den Polen, »dann meinen Sie natürlich nicht *völlig* – das Getto ist nicht wieder aufgebaut worden.«

Das Mahnmal für das Warschauer Getto ist viereckig, besteht aus einem stumpfen, wie von Tränen befleckten Stein. Fünf herausragende Gestalten, alle männlich, heroisch, »edel«, mit muskulösen Brustkästen und starken Armen: *Sehr* männlich. (Im Hintergrund eine weibliche Gestalt, vage aus dem Stein hervortretend. Judith erkennt sie als weiblich, denn der Figur wurden Brüste gegeben, und sie trägt ein verängstigtes Baby.) Es braucht wohl nicht betont zu werden, daß die heroischen Steinfiguren allesamt kantige Züge tragen – kein Jude dabei.

Robert Sargent möchte von dem Mahnmal ein Photo machen, aber es gelingt ihm nicht, der Film ist verklemmt. Auch Judith, die er bemüht, kann den Fehler nicht beheben. »Mechanische Dinge weigern sich einfach, bei mir zu funktionieren«, sagt Robert. »Ich glaube nicht, daß es an diesem Ort liegt.«

Judith erkundigt sich weiter hartnäckig nach den in Warschau ansässigen Juden, und diesmal bekommt sie eine konkretere Ant-

wort. Vielleicht sieben . . . hundert? . . . siebenhundertundfünf-
zig? . . . aber sehr wenige Kinder. Kann sein überhaupt keine
Kinder.

Ihre Zähne schlagen in den in der Sowjetunion gebauten Wagen
aufeinander, ihre Sinne irritiert Ätzendes in der Luft. *Gibt* es
hier ein Gift? – aber was ist es? – und wo? Judith möchte weder
morbide noch sentimental sein, sie ist nicht der Typ, der persönliche Sehnsüchte durch grandiose »historische« Vorstellungen befriedigt. Das wäre billig und ihrer Intelligenz nicht würdig. Warschau ist eine von den Nazis zerstörte Stadt und hat sich selbst
wieder aufgebaut – fast völlig. Man bedenke doch die Altstadt,
die Warschauer sind stolz auf ihre Altstadt. Am frühen Abend
schlendern Judith und Carl durch ihre Gassen, dankbar dafür,
daß sie nach einem Tag voller Versammlungen, Empfänge, Ansprachen, Händeschütteln, verqualmten Räumen, Kognak, Tee
mit Zitrone, traurigem, fleckige Zähne entblößendem Lächeln . . . allein sein können, dankbar für den weitläufigen, kopf-
steingepflasterten Platz, wo es weder Verkehr noch Auspuffgase
gibt. Die Fassaden der Häuser am Marktplatz sind fast *zu* perfekt.
Gewiß, sie sind weniger lächerlich protzig als zum Beispiel der
Brüsseler Grand Palace, aber nichtsdestoweniger doch eine Touristenattraktion – beinahe »idyllisch« – sanftes Olivgrün und Altrosa und Grau und Braun und gedämpftes Ziegelrot: Alles sehr
sauber, sehr adrett. Schade, daß die Sowjets diese Leute ausblu-
ten, sagt Carl. Sie könnten das übrige Warschau sanieren.
Hügel, kopfsteingepflasterte Gassen. Rozbrat-Straße, Krakows-
kie Przedmieście, Wybrzeże Gdańskie, Boleść-, Rybaki-, Kozia-
Straße. Überall dieselbe feuchte Kühle. Polnischer Frühling.
Geldwechsler sprechen sie an, ganz offen, fast unverschämt, wie
Schnorrer in New York: »Geldwechsel –? Dollar, Złoty –?« Und
folgen ihnen mit ausgestreckten Händen. Nein danke! sagt Judith verärgert. Sie schämt sich für ihre polnischen Freunde.

Judith denkt: Warschau ist eine besetzte Stadt, eine besetzte Zone. Sie ist wach und starrt sich in dem trüben Badezimmerspiegel
an – und irgend etwas geschieht hier mit ihr. *Gibt* es ein subtiles

Gift in der Luft? Während ihr Geliebter sich im Nebenzimmer umzieht und leise vor sich hinpfeift. Gestern abend ist er sehr spät nach Hause gekommen. Auch er hat seine Geheimnisse, seine *malaise*. (Judith hat sich entschlossen, ihm seinen neuesten Seitensprung zu verzeihen. Sie sagt sich, daß sie nicht neugierig sei, wer die Frau war, aber sie überlegt . . . war es eine Amerikanerin, eine Polin?)

Keine Zeit zum Nachdenken, zum Grübeln. Sie hat Tausende von Złoty auszugeben, muß Geschenke kaufen, Bücher, alle zum Abendessen einladen, vielleicht am letzten Tag der Konferenz. Falls dies auf die jungen Polen nicht allzu offensichtlich »amerikanisch« wirkt, eine Geste der Wohltätigkeit, der Herablassung, eine gute Absicht.

Keine Zeit, sich über Feinheiten Gedanken zu machen. Hier nicht. Als sie in dem Kleinbus der Botschaft herumgefahren wurden oder in einem der Fiats, drängte sich ein nach After-Shave duftender Robert Sargent gegen sie. Judith muß gegen ihre fast physische Verzweiflung beim Klang der polnischen Sprache ankämpfen – diese frustrierenden Wortkaskaden, melodisch, unzugänglich, die Struktur des Satzgefüges mit seinen vielfachen Variationen, die Nebensätze, die koordinierenden Konjunktionen: Judith meint, sie heraushören zu können, ohne sie jedoch zu verstehen. Warszawa, denkt sie. Stätte meiner Vernichtung.

Die Sprache, in ihrer Schönheit, bleibt unzugänglich. Und Carl – was ist mit Carl? – Sie verzeiht ihm seine Untreue (seine neueste Untreue), aber kann ihm nicht verzeihen, daß er sie angelogen und erwartet hat, sie würde ihm glauben.

Keine Zeit für sich selbst, Hände schüttelnd, gegen den Qualm anzwinkernd, noch ein Glas russischen Tees akzeptierend. Keine Zeit, über das Mahnmal für die »Märtyrer« des Gettos, den jüdischen Widerstand zu grübeln; es kommt ihr merkwürdig irrelevant vor, bitter zu sein oder gar ein ungewöhnliches Interesse an diesem historischen Zeitpunkt zu zeigen – 1943 war in der Tat schon lange her. Sollte Judith das gesamte polnische Kontingent zum Abendessen einladen, vielleicht in das berühmte (und teure) »Krokodil« am Marktplatz? Oder werden sie sich hinter ihrem Rücken über sie lustig machen? Oder aber gefällt sie ihnen wirk-

lich, bewundern sie sie, wie es den Anschein hat? (Inzwischen hat
es mehrere Buketts gegeben, sie kann es nicht über sich bringen,
sie alle wegzuwerfen.)

Es ist keine Zeit, sie werden in den Botschaftsbus gedrängt, Judith hört sich interessiert eine Anekdote an, die der Kulturattaché
zum besten gibt, dessen voriger Posten – offenbar, paradoxer-
weise, hatte er sich dort wohlgefühlt, – Saudi-Arabien war. 50
Grad Hitze, Treibhausklima, öffentliche Steinigungen, ja, auch
noch viel härtere, viel schlimmere Strafen, und die hygienischen
Verhältnisse und die Krankheiten, und natürlich existieren *dort*
Frauen überhaupt nicht – sie existieren einfach nicht. Judith hat
Probleme mit ihrer Verdauung, ihrem Stuhlgang. Neuerdings
versetzt sie der bloße Anblick, der Geruch des Badezimmers im
Hotel in Panik. Der Wachstuchvorhang der Dusche mit dem verblaßten Blumenmuster. Das fleckige Waschbecken, der fleckige
Kachelboden. Das ohrenbetäubende, wahnsinnige Rauschen,
wenn die Wasserspülung betätigt wird. (»Ich dachte, meine Toi-
lette wollte mich überfallen!« sagte Robert Sargent und schüttelte sich.) Judiths Augen tränen, ihr Kopf dröhnt; sie muß sich auf
eine nicht ganz logisch formulierte, aber womöglich feindselige
Attacke konzentrieren, die von einem rotbärtigen jungen Büh-
nenautor kommt. Sie beide befinden sich in einer fünfköpfigen
Podiumsdiskussionsrunde, die der PEN-Klub zur Erörterung des
»Übersetzungsproblems« zusammengestellt hat. Der junge
Mann spricht mit einem ausgesprochen schottischen Akzent, den
er sich wohl während seines zweijährigen Auslandsaufenthalts
erworben hat. Andere Akzente sind britisch oder mittelwestlich
(die Universität von Iowa, um genau zu sein). Gewissenhaft no-
tiert sich Judith Namen und Adressen, läßt sich gedruckte Karten
geben, hätte sie doch Zeit zum Nachdenken . . . sie will den Polen
zu Übersetzungen verhelfen, sie sollten in Amerika veröffentlicht werden . . . und sie weiß auch Bescheid über Austauschpro-
gramme, sie kann Erkundigungen einziehen über mögliche Stipendien, Iowa, Columbia, Stanford, Michigan, sie wird Empfeh-
lungsbriefe schreiben, Telefongespräche führen. Daheim in New
York verspricht sie die Gründung eines Komitees, den polnischen
Dissidenten, die ihre Posten verloren haben und zu Unpersonen

wurden, zu helfen – sie wird sich mit polnischen, in den Vereinigten Staaten im Exil lebenden Autoren in Verbindung setzen, sie wird Geld für den in London erscheinenden *Index on Censorship* spenden. Erschöpfung hat Ringe unter ihre Augen gezeichnet, ihre Hände zittern, sie fürchtet, ihren Elan zu verlieren, ihr Selbstvertrauen. Hat irgend etwas, was wir sagen oder publizieren, überhaupt *Bedeutung*, denkt sie, wenn wir dabei nichts zu riskieren haben? – wir, die wir frei sind?

Aber die Zeit reicht nicht aus, um sich darüber den Kopf zu zerbrechen, der Kleinbus der Botschaft wartet draußen mit laufendem Motor, Tadeusz wartet, Marianne Beecher in Hosen aus weichem Flanell, dazu ein wildledernes Sportjackett, als wolle sie Judith Horne nacheifern, um zwei Uhr nachmittags ist ein Fernsehinterview angesetzt, Carl ist den ganzen Vormittag über sehr aufmerksam gewesen, Tadeusz lächelt sein scheues, exquisit höfliches Lächeln und korrigiert – aber sehr diskret – zum zweiten- oder drittenmal ihre Aussprache von Mickiewicz' Namen.

Schlaftrunken, mit bleiernem Gedärm, dreht Judith sich von ihm weg, als wolle sie sich im Bettzeug verstecken. Carl will sie wekken, unten auf der Straße hat der Frühverkehr eingesetzt, im Korridor vor ihrem Zimmer schleppen Handwerker Möbel, Zimmermädchen hantieren mit Staubsaugern, das unveränderlich frostig-bleiche Licht erfüllt das Zimmer: *Warszawa*. Wieder einmal muß Judith in ihrer Stadt aufwachen.

Carl will wissen, ob sie krank sei. Wenn nicht, müßten sie sich beeilen.

Mag sein, daß er sie nicht betrogen hat, denkt Judith und hält die Augen geschlossen, vielleicht sagt Carl immer die Wahrheit und nur sie ist es, die alles verzerrt. In allem sieht sie sofort eine Bedeutung, selbst in der Tapete, heraldische Muster, die zu verblaßt sind, um sich einem abgestumpfteren Blick zu erschließen.

»Diese Journalistin, sie wollte ein Interview mit dir machen, Marta Sowieso, sie wartet wahrscheinlich unten im Coffee-Shop«, sagte Carl, bückt sich, um sich im Kommodenspiegel zu sehen und fährt sich mit dem Kamm durchs Haar, – »Du wirst sie sicher mögen, sie ist schnell, intelligent und spricht recht gut englisch.«

»Marta wer?« fragt Judith. »Ich kann mich an keine Marta erinnern.«

».. . hab sie neulich Abend kennengelernt, sie kennt die meisten deiner Essays, *sagt* sie, ist natürlich erpicht darauf, dich persönlich kennenzulernen... Ist alles in Ordnung, Judith? Weshalb stehst du nicht auf?«

»Ich kann mich an keine Marta entsinnen«, sagt Judith wieder. »Ich erinnere mich nicht an einen Interviewtermin.«

»Hier, ich habe ihre Karte«, sagt Carl, Judith sieht nicht hin. »Du hattest mich gebeten, sie entgegenzunehmen, die Einzelheiten zu notieren, erinnerst du dich nicht?«

Judith bleibt stumm.

Carl geht ins Badezimmer. Das Wasser läuft, die Leitungen gurgeln laut, die uralte Wasserspülung rauscht.

Heute, endlich, soll Judith der jüdische Friedhof gezeigt werden. Sie hat Carl nichts davon erzählt – er hat sowieso seine eigenen Verabredungen –, weil sie weiß, daß er es mißbilligen würde. »Glaubst du wirklich, du solltest...« wird er fragen. Oder aber er wird überhaupt nichts sagen.

Carl kommt wieder ins Zimmer, Judith ist aufgestanden und bürstet sich ungeduldig das Haar. Lockige, krause, dunkle-aber-schon-angegraute Haare bleiben in der Bürste hängen.

Er will wissen, was sie von *The Awkward Age* halte und sie antwortet, es sei vielleicht keine Geschichte, die man in Polen lesen sollte, und er sagt: Stimmt, aber was ist deine Meinung? Und sie sagt: Sehr langsam, sehr opulent, sehr zäh, sehr profund – in der Tat herzzerreißend. Er sagt, James sei es immer, wenn man ihn richtig lese; Judith sagt, ich gebe mir Mühe, die meisten Bücher »richtig« zu lesen.

Carl kramt in seinem Koffer. Dann, fast wegwerfend: »Gewiß tust du das, Judith. Schließlich bist du der Star der Konferenz. Die Königin, die Studentin mit der Auszeichnung, die, die am meisten Stil hat, die einzige, die die Polen interviewen wollen . . . Worüber streiten wir uns eigentlich? Streiten wir uns?«

»Ich weiß nicht«, sagt Judith ruhig, » – streiten wir uns?«

Carl antwortet nicht. Judith fährt fort, ihr Haar schnell und zwanghaft zu bürsten.

Einen Augenblick später und mit einer ein wenig veränderten Stimme sagt Carl: »Übrigens haben sie mich gestern wegen der NATO-Geschichte gefragt.«

»Welcher NATO-Geschichte?«

»In Norwegen. Du hast es sicherlich gelesen. Sie haben sich entschlossen, dort fünfhundertundzweiundsiebzig neue Flugkörper zu stationieren, eine Art Fünfjahresplan.«

»Wegen der Sowjets?«

Carl läßt den Deckel seines Koffers zuschnappen und sagt verärgert: »Das Paradoxe ist, daß die NATO diese Woche mit den Sowjets über Waffenbegrenzung verhandeln will, aber die Sowjets wollen nicht verhandeln, es sei denn, daß die NATO von ihren Plänen zurücktritt. Ergibt das einen Sinn?«

»Und was hat Norwegen damit zu tun?«

»Dort hat das Treffen stattgefunden. Ich weiß nicht. Das Land Norwegen hat nichts damit zu tun – nicht mehr und nicht weniger als irgend eines dieser Länder.«

Judith läßt ihre Haarbürste auf das Bett fallen. »Ja, ich weiß Bescheid«, sagt sie, und das bleierne Gefühl in ihren Gedärmen wird schwerer. »– oder etwas sehr Ähnliches. Es stand neulich im Botschaftsbulletin.«

»Aber seither hat sich die Lage verändert.«

»Was hat sich verändert?«

»Das wollten unsere Polen gestern beim Mittagessen wissen«, sagt Carl. »Nicht genau – du weißt ja, sie haben nur – gefragt. Natürlich wissen sie nicht, was in der Welt vor sich geht. Sie wissen zwar, daß ihre Regierung die Nachrichten zensiert, aber sie wissen nicht, ob sie westlichen Meldungen trauen können, und natürlich wissen wir das auch nicht.«

»Sie kennen nicht einmal ihre eigene Geschichte«, sagt Judith.

»Kennt die überhaupt jemand?«

»Sei bitte nicht frivol. *Ja*, ein paar von uns kennen sie.«

»Wir wissen doch nur, was man uns erzählt hat, was wir lesen.«

»Richtig, und wir machen es uns zur Aufgabe, es erzählt zu bekommen und sehr viel zu lesen.«

Carl seufzt. »Die Bundesrepublik Deutschland ist durchaus bereit, dem NATO-Plan zuzustimmen, die Gründe liegen auf der Hand. England und Italien machen auch mit.«

»Die Sowjetunion hat ebenfalls Flugkörper«, sagt Judith und zieht die Stirn kraus. »Worüber streiten wir uns?«

»Wir streiten uns *nicht*«, sagt Carl. »Ich stimme dir zu. Die Sowjets besitzen Tausende von Flugkörpern – sie haben einen pro Woche hergestellt. Die meisten sind auf Westeuropa gerichtet, ein paar aber auch auf China.«

»Stimmt«, sagt Judith. »Wir wissen das. Und auf Nord-Amerika.«

»Es ist nichts Neues, du hast recht, es ist wie immer das Alte.«

Nun kramt Judith in ihrem Koffer, in ihrer Ledertasche. Paß, Notizblock, Brieftasche, zerknitterte Papiertaschentücher, Kugelschreiber. Ein mehrfach gefalteter Warschauer Stadtplan. Warum bin ich hier, denkt sie und starrt auf etwas in ihrer Hand – warum bin ich in diesem Zimmer, in dieser Stadt, mit diesem Unbekannten?

Wieder starrt sie auf den Gegenstand in ihrer Hand, der allmählich zu ihrem Nécessaire wird.

Abrupt sagt Carl, und berührt ihren Arm: »Judith, ich komme mir vor, als hätte ich es mit einem Gegner zu tun. In der vergangenen Woche hat sich das Gefühl verdichtet. Die Spannung, die ewige Hetze –«

»Du hast in *mir* einen Gegner gespürt oder *in* mir?« fragt Judith geistesabwesend und dreht sich nicht um. Als er darauf nicht antwortet, sagt sie leichthin: »Vielleicht hast du nur ein schlechtes Gewissen.«

»Warum sollte ich denn ein schlechtes Gewissen haben?« Carl lacht, weicht zurück. »Wir treffen uns unten.«

Nun überstürzen sich die Ereignisse, eine Kaskade minderer Offenbarungen.

Die mystische Interpretation des Universums, denkt Judith, ist wahrscheinlich richtig: Jeder Tag ist genau *der* Tag, jede Stunde und jeder Augenblick eine ewige Präsenz, unverrückbar. So hätte Pascal gefolgert, so Spinoza, und alle die orientalischen Mystiker, und . . . Die Welt wird von Visionen überflutet, ja, das erkenne ich ganz deutlich. Aber wie soll sie das einem bedrückten Robert Sargent auf der Fahrt zum jüdischen Friedhof klarmachen, während der bedauernswerte Mann eine Liste der Mißgeschicke, die ihn befallen haben, herunterbetet (seine schlecht funktionierende Kamera ist irgendwo im Hotel »verloren« gegangen; heute morgen hat er verschlafen und ist erst um halb elf Uhr aufgewacht, zu spät für die Eröffnungssitzung des Tages, er hat völlig angezogen in einem großen grellen Sonnenfleck auf dem Teppich seines Zimmers gelegen; er war wie gelähmt, wie erschlagen, nicht fähig, sich zu erinnern, ob er zu Hause in der Thirteenth Street oder immer noch in Warschau oder in Paris war? – wie lange schon ist er unterwegs! Sein Seelenfreund, so nennt er ihn, hat ihn inzwischen bestimmt betrogen, zu Hause in der Thirteenth Street; sicherlich hat er auch den verbotenen Getränkeschrank aufgebrochen, denn er gehört zu den Menschen, die keinen Aufschub ihrer Befriedigung dulden, geschweige denn im herkömmlichen Sinn des Wortes treu sind. So erwachte er, Robert, mit einem widerlichen Geschmack im Munde, mit unkoordiniertem Blick, Speichel war ihm wie ein Faden auf die Brust getropft, ihm, Robert Sargent, der zwar bescheidene aber doch anerkannte Poet der Post-Moderne, der ohne Aufhebens im Verlaufe von Interviews zugab, daß, jawohl, er ein Nachkomme von John Singer Sargent sei, jenes außergewöhnlichen Genies, aber was nützt das? Er ist ja nur *Robert* Sargent! – Er wachte auf von dem Gestank von Erbrochenem, das nicht sein Erbrochenes war, und es dämmerte ihm, daß nicht nur alle seine Reiseschecks, alle seine Złoty und Devisen verschwunden waren, sondern auch alle seine Personalpapiere, alle Notizen, die er sich für die Erstfassungen von Gedichten gemacht hatte; nach etwa zehn Minuten dieser Seelenlähmung war es ihm gelungen, zum Stuhl zu kriechen und sich auf die Füße zu stellen und, ja, alles war weg – gestohlen – alles außer den Notizen für die Gedichte und natürlich auch eine Handvoll Złoty, aber wer will schon *Złoty*? . . . hat Judith jemals etwas so Klägliches gehört?) . . . neben ihr in einem Fiat sitzend, der von einem jungen polnischen Redakteur namens Bruno gefahren wird . . . fröstelnd in einem Tweedjackett mit ausgebeul-

ten Schultern und abgewetzten Ärmeln, ein wahres Dichter-
kostüm, und sich von Judith Hilfe oder Rat oder Sympathie erwartet oder einfach nur, daß sie sich mit ihm über sein Pech amüsiert.
Ist es das menschliche Dilemma an sich, fragt sich Robert.

»Der Kulturattaché war sehr nett«, sagt Robert mit gedämpfter
Stimme, »ich meine, er wurde nicht wütend. Falls er angewidert
war, hat er es sich netterweise nicht anmerken lassen. Er hat
versprochen, zu Hause Geld für mich anzufordern, Gott sei Dank
weiß er genau, was zu tun ist, ich war ganz krank vor Furcht, die
Sache der Polizei melden zu müssen, Sie wissen ja, ich würde so
etwas nie tun, der junge Mann – er war blond, auch ein Dichter
oder wenigstens hat er es behauptet – es war von dem jungen
Mann sehr ungezogen, einfach mit meinen Sachen zu verschwinden, aber ich kann ihm wirklich keine Vorwürfe machen, ich
meine, schließlich *bin* ich Amerikaner, wir sind gewissermaßen
Freiwild, meinen Sie nicht auch? Jedenfalls hätte ich ihn unmöglich beschreiben können, meine Brille war heruntergefallen . . .
seit ich in Warschau angekommen bin, hat sich die Sehstärke in
meinem linken Auge rapide verschlechtert, in der Tat . . . Ach
Judith, wir sind hier so lange gewesen! – Eine Ewigkeit! Sie
werden mich doch nicht nachher auslachen, Liebste, und es überall herumerzählen . . . ?«
Judith lacht verlegen und tätschelt beruhigend Roberts Arm.
Die Welt wird von Visionen überflutet, denkt Judith, und heute,
der Tag ihres Besuches des jüdischen Friedhofs, ist der einzige
Tag, auf den es ankommt, der Tag der Erlösung oder der Ver-
dammnis; diese Stunde, dieser einzige Augenblick. Aber Judith
ist kein religiöser Mensch. Mystizismus liegt ihr nicht, gleichgültig, wie tröstend oder furchterregend er sein mag. Sie kann
nicht wirklich an so etwas wie Blut glauben – an jenen schweren
dunklen unbewußten Strom des Seins – oder wie immer man ihn
nennen möchte – was immer Obskures man darunter versteht –
sie kann einfach nicht glauben. Und das Problem mit den Offenbarungen ist eben, daß sie allzu oft vom Himmel fallen.
Nichtsdestoweniger berührt sie der jüdische Friedhof tief, sie ist
erschüttert, erschöpft, atemlos. Der Frühling läßt immer noch
auf sich warten, hält sich sozusagen in der Schwebe: Hier zwit-

schern die Vögel einander mit winterlichen Klagestimmen zu, die Atmosphäre ist ländlich und zeitlos, weit weg von der Stadt, in die der Friedhof eingebettet ist . . . Eine kühle, grünlich-feuchte Ruhe, Hunderte von leuchtend weißen Birken, Grab an Grab . . . An solchen Orten fühlt man, daß die Erde nicht den Lebenden, sondern den Toten gehört, die sie in so unermeßlicher Zahl bevölkern.

Auch Robert Sargent schweigt und starrt, wie Judith, auf die Stadt der Gräber. Seine kindlich-blauen Augen sind weit aufgerissen, die Hände stecken in den Taschen seines übergroßen Tweedjacketts.

Pinchas, der alte Friedhofswärter, führt Robert, Judith und ihren hochgewachsenen, jungen polnischen Begleiter. Ein breiter Weg, geborstener Asphalt unter überhängendem Geäst, zwischen Gräberreihen. Pinchas hat etwas von einem Kobold, er ist drollig aber zugleich gelassen. Amerikanische Besucher können ihn nicht einschüchtern – er hat schon viele von ihnen gehabt. Unaufhörlich, unermüdlich berichtet er, zeigt auf Grabstätten, identifiziert Tote mit sorgloser, liebevoller Vertrautheit. Judith bemerkt sein ausdrucksloses, ledernes Gesicht, seine tiefliegenden, slawischen Augen, seine abstehenden Ohren. Eine Kafka-Karikatur – alt und farblos geworden. Er trägt Hemd und Krawatte und darüber eine schmuddelige Jacke. Man hat den Eindruck, als fühle er sich an diesem zwar schönen aber trostlosen Ort sehr wohl, als habe er sein ganzes Leben hier zugebracht. »Ist Pinchas ein Vor- oder ein Nachname?« fragt Robert, als Bruno die Frage übersetzt, bekommt er keine Antwort. Vielleicht hört er schwer? Sein Monolog geht fast pausenlos weiter – nun zeigt er auf ein verfallenes Mausoleum und redet dabei in schnellem Polnisch.

»Ein wohlhabender Fabrikbesitzer«, dolmetscht Bruno, »einer jener reichen Juden, die früher Warschau zum Zentrum des europäischen Handels machten . . .«

Die kleine Prozession bewegt sich weiter. Judith trägt nur ihren wildledernen Overall, sie ist barhäuptig, nie ganz vorbereitet auf den kühlen Maiwind. Robert Sargent bückt sich und will die Grabinschriften entziffern, natürlich sind sie verwittert und unleserlich. »Erschreckend, daß einem auch Latein nicht weiterhilft«, murmelt er. Fünfhunderttausend Gräber. Grabsteine aller Größen, manche beinahe fünfzehn Meter hoch, andere wiederum niedrig und kompakt, wieder andere bloße, von Gras überwucherte Tafeln. Judith, immer auf der Jagd nach Einzelheiten, fragt, woraus die Steine sind: Das ist schwedischer Granit (der schwarze Stein); polnischer Granit (rosa-grau); Sandstein; Marmor. Mit melancholischem Stolz weist Pinchas auf eine aufwendig ausgeschmückte Grabstätte (Stiefmütterchen und blühende Petunien hinter schmiedeeisernem Gitter), der Vater eines jetzt in Miami ansässigen Millionärs, »die Ehefrau schickt zweimal im Jahr einen Scheck für alle Auslagen«, dolmetscht Bruno. Pinchas führt sie weiter und zeigt auf einen kleinen Ziegelturm auf einer großen, umzäunten Grabstätte, »hier der große Mendelssohn, groß zu seiner Zeit, Marxens Sekretär. Sehr feine Leute, sehr reich.«

Judith und Robert fällt ein auf einen granitenen Grabstein eingeritztes Hakenkreuz auf.

Dieser Friedhof ist eigentlich ein Wald, denkt Judith, in dem Gräber geduldet werden. Überall schöne Bäume – Birke, Ahorn – in ihrem ersten Grün. Ein blasses, kaltes Grün, fast durchsichtig.

Nun zeigt Pinchas auf die Gräber berühmter Juden – Dichter, Schriftsteller, Musiker – berühmte Männer – übersetzt Bruno mit höflicher Gelassenheit, als sei er schon öfter hier gewesen und habe Pinchas' Monolog viele Male mit angehört.

Diese Juden haben Glück gehabt, sie sind eines natürlichen Todes gestorben und wurden in ihrer Heimaterde begraben.

Offenbarungen heben einander auf, denkt Judith und wischt sich mit dem Handrücken über die Augen. Robert sieht es und wendet sich diskret ab. Eine Sekunde später sagt er, als wolle er sie trösten: »Einmal, es ist schon lange her, kämpfte ich mich durch eine Gasse in Rom, ich war damals ein junger Mann und lächerlich empfindlich, und etwas an dieser Menschenmenge, alles so *gut aussehende Menschen* – Römer sehen alle oder fast alle so gut aus – etwas traf mich mitten ins Herz. Damals dachte ich: *Was für eine einsame Bestimmung.* Ich habe das Gefühl nie verstanden, aber ich glaube, heute paßt es.«

Judith stimmt weder zu noch ist sie anderer Meinung.

Am Friedhofstor gibt sie dem Wärter einen Zwanzig-Dollar-Schein – harte Währung – und sieht, wie die tiefliegenden Augen des Mannes förmlich aufleuchten. Er ist gerührt, aufgewühlt, bedankt sich mehrere Male auf polnisch, schüttelt Judith die Hand, bis sie sich halb verlegen, halb beschämt, wegdreht.

Auf der Rückfahrt ins Hotel spürt Judith Brunos Mißfallen. Robert Sargent sagt: »Liebste, Sie haben dem alten Pinchas den Tag gerettet, vermutlich das ganze Jahr.«

Mit ruhiger Stimme sagt Carl: »Ich habe einfach das Gefühl, daß ich in dir mit einem Gegner konfrontiert bin.«

Judith sagt: »Ich verstehe das nicht.«

»Ich meine, mit einem Gegner *in* dir – innerhalb von dir – mit einer Art Rivalen. Er ist in dir drin, und wir beide kämpfen um dich.«

Judith lacht spöttisch. Der Ton ihres Geliebten ist so humorlos und flach, seine Worte sind so lächerlich. »Lohnt es sich denn?« kann sie sich nicht versagen zu erwidern. Carl sitzt auf der Kante des zerwühlten Bettes, eine Zeitung auf den Knien, Notizblockblätter auf dem Bettzeug verstreut. Seine Augen sind blutunterlaufen, er ist bleich. Es ist nach neun Uhr, er ist noch unrasiert, seine untere Gesichtshälfte sieht böse aus. Er hat das Gesicht, denkt Judith, eines lauernden Ehemanns, jeden Augenblick wird er mich um die Scheidung bitten.

Beide sind sie vor Tagesanbruch aufgewacht. Verkehrslärm, Toilettengeräusche. Judith verspürte wieder jene vage Warschauer Furcht, es war, als tauche sie durch seichtes, graues Seifenwasser auf – es hat keine Tiefe, aber man kann trotzdem darin ertrinken. Gestern nacht, falls ihre Erinnerung sie nicht trügt, hatten sie zum erstenmal seit vielen Tagen versucht, einander zu lieben. Carl war zärtlich, verzweifelt. »Haßt du Männer«, hatte er geflüstert, »oder die gesamte Menschheit?«

Judith legt großen Wert darauf, eine Frau zu sein, die ihren Körper akzeptiert, an das Leben des Körpers glaubt. »Sinnlichkeit« – wenigstens als philosophisches Prinzip – bedeutet ihr viel. Sie konnte nichts erwidern. Sie wandte sich weg, schluchzend, und vergrub ihr nasses Gesicht im Kopfkissen.

Nun ist es Morgen, und sie hat sich wieder gefangen. Sie sagt: »Das sagst du doch nur, weil du etwas anderes nicht sagen willst.«

»Was zum Beispiel –?« fragt Carl und beobachtet sie.

»Ich liebe dich, ich hasse dich«, sagt Judith leichthin. »Was die Menschen gewöhnlich einander sagen, oder so macht man es uns glauben.«

»Es ist nicht meine Gewohnheit, feierliche Aussagen zu machen über das, was ich empfinde«, sagt Carl. »Du mußt mich mit jemand verwechseln.«

»Natürlich«, antwortet Judith. »Daran wird es liegen.«

». . . dieser Gegner, von dem ich sprach«, sagt Carl, faltet die Zeitung zusammen und schaut mißbilligend auf seine tintenflekkigen Finger, »dieser Gegner ist *deine* Empfindung. Eine Art Schatten, ein Spiegelbild. Genau gesagt bist du es nicht selbst – Judith –, aber es wohnt in dir. Manchmal kann ich es gerade noch erkennen, dann wieder entzieht es sich mir –, es ist zu schlau. Es besetzt dich und verdrängt mich, es ist ein Rivale, ich fürchte, es wird siegen.«

Judith sagt langsam, während sie es mit der Angst zu tun bekommt: »Ich verstehe das nicht.«

Carl seufzt, läßt die Zeitung fallen. »Du bist keine glückliche Frau.«

»Soll das ein Vorwurf sein?«

»Ein Mann fühlt sich bei einer Frau wie dir herausgefordert – deine Intelligenz, dein Format. Dein Stil. Es gibt nicht viele Frauen, mit denen ich mich auf gleichem Niveau unterhalten kann – nein, ich werde mich nicht für diesen Satz entschuldigen, ich habe keine Zeit für irgendwelche Unaufrichtigkeiten – und ich glaube du weißt, wieviel mir unsere Freundschaft wert ist – natürlich weißt du das. Aber dieser ständige Kampf mit – mit was immer – diesem Gegner – *dir* wird anstrengend.«

Judith starrt ihn an. Einen langen Augenblick sagt keiner etwas. Dann hört sie sich sprechen, mit sanfter, faulig-sanfter Stimme. »Aber ich verstehe das wirklich nicht, ich liebe dich doch.«

»Ach, tust du das?« sagt Carl sofort, als fürchte er, den Worten Resonanz zu lassen. *»Wirklich?«*

»Ich liebe dich.«

Kalt lächelt Carl ihr zu, oder in ihre Richtung. Er sitzt noch immer auf der Bettkante, mit leicht hochgezogenen Schultern, ein jüngerer Mann mittleren Alters, dunkles Brusthaar schattenhaft unter dem weißen Unterhemd sichtbar. Zehn Jahre, denkt Judith voller Panik. Zwölf. Mein ganzes Leben. Und jetzt in Warszawa.

(Vor ein paar Tagen, bei einem Spaziergang durch die Altstadt, hielten sie inne, um sich »handgeschnitzte« Christusfiguren an einem Verkaufsstand anzusehen. Die Christusse hingen alle am Kreuz, aber es gab auch ein paar Großaufnahmen, Kopf und Schultern, Dornenkrone, grellrot gefärbte Blutstropfen. Obwohl sie als Handschnitzereien ausgewiesen waren, hatten alle Figuren das geglättete Aussehen von Dutzendware, was Judith sowohl amüsant als auch deprimierend fand. Jesus mit den brechenden Augen in den Farben eines Cartoons. »Soll ich dir einen kaufen?« hatte Carl gefragt, »als Reiseandenken an Polen?« Judith war von ihm abgerückt, war auf einmal wütend. Spott war hier weiß Gott nicht angebracht. Spott war aber auch unerheblich. Der Marktplatz, das Kopfsteinpflaster, Touristen in Fiakern, überall melodisch unverständliches Polnisch, schwere Fensterläden an den Häusern, überall Fassaden aus dem achtzehnten Jahrhundert . . . Außer natürlich, daß es keine echten Fassaden aus dem achtzehnten Jahrhundert waren, denn alles stammte ja aus der Nachkriegszeit, neu erstanden aus Ruinen. Judith dachte: Nie zuvor habe ich mich als jüdisch empfunden, niemals vor Warschau.)

Nun zieht Carl ostentativ seine Armbanduhr auf. Mit müder Ehemannsstimme sagt er: »Also. Wir sollten hinuntergehen. Unsere Begleiter warten schon.«

Aber Judith rührt sich nicht und sieht ihn unverwandt an. »Ich verstehe es nicht«, wiederholt sie störrisch. »Offenbar bist du derjenige, der nichts von dem will, was ich zu bieten habe. Nichts, das tiefer geht, echt oder dauerhaft ist. Bin ich glücklich, bist du gleichgültig oder neidisch. Wenn ich Erfolg habe, ziehst du dich zurück, du *bist* neidisch. *Streite es nicht ab.* Und doch hast du mich attraktiv gefunden, weil ich erfolgreich war. Nur wenn ich deprimiert bin, zeigst du Mitgefühl, nur wenn etwas schief geht – dann sagst du absurde Dinge, die ich nicht verstehen kann. Zum Beispiel so eine Bemerkung, wie du sie heute morgen gemacht hast.«

Carl steht abrupt auf, will zum Wandschrank gehen, aber Judith hält ihn am Ärmel fest. Und dann hört sie sich diese bemerkenswerten Worte sagen: ». . . du liebst mich nicht, ich bin dir völlig gleichgültig. Nichts ist echt, oder . . .«

Carl will sie beruhigen, aber sie läßt sich nicht beruhigen. Nun flüstert und schluchzt sie: »Ich ertrage es nicht – mit dir in diesem elenden Zimmer eingesperrt zu sein . . . glaubst du etwa, mir macht es Spaß? Ich hasse dich! Deine Grausamkeit, deine herablassende –«

»Aber Judith, um Himmelswillen –«

»Ich will ein normales Leben mit dir!« sagt Judith, und ihre Stimme wird lauter. »Ich glaube an gegenseitigen Respekt – an Aufrichtigkeit – Treue – ich war bereit zu warten – ich war bereit, meinen Stolz zu opfern – aber ich werde mich nicht erniedrigen! – deinetwegen!«

Sie ist auf einmal hysterisch geworden. Carl will die Arme um sie legen. Sie stößt ihn weg, schlägt mit den Fäusten nach ihm, schluchzt wie ein Kind. Es ist alles sehr erstaunlich, Judith kann dafür keine Erklärung finden.

Eine hysterische Frau, nicht mehr jung, die vor Wut so laut schreit, daß ihr Gesicht ganz verzerrt ist . . . die Kehle aufgerauht von Worten, denen sie nicht glauben will. »Du liebst mich nicht, du hast mich nie geliebt!«

Nachher eine Oase der Ruhe. Angstvolle Zärtlichkeit.

»Natürlich tut es mir leid«, sagt Carl und ist noch ganz erschüttert von der Szene. »Natürlich liebe ich dich. Aber ich bin nicht immer sicher, daß . . . ich dich kenne.«

»Du kennst mich sehr gut«, sagt Judith.

Sie liegt erschöpft auf dem ungemachten Bett, ihre Stimme tonlos und stumpf, ihr Kopf leer. Selbsthaß, Haß gegen die absurde Kreatur Judith Horne, hat einen scharfen, greifbaren Geschmack angenommen, wie Erbrochenes.

»Es ist dieser Ort, wir sind von diesem Ort vergiftet worden«,

sagt Carl langsam. Es hört sich an, als gebe er Judiths eigene
Worte wieder, als spreche er mit ihrem Tonfall. ». . . Schließlich
doch eine besetzte Zone.«
»Ja«, sagt Judith tonlos. »Eine besetzte Zone.«

Ist das dort, an der Wand, Napoleon? in einem verblichenen
Wandgemälde voller barocker Schnörkel und Wolken? Judith,
gelangweilt von der einschläfernden Zeremonie in dem Museum
und nicht mehr ganz so fasziniert von der Musikalität der polnischen Sprache und überhaupt nicht mehr fasziniert von dem
Englisch, in das sie übersetzt wird, sucht Abwechslung in der
bemalten Decke, im Fußboden, in der Wand. Die Luft ist voll von
Zigarettenqualm, kein Fenster ist geöffnet worden, in winzigen
Gläsern wird Wodka gereicht, russischer Tee, eine betagte Bedie-
nerin geht auf Zehenspitzen herum. Neidisch sieht Judith Carl
schnell etwas in sein Notizbuch schreiben. Im Turm der Jesuitenkirche läutet eine Glocke, ein hoher, kühler, klarer Ton. Ende der
Woche werden sie Polen verlassen. Bald. Aber vielleicht ist es zu
spät.
Judith betrachtet das napoleonische Wandgemälde. Ein beleibter
Cherub, den ein bewundernder Maler im Augenblick – kann das
sein? – seines Aufstiegs in den Himmel portraitiert hat.
(Für Polen ist Napoleon ein Retter, er hatte ihnen ja »Freiheit«
versprochen. Deshalb werden seine Armeen mit den allergrößten
Hoffnungen erwartet.) Judith sieht den Lorbeerkranz in seinem
Haar, die Art, in der sein Blick in heroischer, ekstatischer Unschuld himmelwärts gerichtet ist. Er trägt eine frisch gestärkte,
weiße Weste, ein kurzes grünes Jackett mit rotem Kragen und
roten Ärmelaufschlägen und eleganten kleinen Messingknöpfen.
Judith glaubt, sie habe diesen Napoleon schon anderswo in Warschau gesehen, aber wo, daran kann sie sich nicht erinnern.

Die Amerikaner besuchen eine Kollektivfarm außerhalb der
Stadt, und dann fahren sie weiter zu Chopins Geburtsstätte in
Żelazowa Wola. Judith will Mickiewicz lesen und meint, die
Übersetzung tauge nichts. Sie blättert die ihr von den Polen
gegebenen Publikationen durch. Ihr fallen die sich stets wieder-

holenden, anscheinend unausweichlichen Schlagworte auf: *Zusammenbruch, unterdrückte Völker, revolutionärer Elan, Opfer, Verrat, Tyrannen, Vernichtung, Überleben, Teilung, nationale Unabhängigkeit, Untergrundorganisationen, Aufstand, geknechtetes Volk, Despot, Unterdrücker, Leiden, Kampf.* Es schmerzt sie zu sehr, noch einmal Einzelheiten über den Aufstand von 1944 und dessen Niederschlagung seitens der Nazis zu lesen.

Während des Mittagessens bemüht sich ein junger Universitätsassistent, die Anwesenden davon zu überzeugen, daß sich die Sowjetunion nicht mit anderen Nationen vergleichen lasse. »Demokratien sind zu schwach, um mit solchen Nationen fertig zu werden«, sagt er und atmet Zigarettenqualm aus. »Wenn es nicht bei Ihnen, in Washington, so viele Juden gäbe, würde morgen schon eine Invasion stattfinden – oder übermorgen? – bestimmt. Aber ihr Einfluß ist stark, sehr stark, und ist nie polenfreundlich gewesen.«

Judith hat Tadeusz zum Abendessen eingeladen. Sie sind allein. Sie will ihm Fragen über sich stellen, aber er besteht darauf, ihr Fragen zu stellen. Es erweist sich, daß er sie für eine polnische Literaturzeitschrift interviewen möchte. Ihre Theorien über Literatur . . . was denkt sie über ihre Zeitgenossen (»Sie haben sich über Jerzy Kosinski eine Meinung gebildet?«) . . . was sie als nächstes zu tun beabsichtige. Sie essen Rumpsteak vom Wildschwein, Krakauer Ente mit Pilzen, Kohl mit Mizeria (Gurkensalat), Dattelmazurek, Safran-Baba. Dazu trinken sie sehr süßen Wein. Und nachher sehr starken Kaffee in kleinen Tassen. Tadeusz bedankt sich überschwenglich, errötet vor lauter Dankbarkeit.

(Sieben Monate später wird Judith eine Übersetzung des Interviews erhalten, mit freundlichen Empfehlungen der Amerikanischen Botschaft. Sie wird entgeistert, ja, völlig verständnislos angesichts von so viel Feindseligkeit, von so viel Verdrehung ihrer Bemerkungen seitens des Interviewers reagieren. *Judith Horne gibt vor, kulturellen polnischen Aspekten gegenüber auf-*

geschlossen zu sein, verrät sich jedoch durch ihre Unkenntnis
von ... Judith Horne glaubt, wie andere ihrer Landsleute auch,
über Autoren wie Saroyan, Sinclair Lewis und Jack London die
Nase rümpfen zu können, deren Werke wohl mehr gelten als die
ihren ... Judith Horne bemängelte ihre Hotelunterbringung, sie
hatte an der polnischen Küche und den polnischen Gebräuchen,
an den geschäftigen Straßen etwas auszusetzen ... ja, die bloße
Luft, behauptete sie, sei unsauber.)

»Nun, das jüdische Getto war kein großer architektonischer Verlust«, hört Judith einen Polen zu einem amerikanischen Delegierten sagen. Sie braucht eine Weile, bis ihr die Bedeutung der Worte aufgeht – aber inzwischen spricht man von etwas anderem. Auf jeden Fall ist sie zu demoralisiert, um zu sprechen. Auf jeden Fall beabsichtigt sie, sich einen Weg durch die Menge zu bahnen und die Damentoilette aufzusuchen.

Klatsch, der Judith und Carl interessieren könnte: In genau diesem Haus – es gehört dem Stellvertretenden Amerikanischen Missions-Chef – hat Mary McCarthy *Die Clique* geschrieben. Bewundere sie, Judith, diesen Roman? Wird er heute noch in den Vereinigten Staaten gelesen und respektiert?
Eine dreiviertel Stunde verspätet kommt Robert Sargent in den Coffee-Shop, so frisch rasiert, daß seine Haut buchstäblich schimmert, so verschlafen, daß seine Augen halb so groß wie normal erscheinen. »Judith ... Carl ... ist es nicht bizarr? Hier in Osteuropa wachsen meine Zehennägel anscheinend doppelt so schnell, ich muß sie zweimal die Woche zurückschneiden, geht es euch genauso?«
Seit dem Ausflug zum jüdischen Friedhof ist Robert in Judiths Gegenwart besonders nervös, fröhlich und unbekümmert gewesen. Sie lächelt nun nicht mehr über seine Beobachtungen, was ihn jedoch um so mehr herausfordert. »*Meine* Zehennägel«, sagt Carl und gähnt, »– sind geschwunden.«

In der Absicht, den mit Möbeln versperrten, zur Mitteltreppe des Hotels führenden Korridor zu vermeiden – eine Art große Spirale, mit einem tiefroten Teppich ausgelegt –, sucht Judith die Hintertreppe, findet den Notausgang und tappt im Halbdunkel die Stufen hinunter, Stockwerk für Stockwerk. Sie dreht an Türknäufen (die Türen sind alle verriegelt), ihr Herz fängt an zu hämmern. Wäre es möglich, daß sie im Treppenschacht gefangen ist? – es ist nicht möglich, denn sie kann ja schreien, gegen die Türen hämmern, vielleicht gibt es einen Feueralarm. Leider sind die einzelnen Stockwerke nicht bezeichnet. Leider ist die Luft im Schacht abgestanden und warm, irgendwie widerwärtig.

Schließlich landet Judith im Kellergeschoß – sie kann nicht tiefer gehen – sie dreht an einem Türknauf, ein paar Meter jenseits der Tür hört sie Stimmen und Gelächter. Hier unten ist es sehr warm und ganz dunkel. »Hallo«, ruft Judith, »ist dort jemand? Können Sie mir aufmachen? Die Tür ist versperrt –«

Aber niemand hört sie. In panischer Angst rennt sie die Treppe wieder hinauf, zum nächsten Stock, vielleicht ist es das Erdgeschoß des Hotels – und will die Tür wieder aufmachen, aber natürlich ist sie zugesperrt. »Hallo«, ruft sie mit ruhiger Stimme, »ist dort jemand? Können Sie mich hören? Offenbar bin ich eingeschlossen . . .« Ein Dunst von gebratenen Zwiebeln, von Fett. Kein Laut. Nichts. Sie rennt weiter, hinauf zum nächsten Stock, ihr Herz hämmert nun gewaltig, zum nächsten und übernächsten . . . Aber alle Türen sind versperrt. Die Türen sind alle versperrt.

Jetzt hämmert sie wieder mit den Fäusten an eine Tür, ruft um Hilfe, verzweifelt, ohne Scham. Ein Puls schlägt wild in ihrem Kopf.

»So helfen Sie mir doch – bitte – ich kann nicht heraus – bitte – ist denn dort niemand? – o Gott, bitte –«

Und dann geschieht es, wie durch ein Wunder, daß sich eine Tür *auf dem Stockwerk unter ihr* auftut, fast als Antwort auf Judiths Hilferufe. Sie stürzt die Treppe hinunter, schreiend. Zwei Männer gehen rückwärts durch den Türeingang, sie tragen eine Stufenleiter. Judith läuft ihnen entgegen, außer sich vor Erleichterung und Dankbarkeit. »Ach, um Himmelswillen *danke* – o bitte lassen Sie die Tür nicht wieder zufallen!«

Sie zwängt sich an ihnen vorbei, an ihren erstaunten Gesichtern,

und steht auf einmal am entfernten Ende genau desjenigen Korridors, der zu ihrem Zimmer, Nr. 371, führt.
Eine amüsante Anekdote, denkt sie, ich muß sie später einmal Carl erzählen.
Oder ihren Freunden zu Hause.
Oder vielleicht doch lieber nicht.

Judith kritzelt Namen und Adressen in ihr Notizbuch. Ja, sie kennt jemanden an der Universität von Iowa – ja, sie hat einen Bekannten in Stanford – bestimmt wird sie sich nach Austauschstipendien erkundigen. Man stellt sie dem lauten, burschikosen, bärtigen Sekretär des Internationalen Komitees für die Vereinheitlichung Terminologischer Neologismen vor. Er drückt ihr fest die Hand, erklärt ihr, daß er auch übersetze, einen Vertrag habe, eines ihrer Bücher zu übersetzen – obwohl er lieber ein Buch machen würde, das noch nicht in den Vereinigten Staaten erschienen sei. »Wie das? Wie wäre das denn möglich?« fragt Judith und ist verwirrt. Der junge Mann tritt einen Schritt näher an sie heran, lächelt nervös, ja fast unverschämt, sagt: »Ich werde eng mit Ihnen zusammenarbeiten müssen, Miss Horne, mich mit Ihnen wegen des Manuskripts besprechen, ja . . . drei, vier Wochen mindestens in New York mit der Zusammenarbeit verbringen . . .« Judith rückt von ihm ab und sagt: »Ich bezweifle, ob sich das machen läßt.« Aber er lächelt nur und erwidert: »Dann muß ich Sie überzeugen! . . . geben Sie mir die Gelegenheit!«

Judith ist entsetzt über die winzigen Schmutzröllchen unter ihren Fingernägeln. Überall, zwischen ihren Brüsten, auf ihren Schenkeln, ihrem Bauch. Seit ihrer Ankunft in Warschau hat sie sich immer nur ganz schnell und oberflächlich geduscht.
Sie fährt sich mit einem Waschlappen fest über die Haut. Ein weißer Lappen mit dem überall präsenten Wort *Orbis* hineingestickt. Schichtweise Schmutz, Flocken, fast unsichtbare Staubpartikel. Besonders die Füße sind befallen: Sie braucht gute zwanzig Minuten, um sie rein zu schrubben. Ihre Haut ist gereizt, hat häßliche rote Stellen, schmerzt. Ich verwandle mich in bloßes Fleisch, denkt Judith. Ich werde zum Tier.

Zwei Mitglieder der amerikanischen Delegation, aus Budapest zu ihnen gestoßen, verlassen die Konferenz vorzeitig. Sie sind auf einer sechswöchigen, vom Außenministerium arrangierten Tour durch die Länder Ost-Europas, »Kultur-Emissäre«. Judith bewundert ihr Stehvermögen. »Wir haben aus erster Hand die tragische Geschichte Polens erlebt«, sagt einer von ihnen, »– und die tragische Geschichte Ungarns. Davor: die tragische Geschichte Bulgariens, Jugoslawiens und der Tschechoslowakei. Wollen Sie wissen, was unser nächstes Ziel ist? Die DDR.«

Carl tippt den ersten Entwurf einer Reportage über die politische Atmosphäre Polens. In ihrer Endfassung wird sie dann eines Tages im *New York Times Magazine* stehen, tatsächlich wird Carl Walsers Bericht in jener Woche als Titelgeschichte erscheinen. Nun blickt er irritiert zu Judith auf, die seinen Rat haben möchte. Soll sie für ihre polnischen Gastgeber Geschenke besorgen? – für jeden, oder nur für die, mit denen sie persönlichen Kontakt hatte? Oder sollte sie lieber die ganze Gruppe zum Abendessen in der Altstadt einladen? (Judith kann großzügig sein, sie ist ja diejenige, der man all die Złoty ausgezahlt hat – weder Carl noch Robert Sargent haben irgendwelche polnischen Tantiemen bekommen.)
»Oder meinst du, ich sollte das Geld persönlich einem der Dissidenten aushändigen?« fragt sie. »Ich meine – demjenigen, der es am nötigsten braucht?«
»Und wer zum Teufel wäre das?« fragt Carl.
»Ich habe mir den Namen aufgeschrieben«, entgegnet Judith und kramt in ihrer Handtasche, »– der mit dem Bart, Władysław Sowieso. Elżbieta hat mir von ihm erzählt, er ist ein Mitglied von K. O. R. und ist dutzendmale verhaftet worden, er ist völlig mittellos, ich entsinne mich, daß er auf mich einen sehr sympathischen Eindruck machte, ich fand mich ihm irgendwie verbunden –«
»Wer, verdammt nochmal, *ist* der Mann?« fragt Carl ungeduldig.
»Ein Gesicht, ein Händedruck? – ein paar melancholisch wäßrige Augen? Nur weil der Mann kein Englisch spricht und ein paarmal verhaftet wurde, willst du ihm Geld geben?«

Judith kehrt ihre Tasche um. Zettel fallen heraus, vielfach gefaltete Notizbuchblätter. »Elżbieta behauptet, er habe ein paar Jahre in Schweden zugebracht und dort polnische Autoren veröffentlicht, aber dann wurde er so heimwehkrank, daß er zurückkommen mußte, trotz der Gefahr. Und jetzt bekommt er kein Visum und ist arbeitslos – du mußt dich an ihn erinnern – du und Marianne, ihr habt euch mit ihm unterhalten.«

»Du verhältst dich wie jemand, der nicht ganz richtig im Kopf ist«, sagt Carl.

»Nur, weil mir diese Menschen leid tun? Weil ich Mitgefühl für sie empfinde? – Weil ich ihnen helfen will?« entgegnet Judith wütend.

»Du kennst sie doch nicht. Ein Dissident ist nicht nur deshalb ein Heiliger – es gibt unter den Dissidenten auch Antisemiten – sieh dir Solschenizyn an. Du benimmst dich lächerlich, dies ist eine andere Form von Hysterie.«

»Solschenizyn Antisemit? Ich glaube das nicht.«

»Er ist Russe, das genügt.«

»Ist er ein Antisemit?« beharrt Judith und blickt Carl unverwandt an.

»Er bewundert Nixon. Er bewundert Stabilität. Was glaubst du wohl?«

Judith schweigt, starrt vor sich hin. Ihr Atem geht schnell und stoßweise. Carl greift nach ihrer Hand. »Um Himmelswillen, setz dich doch, du siehst ja ganz erschöpft aus. *Du kannst die Welt nicht retten.*«

Judith rückt ab. »Ich bin überhaupt nicht erschöpft«, sagt sie. »Ich fühle mich so stark wie seit langem nicht.«

»Gottseidank fliegen wir morgen ab.«

»Ich bin aber noch nicht so weit, ich will etwas für diese Leute tun.«

»Setz dich. Komm her.«

Judith hat den Zettel gefunden, ihre Finger zittern. »Hier ist er – Barańczak – war das nicht der Name? Wahrscheinlich spreche ich ihn nicht richtig aus –«

»Barańczak«, wiederholt Carl zweifelnd, »War das nicht jemand anderes? Der Philologieprofessor, der so schlecht sehen konnte?«

Der Kleinbus der Botschaft wird umgeleitet, durch eine Seitenstraße. Auf dem Boulevard findet eine Königliche Prozession statt – oder etwas, das wie eine Königliche Prozession aussieht: Limousinen, Armeefahrzeuge, berittene Polizei, viel Militär. Die Nebenstraßen sind völlig menschenleer.

Breschnjew, so wird den Amerikanern erklärt – Breschnjew ist wieder einmal zu Besuch gekommen, die Warschauer-Pakt-Verhandlungen, schon das zweitemal in diesem Monat.

»Angenommen, jemand bringt ihn um«, sagt Robert Sargent und schaudert genüßlich. »Dann steckten wir wirklich in der Tinte.«

Marta, das kurze dunkle Haar kraus um ihr Gesicht, mit funkelnden, dunklen Augen, kettenrauchend, schmeichelt Judith mit lebhaften Komplimenten. Unter allen amerikanischen Autoren hier »von höchstem Range . . .« Unter allen amerikanischen Autoren, die Polen besucht haben . . . »Und natürlich«, sagt Marta nachdrücklich und macht dabei jene Geste, die Judith als spezifisch polnisch zu erkennen glaubt – eine Art gebremster Hieb mit der flachen Hand durch die Luft, begleitet von einem Ausdruck peinlicher Berührtheit – »natürlich gefällt es mir, als einer Frau, ich meine, daß *Sie* auch eine Frau sind, obwohl das, was Sie schreiben, überlegen ist – drücke ich mich da richtig aus? – gegenüber den feministischen Bestrebungen auf der elementaren Ebene –«

Judith murmelt ihre Zustimmung, oder ist es eine Frage? Marta spricht weiter. Sie ist dreist und streitsüchtig und beinahe häßlich, aber doch wieder attraktiv, ihr Gesicht ist lebendig, die Augen verengen und erweitern sich je nach Intensität. O, wie entzückt sie ist, endlich die distinguierte amerikanische Schriftstellerin Judith Horne interviewen zu können! Tagelang hat sie um dieses Interview ersucht, hat an der Rezeption Nachrichten hinterlassen, hat versucht, einen Termin mit Hilfe der Amerikanischen Botschaft zu bekommen . . . und jetzt, jetzt hat sie so viele Fragen . . .

Judith kneift die Augen zu, dieser ewige Qualm, und beißt einen schmerzenden Daumennagel ab. Schmeichler waren ihr schon immer suspekt, gleichgültig, wie unschuldsvoll oder arglos, aber etwas an Marta stört sie besonders.

Natürlich ist Marta Jüdin. Darüber gibt es keinen Zweifel. Augen,

Nase, Mund, das krause Haar – ähnelt sie nicht Judith selber, ist sie nicht wie eine Art komprimierte Taschenausgabe von ihr? Aber sie trägt ein kleines goldenes Kreuz am Hals. Klein, aber deutlich sichtbar. Herausfordernd. Das Kreuz ruht in der Halsgrube, bewegt sich, wenn Marta atmet, wenn sie spricht. Judith starrt wie gebannt darauf, während Marta ihr Interview macht – lange Fragen an sie richtet, die bereits ihre eigenen Antworten enthalten; wenn sie kritische Stimmen zu Judiths Büchern zitiert, zu denen sie, Judith, bitte einen Kommentar geben soll; wenn sie fragt, wie es so viele Polen vor ihr getan haben, was Judiths erste Eindrücke gewesen seien.

Judith unterbricht sie. »Das Ding da, das Sie tragen – sind Sie katholisch?«

Marta weicht zurück. Die Reaktion ist fast automatisch; Judith empfindet sie als nicht ganz spontan. Mit dem Ausdruck überraschter Ernsthaftigkeit antwortet Marta: »Ja, natürlich bin ich Katholikin.« Nach einer Pause fügt sie hinzu: »Ich bin eine Konvertitin.«

»Eine Konvertitin«, wiederholt Judith. »Wann wurden Sie konvertiert? – sagt man das so richtig – *wurden* Sie konvertiert? – wie alt waren Sie damals?«

»Ich war sechzehn«, sagt Marta, unsicher geworden. »Aber wir haben nicht mehr viel Zeit, Miss Horne, wir sollten uns auf Sie konzentrieren.«

»Ich hatte Sie gebeten, mich Judith zu nennen.«

»Ja – aber es ist doch so schwierig, nicht wahr? – Sie sind prominent – und wir haben nicht viel Zeit, wenn Sie bereits morgen abreisen müssen – so bald!« Marta versucht ein verbindliches Lächeln. »In der Tat ist meine nächste Frage die: Wann werden Sie in unser Land zurückkommen, Miss Horne?«

»Wurde Ihre gesamte Familie konvertiert«, fragt Judith, »oder nur Sie? – ich kenne mich da nicht aus.«

»Ich habe meine eigene Entscheidung getroffen«, sagt Marta und hat wieder jenen würdevoll-überraschten Gesichtsausdruck, »– meine Überzeugungen gehören nur mir allein – verstehen Sie – sie kommen von innen.«

»Und Ihre Familie?«

»Meine Familie«, antwortet Marta langsam, vorsichtig. »Sie ist überall verstreut . . . und nicht in Warschau.« Sie zieht an ihrer Zigarette, atmet Rauch aus. Gereizt wedelt Judith ihn weg.

»Verstreut –?«

»Verstreut, sie leben überall«, sagt Marta und hebt die Schultern. »Manche sind, wissen Sie, tot – oder vermißt.« Sie hält einen Augenblick inne und fügt dann leise hinzu: »Meine Familie war sehr wohlhabend. Aristokraten. Mein Großvater und seine Onkel – sie besaßen eine Exportfirma. Sie hatten Geschäftsverbindungen mit London, Miss Horne, mit Paris, Berlin, Wien – überall. Lederwarenexport – beste Qualität.«

»Aha«, sagt Judith. »Aristokraten.«

Marta wartet, bis eine junge Kellnerin an ihrem Tisch vorbeigegangen ist, dann beugt sie sich vor, ihr Gesichtsausdruck ist intensiv, schlau, die Stimme gesenkt. »Die Juden – die anderen Juden – ich meine die Juden von Warschau, vom Getto – sie hätten sich retten können, wenn sie gewollt hätten«, sagt Marta. »Auch die Landbewohner. Sehen Sie, Miss Horne, sie waren zu schwerfällig und sehr unwissend – voller Aberglauben – faul.« Marta schüttelt den Kopf, halb traurig, halb angewidert. Und wieder dieser Ausdruck peinlicher Berührtheit. »Sie hätten sich retten können, die, die dann in Auschwitz umgekommen sind. Aber sie haben es nicht versucht.«

»Sie haben es nicht versucht«, wiederholt Judith langsam.

»Amerikanern ist das nicht leicht zu erklären«, sagt Marta, »aber Sie müssen wissen, daß das Bauern waren – hauptsächlich Bauern. Und sehr unwissend.«

»Hauptsächlich Bauern«, sagt Judith ruhig. »Ich verstehe.«

Eine lange, bedrückende Pause. Judith starrt auf die Teegläser auf dem Tisch, auf die Zitronenachtel. Im Coffee-Shop ist es laut, rauchig, belebt, trotz des Halbdunkels fröhlich, kein Ort für dramatische Abgänge. »Und nun, Miss Horne, machen wir bitte weiter, ja?« sagt Marta. »Ich habe noch eine wichtige Frage –«

Es gibt eine Version, wonach Judith plötzlich Marta die Zigarette aus den Fingern schlägt: Sie fällt auf den Tisch, rollt auf den Fußboden. In einer anderen Fassung steht Judith so abrupt von ihrem Stuhl auf, daß die Fragerin erschrickt, zurückweicht, ihre

Zigarette fallen läßt. Sie fällt auf den Tisch, rollt auf den Fußboden . . .

Carl folgt Judith nach oben, kommt einen Moment nach ihr ins
Zimmer. Er scheint eher verwirrt als verärgert. »Was zum Teufel
war denn da unten los?« fragt er.
Judith, die zitternd am Fenster steht, antwortet nicht.
»– Ich habe euch nicht beobachtet – ein paar von uns tranken
gerade Kaffee – ich sah, wie ihr beide hereingekommen seid, es
sah so aus, als sei alles ganz problemlos, als hättet ihr euch gut
verstanden – ich hatte dir ja gesagt, daß sie nett war – und dann,
auf einmal – bist du weggegangen und die arme Frau rief hinter
dir her.«
»So? Tatsächlich?«, sagt Judith. »Ich habe nichts gehört.«

Judith und Carl entschuldigen sich vom Abendprogramm, sie
möchten allein abendessen, obwohl sie beide, wie sie dem Konfe-
renzleiter erklären, sehr gerne zu der Vorstellung der Tanzthea-
tergruppe aus Posen im Opernhaus gegangen wären. »Bei unserem nächsten Besuch in Warschau«, verspricht Carl.
Sie verlassen das Europejski und überqueren den weiten, zugigen
Platz. Sie gehen ins Victoria, das einzige Nobelhotel in Warschau, um eine teure polnische Mahlzeit zu essen. Polnische Küche – natürlich – aber in ruhiger, gepflegter Umgebung. (Weiße
Leinentischtücher, auf jedem Tisch eine einzige, langstielige
Rose, eine hübsche junge Frau in einem duftigen, weißen Kleid
spielt Harfe, die Beleuchtung ist diskret, schmeichelnd.) »Ich
weiß wirklich nicht, warum wir das tun«, sagt Judith schuldbewußt. »Prätentiöse, überteuerte Restaurants sind eigentlich nicht
mein Fall.« »Vielleicht sind sie es doch«, sagt Carl, »genau besehen.«
Judith spürt die leise Verachtung in seinem Ton, aber sie läßt sich
nicht provozieren. Sie haben sich so oft in Warschau gestritten,
und jetzt scheint ihr jede Form von Gefühlsausbruch zwecklos.
Zorn und Tränen und Haßausbrüche, gefolgt von Umarmungen,
Trost, Versöhnung. Gesten der »Liebe«. Selbst wenn sie ihrem
Geliebten Vorwürfe macht, bleibt immer noch etwas in ihr unbe-

teiligt und steht beiseite, skeptisch, die bloße Authentizität des Augenblicks anzweifelnd. Reagiert Judith auf den inneren Carl Walser oder spielt sie einfach nur eine Rolle? – spricht Sätze, die nicht die ihren sind, Sätze, die einfach nur die einer Frau sind? Selbsthaß, denkt sie, ist wie ein Fötus in ihr geschwollen.

Carl bestellt eine Flasche Wein, obwohl Judith nichts trinkt. Mineralwasser und Eis, das genüge ihr. (*Eis.* Tagelang hat keiner von beiden etwas Eisgekühltes getrunken, außer bei dem Empfang in der Residenz des Stellvertretenden Missions-Chefs: welch ein Luxus!) Carl entscheidet sich für einen Krabben-Cocktail, obwohl Judith ihn warnt: Die Krabben sind wahrscheinlich nicht frisch; schließlich ist man ja in Warschau. Trotzdem bestellt er sich den Cocktail; Judith wählt Borscht. Ihre Wahl war wohlüberlegt gewesen, aber die Suppe ist nur wäßrig und sehr süß. Sie nimmt nur ein paar Schlucke und legt den Löffel nieder. Carls Krabben sind winzig und zäh wie Gummi. »Vielleicht *sind* sie aus Gummi – Gummikrabben für Touristen«, sagt er. Judith: »Ich habe dir ja gesagt, du sollst keine Krabben bestellen.«

»Richtig«, antwortet Carl, »das hast du getan.«

Das Unglücksmahl nimmt seinen Lauf. Sehniges Roastbeef, Ente, die so lange in der Bratröhre war, daß sie völlig ausgetrocknet ist. Judith beobachtet ihren Geliebten und denkt, ich hasse diesen Mann – wären wir verheiratet, würde ich ihn verlassen. Aber sie kann nicht umhin, dabei sein gut aussehendes, gerötetes Gesicht zu bemerken (Zorn steht ihm, sogar seine Augen sind dunkler, irgendwie listiger geworden), seine Bewegungen, obwohl von gereizter Befangenheit, haben nichts an Grazie verloren. Wären wir verheiratet, würde ich ihn verlassen, denkt Judith. Aber wir sind nicht verheiratet.

Im Restaurant ist es recht voll und ganz anders als im düsteren Speisesaal im alten Europejski mit seiner Grabesatmosphäre. Hier sind die Gäste sehr sorgfältig gekleidet, die Stimmung ist kultiviert, gedämpft, die junge Harfinistin, soweit es Judith beurteilen kann, durchaus talentiert. (Sie spielt eine verträumte Fassung von »Clair de Lune«.) Am rechten Nebentisch wird deutsch gesprochen, lebhaft und laut; an einem kleineren Tisch hinter Carl sitzen zwei ältere Frauen und reden offenbar schwedisch miteinander. Dann gibt es einen französischen Tisch und dann wieder einen deutschen. Keinen polnischen? Carls Blicke schweifen umher. »Was glaubst du«, fragt Judith leise, »– Deutsche? Hier gibt es bestimmt keine DDR-Bürger, oder?« Carl spitzt die Ohren, sitzt ganz still. Nach ein paar Augenblicken sagt er: »Ich glaube, du hast recht. Westdeutsche.«

Sie wechseln amüsierte, verwunderte, überraschte Blicke ... Erstaunlich, daß westdeutsche Touristen ausgerechnet nach Warschau reisen, es sei denn, es ist überhaupt nicht erstaunlich, sondern alltäglich, und nur Carl und Judith sind überrascht.

»Nun«, sagt Carl und zwar in dem wegwerfenden Ton, den Judith fürchten gelernt hat, »– schließlich sind wir auch hier.«

Die Behauptung ist unlogisch, sinnlos, nicht einmal witzig, aber Judith will sie nicht in Frage stellen. Manchmal herrscht so etwas wie ein Kinderzimmergeist zwischen ihr und Carl. Und zwar in seiner schlimmsten Form. Du hast das gesagt, hab ich nicht, doch, *du* hast das gesagt und es ganz falsch verstanden, nein, das hab ich *nicht*, ich hasse dich ich hasse dich, auch ich hasse dich und will, daß du tot bist.

Die Rechnung für das Essen läßt auf sich warten. Carls Finger trommeln auf den Tisch, Judith gähnt hinter vorgehaltener Hand. Eine derartige Ermüdung, denkt sie, sollte genügen, die hohe, prunkvolle Decke des Restaurants zum Bersten zu bringen, ja, könnte die bloße Erdkruste rissig werden lassen. »Ich warte auf dich in der Halle«, sagt Judith, »ich kann deine Unruhe nicht ertragen.« Sie steht abrupt auf und geht mit großen Schritten auf den Ausgang zu, das Gesicht gerötet, mit schwingender Schultertasche. Keine andere Frau im Restaurant des Victoria trägt heute abend Hosen, geschweige denn so provokant sportliche Kleidung wie zum Beispiel einen wildledernen Overall mit einem Halbdutzend übergroßer Reißverschlüsse. Aber dann hat auch keine Frau im Raum die Präsenz der Amerikanerin Judith Horne.

In der Halle wartet sie auf ihren Geliebten. Studiert Anzeigen für andere europäische Hotels – Prag, Budapest. Stattliche Hochhäuser mit »allem modernen Komfort«. Wieder gähnt sie. Am kommenden Tag werden sie Warschau verlassen – am kommenden

Tag werden sie weg sein. Sie werden direkt nach Frankfurt fliegen, in den Westen, sie werden ihr Heimatterrain sofort erkennen. Auf dem Frankfurter Flughafen Fahndungsphotos von linken Terroristen – traurige, verstockte, intelligente Gesichter mit
Augen, die denen Judiths ähneln – junge deutsche Wachtposten
schlendern paarweise durch die Gegend, ihre Maschinenpistolen
lässig im Arm. Ein mit Judith befreundeter Journalist, der einmal
westdeutsche Soldaten interviewt hatte, berichtete ihr, daß diese
jungen Männer niemals von Auschwitz, Dachau, Belsen gehört
hätten . . . selbst die Namen waren ihnen fremd.
Neben den gewohnten Hinweisen auf Restaurants, Toiletten, Telefone und Erste Hilfe wird es im Frankfurter Flughafen auch
Hinweisschilder auf Sexläden geben: Cartoon-Zeichnungen des
weiblichen Körpers. Heimatboden, der Westen.

Judith schüttelt ihre Träumerei ab, sie sieht Carl durch die Glastür auf sich zukommen, er geht schnell, wie gewöhnlich, sein
Gesichtsausdruck gereizt, verdrossen, als wisse er, daß sie ihn
beobachtet und er ihrem Blick nicht begegnen möchte. Ungeduldig steckt er mit gesenktem Kopf Geldscheine in seine Brieftasche. Judith beobachtet ihn ohne Liebe und denkt, ich kenne
diesen Mann nicht, gleich wird er schnurstracks in die Glastür
rennen, ich habe ihn nie zuvor gesehen.
Und dann, es ist unglaublich, passiert es tatsächlich: Carl rennt in
die Tür, sein leicht gesenkter Kopf schlägt mit einem dumpfen
Laut, der durch die Lobby hallt, gegen das Glas. Die Menschen
drehen sich um. Eine Frau ruft auf englisch: »Oh, der arme
Mann!« Und Judith hat sich nicht gerührt. Im Gegenteil, sie hat
es geschehen lassen, daß ihr Geliebter in eine Glastür gerannt ist,
sie hat ihn nicht gewarnt, sie steht wie angewurzelt da und starrt
ihn an, als sei sie vollkommen unbeteiligt.

Aus der Maschine schallt laute amerikanische Rockmusik,
Durchsagen auf polnisch und russisch, Picknickpakete, bestehend
aus Käse, Aufschnitt, Roggenbrot, Pepsi-Cola (lauwarm) in kleinen Plastikbechern. Die Stewardessen sind Russinnen, aber ihr
selbstbewußter Chic ist international: Blaue Kostüme, darunter

weiße Rollkragenblusen, sehr rote Lippen, Rouge auf den Wangen, langes, glänzendes Haar zu Zöpfen geflochten und im Nakken mit Silberspangen gehalten. Wir haben Polen bereits hinter uns gelassen, denkt Judith und klettert in die russische Maschine. »Alles in Ordnung?« fragt sie. Die häßliche Beule auf der Stirn, hat er ihr versichert, schmerzt nicht mehr. Aber im Hotel hat sie gesehen, wie er zwei, drei Aspirintabletten auf einmal geschluckt hat.

»Du hättest dich ernstlich verletzen können«, murmelt Judith. Tränen steigen ihr in die Augen, wenn sie sich an die Szene erinnert: Carl, der so zuversichtlich in jene Glastür gerannt ist. Ehe Judith Zeit hatte, ihn zu warnen.

»Ein ganz dummes Mißgeschick«, sagt Carl und zuckt die Schultern. »Geschieht mir recht. Anzunehmen, daß sich in Warschau eine Flügeltür automatisch öffnet . . .«.

Im Hotelzimmer packten sie hastig und nachlässig. Überall großes Durcheinander. Judith warf ihre Sachen in den Koffer, ohne sie vorher zu falten und versuchte vergebens, ihre vielen Unterlagen zu ordnen – jenes bunte Gemisch von eilig auf Zettel gekritzelten Namen und Adressen, Notizen, die sie sich gemacht hatte, Broschüren, Stadtplänen, offiziellen Pamphleten und Untergrundschriften – während Carl sagte: »Laß doch das alles, komm schon, unser Auto wartet, wirf alles in den Koffer oder in den Papierkorb, wir kommen sonst zu spät.«

Judiths Koffer war voll, aber wie konnte sie es aussortieren, wenn Carl wartete, wartete, unruhig hin und her ging . . . »Bitte mach mich nicht nervös, verflucht nochmal«, hatte sie gesagt, und Carl hatte entgegnet: »Um Gotteswillen *komm* doch endlich!« Und zum Schluß hatte Judith fast alles weggeworfen – außer den paar gedruckten Karten, die sie in ihre Tasche tat. »Hier«, sagte Carl und bückte sich, um *The Awkward Age* vom Fußboden aufzuheben, »dies auch, gehen wir. Das Flugzeug werden wir auf keinen Fall verpassen.«

Am Flughafen Händeschütteln, Abschiedsgrüße wie unter alten Freunden, alten Kameraden. Alles ist gehetzt, prekär, wehmütig. Tadeuzs' scheues Lächeln rührt Judith – in seinem Blick ist so etwas wie echte Trauer, schuldbewußtes Verständnis . . . der Inbegriff, denkt sie, polnischer Melancholie. »Ich danke Ihnen für Ihre Hilfsbereitschaft, für Ihre Großzügigkeit«, sagt Judith und schüttelt ihm fest die Hand, schüttelt auch Mirosław die Hand, umarmt Elżbieta, die, wie sie bemerkt, unendlich zerbrechlich ist. »Ich habe Ihre Namen und Adressen, ich werde schreiben, wir werden uns bestimmt eines Tages wiedersehen, ich danke Ihnen allen, danke, danke...«. Auch Carl schüttelt Hände, lächelt. Judith hat gesehen, daß er häufig zwinkert und daß sein rechtes Auge tränt. Die Beule auf der Stirn ist zwar häßlich und doch zugleich mit ihrem blutverkrusteten Grat ein wenig komisch – ein blindes aber glotzendes drittes Auge.

Die jungen Polen hatten sich diskret erkundigt, was mit Carl passiert sei, und er hatte verlegen lachend geantwortet: »Gar nichts, ein Mißgeschick – es war ganz meine Schuld.«

Das Flugzeug rollt die Startbahn entlang, pünktlich auf die Minute. Judith hat die Hand ihres Geliebten ergriffen und hält sie fest, sie braucht Trost, Kraft, und sie denkt, wie immer in solchen Augenblicken, *Die Maschine stürzte Sekunden nach dem Abheben ab, alle Passagiere und Besatzungsmitglieder fanden den Tod*, aber nichts passiert, nichts ist jemals passiert, die Maschine hebt einfach ab und befindet sich in der Luft. Unter ihnen Quadrate und Rechtecke und lange schmale Streifen von Ackerland... Eisenbahnschienen... das langgestreckte Gebäude einer Kollektivfarm. Warszawa, denkt Judith, sie zwinkert die Tränen weg, erkennt nichts.

Die Maschine steigt auf, kurvt nach links in einen blendendweißen Nebel hinein. Von nun ab ist alles Routine, automatisch. »Da unten ist die Kollektivfarm, die sie uns gezeigt haben«, sagt Judith zu Carl, der eine auf Glanzpapier in kyrillischen Lettern gedruckte Broschüre studiert – er kann bis zu einem gewissen Grade russisch entziffern –, er beugt sich über sie zum Fenster, zieht die Stirn in Falten und sagt: »Nein, ich glaube nicht, die Farm, die wir besichtigten, liegt in einer anderen Richtung, meilenweit weg.«

Alt-Budapest

Am zweiten Vormittag in Budapest verließ Marianne Beecher unauffällig die Konferenztagungsstätte in einem Fiat sowjetischer Bauart. Ihr Fahrer war ein ungarischer Redakteur, der, wie er sagte, ihr sehr gerne die Stadt vom Gellért-Berg oberhalb der Donau zeigen wollte. »Anderenfalls, Miss Beecher, werden Sie überhaupt nichts sehen. Man braucht einen Wagen und man muß in die Hügel hinaufgefahren werden; die Stadt selbst ist viel zu dicht besiedelt, um gesehen zu werden.«

Sein Motiv für diese Ausfahrt, überlegte Marianne, war entweder ein sexuelles oder ein politisches: Erfahrung ließ sie jedoch vermuten, daß es wahrscheinlich keiner dieser Beweggründe war.

Weil es innerhalb der Stadt eine Geschwindigkeitsbegrenzung gab, präsentierte der lebhafte Straßenverkehr einige sehr interessante Navigationsprobleme, die, so bemerkte Marianne, ihr Begleiter nicht nur mit viel Geschick, sondern auch mit einer gewissen jungenhaften Verve bewältigte. Die Straßen von Buda waren hügelig und gewunden; Kopfsteinpflaster schüttelte das kleine, wendige Gefährt und ließ Mariannes Zähne aufeinanderschlagen. In der Luft lag – verstärkt durch die unverhoffte Maisonne, den Duft von Flieder und den überschwenglichen Redefluß des Ungarn – etwas Festliches, Feierliches, eine Außerkraftsetzung herrschender Gesetze. Es hätte ihr etwas peinlich sein können, als er fröhlich darauf bestand, ihr bereits vor zwei Jahren, bei einer ähnlichen Konferenz, in Warschau begegnet zu sein (»wo Sie, Miss Beecher, und Ihre glücklichen Kollegen im Victoria einquartiert waren und ich und meine Kollegen das Pech hatten, im Europejski zu logieren – einem typisch polnischen Hotel«); peinlich nicht nur deshalb, weil sie sich nicht an ihn erinnern konnte, sondern auch, weil sie nicht sicher war, ob sie damals als »administrative Assistentin« für die National Science Education Foundation oder als Angestellte des Außenministeriums oder einfach nur als Privatperson – vielleicht als Lehrerin mit besonderem Interesse an Wissenschaftserziehung und deshalb in Osteuropa weilend vorgestellt worden war. (Schließlich waren ja Mariannes Großeltern mütterlicherseits litauischer und ungarischer Abstammung, und ihre markanten Backenknochen konnte man slawisch nennen. Sie sprach sogar ein paar Brocken Tschechisch als Folge einer kurzen aber intensiven Liaison mit einem tschechischen Avant-Garde-Dramatiker, der zu Beginn der siebziger Jahre aus seinem Lande ausgewiesen wurde und der dann auf unbestimmte Zeit in Washington lebte.) Der Ungar hieß Ottó und war Chefredakteur einer der Zeitschriften eines Institutes, das sowohl mit »Wissenschaft« als auch mit »Kultur« befaßt war. Unglücklicherweise war die Sprache der Zeitschrift ungarisch und nicht übersetzt; deshalb konnte Marianne sie nicht lesen.

»Mein spezielles Interesse«, sagte Ottó, »galt der Geologie – ich meine, als ich noch studierte. Jetzt sind meine Interessensgebiete Publizistik, Musik und Kommunikationsforschung. Und Sie?« Marianne schätzte ihn auf Ende zwanzig, obwohl seine spärlichen, braunen Haare, seine gefurchte Stirn und ein gewisses, umständliches Gebaren ihn älter erscheinen ließen. Er war nicht hochgewachsen – nur ein paar Zentimeter größer als Marianne – und hielt sich, mit seinen herabhängenden Schultern, etwas gebeugt, in einer respektvollen Pose, die, so vermutete Marianne, wahrscheinlich gespielt war. (Zufällig hatte sie mitangehört, wie er einen der Hotelangestellten in der Rezeption rasch und herrisch auf ungarisch abkanzelte.) Seine Augen waren sehr dunkel und tiefliegend, sein Lächeln charmant, obwohl ein wenig gezwungen. Sie ertappte sich dabei, auf ihn zu reagieren als sei er ein attraktiver Mann und ihr Interesse aneinander rein persönlicher Natur. Sie bemerkte, daß er einen Ehering trug und seine Fingernägel wohltuend gepflegt waren. Und sein dunkler Flanellanzug, obwohl keinesfall von westlichem Schnitt, machte auf sie auf eine undefinierbare Weise den Eindruck, eleganter zu sein als die von den meisten seiner Landsleute getragene Kleidung.

»Mein Gebiet?« fragte Marianne. »Erziehung.«

In Wahrheit aber war sie Magister der Biologie und hatte, als sie Ende zwanzig war, eine Anzahl von Vorlesungen über Kunstgeschichte, Soziologie und Internationales Recht gehört. Sie war eine sehr schöne Frau und genoß ihre Auffälligkeit, besonders in Ostblockstaaten, aber sie schreckte davor zurück, des längeren über sich selbst zu reden, und zwar weniger aus Furcht, Männer deswegen einzuschüchtern, sondern eher aus einer inzwischen zur Gewohnheit gewordenen Notwendigkeit, sich selbst falsch darzustellen – denn Marianne hatte schon als junges Mädchen gelernt, daß ein Maß an Macht darin begründet sei, wieviel an Fakten man für sich behält. Weil sie blond war und unglaublich gepflegt aussah, weil sie ein halbes Dutzend Ringe und Armbänder trug und dazu hochhackige Riemchensandalen, wurde stets, und zwar sowohl von Frauen als auch von Männern angenommen, daß es mit ihrer Intelligenz nicht weit her sein könne. Und diese Annahme, entschied sie, gereichte ihr zum Vorteil.

»Sie sind Lehrerin? Redakteurin?« fragte Ottó neugierig.

»Eine Reisende«, antwortete Marianne.

Sein Lachen war zwar herzlich und klang spontan, aber sie konnte nicht beurteilen, ob es echt oder gezwungen war, und sie hatte auch keine Ahnung, ob er gewöhnlich den kleinen Fiat mit solch unbekümmerter Dreistigkeit lenkte oder ob ihre Gegenwart, ihr nach Flieder duftendes Parfüm ihn ablenkte. Und weshalb drehte er sich immer wieder nach ihr um? Sie bezweifelte, daß er sie so faszinierend fand – vielleicht glaubte er, es würde erwartet.

Aber er war zweifellos ein sympathischer Typ, und sein Englisch ging ihr nicht allzu sehr auf die Nerven.

Er berichtete ihr, sie habe Glück gehabt – sie und ihre Kollegen – mit dem Wetter, das sich erst kürzlich gebessert habe, daß der Budapester Winter deprimierend sein könne und daß, wie sie sicherlich wisse, die Luft jetzt gefährlich belastet sei, ja fast zum Ersticken, und besonders an bedeckten Tagen. Man könne nicht beurteilen, fügte Ottó mit einem trockenen, bellenden Lachen hinzu, ob man von Natur, von »innen heraus« krank sei oder ob das Übelgefühl von außen komme, gewissermaßen vom Himmel falle.

Marianne wollte dem nichts hinzufügen, sondern wiederholte, wie außerordentlich schön, ja fast unheimlich sie die Stadt finde. Die Kirchtürme, die schmalen Gassen, die Friese und die schmiedeeisernen Fenstergitter, den blühenden Flieder überall, die Tortürme und gotischen Bögen und stuckverzierten Häuserfassaden und die steilen Ziegeldächer – woran erinnerten sie sie doch? – sie könne es nicht beschreiben – ja, an Märchen oder Traumlandschaften oder Illustrationen in Kinderbüchern. »Budapest ist noch schöner als Warschau«, war Mariannes bedächtiges Fazit.

»Ach ja – Warschau«, entgegnete Ottó und hob traurig die Schultern. »Aber vergessen wir nicht Prag, die schönste aller Städte; ich meine das Prag von früher. Vielleicht ist es schon zu spät für eine Reisende wie Sie es sind, Miss Beecher, um Prag einen Besuch zu machen.«

Vor kurzem erst war Marianne in Prag gewesen, und es stimmte, sie war zu spät gekommen. Jene heruntergekommene, unsaubere, mit Abfall übersäte und demoralisierte Stadt konnte unmöglich das legendäre Prag gewesen sein.

Mit vor Ironie triefender Stimme fuhr Ottó fort: »Budapest ist noch immer – Budapest geblieben. Wie Sie sehen. Alt-Budapest, pittoresk und zugänglich. Ein Juwel von einer Stadt, wenigstens in früheren Jahren. Eine Wohltat für die Augen. Historische Bauten, restaurierte ›Sehenswürdigkeiten‹, römische Relikte, türkische und so weiter, auch ein paar russische Einflüsse. Für Budapest sind Sie nicht zu spät gekommen, Miss Beecher.«

Auf dem Gellért-Berg zeigte Ottó Marianne die Buda-Hügel und Pest und das Parlamentsgebäude und die Margareteninsel und die Fischerbastei und die Kuppel der Krönungskirche und das erstaunliche Budapester Hilton Hotel mit seinen großen, im Sonnenschein bronzeverspiegelten Fenstern. »Eines unserer neuen Wunder, sie übertreffen die alten«, sagte er und lächelte bitter. Der Wind zauste Mariannes Haar und trieb ihr die Tränen in die Augen. »Sie sind eine höchst ungewöhnliche Amerikanerin, das muß ich sagen, wenn Sie lieber anderswo, in einem unserer

Hotels, abgestiegen sind«, fügte er mit einem verlegenen Lächeln hinzu.

Dann zeigte er auf die riesige Statue des Sowjet-»Befreiers«. »Eine beachtliche künstlerische Leistung, nicht wahr? – ein Eindruck, erst auf die Sinne und dann auf die Seele. Aber man sagt, die Lenin-Statue in Ostberlin sei noch prachtvoller.«

Die Art, wie er das Wort »prachtvoll« aussprach, war so exotisch, daß Marianne es zuerst nicht erkannte.

Ottó fuhr fort: »Natürlich ist Lenin ein Gott und muß dementsprechend maßstabgerecht dargestellt werden. Unser Befreier dagegen ist nur ein gewöhnlicher Sterblicher – deshalb seine bescheideneren Proportionen.«

Er lachte, aber sein Lachen ging in ein krampfhaftes Husten über und Marianne wartete geduldig, bis er sich wieder gefangen hatte. Seine Heiterkeit war nicht ganz überzeugend, aber sein Husten war es. Es war immer dasselbe: Osteuropäisches Lachen verunsicherte Marianne, weil sie niemals wußte, wie sie es deuten solle.

Danach änderte sich Ottós Verhalten ihr gegenüber, und innerhalb weniger Minuten wußte Marianne, was er von ihr wollte. Würde sie eine vierzig Seiten umfassende »Analyse« zeitgenössischer Kultur mit in die Vereinigten Staaten nehmen? – ein schmuddeliges, zerfleddertes Manuskript, auf ungarisch, mit einem Pseudonym auf der Titelseite. »Sie brauchen es nur an den *Index on Censorship* zu schicken«, sagte Ottó mit ruhiger Stimme, »oder, falls es nicht allzu viele Umstände macht – könnten Sie es einigen Ihrer Bekannten in Washington oder New York zu lesen geben? Einem New Yorker Literatur-Agenten . . .?«

Marianne nahm Ottó das Manuskript ab und wog es in der Hand. Trotz des recht frischen Windes, der sie von allen Seiten zu attackieren schien, war ihr eine unangenehme Röte in die Wangen gestiegen; sie schloß aus dem überraschenden Ausmaß ihrer Enttäuschung, daß sie am Ende doch sexuelles Interesse erwartet hatte.

»Ich glaube nicht, daß das geht«, sagte sie.

Aber er schien keine Notiz davon zu nehmen. Er redete weiter, lächelte, kam dicht an sie heran und bückte sich ein wenig, um ihr ins Gesicht zu sehen. Seine Augen waren so dunkel, daß sie fast schwarz erschienen: Das Weiße unnatürlich weiß.

Er redete, redete, redete schnell und dann wieder langsam auf sie ein, wagte es, Mariannes Arm zu berühren, zu lächeln und nahe an ihrem Gesicht zu zwinkern. Er sei zum Teil jüdisch, müsse sie wissen, und daß es sehr schwer sei, gerade in diesem Teil Europas jüdischer Abstammung zu sein, seine Großeltern und andere Verwandte seien im März 1944 »nach Deutschland« verschleppt worden und keiner habe überlebt. Und jetzt gestatte man den Deutschen – das heißt den Westdeutschen – ehemaligen Nazis – nicht nur als Touristen nach Ungarn einzureisen, sondern man heiße sie auch noch wegen ihrer Devisen besonders herzlich will-kommen, denn ihre Währung sei die härteste in Europa. Die Deutsche Mark gelte mehr als der amerikanische Dollar, sei es Marianne bekannt, daß es tatsächlich in Budapest Lokale gebe, in denen man ungarisches Geld nicht nehme? und die alten Nazis ließen sich in ihren schwarzen Mercedeslimousinen herumfahren und die ungarischen Lakaien bückten sich tief, weil sie Trinkgel-der in Devisen erwarteten und die alten Nazis dinierten festlich in den besten Restaurants der Stadt, in schönen Lokalen, die Ottó niemals betreten habe, wisse Marianne, daß ausgerechnet einige dieser Restaurants sich in Häusern befanden, die früher den Deutschen als Festungsanlagen und Gestapohauptquartiere dien-ten! oh, es war sehr amüsant, es war sehr zum Lachen, Ottó müsse zugeben, es entbehre nicht der Komik.

Ehe Marianne Mitgefühl oder Anteilnahme ausdrücken konnte, hatte Ottó geschickt das Thema gewechselt und fing nun an, auf die Russen zu schimpfen. Sie, meinte er, gäben gerne in diesem Teil der Welt vor, die Deutschen hätten den Antisemitismus er-funden. Und was sei mit der jämmerlichen Haltung Polens, der DDR, der Tschechoslowakei? Rumäniens? Wisse Marianne, daß die Menschen dort solche Angst vor »Ausländern« hätten, daß, als er, Ottó, einmal einen alten Bekannten in Bukarest anrief, dieser sofort den Hörer auflegte als er eine »ausländische« Stim-me vernahm –? Und das sei erst in der vergangenen Woche passiert.

Aber auch seine Landsleute, meinte Ottó, seien nicht viel besser. Nun war seine olivfarbene Gesichtshaut dunkel gerötet und Speichelflecken erschienen auf seinen Lippen. Die Ungarn – die Ungarn! Immer bedacht, einander zugrunde zu richten, – niemals könnten sie einer Meinung sein – sich zusammentun – wisse Marianne, daß es während jener Wochen im Jahre 1956 sage und schreibe über fünfzig verschiedene Gruppen gegeben habe, die den Russen entgegentraten? Eine tragische Geschichte, sagte Ottó zornig, eine unerträgliche Geschichte, die Türken, die Deutschen, die Russen, die Ungarn und die Polen verstünden einander durchaus, nur sei es ein Einverständnis der Schande – eine Sippenschande –

Und jetzt, berichtete Ottó, sei ihm ohne ersichtlichen Grund sein Visum für Japan verweigert worden, und auch für England und Schweden, aber noch nicht für die USA, er habe wirklich keinen Schimmer, weshalb man ihm ein Visum verweigere, es sei denn wegen seines Schwagers, der den Mund nicht halten könne, der schwierig und möglicherweise auch geistig gestört sei, aber warum sollte er, Ottó, dafür büßen? denn sie wußten ja nichts von Ottós geheimen Gedanken, seiner geheimen »Analyse«, an der er jahrelang bis tief in die Nacht hinein gearbeitet habe, vielleicht vier, fünf Jahre, sehr spät abends, seine Frau habe keine Ahnung, seine Frau glaube, er redigiere Texte für die Zeitschrift, aber niemand wisse etwas, es sei ganz persönlich und ein äußerst wichtiges Werk, das sich mit der augenblicklichen Situation in Ungarn befasse und den Verrat, die Korruption und die tatsächlichen Verbrechen der Führerclique aber auch der Intellektuellen und unter Ottós eigenen Kollegen behandle, wisse Marianne, wie seltsam es sei, wie verunsichernd, niemals die genaue Wahrheit dessen zu wissen, was einem gesagt würde: Man vermute hinter der Wahrheit Lügen, hinter Lügen Wahrheit, man lese die Dinge falsch, lege sie falsch aus, als er noch zur Schule gegangen sei, habe er, Ottó, geglaubt, es liege eben an seiner Schule, aber später, an der Universität, sei es genauso gewesen, und nun seine Arbeit und seine Ehe! »Es ist merkwürdig«, sagte er mit einem kleinen, zuckenden Lächeln, »es ist – wie ein schiefes Pflaster, es ist, als sei der Fußboden im Zimmer stets schräg, stets geneigt, so

daß die Sachen vom Tisch rollen, man aber nicht genau sagen
kann, warum – man starrt unverwandt darauf, aber man kann es
nicht sehen – auch man selbst hat das Gleichgewicht verloren –
steht schief –, aber dann fragt man sich, ist es eine Krankheit des
Innenohres, des Mechanismus, der den Gleichgewichtssinn kon-
trolliert, liegt es also an dir selbst? aber man weiß es nicht, und
wenn tatsächlich jemand so gütig ist und einem die Wahrheit ins
Ohr flüstert, wie kann man wissen, daß es die Wahrheit ist –,
man hat ja so wenig Übung! Alle Energie wird verbraucht, um
nicht verrückt zu werden!«
Diesen leidenschaftlichen Ausbruch, dachte Marianne, hat er geplant, und zwar in dem Augenblick, da sie am Vorabend miteinander gesprochen hatten. (Während eines Empfangs in der
prunkvollen Residenz des amerikanischen Botschafters in den
Buda-Hügeln hatte ein Botschaftsangehöriger sie einander vorgestellt.) Und nun, da sie wußte, daß Ottó in ihr nurmehr eine
Funktion sah, eine Art Rohrleitung, spürte Marianne ein parado-
xes, verspätetes Interesse an ihm als Mann, als körperliche Präsenz. Seine feuchten dunklen Augen, seine gerötete Haut, sein
arrogantes Benehmen, sein heißer Atem, ja selbst sein zerzaustes
Haar – das vorher mit rührender Sorgfalt glatt über seinen Kopf
gekämmt war – gefielen ihr. Und auch die Tatsache, daß er verheiratet und ein paar Jahre jünger war als sie und sich selbst in
einer so verzweifelten Lage wähnte . . . Die Romanze von Osteuropa, dachte Marianne. Diese verlotterte, heruntergekommene
Pracht, die Faszination und die Verzweiflung aussichtsloser Bemühungen, diese Atmosphäre des Nebeneinander von Phantasti-
schem und Tristem, die merkwürdige Hochstimmung amerikanischer Bürger, die durch diese Welt schreiten, als sei sie ein Zwi-
schenreich jenseits des Spiegels. Daß Ottó sie oder jemanden, der
ihre Privilegien genoß, so verzweifelt brauchte – daß er ihr die
Macht beimaß, die Geschichte entscheidend zu beeinflussen –
daß er nicht so sehr sie als Frau achtete, sondern sie statt dessen
auf andere, weniger persönliche Weise vergöttert hatte: All das
war ungeheuer reizvoll.
Ja, sagte Marianne leise und wich zurück (denn es war spät geworden und sie hatte eine Verabredung zum Mittagessen – ihre

Gedanken rasten inzwischen weiter, hinein in den späten Nachmittag, wo sie in die Residenz des Stellvertretenden Missions-Chef bestellt worden war, dessen Ehefrau, so ging das Gerücht, unverhofft in die Staaten zurückgeflogen sei und mit dem sie möglicherweise, falls ihr das große Glück beschieden sein sollte und sie sehr, sehr behutsam sein würde, zu Abend essen könnte? – gleichzeitig aber bestand auch die vage Hoffnung, eigentlich war es die eines kleinen Mädchens, daß irgendjemand sie aus der schäbigen Budapester Herberge, in die sie sich aus Spesengründen eingemietet hatte, herausholen und sie über die Donau bringen würde, ins Hilton, das einzige Hotel internationaler Klasse. Denn sie verachtete es keineswegs, wie ihr Begleiter, und auf jeden Fall verlangten ihre elegante Garderobe und ihre makellose Schönheit eine würdigere Kulisse): Ja, murmelte sie nervös und verstaute das umfangreiche Manuskript in ihrer Tasche, ich verstehe, ich weiß, es ist sehr schwierig für Sie, für Menschen in Ihrer Lage. Ich werde tun, was ich kann, drüben in den Staaten sind wir ganz auf Ihrer Seite, bitte machen Sie sich keine Gedanken, regen Sie sich nicht so auf, es berührt mich sehr, daß Sie mir Ihr Vertrauen geschenkt haben, natürlich werde ich auf Ihr Manuskript aufpassen – Ottó hatte ihre Hände ergriffen und sie geküßt. Auch er war so bewegt, daß er für ein paar peinliche Augenblicke keine Worte fand. Dann sagte er: »Sie sind zu gütig, Miss Beecher – so großzügig, so schön, so gütig – ich wußte, daß Sie es sein würden, Amerikaner sind so gütig – jemandem wie mir helfen zu wollen – der doch ein Niemand ist, ein Nichts! – der sich niemals anmaßen, nie hoffen kann, Ihnen Ihre Güte zurückzuzahlen –«

Später dann gab er ihr seine Karte und bat sie, sie nicht an dem Manuskript zu befestigen.

»Das würde ich nie tun«, sagte Marianne und es klang leicht gekränkt.

Auf dem langen, transatlantischen Flug von New York nach Frankfurt hatte Marianne sich die Zeit verkürzen wollen, indem sie eine »klassische« Erzählung aus der Mitte des vorigen Jahrhunderts las, jene merkwürdige, im Osten Ungarns spielende, reich ausgeschmückte und sehr langsame Studie *Brigitta* des böhmischen Erzählers Adalbert Stifter, Dichter und Maler, von dem Marianne niemals gehört hatte. (Ein Freund an der Georgetown-Universität hatte ihr diese »wunderschöne« Novelle als Reiselektüre ans Herz gelegt und gesagt: »Sie wird dir helfen, die ungarische Seele zu enträtseln.«)

Aber Marianne fand die umständliche Prosa so gut wie unlesbar. Ungarns Landschaft wurde minuziös beschrieben – sie schien mit ihren ungeheuren Weiten und außerordentlichen Bodenformationen *nicht von dieser Welt:* Eine Märchenlandschaft. Und die ungarischen Gestalten waren Giganten, mit gigantischen und extravaganten Gefühlen. Marianne, die sich für jemanden hielt, der Menschen verstand, konnte diese Leute nicht verstehen und empfand sie als Zumutung. Denn weshalb bildete sich irgendjemand ein, daß sie, Marianne Beecher, sich dafür interessieren könne, etwas über die übertrieben geschilderten Eindrücke eines böhmischen Wanderers von den unendlichen ungarischen Steppen und seine ermüdende Erzählung von einem Besuch in einem Schloß mit dem unwahrscheinlichen Namen Uwar zu erfahren – und wie konnte sie die Leidenschaft eines Mannes für eine Heldin, die nicht nur nicht mehr die Jüngste, sondern auch unendlich tugendhaft war, ernstnehmen?

Als sie zu der Stelle kam, wo der Held sagt:». . . *ja, es zieht uns das Gesetz der Schönheit, aber ich mußte die ganze Welt durchziehen, bis ich lernte, daß sie im Herzen liegt und daß ich sie daheim gelassen in meinem Herzen«,* schloß sie das Buch verärgert und legte es beiseite.

Sie fragte sich, ob das ungarische Volk, wenn man sich erst einmal auf das flache Land wagte, so primitiv geblieben war. In ihrem Hotelzimmer, einen Anruf erwartend, blätterte sie hastig Ottós Manuskript durch. Natürlich war es unverständlich, denn es war ungarisch. Marianne kannte nur ein halbes Dutzend ungarische Worte, und auch diese sprach sie jedesmal falsch aus. Das Manuskript war eselsohrig, schmuddelig und schlecht getippt und zwar auf einer Maschine mit zerbrochenen i's und p's. Der arme Mann, dachte Marianne, war wirklich rührend naiv, wenn er meinte, daß irgend jemand einen »New Yorker Literatur-

Agenten« für ein derartiges Dokument interessieren könne, das obendrein nicht einmal in englischer Sprache vorlag. Aber nichts stand dem im Wege, es an den *Index on Censorship* in London zu schicken; in der kommenden Woche würde sie jemanden bei der Bonner Botschaft beauftragen, es für sie in die Post zu tun. (Es sei denn, natürlich, die Grenzbeamten würden das Manussukript konfiszieren, wenn sie die Heimreise antrat. Sie konnte sich nicht entsinnen, ob sie das letztemal Nachsicht übten oder war es beim Verlassen der Tschechoslowakei . . . ?)

Jedenfalls nahm sie an, Ottó habe die Gefahr, in der er sich zu befinden glaubte, dramatisiert und daß er eigentlich nur seine eigene Bedeutung herausstreichen wolle. In diesem Teil der Welt waren derartige Selbsttäuschungen nicht ungewöhnlich. Man verbrauche alle seine Energie, um nicht verrückt zu werden, hatte er gesagt – oder war das ein anderer Ungar gewesen?

Jetzt läutete das Telefon, Marianne legte das Manuskript beiseite und Ottós Karte an einen anderen Platz – auf die mit einem Sammelsurium bedeckte Kommode, zwischen Kosmetika und einem Halbdutzend anderer, ihr seit ihrer Ankunft von Ungarn überreichten Karten. Sie alle waren übrigens identisch, sowohl im Format als auch in der Papierstärke, als stammten sie samt und sonders aus der gleichen Druckerei.

»Die Rote Armee ist unser Garant für den Frieden in Europa.« Der Leiter der Public-Relations-Abteilung der Botschaft sprach diesen Satz mit einer solchen Selbstverständlichkeit und Geläufigkeit aus, daß Marianne merkte, wie leicht er ihm über die Lippen ging, wie häufig er aber auch deswegen in einen Disput verwickelt wurde. »Ohne die Russen«, fuhr er fort, »– würden diese absurden kleinen Länder einander längst an die Gurgel gesprungen sein, es würde Grenzstreitigkeiten gegeben haben, und jede Sprachgruppe würde sich mit den benachbarten Sprachgruppen in den Haaren liegen. Ungarn – Rumänen – Tschechen – Slowaken – Jugoslawen – und alle übrigen. Wir wissen sehr gut, was passieren kann, weil es in der Vergangenheit passiert ist. Unterjochte Völker sind keine Heiligen«, sagte er und beugte sich graziös vor, um Mariannes Glas mit Weißwein zu füllen, »– man frage nur die Juden«.

Falls er eine lebhafte Auseinandersetzung und Gegenrede seitens des Halbdutzends Gäste erwartete, die in dem eleganten Salon in der Residenz des Stellvertretenden Missions-Chef versammelt waren, muß er enttäuscht gewesen sein. Keiner widersprach ihm, und Mariannes Bekannter Tommy erklärte lachend: »Weil die Juden ein unterjochtes Volk oder weil die Juden als solche keine Heiligen sind –?«

Sie sprachen über den Antisemitismus in Ungarn und Polen (»Ist er nicht am schlimmsten in Polen?«) und in der Sowjetunion (»Nein – am schlimmsten ist er in der Sowjetunion«) und zu Hause in den Staaten, auf Long Island zum Beispiel oder in Washington. Der Leiter der Public-Relations-Abteilung erzählte eine lange und recht böse Anekdote über Antisemitismus in Ottawa, und Tommy, der am North American Studies Institute arbeitete und als Zuhörer bei der viertägigen, auch von Marianne besuchten Konferenz war, gab eine gleichermaßen böse Anekdote über Antisemitismus in Paris zum besten. (»Auf gewisse Weise sind die Franzosen die allerschlimmsten«, sagte er.)

»Nein, bestimmt nicht: In Rußland ist es am schlimmsten«, widersprach der Stellvertretende Missions-Chef, ein ehemals in Moskau stationierter Berichterstatter für *Newsweek*, bevor er ins Außenministerium berufen wurde. »Ich bin nämlich jüdisch, und ich sollte es wissen.« Selbstverständlich gaben sie ihm recht, es war ja schließlich sein Haus und außerdem war er auch der Ranghöchste in der Runde.

»Stimmt, Rußland ist ein ernüchternder Tatbestand, oder besser: Ein historisches Faktum«, räumte der Kulturattaché ein, »– aber wir sollten Deutschland nicht ignorieren. Deutschland wird immer sein. Genau wie Stalin es formulierte: ›Diktatoren kommen und gehen, aber das deutsche Volk bleibt bestehen.‹«

Alle Anwesenden lachten herzlich. Der Stellvertretende Missions-Chef bot Marianne eine Zigarette an und bat sie um *ihre* Meinung, aber Marianne hatte Zweifel und behauptete, die einzigen Russen, die sie kenne – Beamte des Auswärtigen Dienstes oder zu Besuch weilende Autoren und Gastprofessoren – habe sie durchaus als sympathisch empfunden. »O ja gewiß, *Sie*«, sagte der Stellvertretende Missions-Chef und lachte trocken.

Dann konzentrierte sich das Gespräch auf die Konferenz, die, so beklagte man, noch keine klaren politischen Umrisse bekommen habe und wandte sich einem kürzlich erfolgten Selbstmord zu, wo sich jemand von der Freiheitsbrücke, genau unterhalb des Gellért-Berges, gestürzt hatte und worüber natürlich nicht berichtet werden würde. Von jeher war die ungarische Selbstmordrate sehr hoch; auch Geisteskrankheiten und Alkoholismus, aber genaue Statistiken seien nicht leicht zu bekommen . . . Angeregt sprachen sie über den letzten Sturz des Dollarkurses im Vergleich zu der Deutschen Mark und über die »masochistische« Berichterstattung der *Herald Tribune* von der Verhaftung einiger amerikanischer GIs (alle farbig) in Mainz als Ergebnis einer Drogenrazzia seitens der deutschen Polizei. Einer der Anwesenden kommentierte verärgert: »In der Armee braucht man eben *action.*«

Zu Cocktails versammelt waren einige Botschaftsangehörige, alles Männer, sowie ein Wirtschaftswissenschaftler von der Harvard-Universität, ebenfalls männlich, und ein Belgier namens Johan, Korrespondent für *Le Soir*, der über die Konferenz berichten sollte, sie aber, wie vorauszusehen, langweilig fand, und dann war da noch Tommy Cole, fünfunddreißig, geschieden, Fachmann auf dem Gebiet mitteleuropäischer Geschichte und schließlich Michel, ebenfalls Wirtschaftswissenschaftler, Anfang vierzig und irgendwie mit Crédit Suisse verbunden. Und die schweigsame, lächelnde indonesische Gattin des Leiters der Public-Relations-Abteilung, eine schöne Frau mit olivfarbenem Teint, die ihr schwarzglänzendes Haar in einen eleganten Nackenknoten frisiert trug und deren dunkel leuchtender Blick von einem Mann zum anderen wanderte, sich aber niemals auf Marianne niederließ: Seine zweite Frau natürlich. (Zweifellos hatte sie beabsichtigt, ihren Lebensstandard zu heben, wie es so schön heißt, und zwar mittels Auflehnung gegen hergebrachte sexuelle Verhaltensweisen, während sie an der amerikanischen Botschaft in Djakarta beschäftigt war. Ohne daß man es Marianne detailliert erzählt hatte, wußte sie, was passiert war: die einstige Ehefrau wurde ausgebootet, die neue triumphierte. Es war eine alte Geschichte. Niemand in dieser Gruppe würde es mißbilligen, und

Marianne konnte nicht umhin, der jungen Frau ein Maß an Respekt zu zollen, weil der Leiter der Public-Relations-Abteilung einen Respekt gebietenden Posten bekleidete.) Eine Zeitlang unterhielt man sich über ernste Dinge. War es den Anwesenden bekannt, sagte der Stellvertretende Missions-Chef und senkte die Stimme, daß es in einem der Budapester Vororte einen Massenfriedhof gab – wahrscheinlich in Rákoskerestur – »der Gefangenenfriedhof« –, ständig von Soldaten bewacht und von Stacheldrahtzäunen umgeben? Dort lagen Männer und Frauen begraben, die hingerichtet worden waren, nachdem im November 1956 die Sowjets in das Land einmarschiert waren; aber niemand von den Angehörigen der Hingerichteten habe jemals die Erlaubnis erhalten, den Friedhof zu besuchen und daß, in der Tat, seine bloße Existenz ein Staatsgeheimnis sei?

Einige Gäste wußten davon, anderen wiederum war es neu. Marianne sagte, sie habe nichts gewußt (obwohl sie sich dunkel entsann, einmal von dem Friedhof erzählt bekommen zu haben); aber es überrasche sie nicht. »Die Ungarn sind ein so tragisches Volk«, sagte sie. Jeder pflichtete ihr bei, schweigend nippten sie an ihren Gläsern.

Dann wurde ein anderes, weniger düsteres Thema aufgegriffen. Man plauderte über den Bruder des Botschafters, der einen Mercedes besonders günstig erstanden habe ($ 24.000 in bar, in Stuttgart auf den Tisch geblättert); man unterhielt sich über den Empfang im Institute for Cultural Exchange in Pest, am anderen Donau-Ufer (wo sie bald sein müßten – war es denn schon halb fünf?); und über die gerade abgeschlossenen NATO-Verhandlungen in Budapest, und wie über sie berichtet worden sei, und wessen Ehefrau überstürzt einen afrikanischen Posten verlassen habe und zurück in die Staaten geflogen sei. (»Ach *die* meinen Sie – arme Gladys – das ist nun schon der zweite Nervenzusammenbruch«, sagte der Kulturattaché.) Und gebe es etwas Neues bezüglich der amerikanischen Geiseln (Geschäftsleute, nicht im Auswärtigen Dienst) in jenem nach Nepal entführten Flugzeug? Und wie habe Marianne und Tommy Visegrád gefallen, wohin sie einige ungarische Kulturreferenten zu einem ausgedehnten Mittagessen geführt hätten . . .? (Grausig und gleichzeitig prunkvoll, so lautete ihr Urteil über Visegrád. Aber wolle man Alt-Budapest wirklich erleben, dann sei Visegrád mit seinen Marmorputten und plätschernden Brunnen und roten Plüschsofas und livrierten Kellnern und vergoldeten Spiegeln und allgegenwärtigen unheimlichen Pflanzen unbedingt sehenswert.)

»Wie lange werden Sie in Budapest bleiben, Marianne?« fragte der Stellvertretende Missions-Chef beiläufig. »Ich hoffe doch, ein paar Tage über die Konferenz hinaus.«

»Mein Hotelzimmer ist nur bis Dienstag gebucht«, sagte Marianne. Der Stellvertretende Missions-Chef lachte, als habe sie damit etwas charmant Zweideutiges gesagt.

Mariannes Wangen waren vom Wein leicht gerötet. Ihr Heiligenschein aus krausem blonden Haar, ihre schwarze Seidenbluse zum beigefarbenen Kostüm aus feiner leichter Wolle, ihre schwarzen Riemchensandalen, die ihre schlanken Fessel so vorteilhaft hervorhoben, ihr Schmuck, ihre Grazie – alles an ihr war auffallend und exquisit. Sie war auf dem Höhepunkt ihrer Schönheit, wenn auch nicht gerade (so zumindest glaubte sie) auf dem Höhepunkt ihres Lebens. (Vor vielen Jahren, in einem anderen Abschnitt ihres Lebens, war Marianne in einem Wettbewerb, an dem zahlreiche »schöne« und »talentierte« junge Frauen aus einigen mittelwestlichen Staaten einschließlich ihres Heimatstaates Missouri teilgenommen hatten, zur Maikönigin gekürt worden. Miss Marianne Beecher, Maikönigin, in einem altmodischen, weißen Chiffonkleid mit vielen Rüschen und Spaghetti-Trägern und so tief dekolletiert, daß man zwar die blassen Ansätze ihrer Brüste, aber nichts weiter sehen konnte, denn das hätte als unschicklich und herausfordernd gegolten. Heute, das wußte sie, würde sie keinen solchen Wettbewerb mehr gewinnen, aber nichtsdestoweniger blieb um sie viele Jahre später immer noch ein fast unmerklicher Abglanz jener königlichen und romantischen Aura, von der Männer oft glaubten, nur sie hätten sie entdeckt.)

»Sie sollten wirklich noch ein paar Tage länger bleiben«, sagte der Stellvertretende Missions-Chef, »– und wenn auch nur, um sich auszuruhen und um die Stadt zu genießen.«

»Jawohl«, fiel Tommy sofort ein, »das sollten Sie. Und es würde mir ein Vergnügen sein, Ihnen Budapest zu zeigen, vorausgesetzt, auch ich kann länger bleiben.«

Ihre Unterhaltung, vom Wein erwärmt und vom Duft des Flieders beflügelt, wandte sich anderen Themen zu. Alle machten dem Stellvertretenden Missions-Chef Komplimente wegen seiner schönen Residenz. Das Haus stammte aus dem achtzehnten Jahrhundert, hatte klassizistische Stuckverzierungen, prunkvolle Kassettendecken und Fenster, schimmernde eingelegte Parkettböden und marmorne Kaminsimse. Das Mobiliar war ganz in Weiß gehalten und modern, und in Paris von der Gattin des Chefs ausgesucht worden, blieb jedoch Eigentum der Regierung der Vereinigten Staaten. (»Wo ist denn seine Frau jetzt?« hatte sich Marianne anfangs bei dem Kulturattaché erkundigt, und er hatte recht schroff geantwortet: »In den Staaten — sie ist eine nette Frau.« Marianne beschloß, nicht weiter in ihn zu dringen. Sie vermutete, daß sie, falls eine Scheidung beabsichtigt sei, davon gehört hätte. Der Stellvertretende Missions-Chef war ein außerordentlich gut aussehender Mann Anfang fünfzig, grauhaarig, offenbar stets zum Lachen aufgelegt und, so schien es wenigstens, ein wenig einsam; nur eine wahrhaft törichte Frau, dachte Marianne, würde allzu lange fortbleiben.)

Tommy berichtete, daß einer der Botschaftsfahrer, der so gut wie gar kein Englisch verstand und sich überhaupt nicht um die Konversation seiner amerikanischen Fahrgäste kümmerte, hochhakkige Cowboystiefel und einen taillierten Jeansanzug mit der Aufschrift *Texas* auf dem Rücken eingestickt trug. Dazu hatte er sich sein langes Haar à la Elvis Presley zu einer öligen Tolle frisiert, wie sie in den fünziger Jahren von amerikanischen Halbwüchsigen einer bestimmten Klasse getragen wurde. Der Harvard-Wirtschaftswissenschaftler, der ein Jahr in Budapest bleiben wollte, erkundigte sich nach ortsansässigen Hilfskräften, Hauspersonal, Löhnen, katholischen Einflüssen, Aberglauben; meinten sie, »intellektuelle« Katholiken nähmen ihren Glauben in diesem Teil Europas ernst oder sei es nur eine Trotzgeste den Russen gegenüber . . . ?

Marianne meinte, die Ungarn seien nicht halb so gläubig wie die Polen; jedenfalls habe sie den Eindruck gewonnen, daß Religion und Glauben sowohl echt als auch eine Form der Auflehnung sein könnten. »Und das geht dann nahtlos in Antisemitismus über«, endete sie – und erntete dabei sowohl überraschtes als auch zustimmendes Gelächter seitens der anwesenden Herren.

Der Kulturattaché drängte, es sei schon spät, man würde auf dem Empfang auf der anderen Seite der Donau erwartet, solle man nicht lieber aufbrechen –? aber sein Vorgesetzter, der Stellvertretende Missions-Chef, erkundigte sich, ob nicht irgendjemand doch noch etwas trinken möchte, vielleicht etwas Stärkeres; er selbst würde einen Martini willkommen heißen – es sei ein langer Tag gewesen. Der recht mysteriöse Herr namens Michel (war er Franzose, Engländer, Russe?) warf einen Blick auf seine Uhr – es war eine sehr elegante Armbanduhr – und bemerkte träge, sie hätten doch noch eine Menge Zeit: Im Institut würde es wohl nur das übliche Gedrängel geben mit dem üblichen Sortiment kommunistischer Literaturfunktionäre und deren Trabanten, weshalb sollten *sie* sich beeilen? »Wo wir sind, ist es doch viel gemütlicher.«

Marianne wollte generell von den Anwesenden wissen, ob die Situation in Budapest schwierig sei – würden die Leute auf Schritt und Tritt observiert und belästigt, Visa verweigert und so weiter? – und der Public-Relations-Mann entgegnete, er *glaube* nicht, Budapest sei immer noch die beliebteste Stadt, die westlichste aller Ostblockmetropolen; man bedenke nur, wie ausgebucht das Hilton sei. (Das Hilton, in Budapest! – und in Partnerschaft mit der ungarischen Regierung, ausgerechnet!) Devisen noch und noch, einschließlich D-Mark . . . Dann unterhielten sie sich über die verschiedenen Währungen, den amerikanischen Dollar und das englische Pfund und den französischen Franc und den ungarischen Forint und den polnischen Złoty (»der Złoty ist der böseste Polenwitz«, sagte jemand). Der Harvard-Professor berichtete, daß er einmal bei einer Konferenz in Warschau gewesen sei und wie sein Gastgeber, ein Professor der dortigen Universität, ihn gebeten habe, ein Manuskript aus dem Lande zu schmuggeln und zu versuchen, es in den Vereinigten Staaten einem Verlag zu unterbreiten – alles natürlich sehr unbeholfen und auch peinlich, weil er, obwohl er (natürlich) dem Mann helfen wollte, offengesagt Angst hatte, damit an der Grenze erwischt zu werden. »Und was haben Sie am Ende getan?« fragte der Stellvertretende Missions-Chef. Das Schulterzucken des Wirtschaftswissenschaftlers konnte vieles bedeuten.

Dann kam die Rede auf Indien. Der Kulturattaché war drei Jahre lang in Nepal stationiert gewesen und buchstäblich jeder, dem er begegnet sei, hatte irgend etwas von ihm gewollt – ein Visum für die Staaten, Arbeit in den Staaten, Gefälligkeiten von den Staaten, es gab nichts, was sie nicht haben wollten. »Ein Volk von Bettlern«, sagte er verächtlich. Marianne glaubte, daß der Gesichtsausdruck der Indonesierin sich ein ganz klein wenig veränderte, aber sie hätte es nicht mit Sicherheit sagen können. Der Kulturattaché ergänzte seine Aussage und erklärte, daß die berühmte »erhöhte Bewußtseinsebene« Indiens großer Mist sei: er zum Beispiel wisse, daß junge Ehefrauen von ihren Gatten und Schwiegermüttern angezündet würden, wenn sie zum Beispiel als Teil ihrer »Nach«-Mitgift kein Moped oder keinen zweiten Fernsehapparat beschaffen konnten.

Der Stellvertretende Missions-Chef pflichtete ihm vehement bei. Er dachte an Indien als eine Nation von Zecken: man brauche nur nichtsahnend herumzuwandern, und schon schwärmten sie einem die Hosenbeine hoch. Jedermann lachte. Der Stellvertretende Missions-Chef erkundigte sich, ob irgendjemand einen Martini wünsche; soweit er wisse, gebe es noch ein paar Zitronen im Kühlschrank. Aber leider habe er seiner Haushälterin den Tag freigegeben, und seine Frau . . . nun, die sei in Virginia zu Besuch bei ihrer Familie. Aber er selbst könne einen erstklassigen Martini mixen, garantiert, und würde ihm nicht jemand Gesellschaft leisten? Der Kulturattaché sagte ja, der Harvard-Wissenschaftler sagte ja, Michel und Tommy auch. Marianne stellte sich graziös auf ihre Füße in den gefährlich hochhackigen Schuhen und erbot sich, die Zitronen zu schneiden. Weshalb bereite der Stellvertretende Missions-Chef nicht die Drinks vor und sie würde die Zitronen vorbereiten . . .? Dabei kam sie sich sehr häuslich vor, fast wie eine Ehefrau. Und auf einmal auch wunderbar romantisch.

Durch die hohe Bogentür, den Gang entlang, konnte sie die Männerstimmen hören. Es war ein vertrautes aber stets faszinierendes Thema: Welche Posten waren begehrt, welche waren es nicht. Moskau war öde und deprimierend, obwohl zu den turbulenten Zeiten eines Chruschtschow ganz anders (so meinte jedenfalls der Stellvertretende Missions-Chef und schüttelte nachdenklich den Kopf: Er war damals Korrespondent gewesen und hatte es fabelhaft gefunden). Berlin war klaustrophobisch; die Mauer machte sensible Menschen krank, und die DDR war einfach unsäglich. Stockholm sei eine wunderbare Stadt, nur gebe es dort diese düsteren, eiskalten Monate. Und mit der Sicherheit war es heikel, sehr heikel. (Die Botschaft der Bundesrepublik, neben der der USA gelegen, war einige Jahre zuvor Ziel eines Terroristenanschlags gewesen, und noch jetzt war dort jeder nervös. In Schweden hatten die Amerikaner so etwas wie »Schuldgefühle« gegenüber Chile, Argentinien, Guatemala, El Salvador . . .) Attraktive Posten wie Rom konnten gefährlich sein, sichere Posten wie Bali, Kanada, Island waren todlangweilig. Und wer könne auf die Dauer in Genf oder Bonn nur als besserer Bürohengst fungieren . . . ? Und außerdem sei es ein beachtlicher Schock für das Ego, wenn man zum Beispiel von der DDR nach London versetzt würde – trotz Londons Attraktivität, denn in England habe nichts, was man tue, große Bedeutung, während in der DDR so gut wie alles, was man tue, wie geringfügig auch immer, wie beiläufig, die allergrößte Bedeutung habe. (»Man kann durch einen einzigen Telefonanruf«, sagte der Leiter der Public-Relations-Abteilung und fuhr sich mit der Zunge über die Lippen, »das Leben eines Menschen vollkommen verändern. Man kann Menschen das Leben retten. Man kann sie aber auch bestrafen.«)

Ah, wie man doch jenen Härteposten nachtrauerte! – wie gerne man an sie zurückdachte! Aus Bagdad evakuiert zu werden (die Flagge der USA sorgfältig zusammengefaltet und unter dem Arm getragen); evakuiert aus Kambodscha . . . Iran . . . Libanon. In Rom von den Roten Brigaden bedroht; den Amazonasstrom auf einem Einmannboot entlanggerudert; mit Ehefrau und Säugling auf einem Vorposten in Georgien mitten im russischen Winter . . . Wieviel man sich doch erzählen konnte, wie köstlich jene erinnerten Abenteuer, deren Brennpunkt oft eine Ehe war – ihr Scheitern oder aber ihre Festigung. Diese Geschichten faszinierten Marianne immer wieder, obwohl sie die meisten kannte. In der Küche fand Marianne ein paar Zitronen im Kühlschrank – nicht ganz frisch, aber für ihren Zweck reichte es.

Die Residenz stammte zwar aus dem achtzehnten Jahrhundert, aber die Küche war nach konventionellem amerikanischem Muster modernisiert und eingerichtet worden: Resopal und strukturierte Plastikflächen und ein olivgrüner Herd mit passendem Kühlschrank. Wie aus einer General-Electric-Anzeige. Durch das halb geöffnete Fenster sah Marianne dunkel-lila Fliederbüsche und ein fünf Meter hohes, mit Spießen und Glasscherben gekröntes steinernes Gitter. Vom Wein beflügelt war ihre Koordination ein wenig unsicher, aber schließlich fand sie ein recht scharfes Schälmesser und ein Brotbrett. Sie machte sich also fleißig ans Werk. Dabei summte sie vor sich hin und dachte an Tommy (der zwar noch nicht ihr Liebhaber war, obwohl er sich ihr gegenüber mit einer derart demonstrativen Zuvorkommenheit benahm, daß möglicherweise die anderen glaubten, er sei es bereits); und an den Stellvertretenden Missions-Chef mit seinen von gutgelaunten Fältchen umrandeten tintenschwarzen Augen, und seinem jungenhaften Lächeln (obwohl dieses Lächeln bestimmt irreführend war: Im Dienst galt er nämlich als ehrgeizig, ja sogar unbarmherzig); und an den attraktiven belgischen Journalisten (dessen Namen ihr entfallen war); und an den noch attraktiveren Michel, der sie durch bernsteinfarbene Brillengläser unverfroren angestarrt hatte (Michel, dessen akzentfreies Englisch man doch – vielleicht – etwas merkwürdig finden könnte). Und dann war noch dieser Fulbright-Stipendiat, der das Jahr in Budapest verbrachte und den sie am Vorabend kennengelernt hatte. Er wollte sie wiedersehen; und dann jemand von der *Times*, dessen Signatur ihr keineswegs entfallen war; und jener jugendlich aussehende japanische Geschäftsmann, der im Hilton wohnte und ihr diese extravaganten und eigentlich lächerlichen Komplimente gemacht hatte. Plötzlich fiel ihr Ottó ein: Hatte sie daran gedacht, seine Karte einzustecken, um sich bei einem der

Botschaftsangehörigen nach ihm zu erkundigen . . . ? Und war es nicht vielleicht doch leichtsinnig gewesen, das Manuskript im Hotelzimmer liegen zu lassen – aber es war zu umfangreich, um mitgeschleppt zu werden.

Sie stellte sich eine Unterhaltung mit dem Stellvertretenden Missions-Chef über das Thema Ottó und ein von ihr, Marianne Beecher, aus Washington D.C., aus Ungarn herausgeschmuggeltes Manuskript vor. Wie konnte sie sicher sein, daß der Mann kein kommunistischer *agent provocateur* war, der ihre eine Falle stellen wollte, wollen Sie uns etwa alle in Schwierigkeiten bringen? – und Mariannes unsichere, aber trotzige Antwort: Aber Ottó ist anders, er ist wirklich anders, ich könnte meine Hand für ihn ins Feuer legen. Etwas in seinem Blick . . .

Aus dem Salon drang Gelächter.

Sie war gerade im Begriff, die Zitronenscheiben hineinzubringen, als jemand hinter ihr die Küche betrat. Sie hörte die Bohlen leise knarren, aber niemand sprach. Es konnte Tommy sein, der sich zum Spaß an sie herangeschlichen hatte . . . oder der Stellvertretende Missions-Chef, der sich erkundigen wollte, weshalb es so lange dauere . . . es hätte auch der Kulturattaché sein können, den man entsandt hatte, um noch mehr Brasilnüsse zu holen (die Männer hatten sie alle gierig aufgegessen) oder Cocktailservietten. Marianne drehte sich nicht um, aber sie erhaschte ein geisterhaftes Spiegelbild in der Aluminiumtür eines der Küchenkabinette: Hochgewachsen: was (Gottseidank) den Leiter der Public-Relations-Abteilung, der kaum größer war als sie, ausschloß. Sie konnte den Mann zwar nicht identifizieren, aber sie entschied sich dafür, sich nicht überrascht umzudrehen, sondern so zu tun, als wolle sie die letzte Zitronenscheibe schneiden, wobei sie sich ihrer feingliedrigen Hände nervös bewußt wurde . . . und der perfekt manikürten Nägel mit ihrem silbrig-rosé schimmernden Lack . . . und ihrer zahlreichen Ringe und Armbänder (kann sein, es waren zu viele, aber sie liebte sie alle: Jedes Schmuckstück war einmalig, verkörperte einen Leistungshöhepunkt, Geschenke von Verehrern, Geschenke, die sich Marianne selber gemacht hatte, die exquisite Weißgoldarmbanduhr aus der Schweiz mit ihren Ziffern aus Brillanten . . . der von Saphiren umrahmte Opalring . . . der antike Perlring . . . und so fort). Sie summte weiter leise vor sich hin, als der anonyme Mann ihr von hinten immer näher kam. Er bemühte sich nicht, auf Zehenspitzen zu gehen, versuchte nicht, sie zu erschrecken oder zu überrumpeln, man konnte es als eine romantische, galant ausgeführte Geste bezeichnen.

Der erste Kuß würde so zart sein wie eine Porzellantasse von der Sorte, die man aus Versehen zwischen den Fingern zerbricht, wenn man sie zu fest anfaßt.

Der Mann legte den Arm leicht um ihre Schultern. Mag sein, er hatte eine Frage geflüstert. Marianne zitterte vor Lust, daß er sie so beiläufig berührt hatte. Sie hätte eine Ehefrau, er ein Ehemann sein können, wie der blühende Flieder draußen im Sonnenschein vor dem Fenster duftete, wie herb, wie herzhaft das Aroma der frischgeschnittenen Zitronen, und ihre Hände – sie waren wirklich schön – und ihre Ringe und Armbänder und ihre schwarze Seidenbluse und ihr Modellkostüm . . . Marianne atmete tief ein, sie war in Hochstimmung, weil sie sie war: Marianne Beecher und niemand sonst.

Vielleicht war es doch nur Tommy, dachte Marianne, legte vorsichtig das Schälmesser nieder und wischte sich die Finger an einer Serviette ab. (Er hatte im Fond der Limousine auf dem Wege zur Botschaft nach einem langen, durchflirteten Mittagessen zum Spaß ihren Nacken beschnuppert; aber sie waren noch kein Liebespaar, aus Mariannes pragmatischer Sicht war er ein wenig unverschämt, es war noch nicht hundertprozentig sicher, daß sie miteinander schlafen würden.) Es könnte jedoch genauso gut der Stellvertretende Missions-Chef sein, schließlich war es seine Küche und sein Rang war unzweifelhaft hoch: Direkt unter dem des Botschafters. Aber wenn es nun doch der mysteriöse Michel mit seiner lakonischen Art und seinem zögernden Lächeln war . . . Sie hoffte, daß es nicht der Kulturattaché war, gewiß ein sehr liebenswürdiger, intelligenter und fleißiger Mann, aber zu ernst für Mariannes Geschmack, und noch dazu bekleidete er einen Rang, den sie eigentlich nicht für voll nehmen konnte.

Er griff nach ihrer Schulter; instinktiv schloß Marianne die Augen und ließ ihren Kopf zurücksinken, während sie sich küßten; und sofort fühlte sie eine Welle von Gefühlen aufsteigen, verschwommen, süß, vertraut, sie war wieder sechzehn, sie war vierzehn, ja sogar dreizehn und wurde in einem Hauseingang geküßt . . . wurde verstohlen während einer Party geküßt . . . atemlos in einer Ecke, ihr Herz hämmerte wild, ihre Augen waren geschlossen . . . Sie hätte sogar noch jünger sein können, zehn oder elf, Küsse übend vor dem Schlafzimmerspiegel, heimlich und gewagt.

Es war ein zarter Kuß, ein Versuch, improvisiert. Marianne reagierte mit einem kleinen überraschten Schauder, dem Anflug einer Überraschung. Sie hatte seinen Arm leicht berührt, hoffentlich hatte sie den Zitronensaft gut abgewischt, wie süß, mit so viel Takt und solcher Delikatesse und auf so galante Weise umworben zu werden, plötzlich fiel ihr der ungarische Redakteur wieder ein, sie beide machten einen Spaziergang auf den Gellért-Berg und am Donau-Ufer entlang, der warme, feuchte Sonnenschein war erfüllt von Fliederduft, so viele romantische Paare, Liebende, die Jungen verliebt wie junge Hunde, aber es gab auch Liebespaare, die nicht mehr so ganz jung waren, Marianne war peinlich berührt, als sie einen Mann und eine Frau in den Fünfzigern auf einer steinernen Bank dicht nebeneinander sitzen sah, die sich mit einer so offensichtlichen und leidenschaftlichen Intensität küßten, daß sie ihre Umwelt gar nicht hätten wahrnehmen können . . . und Ottó hatte geflüstert, Romanze ist Verzweiflung und wir sind ein verzweifeltes Volk – wir lachen auch sehr viel.

Nun merkte sie, wie der Kuß sich vertiefte, und ein federleichtes Schaudern lief ihr durch den Körper, durch den Bauch, den Unterleib, ein Gefühl, mit dem sie durchaus vertraut war, und doch war es jedesmal anders und neu und beruhigend und unpersönlich; und im nächsten Augenblick würde der Tenor des Kusses sich verändern und ernster werden: Der Mann würde ihre Lippen öffnen, mit seiner Zunge die ihre erforschen, die Zähne leicht gegen die ihren mahlen, sie würden immer noch lächeln, aber der Kuß würde ernst geworden sein, und Mariannes Pläne für den Rest des Tages – war heute Samstag? – müßten grundlegend revidiert werden.

Als sie mit dreiundzwanzig Jahren nach Washington D.C. kam, war sie weniger romantisch veranlagt. Statt dessen war sie ehrgeizig gewesen, aber nicht ehrgeiziger als die jungen oder jüngeren oder auch älteren Männer, mit denen sie sich anfreundete; und einmal – nach ihrem neunundzwanzigsten Geburtstag – hatte sie auch mit dem Gedanken an Heirat gespielt, es war ein hochstehender Beamter des Justizministeriums, dessen Ehe jahrelang und vor aller Augen immer schlechter geworden war. Aber Mariannes Rechnung war nicht aufgegangen, was sie beunruhigte. Und die Gefühle, die sie nach der Trennung verausgabt hatte – drei, vier Monate hatte sie zornige Tränen geweint, konnte nicht schlafen, Depressionen – so kapriziös und unvoraussagbar wie ein stürmischer Frühlingshimmel –, hatten sie heimgesucht – und hatten sie auch beunruhigt, weil sie ihr so wenig einbrachten.

Also wechselte sie die Stellung und ergatterte über eine wichtige Beziehung (er schuldete ihr ein paar Gefälligkeiten, und zwar sowohl für ihre Diskretion als auch für ihre Liebenswürdigkeit) einen ausgezeichneten Posten in der Ost-Europa-Abteilung der National Science Education Foundation. Ihr neues Büro lag so viele Straßenblocks von ihrer einstigen Arbeitsstätte entfernt, daß alle Restaurants, Cocktail-Lounges und Kneipen neu waren, und neu waren auch fast alle Gesichter.

Erst als Marianne Anfang dreißig war, entdeckte sie in sich eine unbegrenzte Fähigkeit zu romantischem Engagement. Möglich, daß es etwas mit ihren häufigen Auslandsaufenthalten zu tun hatte und den bezaubernden Geschenken, mit denen man sie als »Muster« oder »Andenken« oder »Souvenir« überschüttete und mit ihren wunderbar intensiven aber bruchstückhaften Freundschaften zu ihren Landsleuten im Ausland, die, wie Marianne Beecher, in mehr oder weniger ständiger Bewegung waren. (Die Beamten im Auswärtigen Dienst wurden niemals länger als drei Jahre an irgendeinem Ort belassen, und obwohl sie anfangs diese häufigen Ortswechsel störten, wurden sie bald eine Quelle der Anregung, ja, der Bestätigung, denn nichts war von bleibender Bedeutung oder zumindest von bleibender großer Bedeutung.) Manchmal beschwerte sich Marianne mit dem Ausdruck melancholischen Ernstes, daß ihr Leben allzu schnell verrinne; das Tempo sei schwindelerregend und noch dazu beschleunigt durch die Tatsache, daß die Leben der anderen, die in einem ähnlichen Tempo abliefen, das ihre dauernd kreuzten. Manchmal lehnte sie sogar eine Auslandsreise ab und blieb ein halbes Jahr zu Hause, ehe sie wieder die Reiselust packte. Aber gab es etwas Prickelnderes, seltsam Berauschenderes und Spannenderes als eine Reise hinter den Eisernen Vorhang? – der Ausdruck selbst, kitschig und lieb geworden – beschwor er nicht Romantik herauf? Sie liebte die Botschaftslimousinen und deren gut aussehende »einheimische« Fahrer, sie liebte die überfüllten Empfänge in den Residenzen der Botschafter, die noch vor gar nicht so langer Zeit prunkvolle Nazihauptquartiere gewesen waren; und die üppigen Blumengebinde, die sie in ihren Hotelzimmern erwarteten; und die ausgedehnten Mittagessen, die ungezählten Trinksprüche bei den Diners, die geheimen Verabredungen mit Dissidenten – Herren mit tränensackbeschwerten Augen in schlecht sitzenden Anzügen, in möblierten Zimmern hausend und sich von Übersetzungen ernährend – Exilierte im eigenen Land.

Die Atmosphäre schäbiger Intrigen in den zweitklassigen Hotels mißfiel ihr nicht, noch hatte sie etwas gegen die asthmatischen Aufzüge, die gähnend-leeren Eßsäle, in denen niemals Mahlzeiten eingenommen wurden, die zerschlissenen Samtsofas, die abgetretenen Teppiche, die Kellnerinnen mit ihren Löckchenfrisuren und grellrot geschminkten Lippen und billigen hohen Absätzen. Pagen, die ihr in jener atemlosen Art, mit dem man jemandem ein zweifelhaftes Vergnügen anbietet, Geldwechselangebote machten – Telefone, die während der Nacht läuteten oder anschlugen, als führten sie ein Eigenleben – Rezeptions-Chefs, die sie mit unverhohlener Gier anstarrten – Parteimitglieder, die sich so aufführten, als gehörten sie zum gewöhnlichen Fußvolk – Universitätsprofessoren und Übersetzer und Redakteure und Wissenschaftler und Schriftsteller und »Humanisten« jeglicher Couleur, die, obwohl sie die Vereinigten Staaten nur vom Hörensagen kannten, felsenfest davon überzeugt waren – trotz offensichtlicher Unzulänglichkeiten –, daß dort das Paradies liege, dessen Pforte aber dementsprechend eng sein müsse. Und dann gab es auch gelegentlich in diesen gleichen Städten außergewöhnliche internationale Hotels, in denen man deutsch und englisch fließend sprach, wo jedes Zimmer einen kleinen Kühlschrank mit Getränken hatte und wo man vom Zimmerkellner Kaviar von der Art bekommen konnte, die Marianne bevorzugte, und ausgezeichnete Pasteten und Champagner und »Eggs Benedict« mit holländischer Sauce, die einem um Mitternacht serviert wurden. Wenn Marianne aus einem ihrer Fenster in einem dieser prunkvollen Türme hinunterblickte auf Schlangen schäbig gekleideter Frauen vor den Lebensmittelgeschäften, oder wenn ihr plötzlich klar wurde, als sie sehr junge oder sehr alte Zimmermädchen Wagen mit Bettwäsche und Handtüchern und essensverkrusteten Tellern die Korridore entlangschieben sah, daß die großen Hotels ihr Personal wie Sklaven rekrutierten, versäumte sie nie, das Bedauernswerte dieser Situation zu registrieren, denn ihre Phantasie war im Laufe der Jahre außerordentlich geschärft worden. Daß sie fast immer von der Geheimpolizei beobachtet wurde oder sich das zumindest einbilden konnte, brachte sie selten aus der Fassung, denn ihr Visum beschützte sie vor der Gefahr einer Verhaftung, es sei denn, das politische Klima änderte sich unversehens. Aber es war nichtsdestoweniger jedesmal eine gewisse, kaum definierbare Melancholie, die Marianne mit großer Nostalgie erfüllte, mit solchen Auslandsaufenthalten verknüpft. Wie können Sie es ertragen, fragten Freunde, in diese tragischen Länder zu reisen, ist es nicht beängstigend, ist es nicht deprimierend? – und jedesmal antwortete Marianne ernsthaft: Aber jemand muß es doch tun, nicht wahr? Schließlich können wir diese Menschen nicht einfach den Russen überlassen.

Marianne hatte nur ein paar Jahre für die Einsicht gebraucht, daß Liebesaffären, und seien sie auch noch so erfreulich in jeder anderen Beziehung, nur ganz zu Beginn »romantisch« waren. Mit der Klarsicht einer erfahrenen Theoretikerin hatte sie erkannt, daß die erste sexuelle Vereinigung, obwohl leidenschaftlich, herbeigesehnt und meistens auch vergnüglich, bereits das Ende der romantischen Phase in sich trug und die Beteiligten in eine zweite, durch körperliche Zwänge sehr unterschiedlicher Intensität geprägte Phase führte. Erotische Empfindung, so offensichtlich im Körper lokalisiert, teilte das Schicksal des Körpers und beugte sich der Notwendigkeit, und Notwendigkeit war stets lästig.

Es war der erste Kuß, die erste, unwiderrufliche Geste der Intimität und des Besitzanspruches, der gewissermaßen auch schon den Höhepunkt der Romanze verkörperte, und der erste Kuß war im Laufe der Jahre in Mariannes Phantasie zu etwas zwar Numinosem aber doch fast Geheiligtem geworden. Er war unschuldig, er war überraschend und verwegen, er war warm und greifbar und doch kaum mehr als ein Symbol! und er konnte nicht hoch genug bewertet werden. Oder war es, kam es manchmal Marianne in den Sinn, jener erste vielsagende *Blick*, der zwischen ihr und einem Mann gewechselt wurde, ein Blick voller erotischer Bedeutung, fast unerträglich erregend in alldem, was er versprach oder andeutete oder gar androhte? – dieser Blick, dieses Augenspiel, das den Höhepunkt der Romanze signalisierte: Denn sie hatte Blicke von Männern erlebt, die sie bis ins innerste Mark versehrten und die sie betäubt, verwirrt und geschwächt und auch in gewissem Sinne vernichtet zurückließen. Und die sie mit der Erkenntnis erfüllten, daß keine wie auch immer geartete physische Geste, die einem solchen Versprechen folgte, dem ersten Blick gleichkommen würde. (Manchmal ergab es sich, daß Marianne Karten von Männern bekam, Zettel mit Namen und Telefonnummern, und am Ende eines geschäftigen Tages, und wieder in ihrem Hotelzimmer, arrangierte sie alle auf ihrem Bett, um zu entscheiden, wen sie sofort anrufen, wem sie zuvorkommen, wem sie sich kokett entziehen und wen sie ganz und gar ignorieren müsse. Beim Überdenken der Möglichkeiten, beim Durchblättern der Namen und beim Versuch, sie mit den dazugehörigen Gesichtern zu verbinden, belustigte Marianne die Vorstellung, der geheime Höhepunkt ihrer romantischen Phase könne bereits überschritten sein – und daß ein voraussagbarerer Abschnitt ihres Lebens begonnen habe. Denn was war, letzten Endes, für sie noch an Erfahrungsmöglichkeiten übriggeblieben?)

Warm und verspielt keusch zu Anfang, dann aber plötzlich eindringlicher: Es war ein Männerkuß, ein besitzergreifender Kuß, der beiden Beteiligten den Atem verschlug und Mariannes schlanken Hals leicht verkrampfte. Natürlich war es der Stellvertretende Missions-Chef, natürlich war er es und kein anderer, denn Marianne war in seiner Küche, in seinem Hause, und sein Rang war beachtlich und er mußte sich sehr einsam vorkommen, seine Frau daheim in den Staaten und ohne eine seinem Haushalt vorstehende Gastgeberin.

»Hallo«, sagte er, »ich dachte, ich sollte Ihnen zu Hilfe kommen«, und Marianne entgegnete, »Ich bin sehr froh, daß Sie es taten«, und er sagte, »Ich fürchtete, Sie würden sich nicht zurechtfinden, in einer fremden Küche«, und Marianne hatte lachend geantwortet: »Ich habe nie Schwierigkeiten, etwas zu finden – und außerdem ist es eine sehr amerikanische Küche.«

»Wann hat er es dir gegeben?«
»Neulich – nein, es war an diesem Vormittag.«
» Zeig es mir.«
»Es ist ungarisch geschrieben, alles ungarisch.«
»Ein wenig ungarisch kann ich lesen.«
»Ich glaube nicht, daß ich es tun kann, ich meine, ich glaube nicht, daß ich es dir geben sollte, ich habe versprochen, es niemandem zu zeigen.«
»Er hätte dich nicht bitten sollen, es herauszuschmuggeln. Er weiß das genau.«
»Aber er machte einen so verzweifelten Eindruck.«
»Marianne, *alle* sind sie verzweifelt«, sagte der Stellvertretende Missions-Chef ungeduldig, »oder aber sie wollen bei Ausländern, wie du es bist, diesen Eindruck erwecken.«
Er stand nackt in Mariannes Hotelzimmer, nahe der Kommode, blätterte in dem Manuskript und verstellte dabei, ohne es zu beabsichtigen, Marianne den Weg ins Badezimmer. Unbekleidet war er kleiner, gedrungener, als Marianne vermutet hatte.
»Ich bin überzeugt, er war *bona fide*«, sagte Marianne, »und ebenso überzeugt bin ich, daß das Manuskript authentisch ist. Und in jedem Falle sind die ungarischen Behörden nicht so entsetzlich mißtrauisch, oder? – Ich könnte es mit Leichtigkeit –«
»Wie heißt der Mann? Steht sein Name nicht auf dem Manuskript?«

»Nein, natürlich nicht. So naiv ist er nicht.«

»Also, wie heißt er?«

»Das kann ich dir nicht sagen.«

»Wahrscheinlich kenne ich ihn, ich kenne die meisten Dissidenten.«

»Ich glaube nicht, daß er zu ihnen gehört. Er habe spät abends an dem Text gearbeitet, hat er mir erzählt, selbst seine Frau weiß nichts davon, und –«

»Marianne, wie heißt er?«

»Das kann ich dir nicht sagen! – das wäre Verrat an ihm.«

»Er könnte durchaus ein *agent provocateur* sein – hast du dir das eigentlich überlegt?«

»Natürlich habe ich mir das überlegt, aber er ist es bestimmt nicht.«

»Und woher zum Teufel nimmst du deine Gewißheit?«

»Ich *weiß* es eben. Die Art, wie er redete, seine Stimme . . . seine Augen . . .«

Der Stellvertretende Missions-Chef lachte verächtlich. Dabei lächelte er nicht.

»Ich nehme an, er hat dir die Hand geküßt und dir versichert, daß er es dir nicht zum Vorwurf mache, daß du Amerikanerin bist – überhaupt nicht.«

»Er hat mir nicht die Hand geküßt«, antwortete Marianne und bekam einen roten Kopf. (Sie konnte sich nicht entsinnen, ob er es getan hatte: Wahrscheinlich doch, ihre Hand ist in letzter Zeit ausgiebig geküßt worden.) »Ich kann mich für seine Aufrichtigkeit verbürgen, bestimmt . . .«

»Ist er an der Universität? – bei einer der Stiftungen? – ist er ein Redakteur? – ein Übersetzer?«

Marianne zögerte. »Er ist Redakteur.«

»Gut, und wie heißt er?«

»Ich glaube Ottó – Ottó irgendwas. Ich kann seinen Nachnamen nicht aussprechen.«

»Hast du seine Visitenkarte?«

»Nein, ich glaube nicht.«

»Natürlich hast du sie – er muß sie dir gegeben haben.«

»Ich glaube wirklich nicht, daß er es getan hat . . .«

Der Stellvertretende Missions-Chef nahm keine Notiz von Marianne und fing nun an, das Sammelsurium von Visitenkarten zu durchstöbern. Sie fand sein Verhalten dreist – unverschämt. Dann sagte er: »Entweder du händigst mir das Manuskript aus oder du läßt es verschwinden. Auf keinen Fall solltest du es aus Ungarn hinausschmuggeln.«

»Aber ich habe dem armen Kerl doch versprochen . . .«

»Eine Frau, die sich in ihrem Beruf auskennt, wie du! – und die dann das Risiko eingeht, erwischt, verhaftet zu werden. Es würde mich gar nicht überraschen, wenn der Mann für die Polizei arbeitet.«

»Aber ich bin überzeugt, er tut es nicht. Er ist einfach nur ein sehr bekümmerter Mensch, auch in seiner Ehe scheint nicht alles zu klappen, er ist jüdisch, und das ist hier in Budapest wahrscheinlich auch mitverantwortlich«, sagte Marianne schnell. »Also bitte, das sind meine privaten Sachen, was machst du denn?«

»Nehmen wir einmal an, das Manuskript würde tatsächlich übersetzt und veröffentlicht«, überlegte der Stellvertretende Missions-Chef, »– Wer würde sich die Mühe machen, es zu lesen? Ungarn hat ein Vierteljahrhundert lang bei uns nicht für Schlagzeilen gesorgt – seit 1956. Ist das seine Karte? Lotz Ottó?«

»Lotz Ottó?«

»Hierzulande wird der Nachname zuerst genannt. – Jawohl, das muß seine Karte sein.«

»Bitte, leg sie zurück«, sagte Marianne wütend und lachte dabei.

»Du hast wirklich nicht das Recht, bei mir . . .«

Er wandte sich ihr zu, ebenfalls lächelnd, aber verärgert.

»Aber ich denke doch nur an dich, liebste Marianne«, sagte er leise. Er ließ die Karte wieder auf die Kommode fallen. »Ich möchte dich davor bewahren, einen dummen und ganz unprofessionellen Fehler zu begehen.«

»Wenn du Ottó persönlich kennen würdest, hättest du einen ganz anderen Eindruck!« sagte Marianne. Ihre eigenen Worte berührten sie: Sie hatte sogar die Hände in einer bittenden Geste erhoben. »Er ist höchstens achtundzwanzig oder neunundzwanzig und hat schon ein paar graue Haare – er läßt die Schultern hängen – er hat wunderbar schöne Augen, aber auf der Stirn tiefe Falten –«

»Ottó Lotz. Der Name sagt mir nichts.«

»Ich kann ihn einfach nicht verraten«, sagte Marianne. »Und ich habe das Gefühl, ich hätte ihn bereits verraten ...«

»Wie denn? Indem du mir seinen Namen genannt hast? *Ich* werde ihn bestimmt nicht weitergeben«, sagte der Stellvertretende Missions-Chef und sah sie groß an. »Meine einzige Besorgnis gilt dir. Und natürlich der Botschaft – da man dich mit uns in Verbindung bringt.«

»Aber ich bin nicht deine Angestellte, oder?«

»Man könnte aber den Standpunkt vertreten, daß wir beide denselben Dienstherrn haben.«

»Ich kann ihn aber nicht verraten –«

»Ich empfehle dir doch nur, Marianne, das Manuskript verschwinden zu lassen. Nimm die Seiten heraus, wirf sie getrennt irgendwo weg, meinetwegen zerreiß sie, aber nicht zu auffällig – oder möchtest du lieber, daß ich es in die Kanzlei mitnehme und dort in den Reißwolf füttere?«

»Wäre er tatsächlich in einer so akuten Gefahr, wenn man das Manuskript entdeckt?« fragte Marianne zweifelnd. »Schließlich sind wir in Ungarn. Nicht in der Sowjetunion.«

»Mir brauchst du nicht zu erklären, wo wir sind«, sagte der Stellvertretende Missions-Chef lachend und wollte Mariannes Hände ergreifen. Er beugte sich vor, um sie zu küssen. »Ich denke an dich, Schatz. Und nicht an Ottó-wie-heißt-er-noch.«

Marianne erwiderte den Kuß nicht, wich aber auch nicht zurück. Mißmutig sagte sie: »Bitte, mach dir um mich keine Sorgen – du kennst mich doch kaum.«

»Ich will dir auch nichts weiter raten, als daß du das Manuskript diskret los wirst und nicht weiter an deinen ungarischen Freund mit den wunderschönen Augen denkst.«

»Das kann ich aber nicht«, sagte Marianne, »ich kann ihn nicht vergessen.«

»Das kannst du nicht? – Wirklich? – Eine welterfahrene Frau wie du?«

Nach diesem Wortwechsel fand Marianne, daß ihre Sympathie für den Stellvertretenden Missions-Chef nicht mehr so groß war wie sie ursprünglich angenommen hatte. Sie hatte den allzu

wissenden und ein wenig herablassenden Ton seiner letzten Bemerkung nicht überhört, und obwohl er darauf erpicht war, sie
wiederzusehen, am gleichen Abend noch, ahnte sie, daß der Höhepunkt der Romanze bereits hinter ihr lag.

Und auf jeden Fall läutete das Telefon wieder.

Zehn Minuten nach dem Weggang des Stellvertretenden Missions-Chefs und gerade als Marianne aus der Duschkabine kam,
läutete es.

Der Anrufer war Michel, der darauf bestand, Marianne zur Messe in die Krönungskirche in der Nähe des Hilton zu führen; es sei
ein Erlebnis, sagte er, das kein Besucher der Stadt versäumen
solle.

In der riesigen, recht luftlosen Kathedrale überkam Marianne ein
leichtes und nicht ganz und gar unangenehmes Schwindelgefühl.
Sie ließ ihren Arm unter den von Michel gleiten, hielt sich fest
und blickte mit geweiteten, bewundernden Augen um sich. Diese
hohe gewölbte Decke... die reich geschnitzten Altäre... der
barocke Überschwang farbenfreudiger Verzierungen (im Zickzack verlaufende, geschweifte, ineinander verflochtene, spiralige
Muster in roten, goldenen, grünen und blauen Tönen), von denen fast jeder Quadratzentimeter der Wände bedeckt war...
Eine Traumstadt, eine Art Alpdruck, eine Illustration in einem
alten Kinderbuch... sie blickte um sich, sie wollte so viel als
möglich in sich aufnehmen. Drei Meter hohe Kerzen, die Luft
schwer, erfüllt von Weihrauch, riesige Säulen trugen die hohe
Decke; ein rätselhaft düsteres Licht drang durch die Rosette;
alles war verzaubert... gleichzeitig aber lärmend, übervoll,
verwirrt.

Die Kathedrale war überfüllt, die Luft verbraucht, stickig. Trotz
der Tatsache, daß der Gottesdienst begonnen hatte, unterhielten
sich die Touristen – meist Deutsche, schien es – weiter, und ohne
die Stimmen zu senken, sie stießen sogar aggressiv gegen das
Turist-Stop-Schild im Mittelschiff.

Marianne wollte der Predigt des älteren Priesters folgen, obwohl
sie kein Wort verstand. Was für eine Sturzflut, dieses Ungarisch!
und wie merkwürdig, seine zittrige Singsangstimme! Sie fand
sein priesterliches Ornat prachtvoll, wenn auch ein wenig lächer-

lich. Er trug eine für einen viel größeren Mann gemachte Robe, über und über bestickt mit goldenen Ornamenten, mit purpurnem Besatz und dazu einen hohen, ähnlich mit Gold besetzten Hut, der auf seinem wackeligen Kopf thronte. Seine Gesten waren bedächtig und pompös – vielleicht arthritisch. Dazu intonierte er monoton, einschläfernd – mit der Stimme eines ältlichen Kindes.

Nach ein paar Minuten wurde Michel ungeduldig, aber Marianne nahm keine Notiz davon: Sie wollte sich in dem Gottesdienst verlieren, in dem Erlebnis, ein Teil der Messe in der berühmten Krönungskirche zu sein ... schließlich *war* sie Amerikanerin und, wenn man will, Touristin, weshalb also sollte sie sich diese Gelegenheit entgehen lassen? Aber vieles lenkte sie ab. Nicht nur die Marionettenbewegungen des kostümierten alten Mannes, sondern auch der groteske, rotsamtne Baldachin über der gut drei Meter hoch angebrachten Kanzel; und dann die geschnitzte Kanzel selbst, so üppig verziert mit geometrischen Mustern in verschiedenen Formen (Rauten, Vierecke, Rechtecke, langgezogene Dreiecke, ovale Kreise), daß sie meinte, sie habe Sterne vor den Augen, sie würde hypnotisiert. Sie wollte aber wach und aufmerksam bleiben, sie empfand so etwas wie eine perverse Dankbarkeit für all das Herumlaufen, das Gemurmel, die Störungen. Sie wollte den Blick auf die bestimmt viele hundert Jahre alten Statuen konzentrieren – eine Madonna, ein molliges Christkind, ein Gekreuzigter im Augenblick der Agonie mit bläulicher Haut und himmelwärts verdrehten (Marianne wollte nicht denken *komisch verdrehten*) Augen im Kopf. Der Anblick war barbarisch, übertrieben, unbegreiflich – in der Tat ein wahrer Augenschmaus – wenn auch keiner für den Geist.

Marianne wurde schläfrig, sie sah die massive Kanzel auf sich zuschweben wie eine Gondel, ein juwelenbestückter Thron, der sich über die Gemeinde erhob. Er könnte einen legendären König enthalten haben, ja, selbst einen Gott und keinen ältlichen Ungarn mit gereizt klingender Stimme.

Nachher wollte Marianne wissen, worum es in der Predigt gegangen sei, aber Michel hob die schmalen Schultern und gab zu, er wisse es auch nicht. Nur ganz gelegentlich habe er ein Wort verstanden – er konnte etwas Ungarisch, aber nicht genug –, und deshalb sei er nicht imstande, Sätze zusammenzufügen. Der Name der Mutter Maria sei unzählige Male gefallen, wenn dies ein Hinweis sei.

Marianne empfand es als sehr unhöflich, daß man den Touristen gestattete, in den Seitenschiffen herumzuwandern, Photos zu machen und sie nicht nötigte, Andacht zu bewahren. Sie hatte amerikanisch und auch deutsch sprechen hören. Wieder hob Michel die Schultern und erklärte: »Es sind aber die Touristen, denen die Krönungskirche ihr Weiterfunktionieren verdankt, haben Sie nicht das Schild bemerkt, auf dem um Spenden gebeten wird?«

In einem ebenholzschwarz polierten Taxi eskortierte Michel Marianne und ihre zahlreichen Gepäckstücke über die Donau und von ihrem düsteren ungarischen Hotel in Pest zu dem prächtigen Hilton oberhalb des Flusses. Es galt als eines der Wunder von Neu-Budapest – ein amerikanisches Luxushotel in und auf den Ruinen eines mittelalterlichen Klosters erbaut, mit massiven, bronzegetönten Spiegelglasfenstern, welche die Sonne reflektierten. Vom Hilton konnte man hinaus auf die ungarischen Parlamentsgebäude auf dem gegenüberliegenden Ufer blicken, gleichzeitig aber wurde der Eindruck erweckt, daß niemand hereinsehen könne.

Sehr nahe gelegen die Krönungskirche, noch näher die Fischer-Bastei. Auf einem Platz die Statue von König Stefan hoch zu Roß und ein großes, recht überladenes Denkmal für die Opfer der Beulenpest in einem längst vergangenen Jahrhundert.

Es gab viele farbenfreudige Zigeunerkeller und Straßencafés, im Hilton selbst befanden sich Boutiquen, in denen man »authentische« Trachten kaufen konnte.

Michels Reservierung im Hilton galt noch für die kommende Woche und war freundlicherweise von Crédit Suisse im voraus bezahlt worden. Aber zu seinem Bedauern müsse er am Morgen des kommenden Montags abreisen, er hoffe jedoch, Marianne würde sein Zimmer übernehmen und noch ein paar Tage bleiben und alles – nun, fast alles – was sie brauche in Rechnung stellen.

»Ich werde vorsichtig sein«, sagte Marianne und lachte, »keine Bange!« Marianne fand es merkwürdig, daß Michels Familienname Holland war und er mit einem britischen Paß reiste. Sein Englisch war akzentfrei, unmoduliert. Nichtsdestoweniger paßte er nicht in das Bild, das sie von einem Briten hatte, und während ihres ersten Abends zuammen beging sie den taktischen Fehler, sein Englisch als tadellos zu bezeichnen . . . und darauf hatte er, indem er sich nach vorne lehnte, um sie zu küssen, gesagt: »Das Ihre ist es auch, Miss Beecher.«

Er trug sorgfältige, gediegene Londoner Maßanzüge in konservativem Stil, aber mit kleinen modischen Akzenten – eine geblümte Krawatte, ein pastellfarben gestreiftes Hemd. Er besaß mehrere bernsteingetönte Brillen mit verschiedenen Fassungen: Schildpatt, Aluminium, schwarzes Plastikmaterial. Auf Marianne machte er den Eindruck eines gutsituierten Privatiers, aber offenbar war er dauernd unterwegs – zwölf Monate im Jahr, wie er genüßlich behauptete –, und das schätze er sehr. Dann eröffnete er ihr, daß auch er sich in Ostblockländern sehr wohl fühle. »Vorausgesetzt natürlich, man reist mit einem britischen Paß.«

Obwohl Michel britischer Staatsbürger war, schien er, zumindest vorübergehend, in Genf zu wohnen. Früher einmal hatte er bei der Weltbank gearbeitet . . . einmal war er in OPEC-Verhandlungen verwickelt gewesen . . . und vor vielen Jahren einmal (dies ließ er ebenfalls durchblicken) habe er an der London School of Economics studiert. Möglich, daß er verheiratet und Vater von Kindern war, aber so genau wollte Marianne es nicht wissen. (Antworten waren immer problematisch; sie konnten einen verführen, an sie zu glauben. Und fast immer provozierten sie Gegenfragen.)

Marianne belustigte die Vorstellung, er könne in der Sowjetunion ausgebildet worden sein – deshalb sein überpräzises und ein wenig mechanisch klingendes Englisch. Wahrscheinlich war er beim KGB, zwar nicht im Einsatz, aber auf der Rückreise von einem Einsatz.

Es war eine allzu extreme Vorstellung, allzu romantisch. Und KGB-Agenten waren in Mariannes begrenzter Erfahrung niemals so weltmännisch und attraktiv wie Michel Holland.

Marianne sah in diesen Tagen besonders gut aus. Ihr blondes Haar, ihr makelloser Teint, ihre Schönheitsköniginnen-Aura... Der Umzug über die breite Donau aus dem lärmerfüllten Pest ins malerische Buda, mit einem Fliederstrauß im Arm, hatte genügt, um ihre Stimmung beachtlich zu heben.

Bei ganz bestimmten Amerikanern, so hatte ihr ein polnischer Verehrer einmal gesagt, ströme das Glücksgefühl der Seele unmittelbar ins Gesicht.

Michel bemühte sich nicht, Marianne wegen der Schönheit ihres Gesichts oder ihres Körpers Komplimente zu machen, so, als nehme er an, sie wisse genau, wer oder was sie sei. Er selber war hochgewachsen, gepflegt, dynamisch, mit harten, drahtigen Muskeln in der Schulterpartie und besonders in den Oberschenkeln. Marianne war aufgefallen, daß sein rechter Arm ein wenig stärker war als sein linker – wahrscheinlich vom Squash-Spielen. »Alle Männer in meiner Bekanntschaft spielen Squash – in Washington und im Ausland«, sagte sie. »Es ist rührend, wie fanatisch amerikanische Männer Sport treiben.«

»Ja«, entgegnete Michel. »Sie brauchen Konstanten in ihrem Leben.« Und dann, einen Augenblick später und ganz nebenbei: »So sagt man doch, nicht wahr? – ›Konstanten‹? Oder ›etwas Konstantes‹?«

Im Bett, schuldbewußt wie Kinder und mit viel Gelächter, unterhielten sie sich über die Konferenz auf dem gegenüberliegenden Flußufer: Die üblichen kommunistischen *Apparatschiks* und Denunzianten; und hier und da – jawohl, es gab sie tatsächlich – ein »echter« Ungar, genauso wie es »echte« Polen, »echte« Tschechen gab. Dann redeten sie über den Stellvertretenden Missions-Chef, der als nächster (so wollte es der Klatsch: Michel hatte das Gerücht in Bonn vernommen) für die Beförderung auf einen wichtigen Botschafterposten vorgesehen war, vorausgesetzt, in Budapest würde nichts dazwischen kommen. Michel meinte auch, es würde hoffentlich nicht zu »Peinlichkeiten« zwischen ihnen wegen seiner und Mariannes »plötzlicher Freundschaft« führen – denn die drei würden sich wohl gelegentlich wieder begegnen – in Europa oder anderswo.

Marianne sagte dazu, daß der Stellvertretende Missions-Chef schließlich ein verheirateter Mann sei. Und außerdem durch und durch professionell.

Später weckte sie ein frenetisches Glockengeläute der nahegelegenen Krönungskirche aus dem Schlaf. Und alle anderen Glocken der Stadt, schien es, fielen ein. Überschwenglich – freudig – kindlich – lautstark – wild triumphierend: So etwas hatte Marianne noch nie gehört.

Sie fragte Michel, warum die Kirchenglocken um zwölf Uhr mittags immer so laut läuteten, würde etwas Besonderes zelebriert? – Und er antwortete ihr, daß die Ungarn damit den jüngsten militärischen Sieg ihrer Armeen feierten, als diese vor vielen Jahrhunderten die Türken aus dem Feld geschlagen hatten.

In dem luxuriösen, von Leuchtstangen erhellten Badezimmer mit seinen gekachelten Wänden und seiner Ausstattung aus imitiertem Marmor nahm Marianne die Gelegenheit wahr, den Paß ihres Freundes zu inspizieren, während dieser schlief.
Zu ihrer Überraschung mußte sie feststellen, daß er tatsächlich ein britischer Staatsbürger war . . . geboren 1936 in London. Er hatte kürzlich erteilte und abgestempelte Visen für die Tschechoslowakei, Bulgarien, Jugoslawien, Rumänien und die DDR – ebenso für Ungarn und Polen. Das Paßphoto glich ihm: Der strenge, ernsthafte Mund. *Michel Louis Holland, Haarfarbe braun, Augenfarbe braun, Größe sechs Fuß drei Zoll, Gewicht einhundertundfünfundachtzig Pfund, Brillenträger . . .*
Obwohl Marianne außerordentlich vorsichtig mit dem Badezimmerlicht umging und nicht einmal riskierte, die Tür zuzumachen, hatte sie das Gefühl, Michel sei wach und beobachte sie durch halbgeschlossene Lider. Sie hatte sogar das Gefühl, daß er von ihr erwarte, die Situation auszunützen – Marianne war schließlich eine welterfahrene junge Frau und keine Dilettantin. Aber sie hatte sich entschlossen, bis zum nächsten Morgen nichts zu sagen. Dann, nachdem sie sich geliebt hat-

ten, lachte sie und entblößte ihre vollkommenen Zähne. »Du hast einen schönen Paß, Michel, alle Achtung.«

»Du auch«, sagte Michel.

Ganz durch Zufall wurde Ottós eselsohriges Manuskript Gegenstand eines Gespräches zwischen ihnen. Michel hatte es gefunden, als er in Mariannes kleinstem Koffer nach einer Dose Gesichtscreme suchte. (Marianne war gerade im Begriff, ein luxuriöses Bad mit dem vom Hilton gestifteten und nach Lavendel duftenden Badesalz zu nehmen: Sie hatte Michel gebeten, ihr die Dose zu bringen und hatte das Manuskript ganz vergessen.)

»Was ist das, liebe Marianne? – ›Der Überbringer des Endes: Eine neue Analyse‹ – und kein Name darunter. Sehr *gewichtig* und sehr mangelhaft getippt. Der Verfasser ist möglicherweise mit dir befreundet?« fragte Michel belustigt. »Vielleicht ein ungarischer Genosse?«

Er stand im Türrahmen und blätterte in dem Manuskript. Mariannes Brüste waren mit Schaum bedeckt, trotzdem fühlte sie sich geniert. Gleichzeitig empfand sie so etwas wie Angst – konnte Michel denn ungarisch lesen? Aber niemand konnte ungarisch lesen.

Nachher, als Marianne angezogen war, fragte sie ihn beiläufig: »›Der Überbringer des Endes‹ hast du gesagt? – Ist das der Titel? Aber was bedeutet es? Kannst du ungarisch lesen?«

»Kaum«, antwortete Michel.

»Was bedeutet der Titel?«

»Keine Ahnung«, sagte Michel. Er kämmte sich gerade sorgfältig die Haare und musterte sich in dem riesigen Kommodenspiegel. »Von wem hast du das Manuskript?«

»Ach – von jemandem. Niemandem. Von einem Mann, den ich bei der Konferenz kennenlernte.«

»Irgendein Wissenschaftler? Ist er bei einer der wissenschaftlichen Zeitschriften?«

»Ich weiß es wirklich nicht«, sagte Marianne. »Er zeigte mir vom Gellért-Berg aus die Stadt, offenbar hat er große private Probleme, er hat mir leid getan, ich wollte ihm helfen . . .« Sie brach ab und lachte. »Er hat mich gebeten, das Manuskript einem literarischen Agenten in New York zu geben.«

Auch Michel mußte lachen. Er zeigte kein weiteres Interesse an dem Manuskript, das er wieder in Mariannes Koffer legte und zwar genau dorthin, wo er es gefunden hatte. Er umschlang ihre Hüften – fast zu heftig. »Ein gut aussehender junger Ungar, was? Wahrscheinlich ein Jude? War er gut im Bett oder langweilte er dich? Liebste Marianne, ich befürchte, du bist leicht gelangweilt.«

»Keineswegs«, erwiderte Marianne.

»Doch, doch, ich vermute, du bist nicht bei der Sache, deine Gedanken wandern – reisen weiter in die nächste Stadt, befassen sich mit den Unterkunftsmöglichkeiten. Es sei denn, jemand nimmt sich für dich der Einzelheiten an. Kümmert sich sorgfältigst um alle Einzelheiten.«

Marianne lachte atemlos und wappnete sich gegen das, was der Mann ihr antun würde – als Liebhaber war er unglaublich erfinderisch, unermüdlich, man könnte fast sagen gnadenlos.

»*Sorgfältigst um alle Einzelheiten*«, wiederholte er und lächelte.

Er führte sie in ein Zigeunerlokal, das Mátyás-Keller hieß, wo sie ein üppiges ungarisches Mahl aßen und viel ungarischen Wein dazu tranken. Dann führte er sie ins Ferenc-Erkel-Theater am Platz der Republik. Obwohl sie die dort auftretende Tanztruppe sehr bewunderten (moderne Interpretationen mit lustigen »folkloristischen« Einflüssen), kehrten sie nach der ersten Pause nicht mehr dorthin zurück. In einem schummrigen Café in Pest küßten sie sich und tranken ungarisches Bier, und von Zeit zu Zeit ließ Michel seine Finger durch die von Marianne gleiten, damit sie überrascht und erfreut spüren konnte, wie ungewöhnlich stark sie waren.

Die Stimmung zwischen ihnen war süß und nostalgisch, weil Michel am folgenden Montag nach Prag fliegen mußte. Prag, jene schwermütigste aller Städte. Und Marianne war auf dem Weg nach Bonn. Sie sagte: »Du wirst mir fehlen; ohne dich wird Budapest schrecklich leer sein.«

Michel lachte, fast laut. Er bezweifle, sagte er, daß sie einsam sein werde, es gebe ja immer Telefonnachrichten in ihrem Fach im Hotel . . . und zwar seien sie, wie durch Zauber, am Tag ihrer Übersiedlung ins Hilton erschienen. (Der Stellvertretende Missions-Chef hatte natürlich wiederholt angerufen und hinterlassen, Marianne möge ihn zurückrufen. Und dann gab es »T« und »D« und jemanden namens Carl, den sie nicht plazieren konnte: es war doch nicht etwa Carl Walser, zu dem sie schließlich grob werden mußte, damals in Warschau . . .? Und dann war da der putzige, kleine japanische Geschäftsmann mit dem bizarren Akzent und der ernsthaften Art, was war doch seine Sparte – Öl oder Erziehung? – Finanzen? Zufällig lag sein Zimmer nur ein paar Türen entfernt von ihrem und Michels, im sechsten Stock des Hilton.)

»Du wirst mir auch fehlen«, gab Michel zu und drückte ihre Finger kräftig in den seinen.

Marianne mußte ihn einfach noch einmal fragen, was »Der Überbringer des Endes« bedeute. Deshalb führte Michel sie am Nachmittag vor seiner Abreise ins Nemzeti-Museum, wo er ihr die primitive Statue des Zwerges Telesphorus zeigte. Er war eine mythologische Gestalt römischen Ursprungs, dessen Aufgabe es war, die Toten in die Unterwelt zu begleiten. Was hat er doch für eine häßliche Fratze, sagte Marianne und berührte seine aufgeworfene Nase. Telesphorus hockte auf einem rötlichen Marmorsarkophag aus ganz verblichenem, krümeligen Stein. Man konnte ihn oder seine Funktion in dem grellen, klinischen Licht des Raumes, inmitten lärmender Schulklassen und kamerabewaffneter Touristen, kaum ernst nehmen.

»Du siehst also, Marianne«, sagte Michel, »– daß dein namenloser Freund sich für einen ganz gefährlichen Burschen hält. Er schreibt in den ›letzten Tagen‹ eines Zeitalters. Er beabsichtigt, das Ende einzuleiten.«

Früh am Montag verließ Michel das Hilton. Marianne schlief weiter, bei zugezogenen Vorhängen, bis um viertel nach elf der Apparat läutete. Es war Tommy, er war unten in der Halle, dürfe er heraufkommen? Sei sie frei? – Aber Marianne bedeutete ihm gereizt, daß sie bereits eine Verabredung zum Mittagessen habe.

Auch hinterher werde sie voraussichtlich beschäftigt sein, und der Abend sei auch schon belegt – aber er könne es ja am kommenden Vormittag noch einmal versuchen.

Der japanische Geschäftsmann hatte sich einen Leihwagen besorgt, der sie in das historische Dorf Szentendre fuhr, wo sie in einem attraktiven Gasthof zu Mittag aßen. Der Name des Mannes klang – wie doch nur? Wie Kiyoaki – wie man ihn buchstabierte, hatte Marianne keine Ahnung. Zu Anfang war es schwierig, ihn zu verstehen, aber mit der Zeit gewöhnte sich Marianne an seinen Akzent. Er sei, so berichtete er, oftmals in den Staaten gewesen und finde San Franzisko besonders schön – aber natürlich auch New York. Nur das »Innere« des Kontinents gebe ihm Rätsel auf. Es schien so riesig zu sein, und war es nicht mehr oder weniger unbevölkert. . .? Die Mehrzahl der Amerikaner wünschten sich, in Kalifornien oder in New York zu wohnen, stimme das . . .?

Der japanische Geschäftsmann war schätzungsweise etwas über vierzig, sah aber sehr viel jünger aus mit seinem schwarzen, glänzenden Haar und seinem raschen, begeisterten Lächeln. Er sei zwar Vegetarier, sagte er, aber es mache ihm Freude, eine Frau, die so schön und schlank sei wie Marianne, »mit Appetit« Fleisch essen zu sehen. (Marianne fand die Qualität des ihr servierten Steaks nicht besonders, aber sie aß es nichtsdestoweniger auf, und zwar recht hungrig.) Er bewunderte ihre stilvolle Lockenfrisur, ihren hellen Teint, ihre zahlreichen Ringe, ihre Topas-und-Jade-Halskette; mehr als nur einmal erkundigte er sich, ob sie eine Schauspielerin sei oder eine »amerikanische Schönheitskönigin«; dürfe er sie bei seinem nächsten Besuch in den Staaten wiedersehen? Marianne gab ihm eine ihrer kleinen Visitenkarten:

MARIANNE BEECHER
National Science Education Foundation
(Osteuropa-Abteilung)
Washington D.C. 20036

Er wollte ihr einen großen Flacon Jean-Patou-Parfum schenken und eine Abendtasche aus gestepptem Lammwildleder (made in Finnland) und eine Schweizer Armbanduhr mit schwarzem, viereckigem Zifferblatt und stilisierten Zahlen. »Tut mir leid, aber ich kann so teure Geschenke wirklich nicht annehmen«, sagte Marianne bestimmt. »Besonders die Armbanduhr nicht – sie ist bestimmt sehr teuer.«

Sie sprach mit sanfter Stimme, sie wollte Kiyoaki nicht kränken, aber er versicherte ihr, daß die Sachen nur Muster seien – »niemand hat für sie bezahlt, Sie können mir glauben, Miss Beecher«.

Marianne entgegnete, daß sie sie trotzdem nicht akzeptieren könne. »Es gehört sich einfach nicht«, erklärte sie.

Am Ende beschloß sie, Budapest doch noch vorzeitig zu verlassen. Sie war rastlos geworden, das Hilton interessierte sie nicht mehr, die nächste Stadt erwartete sie.

Beim Packen merkte sie, daß Ottós Manuskript fehlte. Sie suchte es überall – in den Kommodenschubladen, unter dem Bett, auf dem Fensterbrett hinter den schweren Vorhängen, in ihren Koffern. Sie fluchte leise und weinte fast vor Frustration. Auch hatte sie das Gefühl (obwohl sie nicht sicher war), daß einige der ihr gegebenen ungarischen Visitenkarten ebenfalls fehlten. »Verdammt, was soll ich nur tun?« sagte sie laut. Der Page klopfte bereits diskret an die Tür. Obwohl sie sich jedesmal fest vornahm, sich genügend Zeit zu lassen, war Mariannes Abreise aus einer Stadt immer hektisch und unkoordiniert. Sie hatte so spät angefangen zu packen (ihre Maschine würde in fünfundvierzig Minuten starten), daß sie nicht einmal eine Nachricht für den Stellvertretenden Missions-Chef in der Botschaft hinterlassen konnte: Sie fürchtete, ihn ein für allemal gekränkt zu haben. Und was den »Überbringer des Endes« betraf – so war das Manuskript verschwunden. Und sie hatte wirklich keine Minute mehr zu verlieren.

Ein Glücksfall wollte es – Marianne hatte fast angefangen, sich auf ihr Glück zu verlassen –, daß sie kein ungarisches Taxi zum Flughafen zu nehmen brauchte. Ein Münchner Geschäftsmann bot ihr an, in seinem Leihwagen mitzufahren – ein luxuriöser, schwarzer Mercedes mit Klima-Amlage und weichgepolsterten

Sitzen und einer Glastrennwand zwischen dem Fahrer und dem Fond. Reiner Zufall: Marianne und der deutsche Geschäftsmann waren nämlich fast im gleichen Moment durch die Drehtür des Hilton gegangen.

Er hieß Hans, war ein jugendlicher Fünfziger mit aschblondem, leicht angegrautem Haar und einem freimütigen Lächeln. Sein Englisch hatte zwar einen starken Akzent, war aber doch reizvoll. Er hatte viele Fragen an Marianne: Kenne sie den »Chef« persönlich (damit meinte er den Stellvertretenden Missions-Chef und nicht den Amerikanischen Botschafter: dieser wurde ja aus politischen Erwägungen ernannt); was sei ihre »unzensierte« Meinung von den Ungarn; glaube sie, diese seien ein undurchschaubares Pack, dem man nicht trauen solle, oder betreffe das nur die ungarischen Juden . . . ? Und sei sie ebenso überrascht gewesen von der Dürftigkeit des kontinentalen Frühstücks, das man im Hilton serviere?

Auf der langen, langsamen Pester Straße zum Flughafen zeigte Marianne Hans die Schweizer Armbanduhr und erklärte ihm, daß, da sie sie nicht brauche (ja, sie sei schön, sehr schön, aber sie besitze bereits eine gute Armbanduhr), er vielleicht irgend jemandem in seiner Familie eine Freude machen könne . . . ?

Er bewunderte die Uhr gebührend, schüttelte sie kräftig und hielt sie an sein Ohr und betrachtete Marianne mit der Souveränität eines Mannes von Geschmack. Marianne wiederholte, daß ihr die Uhr sehr gefalle, daß sie aber einfach keine Verwendungsmöglichkeit für sie habe und gebe es denn niemanden in seiner Familie, dem er sie als ein Überraschungspräsent aus Ungarn mitbringen könne?

Nach einigem temperamentvollen Hin und Her wurden sie handelseinig: Mariannes Wangen röteten sich attraktiv, und Hans lachte immer wieder mit bellendem, entzücktem Gelächter. Sie händigte ihm die zierliche kleine Armbanduhr aus und erhielt dafür eine hübsche Menge Deutsche Mark, die härteste Währung in Europa.

Lamm von Abyssalien

Meine Freude, wieder daheim zu sein, war so groß, daß ich nicht schlafen konnte. Die erste Nacht nicht und auch die zweite nicht und nicht die dritte. Ich lag wach in meinem bequemen Bett und konnte nicht einschlafen. Das Mobiliar des Zimmers war mir nicht vertraut. Kann sein, die Dunkelheit verzerrte die Umrisse. Ich kletterte zum Gipfel des Hügels hinauf, aber die verdorrte, rissige Erde unter meinen Füßen wollte mich nicht tragen, und im Augenblick meines Triumphes – kurz davor – verlor ich das Gleichgewicht und fiel mit einem Aufschrei zurück.
Ein kleiner Erdrutsch hatte sich gelöst: Steine, Kiesel, Dreckklumpen.
Schreie. Es waren keine vertrauten Schreie. *O Lamm von Abyssalien*, beteten die Stimmen. *Lamm von Abyssalien erbarme dich unser.*

Leise tastete ich mich durch das schlafende Haus.
Niemand konnte mich hören, niemand wußte davon. Alle schliefen. Es war notwendig, leise, verstohlen zu sein. Während meiner achtmonatigen Abwesenheit hatte ich oft an zu Hause gedacht, besonders in diesen letzten paar Wochen, als ich sehr müde war. Ich stellte mir vor, auf Zehenspitzen durch das Haus zu schleichen, geräuschlos und unsichtbar und den Kopf in jedes der Zimmer zu stecken, um mich zu vergewissern, daß alle in Sicherheit waren. Ich liebe dich, flüsterte ich in meinem Fieberschlaf, ich werde dich beschützen. Jetzt, da ich wieder zu Hause war, glaubte ich, mir selbst auf den Treppen oder in den Korridoren zu

begegnen – eine hochgewachsene, magere, lächelnde, gesichtslose, ein wenig hinkende Gestalt. Ich liebe dich. Ich werde dich
beschützen. Aber wach bitte nicht auf, rühr dich nicht in deinem
Schlaf. Ist es denn nicht genug, daß ich wieder daheim bin und
dich nie wieder verlassen werde?

In ihren Zimmern, in ihren Betten schliefen die Kinder. Als ich
ihren sanften, federleichten Atem vernahm, glaubte ich, die Be-
sinnung zu verlieren. Wie ich sie liebte –! Ich würde sie nie
wieder verlassen. Die Gefahr war zu groß.

Zitternd ging ich nahe an ihre Betten heran. Bestimmt hatten sie
mir meine Abwesenheit verziehen – es blieb ihnen ja nichts anderes übrig als mir zu verzeihen. Meine Kinder. Meine Lieben.
Ruhig beugte ich mich nach vorne, um die Stirn meines Jüngsten
zu küssen. Er bewegte sich im Schlaf, er seufzte, sein Atem war
rein. Ich tupfte einen dünnen Speichelfaden von seinem Kinn . . .
der Älteste wachte nicht auf, als ich mich seinem Bett näherte,
aber er fing plötzlich an, mit den Zähnen zu mahlen, als sei auf
einmal die Landschaft seines Traumes auf unerklärliche Weise
bedrohlich geworden. Aber es dauerte nur einen Augenblick, nur
einen Augenblick. Ich wollte ihn nicht aufwecken, deshalb wagte
ich nicht, mit den Lippen seine Stirn zu berühren, ich starrte ihn
nur schweigend an, ich segnete ihn schweigend und zog mich
zurück. Im Zimmer meiner Tochter stand ich eine Zeitlang bewe-
gungslos, in Ehrfurcht vor ihrer Schönheit. Der helle Flaum auf
Wangen und Armen, das Grübchen nahe dem Mund, die kleine
Stupsnase: Ihre Schönheit ängstigte mich. Während ich in Abyssalien, auf der Schattenseite der Erde war, hatte sie ihren siebten
Geburtstag erlebt.

Ich konnte nicht schlafen, also glitt ich aus dem Bett und schlich
in mein Arbeitszimmer hinunter. Es war vernünftig, endlich mit
der Arbeit zu beginnen. Ich war seit fast einer Woche wieder zu
Hause und hatte noch keinen Strich getan.

Du wirst sehr wichtige Dinge vollenden, hatten meine Eltern
prophezeit. Mein Vater schüttelte mir die Hand und bedeckte sie
mit der anderen – ich glaube, ich sah Tränen in seinen Augen.
(Und er war keineswegs ein sentimentaler Mensch.) Ich lächelte

und stammelte meine Dankbarkeit, wie eh und je. Du wirst weiter gehen als irgendeiner von uns, sagten meine Eltern und lächelten strahlend und hoffnungsvoll. Sie waren nicht neidisch, es gab keinen Grund zum Neid; sie wußten, wie sehr ich sie achtete. Ihre Prophezeiungen haben sich im großen und ganzen erfüllt.

**

Einmal flog ich der Sonne entgegen – ostwärts gegen ihre Bahn – und flog unter der Sonne durch und überholte die Sonne auf diese Weise. Bei meinem Rückflug flog ich in westlicher Richtung unter der Sonne durch, und die Strahlen der Sonne stachen mich, und ich wurde durch den wunderbaren Sog der Sonne westwärts gezogen, und es schien wieder einmal, daß ich die Sonne überholte als ich unter ihr hindurchflog, aber vielleicht war es nur Einbildung, wie vieles: Vielleicht hatte ich die Sonne auf keinem der Flüge überholt.

Vor mir acht Notizbücher, ein Kleidersack und ein Proviantbeutel voller Karteikarten und mehrere Stöße Papier – manche sind zerknitterte Briefbögen des Bru'jaila-Hotels, manche sind nur Zettel. Zusammengedrehte Fetzen Papier. Ich verbringe Stunden damit, diese Zettel mit der Hand zu glätten. Der auf meinen Schreibtisch fallende Lichtkegel ist sehr grell. Ich habe Angst vor Insekten – ich fürchte, das Licht wird sie anziehen, sie werden gegen den Schirm und mir ins Gesicht fliegen – aber ich arbeite weiter.

Im vierzehnten Stock des Bru'jaila-Hotels gab mir der rauhstimmige Finanz- und Entwicklungsminister zum erstenmal ein sehr merkwürdiges, sehr starkes und gleichzeitig sehr süßes – beißend süßes – Getränk zu kosten. Es hieß Ā-sā, Ā-sā. Ich bin nicht sicher, wie man es ausspricht. Es hat eine bräunlich-purpurrote Farbe – wie roter Bordeaux. Bei ganz bestimmter Beleuchtung. Dann wieder, bei anderem Licht, ist die Farbe sehr dunkel. Als ich es versuchte, wurden plötzlich zwei Nervenverbindungen, die an meinen Nasenflügeln entlang und zurück ins Gehirn liefen, lebendig. Woraus wird Ā-sā gemacht, wollte ich wissen, als ich wieder sprechen konnte. Aber der Minister überhörte meine Frage: kann sein, er verstand sie nicht. Sie versuchen mehr. Sie mögen – kam die knappe, bündige Antwort. Sie werden genießen. Und er schaute zu, wie ich im Bru'jaila-Hotel im vierzehnten Stock an dem hohen, geeisten und zuckerumrandeten Glas nippte.

***

An den Ufern des Flusses der Blüten und des Flusses des Glaubens und des Gesegneten Flusses des Vergessens. Kauernde Kreaturen mit menschlichen Zügen: Die Augen groß, dunkel, bläulich umschattet, die Augen von Hirnverletzten, die mich packen und im gleichen Augenblick wieder freigeben. Ich rückte an meiner Sonnenbrille. Ich befeuchtete meine Lippen.
Die Abyssalier sehen in dem weißen Mann eine Art Geistererscheinung oder »Trick«-Gestalt. Einen »Trick«-Schatten. Ich bewegte meine Hände langsam vor ihren Augen hin und her und merkte, ihr Blick folgte der Bewegung meiner Hände nicht.
Insekten schwirrten zornig um mein Gesicht.
Lamm von Abyssalien bitte für uns. Lamm von Abyssalien erbarme dich unser.
Ich bückte mich und küßte die Stirn des Kindes. Vielleicht bildete ich mir ein, seine Haut fühle sich fiebrig an. Ich strich mit meinen kühlen Fingern über seine Stirn; ich schob eine Haarsträhne beiseite und merkte, wie seidig sie war. Ich verzeihe dir, flüsterte das Kind. Ich liebe dich und verzeihe dir, aber du darfst mich niemals wieder verlassen – du darfst deine Familie niemals wieder verlassen. Zusammen weinten wir, die Wangen heiß von Tränen. Ich war eine riesige Kreatur, die über sein Bett gebeugt stand, mein Gesicht muß erschreckend gewesen sein, ganz verzerrt vor Kummer, und trotzdem brachte das Kind es fertig, mir zu verzeihen. Aber du darfst nie wieder deine Familie verlassen, sagte er.

Abyssalien. Angrenzend an Äquatorial-Guinea, die Republiken Rambu und Nazaire und das französische Hoheitsgebiet der Bar-

rantes. Gesamtoberfläche: 114 000 Quadratmeilen. Einwohnerzahl (Stand von 1976): 2 000 000 Millionen. Metropole und
gleichzeitig größte Stadt: Brújaila (Einwohnerzahl Stand 1976:
174 000). Sprache: Abyssalisch, Bantu-Dialekte, Französisch.
Religion: etwa 70 Prozent Animisten; moslemische und christli-
che Minderheiten.
Sie mögen, Sie werden genießen. Sie werden lernen.

***

Das Lamm von Abyssalien wird von Hütte zu Hütte geführt, und
in jeder dieser Behausungen werden ihm kleine Büschel Wolle
ausgerissen. Die Bergbewohner sind hochgewachsen und sehr
dunkelhäutig, und es sieht aus, als wollten ihre Backenknochen
die Haut durchstoßen. Es sieht aus, als ob ihre Augen in ihre
Schädel zurückwachsen wollten. Man behauptet (aber ich konnte
dies auf keine Weise bestätigen), daß zwischen 5 %–8 % der Bevölkerung 110 Jahre und älter würden.
Trotzdem ist die Säuglingssterblichkeit hoch. Sehr hoch.
Das Lamm von Abyssalien wird in einem großen Kreis herumge-
führt und landet schließlich an einem kleinen Opferaltar vor der
Hütte des Priesters. Das Lamm ist stets männlich; es ist ein
ausgesuchtes Lamm und niemals älter als einen Monat. Eine Art
Musik – Kürbisflaschen, Trommeln, ein querpfeifenähnliches In-
strument – begleitet die Prozession.
Ich bückte mich über das schmale Bett, ich strich eine Haarsträh-
ne aus den Augen des Kindes. Mein Gott, ich habe solche Angst.
Solche Angst. Aber das Kind schlief den ruhigen, tiefen Un-
schuldsschlaf. Meine Finger zitterten: Ich zog ihm eine einzige
Haarsträhne aus der Kopfhaut: Ich riß sie heraus.
Ich fing an, die Karteikarten zu sortieren. Zwölf getrennte Stapel. Und die Zettel – manche nur ein paar Quadratzentimeter
groß. Bekritzelt mit Kugelschreibern und Bleistiften. Manche
Worte unleserlich. Schnipsel und Fetzen Papiers. Zauberfor-
meln. Wortverdrehungen. Fehlende Silben: Dort in Abyssalien
schwitzte ich meine Kleidung durch, und meine Weisheit bleibt
deshalb bruchstückhaft.

Soweit das Auge reicht, eine Welle von Körpern: Ein Meer von Körpern. Sie bahnen sich einen Weg am Ufer des Flusses der Blüten entlang. So viele! Ich hielt meine Sonnenbrille fest, weil sie sonst weggeflogen wäre.

Weshalb sind es so viele, fragte ich und sah die ausgehöhlten Augen, die aufgeblähten Bäuche, die knotigen Knochen. Wohin gehen sie alle, fragte ich.

Eine religiöse Prozession, sagte man mir.

Ein zerknitterter Zettel beschreibt diese buntgefärbten Lumpen. Ein zweiter beschreibt die Hitze und natürlich auch den Gestank. Wieder ein anderer beschreibt den Lärm: Stöhnen, Grunzen, spitze Schreie, dann plötzliches Singen. Plötzliches Lachen? Da bin ich nicht sicher.

Noch eine Notiz, ein mehrfach gefaltetes Stück Papier, beschreibt eine schemenhafte, über einem grell orangefarbenen Stück Stoff schwebende Maske, *Es sah aus wie eine Maske*, gab das Gekritzelte zögernd zu. Wie merkwürdig, eine Art Totenkopf, Augen, Nase, Mund am dunkelsten, als seien sie mit einem Kreide- oder Kohlenstift nachgezogen. Und wie merkwürdig, daß sie bebte. Zitterte. Pulsierte. Ich kam näher und sah, daß es etwas Lebendiges war – ein Schwarm dunkelschimmernder Insekten. Moskitos. Ich kam noch näher und sah, daß es ein Kindergesicht war, aber das Gesicht war bedeckt mit Insekten, und die Insekten wimmelten am dichtesten um Augen, Nase und Mund. (Ich fing an zu schreien. Zu brüllen. Ich klatschte in die Hände, und ein paar Moskitos erhoben sich von dem Kindergesicht, träge und vollgesogen mit Blut. Ich konnte nicht aufhören zu schreien. Jemand berührte mich an der Schulter und zog mich weg. Hören Sie auf, sagten sie, Sie müssen aufhören. Sie bekommen sonst einen Sonnenstich. Sie werden sehr, sehr krank sein. Aber ich schrie immer noch. Insekten warfen sich gegen mein Gesicht; etwas hatte mich in die rechte Wange gestochen. Es stank fürchterlich. Das Gesicht des Kindes war gedunsen und blutete und war sehr häßlich. Vielleicht war es gar kein Kind. Es war in einen zerknüllten orangefarbenen Lumpen gehüllt. Kommen Sie, sagten sie freundlich, seine Mutter hat es ausgesetzt, der Tod ist unausweichlich. Warum ermüden Sie sich bei solcher Hitze?)

Eine ausführliche Beschreibung des Bru'jaila-Hotels: Sein Wasserfall, seine eingetopften Bäume und Blumen, seine samtüberzogenen Sofas, seine Marmorfußböden, seine exzellente Klima-Anlage. (Ein paar der Frauen trugen sogar Pullover. Eine hatte sich in eine Luchs-Stola gehüllt.) Der Finanz- und Entwicklungsminister, der Rektor der Universität von Abyssalien, ein lächelnder junger Mann namens Robert und ich, im vierzehnten Stock des Hotels, einheimische Gerichte essend und einer Combo lauschend, die flotte Melodien aus dem Amerika der vierziger Jahre spielte. Sie werden sehr, sehr krank sein. In der Entfernung dunsteten die Hügel einen düsteren, sandfarbenen Hitzenebel aus. Ist denn nicht der vierzehnte Stock eines jeden Hotels in Wirklichkeit der dreizehnte, erkundigte ich mich. Mein Atem war noch heiß von dem Ā-sā, den ich zu hastig hinuntergestürzt hatte. Nur Robert hatte mich verstanden. Er hatte seinerzeit in Harvard mit Neville Hughes' Sohn Tennis gespielt: Kannte ich Neville Hughes? Er hatte sich doch so sehr für Abyssalien engagiert, für seine Befreiung. Im Jahr 1957. Aber ich mußte ihn doch kennen, es sei wohl nicht mein Ernst, wenn ich behauptete, ihn nicht zu kennen.

Ich schirmte meine Augen gegen die Sonnenstrahlen ab, aber es half nichts. Alles fing Feuer, alles war von der Glut verbrannt. Am Nachmittag schüttelte sich die Sonne wie ein riesiger, tapsiger, gutmütiger Hund und stieg vom Himmel herab und weilte unter uns und zwang uns, durch sie – es – *sie* hindurchzuschwimmen. Ich lag auf meinem Feldbett in meinem Zelt, in Bettwäsche, die im Fluß des Glaubens eingeweicht war. Insekten warfen sich gegen das Netz. Etwas hatte sich unter meine Fingernägel gegraben, in meine Achselhöhlen, in mein linkes Ohr. O hilf mir. O Gott hilf mir. Abends trank ich und schrieb Notizen. Das Buch würde wachsen, blühen und gedeihen, ich würde mich erheben und zum Podium schreiten, wo der Präsident der Akademie der amerikanischen Künste mir die Hand schütteln und mir eine Ehrenurkunde überreichen würde. Ich würde mich nervös räuspern. Ich würde meine kurze, vorbereitete Dankesrede halten. Meine Lippen würden sich mit einem dankbaren Lächeln öffnen, während ich ins Publikum blickte, Reihe für Reihe Beifall spendender Individuen. Ich würde sagen, ich sei sehr glücklich, ich sei beschämt, ich sei erfreut und überrascht, ich sei krank. Man müsse mich entschuldigen, aber ich sei sehr, sehr krank. Der Beifall würde indessen andauern.

***

Beifall, Beifall.

Murmeln, Rufe, plötzlicher Gesang oder Lachen oder –? Vielleicht Zorn. Angst. Millionen und Abermillionen Kreaturen mit menschlichen Zügen, auf der Uferseite wimmelnd, in dem grellgrünen, übelriechenden Wasser herumplanschend, während die Sonne ihre Lumpen entzündete. Solche feinen, fröhlichen, bunten Farben! Das funkelnde Surren ihrer Flügel, die starre Präzision ihrer Augen. Wimmelnd. Ich schlug mit den Händen um mich, ich schrie, aber niemand hörte mich. Wäre mein Fuß ausgerutscht, wäre ich in sie hineingefallen. Unter sie. Wäre mein Fuß ausgerutscht oder hätten sich die Flugzeugpropeller nicht drehen können, wäre ich nie nach Hause gekommen.

Dort, wo meine Freude so intensiv ist, daß ich mich über das kleine Bett meiner Tochter lehne, mein Gesicht geschwollen und groß wie die Zimmerdecke. O sieh doch! Eine Wolke dunkel voll Donner! In meinen eigenen Träumen renne ich schreiend einen Hügel hinauf, meine Füße versagen mir den Dienst, in der völligen Stille kann ich nicht – kann nicht recht – Jemandes winzige kleine weiche Hand greift blind nach mir. Jemandes Finger zieht mich an der Nase. Daddy? Daddy? Sieh doch mal den komischen Daddy! Eine Art Entzücken, das sich doch nicht ganz in Lachen auflösen kann, schüttelt mich, und wenn ich aufwache, bin ich nicht in meinem eigenen Bett, in keinem meiner Betten. Ich stehe immer noch über das Bett des Kindes gebeugt, mit steifem Rücken und schmerzhaft verspanntem Nacken. Meine Wangen glänzen im bleichen Mondlicht. In meinen Augen schwimmen die Tränen eines Fremden.

Lamm von Abyssalien, flehen meine Lippen, erbarme dich unser, bete für uns, hab Erbarmen . . .

Keiner dürfe bei der geheiligten Zeremonie zugegen sein, sagten sie mir ernst.

Es bedeutet den Tod, die geheiligte Zeremonie miterlebt zu haben.

Dies erzählten sie mir in Bru'jaila, aber sie waren falsch informiert, wie es so oft der Fall ist. (Sie wußten weniger über ihre eigene Geschichte und die Einzelheiten ihrer Tradition als ich; aber natürlich behielt ich mein Wissen für mich.)

Wir kampierten am Ufer des Flusses der Blüten und dann wiederum am Ufer des Flusses des Glaubens. Der Gesegnete Fluß des Vergessens machte mich neugierig, bis ich ihn sah – ein elendes, schlammiges, sich durch die Vegetation windendes Rinnsal, nicht viel breiter als ein Bewässerungsgraben. Ich wollte meine Hand hineintauchen, vielleicht würde es mir Vergessen bringen, und als ich mich bückte, fiel mir mein Hut vom Kopf – das heißt, er sprang eher als er fiel – oder vielleicht hatten ihn mir lausbübische Flußkobolde weggerissen – und obwohl ich mich sofort auf ihn stürzte, war er weg.

Ich wand mir ein Stück Tuch um die Stirn wie in den Tagen meiner Jugend, als ich noch Langlauf in der Sonne trainierte. Ein hellrotes, um die Stirn gebundenes Tuch, das mir den Schweiß aus den Augen hielt.

Ich wurde fröhlich, redselig, mutig. Ein einziger Schluck Wein genügte, um mich wie einen Ballon aufzublasen – die Augen fielen mir vor Begeisterung fast aus dem Kopf. Anfangs lachten die anderen mit mir. Sie grinsten und schüttelten die Köpfe von einer Seite zur anderen, deuteten mal *ja* und mal *nein* an und manchmal auch ein unverbindliches *ja?*, das überhaupt keine menschliche Bedeutung hatte. Später dann wurden sie still. Und dann mürrisch. Und zum Schluß waren sie voller Furcht.

Was kann man tun, fragte ich, als ich das Lammopfer endlich miterlebt hatte, mit schwimmendem Kopf und vor lauter Grinsen gefühllosen Gummilippen. Was kann man tun? – wer wird es tun? – worin wird die Erlösung bestehen? – wer ist der Erlöser? – werden wir den Sommer überleben? – werden wir zurückkehren in die Hauptstadt? – werden wir verschlungen werden wie das Lamm, wird man uns die Haare von Kopf und Körper zupfen, unsere Augäpfel zerkauen, unser Blut auf die reinen, unwissenden Stirnen der Kinder versprengen, die lieber irgendwoanders sein und spielen möchten? unsere geheiligten Organe mit Öl gesalbt, unsere Knochen fein gemahlen zu Dünger? – werden wir uns in das Opfer fügen oder werden wir im letzten Augenblick Amok laufen und kämpfen? – und werden wir tapfer kämpfen oder hoffnungslos blind um uns schlagen wie Kinder? Was kann man tun, rief ich, was kann man tun und wer wird es tun? *Wer wird es tun?*

Ich sprach vom Blut des Lammes, und obwohl in meinen Augen Tränen glitzerten und meine Kehle sich vor verzweifelter Anstrengung, nicht zu weinen, zusammenzog und meine Stimme töricht bebte, verziehen mir die Zuhörer oder hatten es nicht bemerkt. Sie warteten nur darauf, Beifall zu klatschen. Sie warteten darauf, daß die Verleihungszeremonie endete. Nachher würde man miteinander plaudern, etwas trinken, sich unterhalten – es würde eine Erlösung sein von meiner Stimme und von dem eigenartig feuchten, leeren Blick, den ich auf sie richtete. Sie warteten nur, um Beifall zu klatschen. Sie waren nicht unruhig – es war ein höfliches, gesittetes Publikum.
Ich würde sie alle loben, ich würde sie segnen. Ich würde ihre augedörrten Stirnen küssen. Ein riesiges, über einem Kinderbett schwebendes Gesicht, die Lippen zum Kuß gespitzt: Ein kitzelnder Kuß! Das Kind träumt von einem dunkelhäutigen Gesicht, einer Kreatur von der Schattenseite der Erde; das Kind stöhnt und wirft sich von einer Seite zur anderen. Der brackige Geruch des Flusses ist bei uns im Zimmer. Warum sind die Fenster geschlossen, warum habe ich vergessen, sie zu öffnen? – oder sind sie etwa offen? – weht der Wind aus der falschen Richtung? So weit das Auge reicht, nichts als Körper. Körper auf Körper gehäuft. Manche leben noch, kriechen über die Toten. Andere sind von den Flammen verzehrt worden und treiben nun als Asche auf dem geheiligten Rinnsal an uns vorbei. So weit das Auge reicht, das Wimmeln von dunklen, ölglitschigen Körpern. Mein Fuß rutscht, ich falle, ich greife nach den Stäben des Gitterbettes, kann aber den Sturz nicht bremsen, die Luft ist erfüllt vom Gestank von

verwesendem Fleisch und Exkrement und etwas Süßlichem, wie Zuckerrohr, von weitem läuten laut die heiligen Glocken. Wartet doch, rufe ich, was kann man tun, wer wird es tun –
Endlich Applaus vom Pulbikum.
Komm weg, sagt jemand und berührt meinen Arm. Komm weg. Ich könnte mich wehren, will aber den Jungen nicht aufwecken. Ruhig lasse ich mich aus dem Zimmer führen.
Kannst du nicht schlafen? Aber warum denn nicht? Warum kannst du nicht schlafen? Seit wievielen Nächten hast du nicht geschlafen? Willst du kein Schlafmittel nehmen? Willst du nicht zum Arzt gehen? Wie lange soll das so weitergehen? Was kann ich tun? Was kann man tun?
Ihre Stimme ist zu sanft, der unbarmherzige, verrückte Lärm der heiligen Glocken übertönt sie. Weshalb läuten die Glocken nicht zusammen, fragte ich, sie konkurrieren doch nicht miteinander –? Aber sie läuten doch mit einer Stimme, sagte man mir. Sie *läuten* mit einer Stimme.
Ich habe solche Angst, sagt sie. Und starrt mich an. Auch sie kann nicht schlafen, obwohl sie es leugnen würde, wenn ich fragte. Sie findet keinen Schlaf, weil sie mir nachspioniert, auf meine Schritte lauert, in Gedanken meinen Weg durchs Haus verfolgt. Obwohl ich auf Zehenspitzen gehe und kaum mehr wiege als ein Traumgespenst, kann sie mich hören: Ihre Augen sind weit aufgerissen vor Furcht. Sie *weiß* es.
Und doch kann sie es unmöglich wissen.
Du verängstigst die Kinder, flüstert sie. Du verängstigst mich. Manchmal glaube ich –
Das ist unsinnig, sage ich zu ihr und lächle.
Ich befürchte, du könntest einem von uns ein Leid antun –

Ein ausgesuchtes Lamm war es und nicht mehr als vier Wochen alt. Wurde von einem alten Mann an den aufgeregten Dorfbewohnern vorbeigeführt, der es liebevoll schalt und an dem Strick, den es um den Hals trug, zerrte, und der eine Art Komödie aus seiner blökenden Panik machte. Ja ja ja ja! Wie töricht! Was bist du doch für ein Baby. Wolleflocken wurden ihm von gierigen Fingern ausgezupft. Und Haare hinter die Ohren, in die Ohren, ja selbst in die Nasenlöcher gesteckt. Es wurde musiziert, gesungen. Alles war fröhlich, lärmend, mißtönend. Kinder schrien vor Aufregung. Frauen wiegten sich hin und her und umklammerten ihre Brüste. Ich stand beiseite und starrte sie an. Ich war unsichtbar: Niemand bemerkte es.

Ich führte sorgfältig Tagebuch.

Schließlich wurde das Lamm zu dem kleinen, steinernen Altar im Zentrum des Dorfes gezerrt und mit einem ganz gewöhnlichen Messer, von der Länge etwa eines Fischmessers, geschlachtet. Der alte Mann sprenkelte das Blut in alle Richtungen, und dann wurden den Dorfbewohnern nacheinander Stirne und Schlüsselbeine gesalbt und das meiste von dem Lamm wurde roh verzehrt. (Anschließend wurde der Schädel des Lammes auf einen Baum in einem Hain am Rande des Dorfes gespießt. Auf den meisten Bäumen staken bereits Schädel oder Teile von Schädeln.)

Die Menschen waren so glücklich hinterher, flüstere ich.

Sie hört mir nicht zu. Sie führt mich den dunklen Korridor entlang, ihre Hand fest in der meinen. So weit das Auge reicht nichts als Körper – manche davon mit Köpfen, die unsicher auf ausgemergelten Hälsen balancieren, die Augen dunkel und bläulich und blicklos; manche mit geblähten Bäuchen; manche mit überhaupt keinen Bäuchen. Ich werde euch retten, sage ich ihnen. Habt Vertrauen zu mir. Aber meine Frau führt mich an ihnen vorbei, steigt vorsichtig über sie hinweg. Wir beide sind barfuß. Wir beide haben Angst. Falls der Gestank meiner Frau Übelkeit bereitet, so läßt sie es sich nicht anmerken.

Du mußt schlafen, dann wird es dir besser gehen, sagt sie. Dann wirst du wieder du selbst sein.

Ich bücke mich und küsse die Stirn des Kindes. Hat er Fieber? Ist sein Gesicht gedunsen?

Die Menschen waren so glücklich hinterher, so *glücklich*. Ich will es erklären. Es gibt keine Furcht, keinen Schmerz, keinen Kummer, keine Möglichkeit, sich zu verlieren – nicht einmal in dieser unendlichen Wildnis. Hab Vertrauen zu mir. Zweifle nicht an mir. Mein Liebes, meine Liebe, süße Maus, süßes Baby. Hörst du mich?

Unsere Mauer

Lange, ehe viele von uns geboren waren, *gab* es Die Mauer.

Es ist schwer, selbst für die Phantasievollsten und Kühnsten unter uns, sich eine Zeit vorzustellen, in der es Die Mauer nicht gab.

Natürlich leben auch heute noch Menschen – ältere Menschen –, die behaupten, sich nicht nur an den Bau Der Mauer (die in ihrem Anfangsstadium ziemlich primitiv war: hauptsächlich Stacheldraht, von Wachtposten und Hunden beschützt) zu erinnern, sondern auch an eine Zeit, da Die Mauer in überhaupt keiner Form existierte.

Konnte man damals ohne weiteres die Verbotene Zone betreten? Wir Kinder werden nie müde zu fragen und sind jedesmal ein wenig schockiert und bereit, in nervöses Lachen auszubrechen, als befänden wir uns in der Gegenwart von etwas Obszönem. Aber die älteren Leute berichten uns, daß es damals, in den Jahren ihrer Jugend, keine Verbotene Zone gab.

Keine Verbotene Zone? – wir wollen es nicht glauben.

Keine Verbotene Zone? – wir haben irgendwie Angst.

Das aufgeweckteste Kind unter uns, das, welches immer gewagte und dreiste Fragen stellt, sagt fröhlich: Wenn es damals keine Verbotene Zone gab, warum wurde Die Mauer errichtet?

Aber keiner begreift seine Frage. Er wiederholt sie unverfroren: *Wenn es damals keine Verbotene Zone gab, warum wurde Die Mauer errichtet?*

Niemand, nicht einmal unser ältester Mitbürger, begreift es. Ein jedes der Worte des Jungen, einzeln genommen, ist begreiflich, aber die Frage als Ganzes ist unbegreiflich . . . *Warum wurde Die Mauer errichtet?*

Es ist weitaus einfacher – die meisten von uns finden es einfacher – anzunehmen, Die Mauer sei ewig, daß es sie immer gab und immer geben werde. Und daß die Verbotene Zone (die natürlich keiner von uns betreten hat) auch ewig sei.

Mehrmals im Jahr, aber nicht an voraussagbaren Tagen, setzen unsere Führer einen Gnadentag fest. Was bedeutet, daß Bürger unseres Landes, die das achtzehnte Lebensjahr erreicht und weder Schulden noch familiäre Verpflichtungen noch andere persönliche oder staatsbürgerliche Hinderungsgründe haben, es mit offizieller Erlaubnis versuchen können, Die Mauer zu ersteigen, ohne eine Strafe oder andere Vergeltungsmaßnahmen befürchten zu müssen. An einem Gnadentag sind alle Selbstschußanlagen entschärft, der elektrische, durch den Stacheldraht fließende Strom ist abgeschaltet, die Polizeihunde mit Ketten angebunden, die unsichtbaren Wachtposten auf ihren Beobachtungstürmen und in ihren Boxen halten ihre Maschinenpistolen nicht schußbereit und feuern sie nicht ab. Es wird berichtet, daß an jedem dieser Gnadentage eine Anzahl von Bürgern tatsächlich über den verbrannten Streifen Erde vor der Mauer rennen (in einigen Teilen der Stadt ist er nur etwa fünf Meter breit, in anderen jedoch gute dreißig Meter und präsentiert damit, wie man sich gut vorstellen kann, eine gefährliche Strecke!) – also eine Anzahl Mitbürger rennen auf die Mauer zu, erklimmen sie und verschwinden auf der anderen Seite. Und werden nicht angehalten, nicht einmal ausgescholten. So jedenfalls wird behauptet.

Und was wird aus ihnen, wenn sie erst einmal drüben sind? Niemand weiß es.

Wir sind natürlich alle auch nur Menschen, und Gerüchte kursieren überall, wüste, unwahrscheinliche Abenteuer werden erzählt und weitererzählt und ausgeschmückt, am Ende weiß keiner, was er glauben soll. Zum Beispiel wird behauptet, daß ein Gnadentag für einen ganz bestimmten Bezirk – einen privilegierten Bezirk – angekündigt wird und nicht für einen anderen; oder aber der Gnadentag werde mit dem ersten Glockenschlag um zwölf Uhr mittags beginnen und nicht mit dem letzten, oder mit dem ersten

Glockenschlag um Mitternacht und nicht mit dem letzten; oder aber, daß es überhaupt keine Beschränkungen in bezug auf Alter, finanziellen Status und so weiter geben werde. Wie man sich gut ausmalen kann, enden derartig unbarmherzige Gerüchte in einem Gemetzel: im verunsicherten, verfrühten oder verspäteten Vorwärtsdrängen, am völlig falschen Tag und vor den entsetzten Augen Hunderter von Zeugen (denn es gibt immer Zeugen entlang der Mauer) wird jeder niedergeknallt oder von Selbstschußanlagen buchstäblich in Stücke gerissen oder grausam von Hunden zerfleischt. Denn wir sind, trotz unserer Geschichte, ein hoffnungsvolles Volk.

Nichtsdestoweniger wird jeder Gnadentag voll Ungeduld erwartet. Überall spekuliert man über das genaue Datum; alle kennen wir gewisse verrannte und wirklich bemitleidenswerte Leute, die über nichts anderes sprechen können (obwohl es – natürlich! – genau die sind, denen niemals auch nur im Traum einfallen würde, Die Mauer zu ersteigen.) Selbst jene, die niemals in ihrem Leben eine einzige erfolgreiche Flucht mit angesehen haben (denn manchmal wird in der Vulgärsprache das Wort »Flucht« ganz offen gebraucht) – Menschen, die, jahrzehntelang, passive Zuschauer bei manchem spektakulären und herzzerreißenden Gemetzel gewesen sind – verlieren den Glauben nicht. Man sollte meinen, ihre Zahl werde sich allmählich verringern, aber dem ist nicht so – im Gegenteil. Denn wir sind nun einmal, wie unsere Geschichtsforscher sagen, ein hoffnungsvolles Volk.

Die Mauer scheint etwa sechs Meter hoch zu sein, obwohl manche Theoretiker behaupten, sie sei in Wirklichkeit viel höher; andere wiederum meinen, sie könne niedriger sein. Schätzungen sind ungenau, denn sie müssen, wenn überhaupt, in einiger Entfernung von Der Mauer und im Schutz der Dunkelheit vorgenommen werden. Die meisten glauben, Die Mauer bestehe aus ziemlich glattem Beton, einem durchaus gewöhnlichen Material, und sei als solche nicht besonders furchterregend. Oben hat man sie aus ästhetischen und aus Sicherheitsgründen abgerundet: so ist sie attraktiver und bietet gleichzeitig eine größere Hürde für die, die den Versuch unternehmen, mit bloßen Händen über Die

Mauer zu klettern. (Mit Stacheln bestückte Maueranker sollen angeblich für eine erfolgreiche Flucht notwendig sein, aber das Gesetz verbietet sie. In der Tat gibt es bei uns Menschen, die niemals einen Maueranker gesehen haben, nicht einmal auf einem Bild: Troztdem flüstern wir uns das Wort »Maueranker« fast ungeniert zu.) Unsere Eltern behaupten, die Mauer habe nicht immer einen abgerundeten Aufsatz gehabt, aber es ist schwer für die meisten der jüngeren Bevölkerung – die unter vierzig –, sich an irgendeinen anderen Abschluß zu erinnern.

In dicht besiedelten Bezirken der Stadt gibt es zwei zusätzliche »Mauern« oder Sperren. Eine besteht aus einem von Stacheldraht gekrönten Drahtgeflecht, und der Stacheldraht steht unter Strom; die andere besteht aus einer Reihe von in etwa zwei Meter Abstand montierten Panzerabwehrsperren. Die Hindernisse, wie Die Mauer selbst, sind gleichmäßig taubengrau gestrichen und durchaus attraktiv. Beete mit gelben und purpurnen Stiefmütterchen geben die notwendigen Farbtupfer ab: nichts Extravagantes, aber doch wohltuend anzusehen.

In den weniger bevölkerten Stadtteilen erhebt sich Die Mauer majestätisch allein, und in dem verbrannten Streifen davor sind die Selbstschußanlagen (so will es das Gerücht) so sorgfältig versteckt, daß nicht einmal das geübteste Auge etwas entdecken kann. Hasen, arme Kreaturen, bringen oft des nachts diese Anlagen zum Detonieren. Sie wissen es eben nicht besser. Oft erschreckt uns der scharfe, krachende Donner einer Explosion, und wir fahren aus dem Schlaf hoch. Ist es nahe oder weiter entfernt? Wenn das passiert, liegen wir lange wach und sprechen nicht, denn was ist da zu sagen? – die Hasen wissen es eben nicht besser, sie sind arme unwissende Geschöpfe und zudem noch eine Plage.

Vor zwei Nächten hat es eine Explosion gegeben. Es war schwer, die Entfernung abzuschätzen. War es auf der Ostseite oder auf der Westseite? – schwer, es abzuschätzen. Hast du das gehört, fragt einer den anderen leise, und der sagt, habe ich *was* gehört? oder antwortet vielleicht überhaupt nicht. Was gibt es da zu sagen? Nächtliche Hasen, eine Plage.

Manche Bürger sehen in Der Mauer ein Kunstwerk, andere wiederum eine Abscheulichkeit. Aber die Mehrzahl der Bevölkerung sieht Die Mauer überhaupt nicht mehr – buchstäblich. Folglich weckt sie auch keine Emotionen bei ihnen, und der Begriff »Die Mauer« wird kaum noch gebraucht. Der Ausdruck *drüben* wird allerdings häufig verwendet, wie zum Beispiel (bei einem ungehorsamen Kind): Wenn du nicht brav bist, schicke ich dich nach *drüben*. (Wohin nach drüben? fragte ich einmal ganz frech meine Mutter. Wohin nach *drüben, Wohin?* – Du wirst schon merken wohin, sagte meine Mutter und gab mir eine Ohrfeige. Ihr Atem ging schnell und laut, ihre eigenen Backen brannten.)

Und wissen Sie, daß in Der Mauer Knochen von Kindern begraben sind? – in dem Fundament Der Mauer? Kinder, die außergewöhnlich schön oder außergewöhnlich begabt waren – verwaiste Kinder oder sonstwie schutzlos gewordene – zu übermütig für ihr eigenes Wohl und das der Gemeinschaft. In dunklen, regnerischen Nächten, wenn der Wind von Der Mauer zu uns herüberweht, kann man ihr mißmutiges Geplapper hören.
Natürlich sind das Ammenmärchen, an die niemand von uns glaubt. In unserem Bezirk haben wir den Aberglauben ausgerottet. Die Mauer ist Die Mauer und (so glauben wir) aus ganz gewöhnlichem Material. Es spukt nicht in ihr, ihre große Stärke rührt nicht von Kinderleichen her. Manchmal, spät abends, kann man ihre schwachen, hohen Stimmen hören. Wo sind wir, welches Jahr haben wir, was ist geschehen...?
Aber nein: Es gibt keine Stimmen, es gibt keine Geister. Die Mauer ist nur (*nur!*) Die Mauer.

Eine der Stimmen ist die meines Bruders.
Hört ihr ihn, fragte ich meine Eltern, aber sie haben überhaupt nichts gehört. Nur den Wind, den Wind. Regen, der aufs Dach trommelt, an die Fenster. Die Fensterscheiben hinunterläuft.
Ich verkroch mich unter das Bettzeug bis zum Fußende des Bettes und lag ganz still. Daumen und zwei Finger in den Mund gesteckt. Der Wind, der Wind, der von Der Mauer weht, der Regen, der die ganze Nacht aufs Dach trommelt, seine Stimme, seine

Hilferufe, ich konnte ihn sehen, wie er sich über das Stoppelgras schleppte und wie auf seinem erhobenen Gesicht Blutstropfen glänzten. Und im Halbkreis die Zeugen. Denn es gibt immer Zeugen – schweigende Zeugen – entlang der vielen Kilometer Der Mauer.

Gegen Morgen legte sich der Wind, ich schlief ein. Und habe überhaupt nicht geträumt.

Es ist reiner Zufall, aber verläßliche Quellen bestätigen, daß der nächste Gnadentag *auf meinen achtzehnten Geburtstag* fällt. Das heißt, auf das Ende des nicht enden wollenden Monats August.

Die Mauer: die sich in alle Ewigkeit erstreckt. Faszinierend und langweilig und schön, so schön! Man kann das nicht wissen. Man kann es nicht wissen, es sei denn, man hockt sich hin, hier, mit mir, in meinem geheimen Versteck, inmitten von Birkengestrüpp, hunderte von Metern vom nächsten Haus entfernt. Auf dem Erdboden Glasscherben, Bretter, Schutt, übriggeblieben vom Krieg (der lange vor meiner Geburt stattfand, ja, sogar vor dem Mauerbau, wenn man den alten Leuten überhaupt glauben kann). Hier hocke ich mich hin für lange Minuten und starre unverwandt auf Die Mauer und lasse minutenlang ihre graue Eintönigkeit mein Gehirn überfluten. Faszinierend und so langweilig, so langweilig und so schön, unsere Mauer! Lange Minuten, lange ungezählte Stunden manchmal, mit schmerzendem Rücken, Schweißtropfen auf dem Gesicht. Ich will nichts von Der Mauer, es genügt mir, sie nur einfach anzustarren. Zu wissen, daß sie dort ist. Daß es sie gibt. Daß man sich nicht *in dieser Richtung* bewegen kann. Daß es eine *Verbotene Zone* gibt, die ausdrücklich markiert ist und vor der wir für immer bewahrt werden sollen. Wie war es für menschliche Wesen in meinem Lande möglich zu leben, das Leben zu ertragen, bevor Die Mauer gebaut wurde? – als sie *ungehindert* in jede Richtung gehen konnten, selbst in die Richtung, die verboten ist? (Der Gedanke daran erfüllt mich mit Furcht. Tränen steigen mir in die Augen. *Ungehindert* in jede Richtung gehen zu können, wie entsetzlich!) Grauer Beton. Kilometerweit. Jahrelang. Ein Leben lang. Eine Ewigkeit lang. So langweilig. So friedlich. So schön, mein Herz sinkt. In der Mittagssonne, in der Spätnachmittagssonne, in einem feinen Sprühregen, der alle Umrisse verwischt . . . Die Mauer ist vollständig still . . . man kann sich keine Zeit vorstellen, in der sie es nicht war . . . und die Beobachtungsstände der Wachtposten alle zweihundert Meter . . . die Grenzsoldaten (besonders trainierte Scharfschützen und besonders loyale Diener des Staates), dem Blick entzogen, selbst die Läufe ihrer Maschinenpistolen versteckt.

Als kleiner Junge wollte ich einer von ihnen werden. Aber dann kam die schändliche Sache mit meinem Bruder, die Aufregung, der Skandal . . . Nun will ich einer von ihnen sein . . . Ich will lange, faszinierende, leere Stunden in einer dieser Beobachtungsstände hocken, eine Maschinenpistole in den Händen, stets bereit, immer im Anschlag.

Von einigen Grenzposten erzählt man sich schaurige Geschichten.

- Sie schießen nach *Lust und Laune,* wenn ihnen danach zumute ist. Wenn ihnen ein Gesicht nicht paßt oder eine Geste. Wenn sie gelangweilt sind. Wenn lange Zeit nichts Aufregendes passiert ist.
- Sie selbst sind oft Überläufer. (Was natürlich logisch ist. Denn niemand hat solche Fluchtmöglichkeiten wie sie. Beneidenswerte Männer! Ich hasse sie, wie es jeder in meinem Stadtteil tut.)
- Sie sind dem Staat gegenüber nicht loyaler als jeder andere, aber sie genießen die Macht ihrer Beobachtungsstände und das Gefühl des Gewichts der Maschinenpistole in ihren Händen.

Stundenlang hocke ich in meinem Versteck. Manchmal kommt es mir vor, als seien Jahre vergangen. Ich bin kein Kind mehr. Ich warte.

Jenseits Der Mauer ist der Himmel zartblau oder von turbulentem, geripptem Grau. Manchmal regnet es. Manchmal sticht die Sonne. Wenn ich auf Die Mauer starre, habe ich meinen inneren Frieden gefunden. Ihre wunderbare Gleichförmigkeit, ihre rätselhafte Stärke . . . während die Menschen sich verändern . . . alt werden, schwach, unzuverlässig. Hier habe ich meinen Frieden gefunden. Höre ich in der Entfernung Schüsse oder Hundegebell, regt es mich nicht auf. Denn ich beabsichtige nicht wegzulaufen, wie die anderen. Ich bin zufrieden mit meinem Leben *auf dieser Seite*.

Was, eigentlich, ist diese Verbotene Zone, gegen die die Bürger meines Landes geschützt werden sollen?

An die ganze Wahrheit kommt man nicht heran, weil jeder, der Die Mauer erfolgreich erklommen hat, aus unserer Welt verschwindet und niemals mehr zurückkommt. Und jeder, der Die Mauer erfolglos erklimmt, wird auf der Stelle abgeschossen. Indessen, die populärsten Theorien sind folgende:

— Jenseits Der Mauer befindet sich ein Paradies, in dem Männer und Frauen »frei« leben können. (Obwohl sie, wie könnte es anders sein – genauso wie wir durch Die Mauer eingeschlossen sind. Vielleicht ist es sogar etwas schlimmer für sie, weil unsere Mauer sie umgibt.)

— Jenseits Der Mauer gibt es gefährliche, kranke, psychopathische Menschen. Eine Rasse, die der unsrigen zwar ähnelt, aber degeneriert ist. Eine Bruderrasse? Ja, aber degeneriert. An einem Punkt in der Geschichte (offenbar können sich ein paar von uns noch erinnern) gehörten wir alle zu einer einzigen Rasse, von der sich die Bevölkerung der Verbotenen Zone abspaltete.

— Jenseits Der Mauer ist nichts weiter als ein Friedhof: ein bloßer Schuttplatz für die Toten. Die trostlose Wahrheit ist, daß Die Mauer nur die Lebenden vor den Toten beschützt (die schädlichen Gase des Friedhofes); oder, wie die weniger Einfältigen unter uns argumentieren: Sie beschützt uns vor unserer Zukunft.

— Jenseits Der Mauer liegt eine ganz gewöhnliche Welt – in der Tat unsere eigene – aber spiegelverkehrt. Niemand könne in ihr überleben.

Meine eigene Theorie? Ich habe keine. Ich denke nur an Die Mauer. Die Tatsache Der Mauer, die sich so massiv in meinem

Kopf festgesetzt hat. Die Mauer existiert, damit sie erklommen wird, wie alle Mauern: Es ist die raffinierteste aller Verlockungen. Die Mauer fragt uns: *Wie lange könnt ihr widerstehen?*

Ich bin ein guter Läufer, ich kann kilometerweit laufen, mein Herz schlägt laut und regelmäßig in meiner Brust, mein muskulöser Körper wird ölig von Schweiß, ich habe kein Erbarmen mit meinen Beinen und Füßen, und meine Hände sind stark. Dies sind bloße Tatsachen. Sie deuten auf nichts weiter hin.

»Verräter« – »Verbrecher« – »Subversive« – »Degenerierte« – »Volksfeinde« – »Opfer der Verirrung«: Dies sind die offiziellen Bezeichnungen für die, die sich von unserer Seite Der Mauer absetzen. In Abwesenheit werden sie zum Tode verurteilt und ihre Angehörigen werden streng bestraft. (Obwohl es in Wirklichkeit oft geschieht, daß die Angehörigen, nachdem sie öffentlich ihre Scham und ihren Kummer bekannten und ebenso öffentlich ihre Liebe und Loyalität zum Staat beteuerten, die strengsten Strafen nicht zu erdulden hatten und sogar eine merkwürdige Berühmtheit genießen. Denn Demütigung, richtig empfunden, kann eine erhebende Erfahrung sein.)
Trotzdem würde ich meine Angehörigen nicht im Stich lassen. Meine Mutter und meinen Vater, die mich belügen, wie sie auch einander belügen; aber aus Notwendigkeit, aus Liebe. Ich würde sie nicht, wie andere es taten, im Stich lassen.
Ich war niemals dabei, als Die Mauer entweiht wurde.
Ich bin niemals Zeuge gewesen.
Mit einer Ausnahme.
Ich befand mich unter jenen gaffenden Schulkindern, die eines Wochentags am Vormittag jenen jungen Mann am Fuß Der Mauer sterben sahen. Er hatte versucht, während der Nacht zu fliehen, und hatte in der Tat Die Mauer erklommen – er war stark und gelenkig –, aber natürlich schossen ihn die Grenzposten herunter, wie sie es immer tun: Wer könnte ihnen entwischen? Sie schossen ihn während der Nacht an, aber sie töteten ihn nicht, und so lag er denn stundenlang, viele Stunden lang, bis in die Morgendämmerung, bis in den späten Vormittag hinein, verblu-

tend in einem Feld aus Stoppelgras und schrie um Hilfe. Eine hohe, schwache Stimme. Eine zweifelnde Stimme. Keine Stimme, die mir vertraut war.

Sonntag, der letzte Sonntag des Monats ist als Gnadentag vorgesehen. Mein achtzehnter Geburtstag. Offiziell wurde nichts bekanntgegeben, aber Gerüchte eilen von Haus zu Haus.
In der Mittagssonne sieht Die Mauer irgendwie *wohlwollend* aus. Starrt man sehr lange hin, mit weit geöffneten Augen, wird dieses *Wohlwollen* deutlich. Trotzdem frage ich mich, weshalb es, soweit ich weiß, niemand bemerkt hat. So wenige meiner Mitbürger »sehen« Die Mauer überhaupt.

War das nicht dein Bruder, der im Feld niedergeschossen wurde, fragten die Leute.
Ich antwortete zornig: Ich habe keinen Bruder.
War das nicht dein Bruder? – der, den sie herunterschossen? neckten mich die Schulkameraden.
Mein Bruder? Wessen Bruder? Ich habe keinen Bruder.
Sie verhöhnten mich und warfen mit Steinen nach mir. Sangen dabei: Er hat es verdient, der Verräter, er hat jede Kugel verdient, die sie abfeuerten!
Ich habe keinen Bruder, rief ich.

Es wird behauptet, und klettert man hoch genug hinauf, kann man es selbst erkennen, daß Die Mauer im Zickzack auf sich selbst zurückführe und keineswegs einen vollkommenen Kreis um die Verbotene Zone bilde. Merkwürdig. Schwer zu fassen. Es sei denn, die Arbeiter, die sie errichteten, waren betrunken, haben sich einen Scherz erlaubt. Oder waren subversiv.

Nur einmal – einmal – das leere Gesicht Der Mauer streicheln zu dürfen. Nur einmal so nahe an sie heranzukommen. Die Hände darauf zu legen. Nur einmal! In den Träumen, den schändlichsten und turbulentesten Träumen, in denen man Die Mauer erklimmt – *und* gleichzeitig von den Kugeln der Wächter durchsiebt wird (denn auch der Tod würde in einem solchen Augenblick und in dieser Form exquisit sein): In unseren Träumen erklimmen wir Die Mauer jede Nacht und behalten unsere Geheimnisse für uns.

Die Mauer, wo kleine gelbe Schmetterlinge sich auf dem Stacheldraht aufspießen. Eine große Faust in meiner Brust. Glasscherben unter meinen Füßen. Ein Delirium, das Liebe sein muß . . . Natürlich kursieren Greuelmärchen: Männer und Frauen abgeschossen und weggeschleppt und keiner hat jemals wieder von ihnen gehört oder von ihnen gesprochen. Weil sie allzu fasziniert auf Die Mauer gestarrt hatten. Könnten sie vielleicht studiert, in ihr Gedächtnis eingegraben haben. Sie angebetet haben. (Weiß ich von jemandem, der verschwunden ist? Ich weiß von niemandem. »Verschwinden« trägt schließlich das Auslöschen der Erinnerung in sich. *Alles*, was mit einem Verräter zusammenhängt, verschwindet.)
In einer merkwürdigen Geschichte, zu phantastisch, um glaubhaft zu sein, ging es um eine Familie, die in einem selbstgebastelten Ballon über Die Mauer segelte. Sieben Erwachsene und ein Baby. Romantisch aber unglaubwürdig . . . Würde ein großer Ballon nicht ein unwiderstehliches Ziel abgeben?

(Eines Tages, wird gemunkelt, werden wir Die Mauer tatsächlich überwinden. Und uns mit jenen Männern und Frauen auf der ›anderen Seite‹ paaren. Wie es uns bestimmt ist. Wie wir es einst getan hatten. Wir werden wieder eine Rasse von Giganten züchten, wir werden die Welt erobern . . . Die Mauer, muß man annehmen, wurde nur errichtet, um das zu verhindern – die Erfüllung unseres Schicksals: Die Mauer ist eine Erfindung unserer Feinde und muß überwunden werden.)

Aber jetzt, heute, an diesem sonnigen Vormittag, was ist mit heute? – meinem achtzehnten Geburtstag? Ein behelmter Wachtposten hat den Kopf aus seinem Beobachtungsstand gesteckt und winkt mir in meinem Versteck zu. Ja? Ja? Vielleicht weiß er, daß ich Geburtstag habe. Langsam, blinzelnd, stehe ich auf. Das Sonnenlicht ist erbarmungslos. Kann sein, der Posten hat Mitleid mit mir und winkt mich zu sich. Komm doch und stell dich in den Schatten Der

Mauer. Komm doch und drücke deine überhitzte Wange an die kühle Wand Der Mauer ... Zum erstenmal entdecke ich feine Risse im Beton und üppiges Unkraut an ihrem Fuß. (Noch nie bin ich so dicht herangekommen.)

Komm näher, hab keine Angst, lange vor deiner Geburt gab es Die Mauer und es wird sie auch immer geben.

Jamaica Kincaid

Am Grunde des Flusses

Erzählungen

Aus dem Amerikanischen übersetzt von
Sarah Kirsch

»Diese Texte, in denen sich das Wunderbarste mit
dem Gewöhnlichen verwischt, sind Expeditionen
zum Ursprung elementarer Gefühle. Als Weg
kommt ein Flußbett in Frage, so führt er den äußeren Jahreszeiten entsprechend über fruchtbaren
Schlamm, einen Pflanzenteppich oder unter den
Wassern hindurch.«

Sarah Kirsch

DVA